Olov Svedelid

Der Tag des Gerichts

Über dieses Buch:

Nach seinem letzten Fall, der ihn auch psychisch bis an die Grenzen gefordert hat, muß sich Roland Hassel in der Klinik von Prof. Hermann Gloch in Deutschland erholen.
Er ist fest entschlossen, bei der neu gebildeten Informationsabteilung der Stockholmer Polizei zu bleiben und der operativen Arbeit endgültig den Rücken zu kehren.
Doch Carl Hiller, der inzwischen für Interpol in Berlin residiert, überredet ihn, noch einmal undercover aktiv zu werden.
Es geht um Hehlerei im großen Stil, um ganze LKW-Lastzüge, die auf den Straßen Europas spurlos verschwinden. Und so sitzt Roland Hassel eines Tages auf dem Beifahrersitz eines Trucks und rollt in Richtung Berlin. Doch aus der vermeindlichen »Vergnügunsfahrt« wird der reinste Höllentrip. Hassel kommt einem Verbrechen auf die Spur, das in letzter Konsequenz das Leben von Millionen Menschen bedroht. Wird er das drohende Unheil abwenden können?

Olov Svedelid

Der Tag des Gerichts

Aus dem Schwedischen
von Erik Gloßmann

KBV THRILLER

Die Deutsche Bibliothek - CIP-Einheitsaufnahme

Svedelid, Olov:
Der Tag des Gerichts : [ein Roland-Hassel-Roman] / Olov Svedelid. Aus dem Schwed. von Erik Gloßmann. - Elsdorf : Klein und Blechinger, 1998
ISBN 3-89711-014-8

Die Originalausgabe erschien unter
dem Titel Domens dag
im Bokförlaget Forum Stockholm
Die Übersetzung ins Deutsche
erfolgte nach dem Manuskript
Published by agreement with Lennart Sane Agency AB
Für die deutsche Ausgabe

Mittelstr. 65
50189 Elsdorf
Telefon 0 22 74 / 93 02 19
Telefax 0 22 74 / 8 11 08
Redaktion: Claudia Huboi
Umschlaggrafik: Johann Brandstetter, Neuötting
Satz und Gestaltung: Satzstudio Bernd Kreuer, Bornheim
Druck: Ebner Ulm
Printed in Germany
ISBN 3-89711-014-8

Personen, Namen und Handlungen des Romans
sind frei erfunden; Ähnlichkeiten mit realen
Personen und Ereignissen wären rein zufällig.
Soweit zeitgeschichtliche Personen genannt sind,
haben diese mit der Handlung
des Romans nichts zu tun.

1.

»Ich brauche Geld!«

Der Mann drängte sich mir entgegen und schob mich in den Flur zurück. Dabei kam er mir so nahe, daß ich jede Narbe erkennen konnte, die von Mitessern, Pickeln, Geschwüren, Ausschlägen und stumpfen Rasiermessern in seinem Gesicht zurückgeblieben war. Eine großporige Nase, aus der Haarbüschel wuchsen, wulstige, gesprungene Lippen, gerötete, mit gelbgrünem Schleim verklebte Augen und ungewaschene, farblose Haarsträhnen über der Stirn vervollständigten einen Anblick, den ich keinesfalls genoß.

»Hau ab. Du hast in meiner Wohnung nichts zu suchen.«

»Brauche Hilfe! Geld, Moneten!«

»Dann mußt du zur Bank gehen«, antwortete ich müde. »Die Zinsen sind gerade niedrig. Und jetzt verschwinde, und zwar schnell!«

Er hörte mir gar nicht zu; warum auch, mein Rat nutzte ihm nichts. Es gab keine Bank, die Sverre Carlsson auch nur einlassen würde, einen phantasielosen, schäbigen Kerl in den Fünfzigern, der von Gaunereien lebte, seit er den letzten Tropfen Muttermilch geschlürft hatte. Er lebte in Gefängniszellen und billigen Absteigen; sein Leben war eine einzige Misere, doch sein Gewissen rein und weiß – weil er es noch nie benutzt hatte. Ich wollte ihn nicht sehen, nicht mit ihm reden, nichts mit ihm zu tun haben. Er hatte geklingelt, ich hatte geöffnet, und er war mit seinen teigigen hundert Kilo Körpergewicht hereingewalzt.

»Schnelles Geld, Hassel. Du kannst es mir besorgen.«

»Dann versuch es im Leihhaus. Da sind die Zinsen allerdings hoch.«

Die Pfandleihe kam für ihn allerdings auch nicht in Frage, denn es war lange her, daß man dort Diebesgut versetzen konnte. Seinen Atem hätte man abfüllen und gegen Feinde ohne Gasmaske einsetzen können; er roch nach Essig, Knoblauch und den giftigen Ausdünstungen verschiedener Sumpflöcher.

»Worum geht es denn?«

In Virenas ruhiger Stimme schwang eine stählerne Saite mit, aber das merkte nur ich. Sie hatte ihren freien Vormittag und trug einen Morgenrock. Elin war noch im Bad und machte sich fein, wie es sich für ein Schulmädchen gehört.

»Ein alter Schurke aus der schlimmen alten Zeit«, gab ich ihr Auskunft. »Ich dachte, es wäre der Zeitungsmann.«

»Wird er lange bleiben?«

»Du kannst bald lüften.«

Demonstrativ zog sie den Mantel fester um sich und verließ den Flur. Sverre hatte sie wahrscheinlich nicht gehört und sicher nicht gesehen. Er interessierte sich nur für sein jämmerliches Geschäft.

»Einen Tausender, auf die Hand. Habe da eine Sache laufen.«

In seinem unentwickelten und vertrockneten Gehirn war jeweils nur Platz für einen einzigen primitiven Gedanken. Falls sich ein zweiter einschlich, würde er sich isoliert und gedemütigt fühlen wie ein Vorstandsmitglied, dem Peter Wallenberg gerade die Leviten gelesen hat.

»Hau ab!« forderte ich ihn auf und versuchte, ihn hinauszuschieben, doch er war ein allzu schwabbeliges Hindernis.

»Ich habe den heißesten Tip der Welt!«

»Behalte ihn und verschwinde. Ich sage es zum letzten Mal, sonst verhafte ich dich wegen Anstinkens eines Polizisten.«

Statt dessen verringerte er den Abstand zwischen uns und riß das Maul noch weiter auf. Ich konnte sehen, daß sein Gebiß noch vollständig war; die Schneidezähne hatten sich dunkel verfärbt, ein Backenzahn glich einem Krater, die Zunge war belegt und die Kehle geteert. In seinem Magen entdeckte ich die Reste von gebratenem Schinken. Was für ein elender Beginn für einen ansonsten guten, normalen Mittwoch!

»Pierre Cortar, der Großhehler. Ich weiß, wo er sein Lager hat. Riesending! Los, rück einen Tausender raus!«

Widerwillig rührte sich etwas in meinem Gedächtnis, in dem

Teil, der den alten Zeiten vorbehalten war. Es betraf Sverres Familienleben.

»Pierre Cortar – ist das nicht dein Sohn, der den Nachnamen gewechselt hat?«

»Ein richtiger Teufel. Will nichts mit ihm zu tun haben. Ich brauche das Geld noch vor Mittag, sonst sehe ich alt aus.«

»Du verkaufst dein Fleisch und Blut billiger als Judas.«

»Er ist ein richtiger Teufel.«

»Wir sind eben das Ergebnis von Vererbung und Milieu. Dein Sohn hatte Pech in beiden Richtungen. Er war von Geburt an verdammt.«

»Du bekommst den Tip für einen einzigen Schein. Ihr Greifer habt doch Scheine für Informanten!«

Endlich konnte ich mit dem Kopf schütteln; danach hatte ich mich schon die ganze Zeit gesehnt.

»Nein, ich bin nicht mehr bei der Fahndung. Ich habe auch kein Geld mehr für Leute, die andere verpfeifen, und darüber freue ich mich mehr als über einen Lottogewinn.«

Er zwinkerte ein paarmal und kratzte sich mit einem schwarzgeränderten Fingernagel am Kinn.

»Zum Teufel ... du hast kein Geld für Informanten?«

»Ich habe nur mein Gehalt, und das löst sich immer so schnell in Luft auf ... was ich auch von dir hoffe.«

»Wie heißt der andere Bulle ... dieser dicke Typ ... Palm, nicht wahr?«

»Ja, ruf ihn an. Er wird vor Freude jodeln.«

Sverres Blick irrte durch den Raum und blieb an dem Apparat auf dem kleinen Tisch hängen.

»Ich muß telefonieren.«

»Geht nicht. Mein Anschluß ist gesperrt. Du weißt ja, wie das ist. Unsere Gehälter sind um neunzig Prozent gekürzt worden. Die Zeiten sind schlecht.«

»Verdammt ... gesperrt ...«

»Am Park gibt es eine Telefonzelle. Außer dir gibt es hier in der Gegend keine Hooligans, also dürfte der Apparat funktionieren.«

Sverre verlor das Interesse an mir, rumpelte aus dem Flur und schlug die Tür hinter sich zu. Auch wenn ich ihn nie wiedersehen sollte, es wäre immer noch zu zeitig. Virena kam heraus und rümpfte die Nase.

»Hier muß ich wirklich lüften. Feine Freunde hast du!«

»Ja, ich habe ihn zum Essen eingeladen. Kauf Spargel und Lachs. Ein billiger Champagner genügt.«

Sie lächelte schwach und akzeptierte einen hungrigen Abschiedskuß. Es war nicht immer so harmonisch zwischen uns gewesen; mein Fehler, mein Fehler, mea culpa, aber seit langem war unsere Beziehung wunderbar. Beide befolgten wir den Rat eines klugen Denkers, nicht im Inneren des anderen zu wühlen. Die Liebe ist wie eine zarte Porzellanvase auf einem wackligen Piedestal; man muß vorsichtig sein, damit sie nicht hinunterfällt und zerbricht. Ich zog vor mir selbst den Hut. Es war gerade erst zehn nach acht Uhr morgens, und ich hatte bereits einen poetischen Satz zustande gebracht! Aber hieß es wirklich Piedestal ... oder Podium? Egal, jedenfalls kippelte das Teil.

Während ich auf der Pontonjärgatan in Richtung Polhemsgatan schlenderte, ließ ich die seelenvollen Sentenzen hinter mir und dachte lieber daran, wie schön es war, endlich nichts mehr mit den schmierigen Figuren zu tun zu haben, die einem als Fahnder das Leben schwermachen. Nach der großen Umorganisation hatte ich mich bei der neugeschaffenen Informationsabteilung der Landeskripo beworben und war angenommen worden. Es handelte sich um angenehme Schreibtischarbeit. Die Hauptaufgabe bestand darin, das Bild des schweren Verbrechens in unserem Verwaltungsbezirk aktuell zu halten, ohne ein einziges Wort mit den Komponenten des Bildes wechseln zu müssen.

Eine Zeitlang war ich vom Dienst suspendiert gewesen, weil mich jemand wegen Beihilfe zum Mord angezeigt und ein Holzkopf von Kommissar dem Informanten geglaubt hatte – beide waren meine persönlichen Feinde. Während der langwierigen Ermittlungen durfte ich mich nicht im Hause zeigen. Carl Hiller von Interpol hatte Kontakt zu mir aufgenommen und mir einen Job angeboten; verbittert und süchtig nach Arbeit war ich darauf eingegangen. Danach, als der Mordverdacht gegen mich in dem Papierkorb gelandet war, in den er von Anfang an gehört hätte, wurde ich wieder als gewöhnlicher Polizist betrachtet, stand aber weiterhin Interpol zur Verfügung. Ob ich das wollte, hatte mich keiner gefragt.

Einige Einsätze für Interpol waren schiefgegangen, besonders der letzte, und ich hatte psychischen Schaden genommen. Fast vier Monate mußte ich in einer Klinik in Deutschland verbringen, in der man sich sonst vor allem auf Jugendliche konzentrierte, die in die Klauen einer Sekte geraten waren und eine Gehirnwäsche hinter sich hatten. Mit solchen Organisationen, die Religion als Deckmantel benutzen, um Menschen auszubeuten, ist nicht zu spaßen. Enthusiastische Experten holten all die schmutzigen und zerknüllten Sachen aus meinem Schädel, wuschen, trockneten und flickten sie, wechselten ein paar Teile aus und stopften dann alles wieder hinein. Chefpsychologe war Hermann Gloch, ein älterer Mann mit grauem Spitzbart, blinzelnden Augen und jugendlichen Gebärden. In unserem letzten Gespräch vor meiner Abreise sagte er: »Herr Hassel, Sie sind nun so weit genesen, daß Sie wieder arbeiten können. Ganz gesund werden Sie nie wieder werden, aber Sie können ganz normal leben. Also bin ich geheilt, werden Sie sagen. Falsch! Sie können leben, als ob Sie gesund wären. Es besteht jedoch die Gefahr, daß die Psychose unter gewissen Umständen wiederkehrt, und dann würden Sie für einen viel längeren Zeitraum Hilfe benötigen. Viel Glück, Herr Hassel. Ihre Chancen stehen nicht schlecht.«

Nach alter deutscher Sitte blieben wir beim »Sie«, und ich merkte, daß es auch so ging. Die anderen Patienten waren zu jung für mich und hatten ihre eigenen Probleme, so daß ich meine knapp bemessene Freizeit allein verbrachte. Um sie sinnvoll zu nutzen, lernte ich Deutsch. Nach und nach bekam ich die Hilfsverben in den Griff, und schließlich gelang mir sogar der eine oder andere Konjunktiv. Sonntags ging ich manchmal in der nahegelegenen Kleinstadt spazieren und genoß die ruhige Atmosphäre und die herzliche Freundlichkeit der Leute.

So fand ich mich selbst wieder, auf einem Haufen Kökkenmöddinger, zwischen Gerümpel und Schmutz. Hatte ich mich gefunden? Oder besser: welches Ich war da ausgegraben worden? In dem, was auf dem Abfallhaufen gefunden wurde, steckte wohl ein Teil des verwegenen, abenteuerlustigen zwölfjährigen Roland, des ebenso verwegenen wie durstigen Zwanzigjährigen, des fünfundzwanzigjährigen, noch durstigeren Jungverheirateten, des einige Jahre älteren, frisch geschiedenen Trinkers, des wieder ein paar Jahre älteren Polizisten, der Prügel bezog und Schläge austeilte, bis er endlich in den Augen der Kollegen – nicht aller – ein brauchbarer Bulle wurde. Der Fahnder in mittleren Jahren mit diversen Problemen und schließlich der Ehemann einer Krankenschwester namens Virena, der trotz Liebe und Zuneigung Schwierigkeiten hatte, seine richtige Rolle zu finden, und seiner Frau durch Eifersucht und Eigensinn das Leben schwermachte, bis die Tochter Elin geboren wurde und sich seine Einstellung in vielen Dingen änderte. Nun fühlte er sich ausgeglichen und manchmal sogar glücklich – bemerkenswert in einer Welt, in der Glück zu den absoluten Mangelwaren gehört. Hatte ich diese letzte Version meines Ichs wiedergefunden?

Doch auch dieser Roland Hassel war nicht nur lieber Papa und tulpenkaufender Ehemann. Vieles an ihm war durch den Beruf, durch Streß und Trubel und Frust deformiert. Manchmal fühlte er sich psychisch wie auch physisch zerrieben, zerquetscht, plattgewalzt und seiner Würde beraubt. Wen also hatte ich wiedergefunden? Welchen Hassel?

Ich ließ die Frage stehen, wo sie stand, und deckte ein Tuch darüber. Äußerlich war ich ein ruhiger und kompetenter Polizist, doch darunter zerbrechlich wie Eis im Oktober. Als ich die

Klinik verließ, hatte ich mich sicherheitshalber noch ein letztes Mal bei dem spitzbärtigen Doktor Gloch erkundigt:

»Für Ärzte gilt wohl auch in Deutschland die totale Schweigepflicht?«

»Natürlich. Unser diesbezügliches Gesetz gehört zu den ältesten der Welt.«

»Gut. Sie haben gesagt, daß Sie mich von dieser Psychose befreit haben. Es geht mir also gut. Eventuelle Befürchtungen wären rein hypothetisch. Nicht wahr?«

»So könnte man es ausdrücken, wenn man nicht ...«

»Dann drücken wir es so aus. Als Patient verbiete ich Ihnen, irgend etwas anderes in ihren Bericht zu schreiben.«

»Sie verbieten, Herr Hassel?«

»Genau. Wenn Sie etwas anderes vermerken, werde ich Sie anzeigen, weil Sie ein Gesetz gebrochen haben.«

»Verbieten? Anzeigen? Gesetz gebrochen? Ist das die Art, wie Sie mit Ihrem Arzt verkehren?«

»Nein. Sie haben an meiner Seele ein Wunder vollbracht, wenn ich es einmal so pathetisch ausdrücken darf. Aber ich möchte nicht, daß ich weiterhin bemitleidet, geschont und wie ein Kranker behandelt werde.«

»Ich verstehe. Etwas anderes hätte ich auch gar nicht geschrieben. Als Arzt möchte ich nicht, daß meine Patienten nach ihrer Entlassung irgendwie besonders behandelt werden.«

Nach einer Weile gewöhnte ich mich wieder an den Alltag von Familie und Job. Ich achtete darauf, nicht allzu sportlich zu wirken, beim Lachen nicht die Zähne zu zeigen, nicht freundlicher als sonst zu sein und keine Überstunden zu machen, die mich als besonders tüchtig erscheinen lassen könnten. Ich aß, wie ich sollte, und schlief, wenn man glaubte, daß ich es tat. Es dauerte etwa eine Woche, bis die tastenden Gespräche der anderen normal wurden und sie mich nicht mehr mit Samthandschuhen anfaßten – ich war wieder der alte Rolle.

Was niemand wußte, aber der kluge Doktor Gloch möglicherweise ahnte: Die Angst hatte mir innere Wunden beigebracht.

Mein Magen war wie ein Klumpen, der manchmal aus Stein und manchmal aus Gelee zu bestehen schien. Diese Furcht befällt einen, wenn man gezwungen wird, an einen Ort zu gehen, von dem man genau weiß, daß man dort Angst haben wird.

In der ersten Zeit war es gewesen, als liefe ich über Glasscherben, jetzt aber merkte ich, daß die unbegründete Angst langsam verschwand und ich wieder relativ natürlich atmen konnte. Zugleich wußte ich, daß die Angst noch irgendwo unten in einer Höhle lauerte. Sie ruhte, aber sie schlief nicht; sie verhielt sich ruhig, war aber keinesfalls gezähmt; sie kniff die Lippen zusammen, konnte aber jederzeit wieder die Zähne fletschen. Der Doktor hatte recht gehabt. Ich lebte, als ob ich geheilt wäre.

Virena sagte mir auf ihre ruhige, etwas kühle Art, daß sie mich wirklich vermißt und sich nach mir gesehnt hatte, und ich versicherte ihr, daß es mir genauso gegangen war. Elin äußerte sich nicht dazu, denn sie hatte nur erfahren, daß ich wegen meiner Arbeit verreist sei – dieselbe Lüge verwenden auch die Frauen von Strafgefangenen. Wir nahmen unseren vertraulichen Kontakt mit der Plauderei am Morgen und der Gutenachtgeschichte am Abend wieder auf, und auf Kinderart wußte sie den Bogen von unserem letzten Gespräch bis ins Jetzt zu spannen. In der Perspektive eines kleinen Mädchens ist die Zeit ein Schelm, um den man sich nicht kümmern muß. Damit funktionierte die Familie Hassel wieder wie zuvor, und ich hoffte, daß es für immer so blieb. Doch hatte mich ein buntes Leben gelehrt, daß man, wenn man auf Hoffnungen vertraut, ebensogut einen Aal mit Boxhandschuhen fangen kann.

Die achtundzwanzig Kollegen der Informationsabteilung unterstanden dem klugen, fähigen und engagierten Kommissar Åke Sundgren, der diesen neugeschaffenen Posten nicht zuletzt deshalb bekommen hatte, weil er ein ausgezeichneter Administrator war. Er hatte unsere Arbeitsfelder abgesteckt und achtete darauf, daß wir sie bei aller individuellen Freiheit nicht verließen. Da ich so lange nicht dagewesen war, hatte er mich keinem Team zugeteilt, aber das störte mich nicht. Es würde sich ergeben; außerdem arbeitete ich gern solo, soweit das in einem Beruf, der mehr und mehr zu einem Mannschaftsspiel wurde, noch möglich war.

Auf der Treppe zu dem enormen Betonklumpen, der sich Polizeigebäude nennt, traf ich Sune Bengtsson, der offenbar auf ein Taxi wartete. Er und ich waren viele Jahre Kollegen in Simon Palms Fahndungsgruppe gewesen, ohne daß wir Freunde geworden wären – Sune war überhaupt außerstande, Gefühle zu empfinden oder zu wecken – und später wußten alle, daß er Mitglied in einer neonazistischen Organisation war. Leider fehlten uns dafür die Beweise; er stritt alles ab, und wir konnten ihn nicht loswerden. Aber wir hielten ihn aus allen wichtigen Ermittlungen heraus, und die meisten zeigten ihm die kalte Schulter. In Sunes Augen war ich für seine Situation verantwortlich, aber das kümmerte mich nicht.

Er schraubte einen seiner Sargnägel in die Zigarettenspitze und klemmte sie in den Mundwinkel. Sein Blick wurde scharf wie ein Skalpell, als er mich durch die runden, extrem dicken Brillengläser musterte. Unsere gegenseitige Abneigung war inzwischen so stark, daß sie wie eine dicke, schleimige, geradezu physisch fühlbare Wand zwischen uns stand. Wir sagten nichts, wir starrten uns nur an, fochten mental und suchten nach Blößen für den entscheidenden Stich. Hätte ich ihn weniger verabscheut, wäre es die richtige Gelegenheit für eine meiner berühmten sarkastischen Bemerkungen gewesen, doch das Gefühl war allzu beherrschend. Schließlich knurrte ich aggressiv wie ein ausgehungerter Tiger:

»Du fliegst raus aus dem Polizeikorps!«

Auch er zeigte die Zähne:

»Warum sollte ich?«

»Wir dulden keine Schurken unter uns.«

Er zündete die Zigarette an und blies den Rauch in meine Richtung, doch ein Windstoß trieb ihn in sein Gesicht zurück.

Sicher betrachtete er den Tabaksqualm als das einzig brauchbare Herrenparfüm.

»Du nennst mich also einen Schurken?«

»Wenn es keine Zeugen gibt, sage ich immer die Wahrheit.«

»Würdest du das vor Zeugen wiederholen?«

»Sprich mit deinem Kumpel Hitler. Ihr steht doch sicher in medialem Kontakt.«

Er erstarrte, weil ich seinen Hausgott gelästert hatte.

»Dann werde ich dir etwas ohne Zeugen sagen«, zischte er mit verkniffenen Lippen.

»Wirst du ein Hakenkreuz verschlucken und daran ersticken? Endlich eine gute Nachricht.«

Das war kein Sarkasmus; ich hatte ihn verbal angespuckt. Von seiner Seite war es nicht nur Abneigung gegen mich, sondern reiner Haß. Mein Körper verspürte eine prickelnde, primitive Lust, ihm die Faust ins Gesicht zu schlagen. Er hatte seine Pflicht als Polizist viele Male verraten, indem er seinen Anhang vor Razzien warnte; ich hatte schwerwiegende Indizien gefunden, die jedoch nicht ausreichten. Aber ich wußte, daß es so war, und er wußte, daß ich es wußte. Er mußte raus aus dem Korps! Beim letzten Mal hatte es nicht geklappt, aber es würde sich sicher eine neue Gelegenheit ergeben. Der Teufel hatte bei uns nichts zu suchen!

»Mit dir kann es einmal ganz, ganz schlimm enden«, sagte er langsam und mit spitzer Stimme.

»Willst du mir die SA auf den Hals schicken?«

»Du wirst schon sehen.«

Er ging zum Taxi, das Mundstück wie eine Lanze eingelegt, und fuhr einer unbekannten Bestimmung entgegen. Sein Rücken drückte aus, was er dachte, und das war nicht gerade schmeichelhaft. Auf eine Art war es richtig schön, so spontan in Wut zu geraten; das deutete darauf hin, daß es in dem sonst so versierten Hassel Leben gab, das nicht gespielt war. Wahrscheinlich hatte diese Konfrontation denselben Erholungseffekt wie eine Woche an der Küste mit Tangbad. Seine Drohung schreckte mich nicht. Er war ein Schurke, doch er wußte sehr wohl, daß Gewalt gegen einen Polizisten einen Großalarm auslösen würde. Dann galt das Motto der Musketiere: einer für alle und alle für einen.

Im Polizeigebäude traf ich eine bedeutend nettere Person, meinen ältesten und besten Freund Simon Palm. Er und ich waren zusammen viele Kilometer Streife gelaufen, wir pflegten familiären Kontakt, und auch als er in der Fahndungsgruppe mein Chef war, hatten wir uns blendend verstanden. Wenn man ihn sah, den riesigen Kerl mit einem dicken Bauch, einem vorspringenden Kinn und einer kuppelähnlichen Glatze, der Jacken trug, die als Armeezelte dienen konnten, mußte man vermuten, daß er zu einem Junggesellenleben verdammt war. Doch ganz im Gegenteil, er hatte so viele zärtliche Frauenhände kennengelernt, daß wir Normalverbraucher nur vor Neid erblassen konnten. Nun war er seit langem mit der aus Rußland stammenden Nadja verheiratet und lebte mit ihr und der großen Kinderschar – auch die drei, die schon aus dem Hause waren, fanden sich regelmäßig zu Mahlzeiten ein – in einer Zweieinhalbzimmerwohnung in Spånga.

»Bist du das dritte Unglück?« fragte ich.

»Nicht daß ich wüßte.«

»Ein alter Spruch sagt: Kommt das Unglück dreiermal, wird das dritte ganz fatal.«

»Habe ich noch nie gehört.«

»Den kennt man auch nur außerhalb von Spånga.«

»Wollen wir uns halb zwölf im Speisesaal zum Essen treffen? Ich würde gern ein paar Sachen mit dir besprechen. Erinnerst du dich an Sverre Carlsson?«

Ich nickte eifrig.

»Ja, er hat einen Sohn, der seinen Namen in Cortar geändert hat. Dieser Cortar ist Hehler und hat ein Riesenlager mit gestohlenen Waren. Sverre ist bereit, seinen Sohn für tausend Reichstaler zu verpfeifen.«

Simon zwinkerte überrascht.

»Was zur Hölle … woher weißt du das? Er hat mich doch erst vor fünf Minuten angerufen.«

»Kleinigkeit. Wir bei der Informationsabteilung sind eben gut informiert. Punkt Viertel nach drei wirst du heute Zahnschmerzen bekommen.«

In meinem Zimmer las ich mir verschiedene Memos und Informationen durch, die ich für meine laufende Arbeit bestellt hatte. In unserem Zuständigkeitsbereich gab es eine große Anzahl an Schwerverbrechern, die wir observierten, um festzustellen, womit sie sich beschäftigten, wo sie sich herumtrieben, mit wem sie sich trafen, welche Summen sie ausgaben und vieles mehr. Im Falle eines Verbrechens konnten wir unseren Kollegen in den operativen Abteilungen umfassende »Bilder« von Verdächtigen und deren aktuellen Hintergrund liefern.

Es war wie ein Puzzle mit bekannten und unbekannten Teilen. Einige der Akteure kannte ich von früher, doch viele Gesichter waren neu und überraschend für mich – diese Personen hätten eine andere Gesellschaft wählen sollen. Ein gewisser Doktor Vincent Håkansson tauchte in mehreren Zusammenhängen auf. Mit ihm hatte ich mich besonders beschäftigt. Trotz eines durchschnittlichen Einkommens lebte er auf ziemlich großem Fuß und reiste oft nach Spanien. Nicht mit Chartermaschinen, sondern mit regulären Flügen, und, soweit mir bekannt, stets in der Businessclass. Er hatte eine eigene Praxis, arbeitete aber auch als Betriebsarzt für eine Bank mit vielen Filialen. Hatte er dabei jemanden kennengelernt, der ihm Insiderwissen über Bankgeschäfte vermitteln konnte, der Zeiten und Abläufe, Codes und Kombinationen kannte und wußte, wo die Alarmknöpfe saßen? Eine Bande entschlossener Männer, die an einem Freitagabend in die Bank eindrang, hatte reichliche sechzig Stunden Zeit, den Tresorraum zu öffnen und viele Millionen zu erbeuten – abzüglich der Provision für den Tipgeber. Das war bereits geschehen, und wir rechneten damit, daß es wieder passieren würde. Exakte Summen konnten wir nie ermitteln. Ein großer Teil des Inhalts der Bankfächer besteht aus dicken Bündeln von Scheinen oder genauso rostfreien Diamanten, von denen die Steuerbehörden nichts wissen.

Ein herrliches Leben, dachte ich, ruhig und still, und man hatte nur mit Fotos, Texten, Telefon und Computer zu tun. Sicher, man legte ein paar Pfunde zu, doch die waren wohltuend für das Sitzfleisch. So konnte ich es bis zur Pension aushalten, mit feierlich überreichter Medaille, Abschiedsgeschenk, Torte, einer Standardrede von einem Standardredner, Schulterklopfen und der unausgesprochenen Ermahnung: »Laß dich hier ja nicht mehr blicken!« Und die Uhr tickte und ließ einige nachdenkliche Minuten verstreichen, und ich wendete ein Blatt nach dem anderen und tippte Angaben in den Computer und dachte an das Mittag- und Abendessen. Gut, aber nicht zu fett. Falls es kein mageres Fleisch gab, mußte ich eben gutes, aber fettes nehmen. Das Telefon unterbrach meine kulinarischen Träume. Es war die Stimme des Chefs:

»Kannst du mal zu mir kommen?«

Ich war gut zu Fuß, warum also sollte ich nicht können? Ich fühlte mich sogar so wohl, daß ich auf dem kurzen Weg zu Åke Sundgren beinahe gesungen hätte. Doch als ich sein Büro betrat, verging mir die Lust, und ich fühlte mich gar nicht mehr wohl.

»Hej, Rolle. Lange ist es her.«

Carl Hiller erhob sich aus einem der Sessel und kam auf mich zu. Mechanisch schüttelte ich seine Hand, und jene unkontrollierbare Angst begann, mit eisigen Füßen in meinem Magen herumzuspazieren. Das war kein harmloser Freundschaftsbesuch. Bei Hiller steckte immer eine Absicht dahinter.

Mit einem Schaudern wurde mir klar, daß Hiller das dritte Unglück repräsentierte und daß es wahrscheinlich fatal für mich enden würde!

2.

Er hatte sich bis auf ein paar graue Strähnen kaum verändert, war vielleicht ein bißchen magerer geworden, aber das fiel nicht weiter auf. Natürlich trug er einen feinen Anzug, wie es einem der Chefs des operativen Teils von Interpol im Gegensatz zu einem schwedischen Normalbullen zustand. Er gab sich so jovial gutmütig, daß ich sofort Verdacht schöpfte: Es mußte eine Teufelei dahinterstecken.

»Was für ein herrliches Wetter! Laß uns einen kleinen Spaziergang machen«, schlug er vor.

»So schön ist es auch wieder nicht.«

»Ach komm, eine Weile entlassen sie dich gern aus diesem Paradies.«

Ich schaute zu Sundgren, der leicht die Schultern zuckte. Der Kommissar hatte eine Vergangenheit bei Interpol und wußte, welche Psalmen man dort zu singen pflegte, auch wenn er die Abenteuer des einfachen Fußvolkes nie kennengelernt hatte.

»Danke, ich ziehe es vor, im Garten Eden zu bleiben«, erklärte ich mürrisch.

»Dann betrachte dich als vorübergehend vertrieben.«

»Dazu ist nur Gott ermächtigt. Bist du Gott?«

Schwach lächelnd schüttelte er den Kopf.

»Betrachte mich eher als die Schlange, die Ursache für den ersten Exodus.«

Wer so früh am Morgen mit lateinischen Worten um sich wirft, gewinnt schnell die Oberhand. So blieb mir nichts anderes übrig, als in den sauren Apfel zu beißen, den mir die elende Schlange noch nicht einmal überreicht hatte. Wir verließen das Polizeigebäude und wanderten Seite an Seite in Richtung Hantverkargatan. Ich nahm an, daß Interpol noch über ihr kleines Büro in der Sysslomansgatan verfügte und wir dorthin unterwegs waren. Vor kurzem war ich noch in blendender Laune gewesen, doch nun war sie unter den Nullpunkt abgesunken.

Das Leben bringt einem bei, nichts für gegeben zu nehmen.

Man kann höchstens zwei Sekunden im voraus planen. Immer, wenn es am schönsten ist, wird man von einem Auto überfahren, von einem Bus gerammt, von einem Motorrad gestreift oder von einem eifersüchtigen Ehemann erschossen; man bekommt eine Nierenkolik oder einen Herzinfarkt, stolpert über einen Obdachlosen und bricht sich beide Beine, wird entlassen oder erfährt, daß die Gattin am Wochenende groß reinemachen will: Im Nu verändert sich alles. Falls man die Attacke überlebt, ist das Dasein ein anderes, leer und freudlos. Bis tief ins erprobte Mark spürte ich, daß eine solche Attacke bevorstand.

Hiller plauderte auf seine widerliche, geistreiche Art und begleitete seine Ausführungen durch beifälliges Lachen. Wir waren einst Freunde gewesen und waren es wohl noch, wenn ich auch wünschte, daß unsere Beziehung über eine möglichst große Entfernung aufrechterhalten wurde, wie mit einem Brieffreund in der Mongolei.

»Was willst du eigentlich von mir«, unterbrach ich eine Tirade über Muschelsuppen.

»Wer sagt, daß ich etwas von dir will?«

»Du willst nichts von mir? Dann gehe ich zurück. Ich habe Arbeit, die nach mir schreit.«

Ich machte auf dem Absatz kehrt, doch er legte mir die Hand auf den Oberarm und lachte nachsichtig, wie ein Vater, der sich an dem rebellischen Wesen seines Sohnes erfreut.

»Das hat Zeit; dein Job läuft dir nicht davon.«

Wir liefen weiter zum Fridhemsplan. Trotz aller Wolken in der Seele war der realexistierende Himmel blau und rein, und die frische, klare Luft dieser zweiten Aprilwoche ließ sich leicht atmen. Noch zeigten die Bäume in den grünen Oasen von Kungsholmen keine Knospen, aber der warme Frühlingswind verkündete bereits die bevorstehende Erneuerung. Ich war nicht bereit, so ein Wetter an einen Mann zu verschwenden, der trotz dehnbarer Freundschaftsbande Übles mit mir vorhatte. Er plante, mir Dinge abzuverlangen, die ich ihm nicht geben wollte. Meine Laune war so weit abgesackt, daß ich kalte Füße bekam.

»Denk dir nur, man hat mich nach Berlin versetzt«, vertraute er mir an.

»Auf eine Parkbank Unter den Linden, denke ich mir.«

»Und es gefällt mir in Deutschland. Man fühlt sich dort eher zu Hause als in anderen Ländern, denn in vielem ähneln wir den Deutschen. Wir bewundern die Amerikaner, mögen die Engländer und glauben, daß ein kleiner Franzose in uns steckt, doch im Grunde sind wir Schweden die Reservedeutschen des Nordens.«

»Ach ja? Ich dachte immer, daß wir vor allem die kleinen Französinnen lieben«, murmelte ich ohne großes Interesse für das geographische Thema.

»Keinesfalls. Der spielerische Leichtsinn liegt uns nicht.«

Diese Theorie durfte er gern für sich behalten. Vielleicht waren wir nicht so verspielt, aber der Leichtsinn gehörte zu unseren markanten Merkmalen; das wußte ich durch intensives Studium einer Person, die ich sehr gut kannte. Doch nun war ich von solch angenehmen Dingen weit entfernt.

Sein Gequatsche bekam mir nicht gut, die humoristisch schnellen Assoziationen bereiteten mir Übelkeit, und den kumpelhaften Ton empfand ich als schmierigen Versuch, Vergangenheit und Gegenwart einfach zu verknüpfen. Wir waren diesen Weg schon einmal gegangen, und er hatte über dieselben Sachen gesprochen, das Wetter war etwa dasselbe gewesen, und ich hatte den Eindruck, noch an demselben Kaugummi zu kauen. Doch damals war nicht heute, allzu viel war geschehen. Wenn man auf eine Wasserfläche schaut, sieht man über Jahrzehnte dasselbe Bild, doch kann sich der ganze Boden des Gewässers durch Schlamm, Verunreinigungen, Beben und Vulkanausbrüche verändert haben.

Wir erreichten die Sysslomansgatan und das Interpol-Büro gegenüber der Rückseite des »Draken«, des letzten Kinos von Kungsholmen. Es war inzwischen ebenfalls geschlossen worden, so daß wir in einer filmfreien Wüste lebten. Leider hatten wie keinen Cineasten-Moses als Führer, so daß die Lage hoffnungslos war. Die heiß begehrten Sofas zum Knutschen – fort. Der schönste Vorhang der Welt, gestaltet von Isaac Grünewald – fort. Die süßen Illusionen – fort. Nur der grüne Drachen mit seiner roten Neonzunge sitzt noch über dem ehemaligen Eingang, ganz verloren in einer Welt, die kein Interesse mehr an mächtigen, jedoch gutherzigen Monstern hat, sondern sich mit Eidechsen in einer kleinen Dose begnügt.

Auch das Büro sah sich widerlich ähnlich. Alle technischen Errungenschaften dieser Welt hatte man dort hineingestopft; sie wetteiferten um die Aufmerksamkeit des Menschen: Komm und fax mich, sende ein E-mail, programmiere die Computer. Pfiff man »Alte Kameraden«, kam ein Roboter mit einem Sixpack Bier, hustete man, wurde das Solarium eingeschaltet, schrie man laut, eilte jemand vom Heimservice herbei, um aufzubetten. Manchmal wünschte man sich in eine Zeit zurück, als die Polizisten noch gezwungen waren, ihr eigenes Gehirn zu benutzen.

»Kaffee oder Tee? Du nimmst lieber Tee, stimmt's?«

»Juice.«

»Wir haben Apfelsaft.«

»Ich will Orange.«

Er ging in die kleine Küche hinüber, und ich hörte ihn zufrieden grunzen, weil er offenbar die richtige Sorte Juice gefunden hatte. Sofort beschloß ich, Birnensaft zu fordern, ließ es dann aber sein. Was nutzte der kindliche Trotz? Nun ja, manchmal eine ganze Menge.

»Frisch gepreßter Juice, direkt aus der Flasche. Ich schließe mich dir an. Man trinkt viel zu wenig Saft.«

»Die rotbunten Juicekühe sterben leider aus. Also, was willst du?«

»Tja, ich will mich nur ganz allgemein mit dir unterhalten, über die alten Zeiten und so.«

Er lächelte verbindlich, aber mich konnte er nicht täuschen.

Allgemeines gab es für Hiller nicht, und die alten Zeiten hatte er längst vergessen.

»Meinetwegen. Solange es beim Reden bleibt, ist alles okay. Sollte Interpol Informationen benötigen, die ich liefern kann, so bekommst du sie. Zum Beispiel, welches Datum wir heute schreiben.«

Hiller nippte an seinem Saft. Wie ich ihn kannte, wäre es ihm lieber gewesen, ein Glas Rotwein in der Hand zu halten.

»In Berlin kann man das Leben zu einer Kleinkunst machen, sagen die Deutschen, glaube ich. Alles, was man sich wünschen kann, ist bequem in Reichweite. Du solltest nur die Geschäfte sehen! Man kann ...«

»Wir haben einen prima Konsumladen in der Pontonjärgatan. Komm zur Sache, verdammt noch mal!«

»Bist du heute etwas gereizt?«

»Heute? Das ganze Jahr! Noch eine Silbe von deinem Geschwätz, und ich geh die Wände hoch.«

Er nickte ruhig und ließ sich nichts anmerken. Hiller war die perfekte Sphinx.

»Wie du willst. Was weißt du über Lastkraftwagen?«

»Man füllt Benzin oder Diesel ein und dreht am Zündschlüssel. Hinten ist eine Ladefläche für Sand oder Gummibäume. Läuft auf Rädern.«

»Ausgezeichnet. Und was weißt du über die großen Lkw, die im Volksmund Fernlaster genannt werden und im internationalen Verkehr zum Einsatz kommen?«

»Dasselbe. Meistens haben sie ein paar Räder mehr.«

»Deine Kenntnisse sind ja geradezu enzyklopädisch! Was weißt du über Entführungen von Fernlastern?«

»Wenn man einen neuen für dreitausend erwischt, hat man ein Geschäft gemacht.«

»Wie wahr, wie wahr. In Amerika sind diese Verbrechen altbekannt, und ihr Umfang wächst trotz aller Sicherheitsmaßnahmen. Das FBI hat eine große Abteilung, die sich nur mit solchen Fällen beschäftigt, denn es ist eines der großen Geschäfte der Mafia.«

»Ja, ja, in Amerika haben sie alles, sogar geblümte Unterhosen«, seufzte ich.

»Auch in Europa gehört das Kapern von Fernlastern inzwischen zum Big Business«, fuhr Hiller in seiner leicht dozierenden Art fort. »Man stiehlt die Auflieger und raubt sie aus. Oft geht es um Waren, die in Osteuropa sehr gefragt sind: Computer, Mobiltelefone, Elektronik verschiedenster Art, Mikrowellenherde. Aber auch Fleisch für hungrige Russen, und sei es noch so BSE-verseucht.«

»Wenn alle Gras fressen würden, wäre das Problem gelöst.«

»Man ist scharf auf die Ladung, aber manchmal wird auch das ganze Fahrzeug samt Inhalt nach Osten geschmuggelt. Litauen ist zu einem bedeutenden Transitland für gestohlene Waren geworden. Die litauische und die russische Mafia kämpfen erbittert um die Beute. Es finden regelrechte Gangsterkriege statt, mit Dutzenden von Toten.«

»Da möchte man lieber nicht dabeisein.«

Ich begann zu schwitzen, und die Ameisen des Unbehagens krabbelten mir über die Haut, um kleine Schreckpartikel zu einem großen Angsthaufen zusammenzutragen. Meine Seele wünschte sich in ihrer derzeitigen Verfassung nur Stille, Ruhe, samstags eine Talkshow und donnerstags die traditionelle Erbsensuppe. Hiller brach vernagelte Türen auf, hinter denen blutrünstige Monster schlummerten, die sehr schnell erwachen konnten. Ich hörte sie schon knurren und an den Ketten zerren; meine Finger verknoteten sich wie im Krampf.

»In Schweden werden pro Jahr etwa dreihundert Lastwagen gestohlen. Reine Entführungen sind selten, doch wir haben immerhin fast ein Dutzend registriert. Es geht um Spirituosen, die im Land verbleiben und an Kneipen verkauft werden, und um Zigaretten, für die es ebenfalls regelrechte Vertriebskanäle gibt. Auch zwei große Laster mit Kaffee haben ihre Abnehmer bei uns gefunden. Mobiltelefone landen dagegen in Moskau, das ist so sicher wie das Amen in der Kirche. Einige Exemplare sind im Baltikum aufgetaucht. Ich möchte betonen, daß es sich um sehr große Mengen handelt. Ein einziger Schnapstransport kann aus fast fünfundzwanzigtausend Flaschen Hochprozentigem bestehen. Diese Statistik enthält übrigens auch den Raub von schwedischen Lasttransporten im Ausland.«

Er lächelte mich auffordernd an.

»Wenn du eine Frage hast, dann stell sie.«

»Okay. Was zum Teufel habe ich hier verloren?«

»Komm, Rolle, zeige, daß du ein Profi bist.«

Ich erhob mich und ging zur Tür. Im Spiegel konnte ich seine verwunderte Miene sehen.

»Wo willst du hin?« rief er.

»Abhauen.«

»Aber wir sind doch noch lange nicht fertig.«

»Ich schon. Als Profi will ich nichts mit deinen Lastautos zu tun haben. Wenn du eines brauchst, mußt du es selbst entführen.«

Hiller sprang auf und stellte sich mir in den Weg; nicht als Gegner, sondern als verständnisvoller Freund, der ein Gespräch fortsetzen will – als hätten wir nur über verschiedene Biersorten diskutiert. Mir wäre es lieber gewesen, wenn er mir wirklich als Feind gegenübergestanden hätte. Einen Gegner kann man auf direktere Art behandeln; man kann grob werden und ihn zur Hölle wünschen, und er kann sich noch größere Gemeinheiten ausdenken. Hiller und ich dagegen waren einmal enge Freunde gewesen, und wenn sich auch der Abstand vergrößert hatte, war doch etwas davon geblieben. Das und mein starkes Gefühl für Loyalitäten reichten aus, um mich mit sanftem Druck an meinen Platz zurückführen zu können. Noch handelte es sich ja um das reine Vermitteln von Fakten, und mehr würde keinesfalls daraus werden.

»Also, was möchtest du fragen?«

»Ob ich mehr Saft bekommen könnte.«

»Verdammt, Rolle, hör auf mit dem Quatsch!«

Meinetwegen. Um schneller von hier fort- und in mein gemütliches Zimmer bei der Kripo zurückzukommen, würde ich mitspielen und mich klug wie die Eule und listig wie der Fuchs anstellen. Die Rolle der Gans oder des Esels, das gelobte ich mir im stillen, würde er mir nicht aufdrängen können.

»Woher wissen die Täter, daß die Ladung wertvoll ist? Wie kann man sicher sein, daß da nicht zehn Tonnen Katzensand von A nach B transportiert werden?«

»Ja, woher weiß man das?«

»Die Antwort liegt auf der Hand. Natürlich ist diese Art Verbrechen zu neunzig Prozent von Insiderwissen abhängig. Die Tips kommen von Fahrern oder von Leuten, die mit der Be- und Umladung zu tun haben. Oder auch von Lieferanten, die an Versicherungen und dem Schwarzmarkt gleichermaßen verdienen.«

Hiller nickte zustimmend, obwohl ich nichts Originelles gesagt, sondern einfach eine Lektion in Kriminalistik heruntergebetet hatte.

»Und wer erhält die Tips?«

»Bei systematisch geplanten Aktionen stecken meistens mafiaähnliche Organisationen dahinter. Das können auch kleinere Gruppen sein, die sich auf organisierte Verbrechen in bestimmten Nischenbranchen spezialisiert haben. Der klassische Einzeltäter ist inzwischen ein chancenloses Auslaufmodell, wenn es ums große Geld geht.«

Das Wort Mafia ist inzwischen so abgenutzt wie die Begriffe Liebe, Freiheit und Demokratie. Wenn zwei Männer an einem Dienstag einen dritten niederschlagen, ihm die Uhr klauen und die an einen Hehler verkaufen, ist das ein Einzelfall. Wenn sie es auch am Donnerstag und Samstag tun, werden sie zur »Uhrenmafia« ernannt und vielleicht sogar in den Nachrichten erwähnt. Gleichzeitig trifft es durchaus zu, daß man die Märkte heute untereinander geographisch und nach Branchen aufteilt. Die kleinen Mafiaorganisationen arbeiten genau wie

Zulieferer eines größeren Industrieunternehmens, das seinerseits eine übergreifende Struktureinheit bedient. Man wird in Ruhe gelassen, solange man Abgaben und Provisionen bezahlt.

Grenzen gibt es nur noch als Striche auf der Landkarte. Wenn die Regierungen so effektiv zusammenarbeiten könnten wie die kriminellen Organisationen, wäre die Welt ein glücklicherer Platz. Mafiosi müssen weder auf ihr Prestige achten noch um die Gunst der Wähler buhlen; sie haben nur das einzige Ziel, Macht und Geld an sich zu raffen. Das schaffen sie über Beziehungen, die so gut funktionieren, daß die Vereinten Nationen nur davon träumen können. Die Sprache der Macht und des Geldes ist international, und gutausgebildete Computerspezialisten vermitteln Informationen über lukrative Verbrechen von Yokohama nach London oder von Montreal nach Stockholm via Internet im Bruchteil einer Sekunde. Genau so elektronisch schnell wandern Beträge von den Konten in Länder, wo sie jedem Zugriff entzogen sind. Was haben wir Polizisten solchen Megageschäften entgegenzusetzen? Nicht viel, aber immerhin haben wir trotz der Etatkürzungen neue Uniformen bekommen.

»So ist es, Rolle. Wir haben einen schweren Verdacht gegen einen schwedischen Fahrer, der verschiedene Routen befährt, vor allem nach Deutschland, Frankreich und Holland. Er weiß nicht, daß wir ihn im Visier haben. Sein Name ist Eivar Janzén. Soll ich seine Geschichte erzählen?«

»Gern, aber nicht mir.«

»Wie gut kannst du Lastwagen fahren?«

»Lieber lasse ich mich von einem Rolls Royce überrollen.«

Hiller legte den Kopf ein wenig zur Seite und zwinkerte mir auffordernd zu, wie ein Hund, wenn Herrchen streikt und das Stöckchen nicht werfen will.

»Was ist los mit dir, Rolle? Können wir uns nicht wie alte Freunde und Polizisten unterhalten? Interpolizisten, sozusagen.«

Er lächelte über den kleinen Witz, der sicher nicht zum ersten Mal über seine fülligen Lippen kam. Hoffentlich hatte er sonst ein dankbareres Publikum.

»Du hast mir immer noch nicht verraten, was du von mir willst. Was zum Teufel habe ich mit gestohlenen Lastwagen und Eivar Janzén zu schaffen?«

»Meine Idee ist, daß du Janzén auf einer Reise nach dem Kontinent begleitest. Horch ihn aus, ohne daß er es merkt.«

»Wie – begleiten?«

»Als Beifahrer natürlich.«

»Das kannst du dir abschminken. Ich habe noch nie in so einem Fernlaster gesessen, und dabei wird es bleiben!«

»Was du können mußt, bringen wir dir bei, das ist überhaupt kein Problem. In einer Woche machen wir dich zum perfekten Berufskraftfahrer.«

Langsam und nachdrücklich schüttelte ich den Kopf.

»Diese Art Polizeiarbeit habe ich hinter mir gelassen. Ich versuche gerade, jede Erinnerung daran loszuwerden. Weißt du nicht, daß ich krank war und noch lange nicht vollständig genesen bin?«

Sein Blick wirkte verwundert, aber was wußte ich schon von seinen schauspielerischen Fähigkeiten? Hiller beherrschte viele Tricks und stellte die Interessen Interpols immer vor seine privaten. Das war wohl ganz im Sinne seiner Vorgesetzten, aber nicht in meinem.

»Krank? Herz, Lunge oder Magen?«

»Nein, der Kopf. Ein Ergebnis des letzten Interpol-Auftrags, den ich Idiot angenommen hatte. Weiß du nicht, daß es mir seelisch gar nicht gut ging?«

»Nein, nur daß du eine Zeitlang nicht gearbeitet hast. Eine normale Ruhepause wegen der hohen Belastung, dachte ich. Du hast einen sehr guten Namen bei Interpol. Du …«

»Danke, diese Schmeichelei kenne ich, doch das Öl schmiert nicht mehr.«

Er überhörte meine Bemerkung; darin war er ein Meister.

»Du hast zwei Aufträge vorbildlich erfüllt. Der afrikanische

Fall kostete uns zwei Beamte, doch da der eine ohnehin korrupt war und wir den Fälscherring gesprengt haben, können wir mit der Bilanz zufrieden sein. Unter den Papiertigern in der Zentrale in Lyon kennt man den Schweden Hassel vielleicht nicht – die wissen sowieso nicht viel – doch bei der operativen Interpol wird der Name golden eingerahmt.«

Allein das Wort Afrika verursachte mir Brechreiz, und sofort sah ich die Bilder vor mir: die Zelle im Keller, die Kakerlaken, die Würmer, den unglaublichen Dreck, den Haß gegen mich als dem einzigen Weißen unter Schwarzen, die ständigen Drohungen. Aber noch quälender waren die Erinnerungen an die infernalische Hirnwäsche. Der Kapitän mit seiner Peitsche, sein falsches Lächeln, die Schläge auf die Knöchel, und dann küßte ich seine Stiefelspitze und weinte vor Freude, wenn er mir seine Gnade zeigte. Er zerbrach mich und setzte mich zu einer neuen Persönlichkeit zusammen. Hätte nicht … ein kleiner Zufall … ich wäre ein anderer … vielleicht war ich es auch zum Teil geworden … ich war in der Hölle gewesen und konnte darüber berichten, aber ich wagte es nicht, denn sonst würde mich der Oberteufel wieder zu sich holen. Meine Angst war kalt und meine Furcht eisig.

»Meinetwegen könnt ihr den Namen in rostiges Blech stanzen.«

»Lassen wir das. Entscheidend ist, daß Interpol deine Hilfe braucht, um eine kriminelle Organisation unschädlich zu machen. Aus welchen Gründen willst du die Zusammenarbeit verweigern?«

»Weil ich in Frieden leben will. That's all.«

»Aber dieser Auftrag ist zu hundert Prozent risikofrei.«

»Ha ha, das hast du vor der Seereise auch gesagt, und dann …«

»Nein, da spielt dir die Erinnerung einen Streich. Du wußtest, wie riskant es war, als du Seemann spielen mußtest, und du hast dich freiwillig bereit erklärt.«

Widerwillig mußte ich ihm recht geben. Andererseits war es

eine besondere Situation gewesen, als man mich unter den Kollegen wie einen Paria behandelte. Hiller fuhr fort, mich auf seine einlullende Art zu überzeugen:

»Mit deinem letzten Auftrag hatte ich überhaupt nichts zu tun; ich hatte dich lediglich empfohlen. Konntest du dir nicht denken, daß es gefährlich sein würde, in Lagos zu ermitteln?«

»Sprich nicht von Lagos, sonst kommt mir das Kotzen! Ich meine es ernst.«

»Aber war es nicht so?«

»Möglicherweise. Ich will mich nicht erinnern.«

»Es war so. Aber diesmal gibt es, wie ich schon sagte, überhaupt kein Risiko. Es geht doch nur um eine Fahrt von ein paar Tagen in einem Lastwagen, und unterwegs sollst du einen Verdächtigen aushorchen, falls das geht. Wenn nicht, dann haben wir Pech gehabt. Wir fordern nichts Unmögliches von dir.«

»Es gibt tausend und abertausend Bullen, die gern eine risikolose Fahrt nach Zentraleuropa machen würden. Man kann zollfreien Schnaps und alles mögliche kaufen. Warum gerade ich, der nicht will und nicht kann und keine Lust hat und schon bei dem Vorschlag Magengeschwüre bekommt?«

Hiller lachte leise, und das war das Schlimmste. Wenn er wollte, war sein Lachen wie eine heiße Quelle auf Island; man konnte ganze Wohnviertel damit beheizen.

»Du weißt doch, wie das ist, Rolle. Das ist eine Interpol-Angelegenheit, und innerhalb der schwedischen Polizei bist nur du mit der operativen Abteilung von Interpol liiert. Außerdem brauchen wir einen, der die richtigen Fragen stellen und aus der Antwort auch das Ungesagte heraushören kann; einen, der seine Rolle so glaubhaft spielt, daß der andere keinen Augenblick Verdacht schöpft. Du bist kein Schauspieler, der am Drehbuch klebt; ich kenne keinen, der so gut improvisieren kann wie du. Dein Tonfall ist echt, und deine Gesten passen zu dem Charakter, den du verkörperst. Du hast den richtigen Instinkt.«

Ich merkte, wie ich meine Meinung revidierte: Eine Schmeichelei mag noch so plump sein, sie erreicht doch immer ihr Ziel.

Hiller spielte eine Melodie, der ich ohne Unbehagen lauschen konnte, und das wußte er. Zu meiner Überraschung hatte ich das Talent bewiesen, in die Haut eines anderen Menschen zu schlüpfen und mich darin ganz natürlich zu bewegen. In der Schule hatte ich in der Weihnachtsaufführung nicht einmal den Pilz im Märchenwald spielen dürfen und auch nicht zum Sternenjungen getaugt. Einmal war ich als Pfefferkuchenmann vorgeschlagen, jedoch sofort abgelehnt worden. Später durfte ich im Kostüm der kleinen Distel in der »Revolte des Unkrauts im Gartenland« auftreten, doch ich vergaß die Repliken; ich blieb stecken, stammelte, wurde rot und rannte von der Bühne, und meine Unkrautkollegen schämten sich in Grund und Boden. Als Schauspieler mit vorgegebenem Text war ich ein Fiasko, und nicht einmal ein großartiges, doch in der freien Improvisation glänzte ich geradezu. Das Problem war, daß ich meine Begabung nur für Interpol unter Beweis stellen durfte.

»Nimm jemand anders«, wiederholte ich. »Milch und Honig lohnen bei mir nicht.«

Aber Hiller konnte hören, daß meine Ablehnung nicht mehr so bestimmt klang und daß sich die süße Mischung bei mir sicher bewähren würde.

»Rolle, es muß jemand sein, der Schwedisch spricht – du. Einer, dem Interpol vertraut – du. Einer, der ganz unbeschwert lügen kann – du. Rolle, eine gemütliche kleine Reise in einem bequemen Fernlaster, und dann kehrst du zu Frau und Kind und Mensch-ärgere-dich-nicht zurück. Na, was sagst du?«

Tja, was sagte ich? Ich hatte geglaubt, daß mich nicht einmal der ungefährlichste Auftrag würde locken können, aber plötzlich fühlte ich die Versuchung festzustellen, wo meine Grenzen lagen, welche Kurven ich noch nehmen konnte. Sicher, ich war fast geheilt, aber was hieß »fast«? Und was konnte in der Fahrerkabine eines Lastwagens schon Gefährliches passieren außer Heavy Metal im Radio?

»Mhm«, murmelte ich. Er wertete es als Zustimmung und gab mir einen mittelschweren Schlag auf den Rücken.

»So muß es klingen! Aber ich habe ja gleich gewußt, daß du dich nicht vor deiner Verantwortung drücken würdest. Denn wir tragen die verdammte Verantwortung, daß die Welt …«

»Warum strampelst du dich so ab? Du hast doch die Ware schon an den Mann gebracht. Außerdem rettet man die Welt nicht in einem Lkw. Also bleib auf dem Teppich und komm zum praktischen Teil.«

Hiller lächelte mir und sich selbst zu und schaute auf die Uhr.

»Was hältst du von einem längeren Spaziergang mit anschließender gepflegter Mahlzeit? Ich kann am besten denken, wenn ich mich bewege, und du kannst dich wohl neben mir bewegen. Ich muß ein paar Telefongespräche führen. Schau dir so lange diese Liste an. Kennst du einige der Namen? Sie tauchen in verschiedenen Zusammenhängen auf, sind aber nur gerüchteweise mit dem Raub von Lkw-Ladungen verbunden.«

Er ging in einen anderen Raum, schloß die Tür und beschäftigte sich mit Geheimnissen, die nicht für meine einfachen Ohren bestimmt waren. Auf der Liste standen über hundert Namen. So ging man eben vor; man notierte einfach alles, was einem an Geschwätz, Gerüchten und Behauptungen zugetragen wurde, und manchmal lohnte dann ein einziger Fang die ganze Mühe.

Ich hatte besonderes Glück – gleich drei Treffer auf einer Liste! Zwei Hechte und möglicherweise sogar ein richtiger Hai!

3.

Rein zufällig habe ich zwei der Kerle heute getroffen und über einen dritten diskutiert. Alles in allem war es kein Vergnügen. Ich sollte besser mit den Stützen der Gesellschaft verkehren.«

»Laß hören.«

»Pierre Cortar ist Hehler im großen Stil. Sein Vater, Sverre Carlsson, drang heute morgen bei mir ein und versuchte, ihn für einen Tausender zu verpfeifen.«

Mit einem äußerst sorgfältig manikürten Zeigefinger kratzte sich Hiller nachdenklich am Kinn. Seine Hände waren weich und weiß wie bei allen Schreibtischmenschen. Auch in der Freizeit hielt er nichts von Gartenarbeit oder dergleichen; physische Anstrengungen waren nichts für ihn. Ein weicher, bequemer Sessel, ein Glas erstklassigen Rotwein, ein nicht zu anstrengendes Buch, die Beine hochgelegt – so stellte ich mir seinen Feierabend vor.

Obwohl wir uns relativ gut kannten, wußte ich nichts über seine Frauengeschichten, falls es welche gab. Er verfügte über die ruhige Autorität, den stets humoristischen Blick, das schmelzende Lächeln und die Aura von guter Lebensart, die Mädchen aller Altersstufen zu faszinieren pflegen, aber vielleicht gehörte er zu der Sorte, die lieber davon liest, anstatt selbst auf dem gefahrvollen Ozean der Erotik zu segeln. In diesem Falle mußten es verdammt gute Bücher sein. An so eines war ich nie geraten, aber vielleicht hatte ich nicht sorgfältig genug gesucht.

»Ein Großhehler? Ein Mann mit nützlichen Verbindungen zur Branche der Lkw-Räuber? Wo finden wir den Kerl?«

»Simon Palm wird ihn bald festnehmen.«

»Ausgezeichnet. Ich würde gern das Diebesgut inspizieren. Gelingt es uns, Beute aus den Diebstählen in Europa zu finden, sind wir vielleicht einen Schritt weiter. Ist dieser Cortar gesprächig?«

»Wie eine Muschel – stets verschlossen.«

»Alle Muscheln lassen sich öffnen.«

»Tote nicht, das habe ich gelernt.«

Er nickte, dabei geriet ihm die Tischdecke ins Blickfeld.

»Stimmt, Junge, aber die geöffneten kann man in Weißwein kochen, nur trocken muß er sein, und dann …«

»Danke, in Weißwein gekochter Hehler klingt nicht sehr verlockend.«

»Denselben Wein trinkt man dann übrigens dazu, nur zur Information. Wer ist Nummer zwei?«

»Sune Bengtsson. Ein widerwärtiger Polizist, den ich durch und durch kenne.«

Ich berichtete ihm einige Details, und er lauschte mit jener angeekelten Miene, die alle Polizisten aufsetzen, wenn sie etwas Negatives über einen Kollegen hören.

»Na ja. Sein Name wird ganz am Rande erwähnt, vielleicht hat er sich nur mit der falschen Person unterhalten; das kann zu seinem Job gehört haben. Wir werden ihn ganz allgemein überprüfen. Und Nummer drei?«

Ich tippte auf einen der letzten Namen auf der Liste, und mein Finger war weder weich noch weiß, obwohl auch ich mir nichts aus Gartenarbeit machte.

»Vincent Håkansson.«

»So? Was weißt du über ihn?«

»Es gibt keinen klaren Verdacht gegen ihn, aber er wurde mit Leuten gesehen, zu denen er keinen Kontakt haben sollte. Für einen gewöhnlichen Arzt lebt er auf zu großem Fuß.«

»Ich dachte, Ärzte verdienen eine Menge Geld.«

Mein Lächeln wäre dem Finanzminister sicher sympathisch gewesen.

»Eine Menge Geld verdient in unserem Land auf ehrliche Art keiner – falls man nicht kommunal oder staatlich angestellt ist und sich die eigenen Rechnungen bestätigen kann. Um dich zu zitieren: nur zur Information, damit du weißt, wie hoch in Schweden heutzutage die Latte liegt.«

»Erzähl weiter.«

»Seine Praxis hat er am Norr Mälarstrand. Die Adressen wechselten in den Jahren, und jeder Umzug war statusmäßig ein Aufstieg. Er ist fünfundfünfzig Jahre alt, zweimal verheiratet, zweimal geschieden. Er hat eine Tochter und einen Sohn, aber ich habe keine Ahnung, wo sie leben.«

»Was für ein Auto fährt er?«

»Ford Mustang. Ich glaube, er kaufte ihn im vergangenen Jahr oder im Jahr davor.«

Hiller lächelte breit und rieb sich die Hände; vielleicht dachte er an die Muscheln.

»Oft kann man den Charakter eines Mannes an seinem Auto erkennen. Einer, der einen großen schwarzen Wagen mit getönten Scheiben ausgesucht hat, ist schwer zu durchschauen. Er ist vorsichtig, gibt sich keine Blößen, will nicht gesehen werden – Mr. Anonym. Der Besitzer eines Volvo setzt eher auf Sicherheit als auf Abenteuer; er spart im Hinblick auf das Alter, mag keine Übertreibungen und ist anpassungsfähig – ein ausgeglichener Herr, der mit beiden Füßen auf der Erde steht.«

»War das ein Kompliment oder eine Beleidigung?«

»Kommt ganz darauf an. Ich betrachte das jetzt natürlich international. Ein Saab-Fahrer gibt sich ein wenig wilder – ein Mann, der den Wind im Haar liebt. Wer einen Mercedes kauft, will ausdrücken, daß er wahrhaftig einen Mercedes gekauft hat. Hat man einen Audi ausgewählt, gehört man zur Laborsorte, zu den Perfektionisten und Pedanten, die Wert auf ein funktionelles Heim ohne Topfpflanzen und Nippes legen – stets gut rasiert und mit passender Krawatte. Ein Fiat ...«

»Ist das nicht Psychologie auf Kinderzimmerniveau?«

»Klar, aber genau dort liegt die Wahrheit. Man ist, was man kauft.«

»Ich habe sowohl einen Volvo als auch einen Saab besessen, und jetzt fahre ich Opel. Wie ordnest du mich ein?«

Hiller warf mir einen schwer zu deutenden Blick zu.

»Nun ja, ich sagte: ›Man ist, was man kauft‹ und nicht ›Man ist, was man auf dem Gebrauchtwagenmarkt billig erwischt hat‹. Aber ein Mustang, Rolle, ein Mustang sagt uns verschiedenes über Doktor Håkansson. Ford schuf den Mustang als Kreuzung aus einem Sportcoupé und einem gewöhnlichen Wagen, damit die Mittelklasse, gebeutelt von Schulden und Job und Verantwortung, sich einen Jungentraum erfüllen konnte, ohne ein schlechtes Gewissen haben zu müssen. Angeblich kaufte man ein normales Auto, aber wenn man erst einmal hinterm Lenkrad saß, fühlte man sich wieder wie achtzehn. Ein Riesenerfolg für Ford.«

Ich merkte, daß ich zustimmend nickte. Wer wollte keinen Mustang haben? Hiller dachte zu gut vom männlichen Geschlecht. Älter als zwölf wurde man nie.

»Aber Håkansson wird von nichts gebeutelt. Er hat eine Menge Geld, was eigentlich keiner wissen darf. Dennoch kauft er ein Auto, das garantiert Aufmerksamkeit erregt. Ich könnte wetten, daß es auch noch knallrot ist.«

Ein knallroter Mustang – Junge, Junge!

»Er weiß, daß er sich unauffällig verhalten müßte, um keinen Verdacht zu erregen, aber er reagiert darauf mit kindlichem Trotz. Das zeugt davon, daß er unreif und leicht lenkbar ist. Denen, für die er arbeitet, muß er außerdem als unzuverlässig erscheinen – wenn unsere Vermutung richtig ist, und davon bin ich überzeugt. Eine Person, die sich mit der Welt des Verbrechens eingelassen hat, ist kein freier Mensch mehr. Sie muß immer auf ihre besondere Rolle Rücksicht nehmen. Erinnerst du dich an die Herren, die sich vor einigen Jahrzehnten mit der Konkursmasche bei uns austobten?«

Es war nicht schwer, sich daran zu erinnern. Eine Gruppe von Wirtschaftsfachleuten hatte Grauzonen und Lücken in der Gesetzgebung entdeckt, war allerdings bald vom Grauen ins Schwarze geraten. Sie verdienten enorme Summen, indem sie Unternehmern halfen, Firmen regelrecht auszuplündern und die Mittel größtenteils in die eigenen Taschen fließen zu lassen. Viele aus der Bande wohnten nun auf anderen Breitengraden und konnten von den Zinsen gut leben. Einer hatte mehrere große und bekannte Unternehmen gekauft und wollte ein anständiger Geschäftsmann werden, war aber der Aufgabe nicht gewachsen und ging pleite.

»Sie nahmen pro Tag etwa eine Million ein«, verriet Hiller. »Weil sie fähige Ökonomen waren, konnten sie viele Jahre ungestört arbeiten. Die Buchführung war so geschickt, daß selbst erfahrene Revisoren aufgaben. Aber eines Tages packte einen von ihnen der Größenwahn. Er verwechselte seinen Reichtum mit Klugheit und kaufte ganze Annoncenseiten, auf denen er die Regierung verschiedener schlimmer Dinge bezichtigte. Offenbar plante er, eine neue Partei zu gründen.«

Ich erinnerte mich sogar an diese ganzseitigen Anzeigen. Was für ein Mischmasch, geschrieben in einer dürftigen Sprache und mit Invektiven, die dem verantwortlichen Herausgeber schlaflose Nächte bereitet haben mußten!

»Die Folge war natürlich, daß das Kabinett aufmerksam wurde. Was war das für eine Figur? Woher hatte er das Geld für so teure Annoncen? Welchen Beruf übte er aus? Die Abendzeitungen begannen zu wühlen und konnten bald Namen und Fotos von den cleveren Wirtschaftsprofis veröffentlichen. Außerdem stellte man graphisch dar, wie so ein Coup ablief. Die Unternehmer, die mitgemacht hatten, wurden an den Pranger gestellt, steuerlich überprüft und gingen in Konkurs. Und was ist die Moral von der Geschichte? Jemand, der krumme Geschäfte macht, sollte keine fetten Anzeigen schalten und keinen Ford Mustang kaufen.«

»Fährst du nicht einen Mercedes?«

»Komm jetzt, wir gehen essen.«

Hillers Rezept für einen guten Appetit bestand in einem extralangen Spaziergang, damit die verbrauchten Kalorien sofort ersetzt werden konnten. Wir landeten in einem Restaurant am Järntorget in Gamla Stan, das sich, wie originell, »Järnet« nannte. Ich kannte es und wußte, daß die Köche im Geiste des Opernkellers geschult waren und jeder, der an den Töpfen pfuschte, sofort in die Suppenküche der Heilsarmee versetzt wurde.

Wir bekamen einen Tisch am Fenster und konnten die Flaneure auf der Österlånggatan beobachten. Leute in Bewegung sind immer ein unterhaltsames Theater, zu dem man kein Programm benötigt. Das Lokal war sehr gemütlich und verzichtete auf modische Kinkerlitzchen; die Wände zeugten vom Respekt für die Grundregeln der Gastronomie. Weiße Tischdecken und Stoffservietten, man dankte. Ein junger Mann reichte uns die Speisekarten. Da gab es die Standardgerichte der Woche zu erschwinglichen Preisen, da gab es ein Geschäftsmenü, aber nein, nicht für Carl Hiller. Der studierte die Karte so gewissenhaft, als ginge es darum, die Braut für den einzigen Sohn auszuwählen.

»Wir sollten wohl zuerst etwas trinken. Vielleicht einen Sherry?«

»Nicht für mich. Ich habe noch einen halben Arbeitstag vor mir.«

»Mit Sherry im Magen schafft man doppelt soviel. Gut, ein Glas bitte, von der trockensten Sorte. Spargelmousse klingt gut als Vorspeise. Rolle?«

»Meinetwegen.«

»Ah, was sehe ich denn da, Dornhai! Magst du Dornhai?«

»Woher soll ich das wissen? Frag mich lieber nach Dorsch.«

»Also zweimal Dornhai. Mineralwasser zum Spargel und eine Flasche trockenen Weißwein zum Fisch.«

Er erhielt die Weinkarte, und sein Zeigefinger glitt über Namen, die tabu für mich waren. Er wählte eine französische Sorte, und der gutgelaunte Kellner bestätigte bereitwillig, daß sie hervorragend schmeckte.

»Ich hätte gern ein Bier«, sagte ich ein wenig hinterlistig.

»Bier?« rief Hiller.

»Ja, denn ich habe heute wirklich noch eine Menge zu tun. Du kannst die ganze Pulle allein leermachen.«

Hiller schüttelte vorwurfsvoll den Kopf über einen Mann, der das Gute nicht zu genießen wußte, und es war wie in alten Zeiten. Na, so alt waren die Zeiten nicht, aber es schien so. Die Spargelmousse schmeckte ausgezeichnet, und warum hatte ich vorher noch nie Dornhai gegessen? Ich war auch mit meinem Bier völlig zufrieden, während Hiller bewies, daß es durchaus möglich ist, zum Lunch eine ganze Flasche Wein allein zu trinken und anschließend darüber nachzudenken, ob man noch eine zweite nehmen sollte. Wir plauderten über dies und das, und ich antwortete auf die eine oder andere Frage. Zum Dessert nahm er eine Crème au caramel, und ich ließ ein Sorbet in meinen satten Magen hinunterrutschen. Zum Schluß gab es einen guten Kaffee. Nach vielen Jahren des Verbots konnte ich den Geschmack der Bohnen nun wieder in kleineren Mengen genießen. Ab und zu musterte er mich, aber ich reagierte nicht darauf. Wenn ich nicht fragte, erfuhr ich auch nicht, über welche Teufeleien er nachdachte.

»Wie soll ich in einer Woche zum perfekten Berufskraftfahrer werden?« wollte ich wissen.

»Ein Bekannter wird dir alles beibringen. Er heißt Roland, wie du, Roland Malmgren, und ist eine der wenigen Legenden in der Truckerbranche. Den entsprechenden Führerschein hast du bereits, nehme ich an?«

»Ja, ich darf alles fahren außer Linienbus.«

»Wir sollten noch eine Tasse Kaffee trinken. Ich denke auch an …«

»Nix da, keinen Kognak. Ich muß an meinen Ruf denken.«

»Spielverderber. Aber ich wollte auf etwas anderes hinaus. Wie steht es mit deinen Lebensversicherungen?«

»Was? Verkaufst du nebenbei Versicherungen?«

»Nein, aber wie sieht es da bei dir aus?«

»Ich habe was ich habe, und weitere bekomme ich nicht. Virena und Elin werden nicht gerade reich, wenn ich einmal den Löffel abgebe, aber sie können weiter auf einem annehmbaren Niveau leben.«

»Brauchst du nicht noch eine?«

»Ich sagte doch gerade, daß ich keine weitere mehr bekommen kann, weil …«

»Aber du könntest es versuchen. Und dann benötigst du ein Gesundheitszeugnis. Solltest du dir nicht eines ausstellen lassen, von Doktor Håkansson zum Beispiel?«

Aha, darüber hatte er also nachgedacht, während er seinen

Dornhai kaute. Nun, das klang nicht allzu schlimm. Ich mußte nur Augen und Ohren offenhalten, während ich von meinen überstandenen Krankheiten und aktuellen Beschwerden erzählte und den Brustkorb für das Stethoskop freimachte.

»Wann?«

»Warum nicht sofort? Zufällig habe ich einen Antrag dabei, den du verwenden kannst.«

Aus der Innentasche zog er ein ordentlich gefaltetes Formular.

»Trygg-Hansa. Ein gutes Unternehmen«, erklärte er. »Du bist bei einem Forstbetrieb angestellt, sollst für einige Zeit ins Ausland fahren und brauchst eine Risikolebensversicherung. Du heißt Erland Brundin; hier ist dein Ausweis, falls sie darauf bestehen.«

Verstimmt nahm ich die Papiere an mich. Es gefiel mir gar nicht, daß er mein Einverständnis vorausgesetzt hatte; ich wollte wenigstens in der Illusion leben, über mein Schicksal selbst zu bestimmen.

»Der Türcode für die Gegend ist B 1136. Seine Sprechzeit dauert noch eine halbe Stunde.«

Er winkte den Kellner heran und bekam die Rechnung, überflog die Zahlen und holte eine American Express Gold Card hervor. Auf den Rand der Rechnung schrieb er eine gut aufgerundete Summe und lächelte mich dann herzlich an.

»Man trabt nicht einfach so zum Arzt«, gab ich zu bedenken. »Besonders nicht, wenn man in einem Forstbetrieb arbeitet.«

»Richtig, deshalb hast du auch in fünfzehn Minuten einen telefonisch vereinbarten Termin. Wir nehmen ein Taxi, und ich setze dich dort ab. Anschließend kommst du in mein Büro. Können wir gehen?«

»Darf ich vielleicht noch zur Toilette?« fauchte ich.

»Wenn es unbedingt sein muß …«

Wenig später kletterte ich aus dem Taxi, immer noch sauer wie ranzige Seife. Da ich noch fünf Minuten Zeit hatte, lief ich über die Straße und bewunderte die Häuser 26, 28 und 30 am Norr Mälarstrand, die mein Papa wegen ihrer Fassaden immer die »Venezianischen Drillinge« genannt hatte. Papa war nie in Venedig gewesen, nicht einmal in Italien, und ich frage mich, ob er das Land überhaupt jemals verlassen hatte, aber in seiner Vorstellung sahen die Häuser am Canale Grande wohl so aus, mit Treppengiebeln zur Straße.

Nummer 26, in der Håkansson Fieber maß, war ein sechsgeschossiges, gelbrosa verputztes Haus mit rechteckigen Fenstern, gestreiften Markisen und kleinen, halbrunden Balkons. Im oberen Teil der Fassade saßen zwei richtige Fenster – ein Glückspilz, wer da oben wohnen durfte –; der Rest waren Attrappen und Medaillons. Auf den einzelnen Stufen des Giebels standen verschiedene, mit Grünspan bedeckte Skulpturen. Die untersten stellten ein Mädchen und einen Jungen dar, beide nackt, darüber befanden sich Kugeln mit Wimpeln aus Blech, auf der nächsten Etage standen Urnen, und ganz oben breitete eine Frau ihre Arme aus, als wollte sie den Betrachter umarmen. Schon als Kind hatte ich bedauert, daß die Figuren nicht vergoldet waren – wie prächtig hätten sie im Sonnenschein ausgesehen.

Der ebenso majestätische Treppengiebel von Nummer 28 wurde von einer männlichen Figur gekrönt, die etwas in der Hand hielt, vielleicht einen Vogel. Nummer 30 hatte keine Skulpturen auf den Absätzen, dafür ganz oben eine Frau, die auf einem großen Fisch stand, es konnte ein Wal oder ein Delphin sein. Im Eckgeschäft von Nummer 26 zur Jacob Westinsgatan lag Engelbrekts Flaggenfabrik. Als Kind war ich mit meinem Vater immer davor stehengeblieben, um die verschiedenen Fahnen, Wimpel und Standarten im Schaufenster zu bewundern. Der Laden rechts präsentierte sich als Spezialist für Messer, und ich vermutete, daß viele unserer Kunden hier ihre Ausrüstung bezogen.

Ich betrat den gepflegten Flur mit marmorierten grünen Wänden, Blindbögen vom Boden bis zur Decke und dekorativen Reliefs. Ohne Eile stieg ich die Treppen hinauf.

Am Eingang zu Doktor Håkanssons Praxis befand sich eine

Sprechanlage. Ich drückte auf den Knopf. Eine metallische Frauenstimme fragte:

»Wer ist da?«

»Brundin. Ich habe jetzte einen Termin bei Doktor Håkansson.«

»Brundin? Ah ja, Erland Brundin, bitte.«

Es klickte, und die Tür ließ sich öffnen. Als ich über die Schwelle trat, wiederholte sich das Geräusch, jedoch schwächer, wie wenn ich mit Elin Schnipsfußball spielte. Ich kam in ein geschmackvoll und keinesfalls protzig eingerichtetes Wartezimmer; zu einem Ford Mustang paßte es jedenfalls nicht. Offenbar sollte es den Eindruck zuverlässiger Bürgerlichkeit vom alten Stil vermitteln, und ich sah mit einer gewissen Rührung, daß die Wände mit zartgrünem Seegras tapeziert waren. Für dieses Muster hatte ich selbst einmal geschwärmt, aber jetzt war es aus der Mode, wie der Idealismus bei den Politikern.

Zur Linken stand ein runder dunkler Tisch mit Zeitungen, an der Wand ein Regal mit noch mehr Zeitungen sowie einige Stühle und ein Papierkorb. Rechts schloß sich ein kleiner, schmaler Raum an, dessen Tür offenstand. Dort saß eine Frau um die Fünfzig in einer weißen Schwesterntracht vor einem mit Akten vollgepackten Tisch und starrte auf den Monitor eines Computers. Sie sah bekümmert aus, und ihr Problem schien nicht nur darin zu bestehen, daß sie bei einem Patienten aus Versehen Maul- und Klauenseuche eingetippt hatte, obwohl er an der Räude litt. Sie schien vor etwas oder jemandem Angst zu haben.

»Bitte, nehmen Sie doch Platz«, sagte sie mit belegter Stimme.

»Dauert es lange?«

»Der Doktor ist gleich soweit.«

Ich nahm mir die faszinierende Zeitschrift »Die Welt der Damen«, setzte mich in die Ecke und blätterte in den sensationellen Neuigkeiten über Jannike. Wenn ich mich recht erinnerte, war das die Exfrau eines gewissen Björn Borg, der, wenn ich mich recht erinnnerte, einst Tennis gespielt hatte. War sie nun schwanger oder wollte sie es werden, ich wurde nicht so richtig schlau daraus, aber meine Konzentration war ja auch beeinträchtigt. Da ich allein im Wartezimmer saß, konnte ich die Schwester über den Zeitungsrand beobachten und jedes Detail registrieren. Sie schrieb auf der Tastatur, kontrollierte das Ergebnis am Bildschirm und sah aus, als wollte sie jeden Moment in Tränen ausbrechen – nicht bekümmert, nicht unruhig, sondern voller Angst. Die Furcht stand ihr ins Gesicht geschrieben; sie biß sich auf die Unterlippe, ihr Blick flackerte, sie rang die Hände. Als plötzlich eine Stimme aus dem Lautsprecher drang, zuckte sie zusammen und strich sich instinktiv über die Stirn, um wirklichen oder imaginären Schweiß abzuwischen.

»Der nächste bitte!«

»Jjjja.«

Sie schaute mich unsicher an, ob ich die Aufforderung ebenfalls vernommen hatte.

»Der Dok-doktor läßt bitten.«

»Nett von ihm.«

Eine weiß gestrichene, hohe Tür mit zwei Rechtecken führte in das Heiligtum des Erlösers. Er saß hinter einem Schreibtisch, nickte einen Gruß, ohne mir die Hand zu reichen, und bedeutete mir, auf dem Besucherstuhl Platz zu nehmen. Håkansson war mager und hatte ein scharf geschnittenes Gesicht mit großen, dunklen Augen und einer wohlgeformten Nase. Die sonnengebräunte Haut kontrastierte mit dem dichten, fast weißen Haar, das sorgfältig frisiert war. Viele würden ihn wohl als einen gutaussehenden, weltgewandten Mann bezeichnen, aber sein Mund sagte etwas anderes. Man kann sich in vielem verstellen, doch der Mund verrät einen immer. Die ein wenig herabgezogenen Winkel zeugten von Arroganz, die Krümmung von Hochmut, die scharfen Falten von Gier. Von der Oberlippe bis zum Scheitel war er ein Arzt, der durch Autorität Vertrauen einflößte. Darunter offenbarte sich ein Kerl ohne Charakter, ein

Mann, der seine Gelüste nicht im Griff hatte, eine Person, die nur an sich dachte.

»Es geht also um ein Gesundheitszeugnis?«

»Mhm. Mein Personalchef hat angerufen.«

Er erhielt das Formular, und die kleine Falte zwischen seinen Augenbrauen verriet, daß er dieses geknickte Etwas mißbilligte. Wenn man zu ihm kam, hatten die Dokumente druckfrisch zu sein. Er trug einen blendendweißen Kittel, der bis zu den Knien reichte, ein weißes Hemd und einen dunklen Schlips. Tatsächlich, er hatte sogar ein Stethoskop in der Brusttasche! Ich fand seinen Aufzug etwas übertrieben, aber lieber so als von einem der überlebenden 68er Klassenkämpfer unter den Ärzten behandelt zu werden, die einen in Jeans und fleckigem T-Shirt empfangen, um ihre Verbundenheit mit dem arbeitenden Volk zu demonstrieren, das sie nicht einmal am Röntgenbild erkennen würden. Viele Berufe haben ihre Uniformen, die Sicherheit vermitteln, man kennt sie, sie entsprechen den Erwartungen und lösen die Zungen: Der Priester trägt schwarz, der Anwalt grau und der Arzt weiß. Wer will sich einem Doktor in schmuddeligen Hosen anvertrauen, dessen Hemd verrät, daß er ein tüchtiger Biertrinker ist?

Er sah meine Adresse und stellte fest, daß ich ganz in der Nähe wohnte, und wenigstens darin waren wir uns einig. Die ganze Zeit über sammelte ich Details, die später ein Gesamtbild ergeben konnten. Er hatte geschmeidige, starke Hände mit einem goldenen Siegelring am linken kleinen Finger. Eine goldene Uhr mit einem breiten Armband aus demselben edlen Metall schaute unter dem Ärmel des Kittels hervor. Als er sich vorbeugte, krümmte sich sein Rücken sehr stark. Seine Stimme war neutral und resolut, wie bei einem, der es gewohnt ist, Anweisungen zu erteilen, jedoch mit einem freundlichen Unterton, der um Vertrauen warb.

»Swedish-Baltic Wood & Pulp Industries«, las er von Hillers Formular.

Wenn da dieser Name stand, gab es das Unternehmen auch

im Telefonbuch, und wenn man dort anrief, würde jemand antworten, daß Brundin leider außer Haus sei. Hiller überließ nichts dem Zufall, eine Legende mußte wasserdicht sein.

»Gegründet 1911«, erklärte ich.

»Aha. Sonst hört man ja immer nur von Stora, SCA und Modo, wenn es um die Holz- und Papierproduktion geht«, fuhr er im Konversationston fort.

»Wir besitzen große Waldgebiete in Estland und Lettland sowie im früheren Ingermanland. Im östlichen Rußland gehören uns tausende Hektar Forst von bester Beschaffenheit, und die Rechte daran hat uns keiner nehmen können.«

»Ach wirklich?« murmelte er uninteressiert.

»Ja, verdammt, wir haben im Osten achtzehntausend Beschäftigte nur für den Abbau. In den Papiermühlen arbeiten weitere achttausend. Wir haben uns auf Zeitungspapier spezialisiert und verkaufen in alle Welt. Die Schweden hatten ja das Monopol, ohne daß es dafür Beweise gab, und konnten die Preise hochhalten, aber jetzt kommen wir und übernehmen große Marktanteile. Nächsten Monat unterzeichnen wir ein Abkommen mit Dagens Nyheter, und dann kommen alle anderen mit der Mütze in der Hand.«

Langsam mußte er davon überzeugt sein, einem Waldmenschen gegenüberzusitzen, der das ganze Spektrum von der Holzfällerei über das Flößen bis zur fertigen Zellulose beherrschte. Der Raum war, wie es sich für eine Praxis gehörte, mit diversen Schränken, einer Tafel mit unterschiedlich großen Buchstaben, verschiedenen Instrumenten für äußere Untersuchungen, einem Computer zum Ausschreiben von Rezepten, sowie Aktenordnern und Registraturen ausgestattet. An den Wänden hing aber auch bildende Kunst in schmalen Goldrahmen.

»Nehmen Sie zur Zeit Medikamente?«

»Nein«, log ich.

»Ich zähle Ihnen jetzt verschiedene Krankheiten auf. Sagen Sie mir bitte, welche davon sie gehabt haben.«

Er setzte den Kugelschreiber auf das Blatt und war bereit, ja oder nein anzukreuzen und entsprechende Anmerkungen zu notieren. Enthusiastisch verneinte ich alles, was er über meine Physis wissen wollte. Sowohl Körper als auch Seele schrien, ich solle mein Lügenmaul halten, doch ich fuhr unverdrossen fort, mich gesundzureden.

»Sind Sie schon einmal operiert worden?«

Ich zögerte ein bißchen. Auch Doktor Håkansson hatte Angst, doch er verbarg sie besser als die Sprechstundenhilfe. Ab und zu schielte er auf die Uhr und stieß unbewußt kleine Seufzer aus. Eine kleine Provokation konnte mich vielleicht weiterbringen.

»Vor ungefähr zehn Jahren ... oder vielleicht fünfzehn ... möglicherweise zwanzig ... die Zeit vergeht ja so schnell ... da wurde ich operiert.«

»Der Anlaß?«

»Milzbrand«, antwortete ich bestimmt.

Er sperrte seine großen Augen noch weiter auf und rief:

»Milzbrand?«

»Schlimme Geschichte, hat der Dozent danach gesagt. Oder war er Professor?«

»Milzbrand ist eine ansteckende Krankheit, die in erster Linie bei Rindern auftritt. Sie können unmöglich Milzbrand gehabt haben.«

Seine Finger umkrampften den Stift, so daß die Knöchel weiß wurden. Den Kopf legte er ein wenig zur Seite, als lauschte er auf andere Geräusche als auf meine Stimme.

»Doch! Ich bin absolut sicher, daß Dozent Hansson Milzbrand gesagt hat. Oder war er Professor? Vielleicht hieß er auch Larsson. Ich war ja unter Narkose. Oder hieß es Milzstechen?«

»Milzstechen ist eine harmlose Angelegenheit und wird nicht klinisch behandelt.«

Ich kratzte mich am Kopf und spielte den Bekümmerten. Er konnte die Füße nicht stillhalten und zappelte, als hörte er eine heiße Jazzmelodie. Welche Angst teilte er mit seiner Sprechstundenhilfe? Ich mußte die Konsultation so lange wie möglich ausdehnen.

»Jetzt weiß ich es: Milzsucht! So war es! Milzsucht sagte er, Larsson – oder hieß er Olsson? Wäre ich nicht rechtzeitig gekommen, hätte sie mich umgebracht.«

»Aber, mein Lieber, Milzsucht ist doch nur eine poetische Umschreibung für Schwermut. War es wirklich eine Milzoperation?«

»Ja, ich glaube, so hat Professor Olsson oder vielleicht Nilsson gesagt. Gibt es Milzreißen? Dann war es möglicherweise das.«

»Die Milz ist ein Organ oberhalb und links des Magens, das Lymphzellen bildet und rote Blutkörper abbaut.«

»Jedenfalls wurde ich im Karolinska-Krankenhaus von Dozent Johansson operiert. Oder im Söder-Krankenhaus. Wenn es nicht Milzreißen war, dann vielleicht ...«

»Pssst«, zischte er und leckte sich die Lippen. Seinem Gesicht sah man an, daß er intensiv lauschte.

Jetzt konnte ich hören, wie die Eingangstür geöffnet wurde und jemand laut sprach. Einzelne Worte waren nicht zu verstehen. Aus dem Lautsprecher der Sprechanlage drang die panische Stimme der Schwester:

»Sie ... sie ... sind jetzt hier!«

Håkansson schluckte und rief:

»Herrgott, schon? Wir hatten doch ausgemacht ... Bitte sie, nur eine Minute zu warten.«

Er versuchte, seine ärztliche Würde wiederzugewinnen, aber es gelang ihm nicht annähernd. Dann wies er auf eine Tür schräg hinter sich:

»Bitte gehen Sie da hinein; wir benötigen eine Urinprobe. Danach warten Sie, bis ich Sie wieder hereinrufe.«

»Aber mein Milzreißen ...«

»Gehen Sie!«

Ich gehorchte und betrat einen Raum, der in der bösen alten Zeit wohl als Mädchenkammer gedient hatte, doch ich schloß die Tür nicht ganz. Ein Schild mit den Buchstaben W und C verriet, wo man hier seinen Urin abfüllte, doch ehe ich mich dahin begeben konnte, kam die Sprechstundenhilfe hereingestürzt. Sie war vor Schreck wie aufgelöst und rannte mit einem gequälten Stöhnen in die Toilette. Das war wohl ihre Art, der Wirklichkeit zu entfliehen, die mich beruflich so interessierte.

Vorsichtig schlich ich mich zur Tür zurück und spähte mit dem linken Auge durch den Spalt. Zuerst sah ich nur Håkanssons Rücken, und sogar der dampfte vor Angst. Er trippelte ein paar Schritte zurück, so daß seine Besucher ins Blickfeld gerieten.

Die beiden Männer schienen den ganzen Raum auszufüllen. Sie trugen Lederjacken mit kurzen Ärmeln, so daß man die kräftigen Bizepse und reichlich tätowierten Unterarme sehen konnte. Die Jacken waren schwarz und mit Nieten bestückt, und ihre tonnenähnlichen Körper füllten sie bis zur letzten Naht. Im Wandspiegel las ich drei große, goldene, verschnörkelte B auf ihren Rücken. Die Schädel waren nicht geschoren, sondern mit Bürstenhaarschnitten verziert; der eine hatte schwarze, der andere rote Stoppeln. Sie wirkten überall geschwollen; die Hälse und Nacken hätten zu Stieren gepaßt, und vielleicht waren sie ja welche. Ich konnte die Angst des Arztes und der Schwester verstehen. Wer sich vor diesen Ungeheuern nicht fürchtete, konnte sich für Geld sehen lassen. Der Rotstoppelige führte das Wort, während sein Kumpan nur drohend glotzte, aber das reichte auch.

»Du hast Schulden, und wir wollen kassieren«, röchelte er. Ich vermutete, daß die Worte wegen seiner vielen Halsmuskeln so gequetscht klangen.

Håkansson stieß einen gurgelnden Laut aus und flehte:

»Die Hälfte habe ich doch bezahlt und …«

»Die Hälfte, das ist nichts. Unser Büro arbeitet nicht mit Hälften. Her mit dem Rest!«

Der Arzt wich weiter zurück und stolperte fast über seine eigenen Füße. Sein Gesicht war so weiß wie seine Haare, aber vielleicht bildete ich mir das nur ein, weil er buchstäblich Todesängste ausstand.

»Im Augenblick ...«, begann er.

Der Schweigende holte mit der rechten Faust aus. Sie landete in der Magengrube des Arztes. Håkansson krümmte sich, taumelte und ging dann zu Boden, wo er liegen blieb und die Hände auf den Leib preßte. Er rang verzweifelt nach Luft. Der Wortführer stellte sich breitbeinig vor ihn:

»Dicksson treibt sein Geld immer bis auf die letzte Krone ein. Wir bleiben, und wenn wir dich zu Brei schlagen müssen. Für uns spielt das keine Rolle; wir sind nur scharf auf unsere Provision. Also, was ist?«

Der Arzt rappelte sich mühsam auf, kam auf die Knie und blieb in dieser Stellung. Dabei schnaufte er wie ein altes Brauereipferd.

»Ich ... ich ... ich ...«

Der Schwarzstoppelige trat ihm mit der Schuhspitze in die Seite, und Håkansson schrie im Falsett. Ich griff nicht ein, und das hatte nichts mit dem Format der Männer zu tun, jedenfalls nicht entscheidend. Meine Dienstpistole hatte ich nicht bei mir, denn man geht nicht bewaffnet zum Arzt, und außerdem trug ich sie nicht mehr so oft. Ich war auf Informationen aus, und hier bekam ich sie, ohne einen Finger rühren zu müssen.

»Na? Was kann ich Dicksson ausrichten? Kommt das Geld, oder sollen wir ihm einen zu Mus zerquetschten Doktor im Schuhkarton überreichen?«

»Okay ... okay ...«

Die Männer nickten sich zufrieden zu. Rohe Gewalt hatte, wie so oft, gesiegt. Håkansson durfte aufstehen und schwankte zum Computer. Er hielt sich den Magen und die Seite und schien sich sehr schlecht zu fühlen. Ich prägte mir das Aussehen der beiden Bestien für spätere Ermittlungen ein.

Håkanssons Finger bewegten sich langsam über die Tastatur und ließen die Maus klicken und doppelklicken. Anscheinend arbeitete er sich durch ein umfangreiches Programm. Die Männer standen dicht hinter ihm, bereit, jederzeit zuzuschlagen, falls er Schwierigkeiten machen sollte. Doch der Arzt hatte ihnen nichts mehr entgegenzusetzen.

»Hier … mein Konto auf Gibraltar … ich überweise die Summe auf Dickssons Konto … Mir bleibt nichts mehr, aber ich habe meine Schulden bezahlt …«

Er tippte und klickte, und offenbar kannte sich wenigstens einer der BBB-Burschen mit Computern aus, denn er folgte den Transaktionen mit großer Aufmerksamkeit. Codes mußten eingegeben und bestätigt werden, um das Geld zu transferieren, ähnlich wie bei einem Schweizer Nummernkonto, wo auch jede einzelne Ziffer stimmen muß, um an die Schatzkiste zu gelangen. Im Reich der EDV wurden selbst die Nummernkonten so unmodern wie Pferdedroschken. Der Rotstoppelige hob plötzlich den Blick und starrte genau in mein Fahnderauge. Sein Gesicht verzog sich zu einer Schlächtergrimasse, und er knurrte:

»Da steht jemand hinter der Tür!«

4.

Neben mir stand ein Wandschirm, hinter dem sich Patienten umkleiden konnten. Ich versteckte mich dahinter und hielt den Atem an. Die Tür wurde aufgerissen, und im selben Augenblick hörte ich, wie die Toilette verriegelt wurde. Der Rotstoppelige schob die muskelbepackten Schultern vor und rief:

»Aufmachen, sonst trete ich die Tür ein!«

Aus dem WC drang ängstliches Wimmern. Der Mann verpaßte der Tür einen Tritt, der das Holz splittern ließ. Die Schwester jammerte, und es gelang ihr, den Riegel zurückzuschieben. Der Mann riß die Tür auf und starrte hinein. Ich mußte nichts sehen, um zu begreifen, was geschah.

»Ich mußte … Herrgott … auf die Toilette …«

Er grunzte und stiefelte in das Behandlungszimmer zurück.

Die Sprechstundenhilfe sperrte sich wieder ein, und ich vermutete, daß ihre Hände zitterten. Der Mann hatte sich nicht darum gekümmert, die Tür hinter sich zuzumachen, so daß ich meinen alten Beobachtungsposten wieder einnehmen und einen Teil der Handlung im Spiegel verfolgen konnte.

»War bloß die Alte«, informierte der Rotstoppelige seinen Kumpanen. »Sie hatte soviel Schiß, daß sie sich in die Hosen gemacht hat.«

Der andere grinste; das war wohl das Amüsanteste, was er an diesem Tag gehört hatte. Håkansson stand auf, mußte sich aber an der Tischkante abstützen. Er hatte immer noch Schmerzen im Magen und an der Seite. Einer der Männer riß die Kabel des Computers heraus, der andere brach mit einem Schraubenzieher die Rückwand auf und schlug dann mit einem Hammer auf die elektronischen Innereien ein. Gemeinsam entfernten sie anschließend einige Teile.

»Die Festplatte nehmen wir mit«, verkündete der Wortführer. »Dicksson würde es gar nicht schätzen, wenn seine Konten irgendwo sichtbar würden. Du hast auch alles vergessen, oder?«

Håkansson nickte schwerfällig und röchelte:

»Kann mich an nichts erinnern.«

Der Rotstoppelige gab ihm einen Klaps auf die Wange, und Håkansson bemühte sich, das als Freundschaftsbeweis zu werten.

»Du bist ein braver Junge. So mögen wir es. In drei Wochen ist die nächste Rate fällig. Wir raten dir, diesmal pünktlich zu zahlen, dann müssen wir dich nicht besuchen. Obwohl wir gern einmal ein Sümmchen eintreiben; also unseretwegen keine Eile.«

Ohne ein weiteres Wort verließen sie den Raum wie zwei dicke Elefanten, und ich hörte die Außentür zuschlagen. Håkansson sank auf seinen Stuhl neben dem zertrümmerten Computer. Er atmete mit offenem Mund und stierte auf den Teppich. Es hatte keinen Sinn, ihn damit zu trösten, daß wir die Bestien bald in dem Käfig haben würden, in den sie gehörten. Er würde alles abstreiten. Die Herde, aus der die beiden stammten, war groß, und ein Teil war immer in Freiheit. Håkansson hatte die Lektion gelernt, daß die Gesetze in der Welt des Verbrechens hart sind und daß es für einen, der glaubte, sie brechen zu können, keine Gnade gab. Nun war er gezwungen, den Lernprozeß fortzusetzen und die Regeln genauestens zu befolgen. Diese Schule kennt kein Examen, man wird zum ewigen Sitzenbleiber. Leise schlich ich aus der Praxis und ließ die beiden mit ihrer Angst allein.

Vor der Tür stand ein leicht übergewichtiger Mann in mittleren Jahren. Als ich herauskam, wollte er gerade auf den Knopf der Sprechanlage drücken. Da er keine Antwort erhielt, sprach er laut in den stummen Kasten:

»Hallo? Ich habe jetzt einen Termin bei Doktor Håkansson. Lassen Sie mich bitte ein.«

Damit hatte ich nichts mehr zu tun. Vielleicht ließ ihn der Doktor wirklich ein; schließlich brauchte er jeden Patienten, um das Geld für die »Inkassofirma« zusammenzubringen, die sich nicht mit Einzahlungsbelegen zufriedengab.

Chef aller Einsatzkommandos der Polizei war Kommissar Lars Salminen, den ich auf einem Lehrgang über EU-Recht kennen- und schätzengelernt hatte. Salminen war ein allgemein respektierter Mann mit einem grundsoliden beruflichen Werdegang. Er war als Zweiundzwanzigjähriger ins Korps eingetreten, hatte als U-Bahnpolizist und in der Verkehrsstreife gearbeitet und sich dann zur Einsatzausbildung gemeldet. Für eine Weile war er zur Polizeigewerkschaft gegangen, kehrte dann aber in den operativen Dienst zurück und kümmerte sich um die Einsatzgruppe.

Die Fluktuation bei den Einsatzkommandos ist extrem gering. Wenn ein Platz frei wird, gibt es viele Bewerber, obwohl der Dienst sehr anstrengend sein kann. Gerade die jungen Kollegen schätzen die allseitige Ausbildung und das harte physische Training. Die Einsatzgruppe besteht aus etwa hundert Mann; das Durchschnittsalter ist sehr niedrig – Salminen mit seinen fast fünfzig Lebensjahren könnte für alle der Vater sein. Jedes Jahr muß man eine Menge strenger Prüfungen bestehen, um nachzuweisen, daß man den Anforderungen gewachsen ist. Schafft man es nicht mehr, gibt es allein innerhalb der Polizei dreiundvierzig andere Beschäftigungsmöglichkeiten. Die Jungs von der Einsatzgruppe sind als Instrukteure und Ausbilder sehr gefragt, so daß sie jederzeit wieder einen Job finden.

Die Aufgabe der Einsatzkommandos besteht darin, die Polizei im ganzen Bezirk zu unterstützen; die Aufträge dazu kommen aus der Führungszentrale. Jedes Fahrzeug ist mit acht Polizeiassistenten und zwei Polizeiinspektoren besetzt, und die Leute wissen, daß sie sich blind aufeinander verlassen können. Die Busse sind Chevrolets oder Ford Explorer, aber nur die Karosserie und der Motor sind original, der Rest wird in einer Spezialwerkstatt nach den Wünschen der Besatzung maßgeschneidert.

Die Männer von der Einsatzgruppe sind in Erster Hilfe und im Katastrophenschutz besonders ausgebildet, sie tragen schwarze, flammensichere Overalls und verfügen über deutsche MP 5 sowie Tränengaspistolen HK 40.

Diese Jungen legen sich mit den Rockerbanden an, obwohl es riskant werden kann. Sie schützen Personen und Eigentum, wenn es zu Aufläufen kommt, indem sie als menschliche Schilde auftreten, und werden im Volksmund Krawallpolizisten genannt. Aber sind sie Roboter? Maschinen, die nur Befehle entgegennehmen? Gefühllose Rohlinge, die nur das Gesetz des Gummiknüppels kennen?

Es ist genau umgekehrt. Einen großen Teil ihrer Grundausbildung widmen sie der Psychologie, und Salminen hält fortlaufende Kurse in ethischer Erziehung ab. Sie sollen entschlossen auftreten, wenn es erforderlich ist, aber niemals brutal. Man muß sich in jeder Situation an die Gesetze halten. »Verstoßen wir ein einziges Mal gegen die Bestimmungen, sind wir nicht besser als sie – und das kann und darf nicht sein!« ist Salminens ständiger Spruch, und er predigt nicht für taube Ohren. Durch ihren engen Zusammenhalt können sie in allen Lebenslagen ihre Ruhe bewahren; die meisten Fehler werden von denen gemacht, die in Angst und Panik geraten.

Nach jedem schweren Einsatz versammeln sie sich und sprechen alles durch, vor allem die psychischen Erlebnisse. Salminen verabscheut den Macho-Mythos und empfiehlt zu weinen, wenn einem danach ist. Die Folge ist ein sensationell niedriger Krankenstand. Die Leute von der Einsatzgruppe sind sehr harmonische Personen und eine Stütze des ganzen Polizeiwesens.

Ich erinnerte mich an meine ersten Monate als frischgebackener Bulle, und das war nicht in der Bronzezeit; wir hatten schon Fernsehen. Damals war es unmöglich, miteinander über Probleme zu reden. Man setzte bei jedem voraus, daß er aus Stahl und Stein bestand, und wenn einer aus seelischer Anspannung zu weinen begann, wurde er als zweifelhafter Kandidat angesehen – warum hatte sich der Waschlappen nicht bei der Heilsarmee beworben? Verdrängen und vergessen, das waren die Methoden, um Männlichkeit herauszukehren. Kein Wunder, daß wir Polizisten auf den Listen der Alkoholiker und Geschiedenen ganz oben standen.

»BBB«, erklärte Salminen, »steht für Bad Black Boys, eine neue Rockerbande, die wir genau beobachten müssen. Eine Gruppe Schwarzer hat sich in Amerika von den Hell's Angels getrennt und eine eigene Gang gebildet. Ihre Methode war, sich noch rücksichtsloser als die Höllenengel zu gebärden. Bald übernahmen Weiße das Kommando, doch sie behielten den klingenden Namen. Ihr Erkennungszeichen ist die schwarze Kluft. Soweit wir wissen, haben sie etwa dreißig bis vierzig Mitglieder in Stockholm und ebenso viele in Finnland. Erkennst du jemanden wieder?«

Er präsentierte mir eine Porträtgalerie mit Namen und Altersangaben. Ein Vorteil der Rocker ist, daß sie stets ihre Uniform tragen, so daß sie leicht identifiziert werden können.

Fast keiner hat Arbeit, aber alle geben viel Geld aus. Ihre Hauptquartiere sind festungsähnliche Anwesen in Länna und Bromma.

Salminen erzählte, daß die BBB in Haninge kampierten und einen hohen, mit Stacheldraht verstärkten Zaun errichtet hatten, also ein drittes Fort. Ich hatte gehört, daß ein Antrag der Rocker in Bromma für eine TV-Überwachungsanlage von den Behörden wohlwollend genehmigt worden war – so sind sie, unsere Beamten, immer den Kopf in einer Plastiktüte, damit sie die Wirklichkeit nicht sehen müssen.

Salminens Taktik bestand darin, die Aktivitäten der Banden permanent zu stören und beim geringsten Verdacht einer kriminellen Handlung Haussuchungen vorzunehmen. Dabei wurden oft ganze Waffenarsenale beschlagnahmt, aber natürlich konnte keiner von den Rockern erklären, wie die Knarren da hinkamen. Sie wußten von nichts und führten sich wie die Unschuldslämmer auf, doch sie waren militärisch gerüstet wie für einen Krieg.

»Die beiden«, sagte ich und zeigte auf zwei tückisch glotzende Typen.

»Torulf Bergström und Toivo Lekko. Lekkos älterer Bruder sitzt in Kumla, und wir wissen, daß er zur Bruderschaft gehört.«

Die Bruderschaft besteht aus einem diamantharten Kern schwedischer und finnischer Verbrecher der übelsten Sorte; Mörder, Totschläger, Gewalttäter – Individuen, die das Wort Rücksicht schon im Vorschulalter vergessen haben. Manchmal sind sie zufällig in Freiheit, aber meistens führen sie ihr Schreckensregime in den Gefängnissen. Sie unterstützen die Rockerbanden und arbeiten eng mit ihnen zusammen.

Diese Entwicklung hat sich so schnell vollzogen, daß wir ins Hintertreffen geraten sind. Die Bruderschaft im Zusammenwirken mit den Rockern ist die Pestbeule, das Krebsgeschwür der Gesellschaft. Unsere Politiker versichern, das Problem sei erkannt, doch sie handeln nicht. Aber Lars Salminen hatte beschlossen, alles zu tun, damit die Situation halbwegs unter Kontrolle blieb.

Ich schrieb meinen Rapport für Åke Sundgren und ging dann auf dem kürzesten Weg in die Sysslomansgatan. Hiller bekam einen mündlichen Bericht und lauschte, ohne mich zu unterbrechen. Hatte er nach dem Drink und der ganzen Flasche Wein ein Mittagsschläfchen gehalten? Laut Gesundheitsbehörde durfte man nach dieser Menge Alkohol nicht so frisch und munter aussehen.

»Dicksson? Bist du sicher?«

»Klar, der Name wurde mehrmals genannt, und auf meine Ohren kann ich mich immer noch verlassen.«

»Reg dich nicht wegen so einer Kleinigkeit auf; wir müssen nur ganz sicher gehen.«

»Gut, dann hieß er vielleicht doch eher Smygenbratt.«

Er ging auf meine Provokation nicht ein, sondern wiederholte den Namen mehrmals, als könnte er ihm auf diese Weise dunkle Geheimnisse entlocken.

»Dicksson? Dicksson? Mhm, da klingeln bei mir keine Glocken. Aber der Auftraggeber der Eintreiber kann sonstwer sein. Auch ein sogenannter ehrlicher Bürger.«

Da hatte er recht. Im Unterschied zu den gewöhnlichen Inkasso-Büros, deren Methoden gesetzlich vorgeschrieben waren, konnten die Rocker auf ein uraltes Prinzip zurückgreifen: »Wenn du nicht bezahlst, brechen wir dir die Knochen!« Viele Unternehmer, die sich von einem noch gerisseneren Geschäftsmann übers Ohr gehauen fühlten, verschlossen die Augen vor den moralischen Konsequenzen und heuerten die Finanzabteilungen der Rockerbanden an. Man teilte sich die Ausbeute, denn auch für den Unternehmer war die Hälfte immer noch besser als gar nichts.

»Ich werde das mit Sundgren diskutieren«, sagte Hiller. »Er soll entscheiden, wie wir im Falle Vincent Håkanssons weiter vorgehen. Jetzt wirst du lernen, wie man einen Fernlaster fährt. Ich biete dir den besten Lehrer der Welt.«

Roland Malmgren war ein Kerl wie ein Hüne. Wenn er einen Reifen wechseln mußte und keinen Wagenheber dabeihatte, konnte er den Laster sicher allein anheben. Beim Gehen schwankte er ein wenig, wie ein Seemann an Land zwischen einer Heuer und der nächsten, und im Prinzip traf dieser Vergleich auch zu. Fast vier Jahrzehnte lang hatte er beruflich am Steuer gesessen. Begonnen hatte er als führerscheinloser Jüngling in einer Kiesgrube, wo er einen Kipper fuhr. Dann wagte er sich an einen Langholztransporter, der die höchsten Anforderungen an das Können des Fahrers stellt, denn die schwere, unförmige Last muß über schmale, oft vereiste oder verschneite Wege transportiert werden.

Danach wechselte er zum gutbezahlten Fernverkehr, der ihn in alle Ecken Europas und mit einigen Fuhren sogar bis nach Saudi-Arabien führte. Er war immer noch dreihundert Tage im Jahr unterwegs, obwohl er, wie er gestand, seit langem daran dachte aufzuhören und etwas anderes anzufangen. Doch nach ein paar Tagen ohne Lenkrad kribbelte es ihn am ganzen Körper, und er mußte wieder los.

»Ich bin richtig abhängig«, meinte er nachdenklich. »Jeder hat seine Droge. Meine ist die Straße.«

Trotz seiner vielen Touren war er glücklich verheiratet und Vater dreier Kinder. Er sprach sehr liebevoll von seiner Familie. Ich als häuslicher Typ fragte, wie es die Frau mit einem Mann aushielt, der so selten zu Hause war.

»Sie ist es gewöhnt. Oft bin ich nur kurz in Järna vorbeigefahren, und da stand sie dann mit einer Tasche frischer Wäsche, und ich gab ihr meine schmutzige. Es ist gut gegangen. Man hat eben seinen Job.«

Nach fünf Minuten mochte ich ihn; nach einer halben Stunde war er mein Freund. Er war ein Mann ohne Verstellung, der eine Sache direkt anging. Man wußte, was man hatte und mußte nicht über eventuelle verborgene Untertöne nachdenken. Jetzt hatte er eine Woche frei, denn selbst er wurde gezwungen, den ihm zustehenden Urlaub zu nehmen. Doch anstatt Teppiche zu klopfen oder den Rasen zu mähen, hatte er es übernommen, aus mir einen erfahrenen Fernfahrer zu machen. Dabei ging es nicht nur um die Fahrtechnik, sondern vor allem um die Sprache, um die Sitten und Bräuche des Berufsstandes, um Codes und Signale, um die ungeschriebenen, international geltenden Regeln.

Er wußte nur, daß ich ein Polizist war, der einen kriminellen Fahrer entlarven sollte, und das reichte ihm. Kollegen, die krumme Geschäfte machten und die ganze Zunft in Verruf brachten, konnte er absolut nicht leiden. Mit leichter Hand berührte er die Versuchungen:

»Keine Sache, zum Beispiel Schnaps nach Hause zu schmuggeln. Die Jungen sind manchmal etwas hitzig, doch das geht bald vorüber. Was soll man mit dem ganzen Alkohol? Man muß sich schon entscheiden, ob man Fahrer oder Trinker sein will. Wie heißt der Bursche?«

»Eivar Janzén. Mehr weiß ich nicht über ihn.«

»Nie gehört, obwohl ich glaube, alle alten Hasen zu kennen. Aber es gibt ja langweilige Typen, die mit keinem reden. Die haben den falschen Beruf gewählt. Oder sie haben von Anfang an krumme Dinger vor; dann läßt man die anderen auch nicht gern an sich ran. Auf so eine Bekanntschaft lege ich gar keinen Wert.«

Er war ein markentreuer Fahrer; Scania und keine andere sollte es sein. »Na ja«, sagte er im Tonfall eines berühmten Operntenors, der zugeben muß, daß auch Rocksänger in der Lage sein können, einen Ton zu halten, »Volvo und Mercedes bauen auch ganz ordentliche Lastwagen. Aber kein Vergleich zu Scania!« Als Kipperfahrer hatte er einen vierzylindrigen D 422-Motor, ein Scania-Modell vom Anfang der fünfziger Jahre, unter sich gehabt.

Nun fuhr er einen neuen Scania R 144 LA 4x2; ich mußte mir die Modellbezeichnung notieren, um sie nicht zu vergessen. Es war »sein« Laster, ein Zweiachser mit V 8-Motor, den niemand sonst anrühren durfte, nicht einmal der Fuhrunternehmer, und er hätschelte ihn wie ein zu groß geratenes Wickelkind. Auf einem umzäunten Gelände bekam ich unter seiner gutmütigen Anleitung meine ersten Lektionen. Es war viel leichter, als ich gedacht hatte; die vielen Gänge ließen sich ohne Schwierigkeiten einlegen, und das Fahrzeug folgte meinen Intentionen gehorsam und elegant. Die ganze Zeit über pries er Scania:

»Na? Sitzt du nicht wie ein König? Vorher fuhr ich einen R 143, und der war schon Spitze, aber die Viererserie ist noch besser.«

Ich konnte ihm nur zustimmen. Wenn Carl Gustaf auf diesem Sitz gesessen hätte, würde er seinen Porsche verkaufen und auf einem R 144 nach Drottningholm oder Öland donnern. Sollte er ihm für die private Brieftasche zu teuer sein, konnte er ihn immer noch über die Firma laufen lassen.

»Die Kabine ist ganz auf uns Fahrer zugeschnitten. Der Arbeitsplatz soll so effektiv und bequem wie möglich eingerichtet sein. Es gibt heutzutage eine Menge Automatik und Computer, aber wenn die ganze Elektronik versagt, kann man immer noch manuell fahren. Natürlich geht an einem Scania nichts kaputt!«

In meinen Ohren klang das leicht übertrieben; meine batteriebetriebene Zahnbürste hatte schon so oft versagt. Er ließ seine Pranke vom Lenkrad rutschen, um mir die Perfektion der Konstrukteure zu demonstrieren:

»Na, und wo landet das Händchen? Auf dem Schalthebel natürlich! Du startest im zweiten Gang, läßt die Kupplung los, und dann geht alles automatisch, bis du am Ziel bist.«

Jeden Morgen um zehn trafen wir uns zu neuen Übungsstunden, und allmählich wuchs ich in meine Rolle hinein. Ich lernte es, den Auflieger in fünf Minuten an- und abzukoppeln, so daß es routiniert aussah. Das Anspannen des Trailers ist nahezu die einzige manuelle Tätigkeit des Fahrers, deshalb unterstreicht er durch das Tragen von Handschuhen, wie lästig ihm diese Plackerei fällt. Malmgren war mit seiner direkten Art ein hervorragender Pädagoge, und wenn wir unterwegs waren, fütterte er mich mit Fakten:

»Die Bremsen verschleißen bei einem so schweren Wagen schnell. Natürlich haben wir ABS, aber das macht sie nicht haltbarer. Doch jetzt hat Scania eine Bremskraftverstärkung, die teilweise durch die Abgase des Motors gesteuert wird. Eine gute Sicherheit. Sie ist in das Getriebe integriert und wird elektronisch überwacht. Der Bremseffekt wirkt auf die Kardanwelle. Hast du kapiert?«

»Ja, klar … nicht so richtig. Aber ich vertraue deinem ehrlichen Gesicht.«

»Du solltest einmal die schrecklich steilen Kasseler Berge in Deutschland befahren. Früher glaubte man, schon verschmorte Bremsbeläge zu riechen, wenn man sie nur von weitem sah. Es geht im Schneckentempo voran, für Lastwagen gilt Überholverbot, und der Zustand der Straßen entspricht dem alten Ostblockstandard. Da freut man sich über die zusätzliche Bremse!«

Hiller verriet mir, daß Interpol meine Ausbildung zum Berufskraftfahrer aus einer geheimen Kasse bezahlte. Ansonsten fuhr Roland Malmgren mit dem Laster, den er als seinen betrachtete, vor allem Kargo für Lufthansa von und zu den in der Nähe liegenden europäischen Flughäfen. Die großen Fluggesellschaften betrachten diese Art des Transports als die günstigste. In Deutschland ist Frankfurt die große Umschlagzentrale für Fluggüter, und weil sonntags ein Fahrverbot für Lkw besteht, hatte Malmgren dort viele Wochenenden verbracht. Da er mich für einen Fahrer mit Diesel im Blut hielt, erzählte er mir von dem gemütlichen, wenn auch anspruchslosen Leben, das er mit einer wachsenden Schar von Rittern der Europastraßen teilte. Bier war der kleinste gemeinsame Nenner.

»Man wird eingeladen oder gibt selber einen aus. Die Engländer sind tolle Burschen. Was die für Storys auf Lager haben! Na, die eine oder andere Geschichte kann ich auch erzählen … Mit den Deutschen kommt man ebenfalls gut aus. Die Franzosen reden ja nur französisch, da wird es etwas schwieriger. Außerdem sind sie die einzigen, die mit Rotwein statt mit Bier fahren.«

Ich begann zu verstehen, welche enorm wichtige Rolle der Fernlastverkehr in einer modernen Gesellschaft spielt. Die Industrie leistet sich keine kostenintensiven Lager mehr, sondern läßt Rohstoffe und Produkte permanent durch die Gegend rollen. Alles muß zur rechten Zeit am rechten Ort sein; das nennt man just-in-time-Denken. Naiv und umweltbewußt hatte ich geglaubt, die Eisenbahn könnte die Transportprobleme lösen, doch jetzt sah ich ein, daß die Züge erst in einer fernen Zukunft und mit einem ganz anderen Schienensystem konkurrenzfähig sein würden. Autos bringen die Waren von Tür zu Tür, während jede Sendung per Bahn zwei, vier oder vielleicht zehn Umladungen erfordert. Gleichzeitig werden die Brummis immer umweltfreundlicher und verbrauchen weniger Treibstoff.

»Wir machen einen Abstecher nach Småland, wo wir uns immer treffen«, sagte Malmgren. »Am Dienstag vielleicht. Dann stelle ich dich einigen von den Jungs vor, damit du beim nächsten Mal wiedererkannt wirst. Du hast Talent für den Job; wenn du den Beruf wechseln willst, könnte ich dich empfehlen.«

Darauf war ich stolz wie ein Schüler der ersten Klasse, wenn er ein Sternchen für richtiges Schreiben bekommen hat. Viele von Malmgrens Bekannten hatte ich schon getroffen; sie waren aus demselben Holz geschnitzt wie er, und ich begriff warum. Sie hatten es nie eilig und bewegten sich mit einer Würde, die ich mir ebenfalls aneignen wollte. Es erfordert Geduld, ganze Tage still in einem Fahrzeug zu sitzen; da kann man kein unruhiger Geist sein, denn die Fahrerkabine bietet keinen Platz zum Herumzappeln. Man muß in sich selbst ruhen und darf sich nicht ablenken lassen. Mein gewöhnlicher Gang ähnelt dem eines Pavians, mit vorgeschobenem Oberkörper und baumelnden Armen, die bereit sind zuzupacken; insofern paßte ich zu ihnen. Daß ich wie ein Affe herumlief, wußte ich nicht, bevor ich eine Videoaufzeichnung gesehen hatte. Der Schock war groß, aber es war zu spät, etwas daran zu ändern, und außerdem hatte sich noch niemand beschwert.

Als Lkw-Fahrer sitzt man hoch über den anderen Verkehrsteilnehmern, und das trägt zu einer gewissen majestätischen Ruhe bei. Man achtet nicht auf das Geifern der Zwerge, die sich aufregen, weil sie nicht überholen können, man vernimmt jeden Wutausbruch wie das Kläffen eines Schoßhündchens und gähnt nur, wenn man einen Stinkefinger gezeigt bekommt. In der Kabine ist man in einer anderen Welt, und in dieser Welt ist man der, nach dem sich die anderen richten müssen. Warum hetzen, warum Streß? Adler fliegen langsam und haben die volle Kontrolle über ihre Situation, während Spatzen keinen Augenblick stillhalten können und ständig nach den kleinsten Krümeln picken.

Das Paßfoto von Eivar Janzén zeigte ein mageres Gesicht mit müden Zügen und Augen, die gesehen hatten, was sie sehen wollten, und nun war es genug. Er hatte schütteres Haar; nur über den Ohren standen schwarze Büschel wie Flügel zu beiden Seiten. Janzén war zweiundfünfzig Jahre alt und seit vier Jahren geschieden; seine dreiundzwanzigjährige Tochter lebte in Sierra Leone, wo ihr Mann als Limnologe forschte. Ich schaute im Lexikon nach und erfuhr, daß er also Süßwasserbiologe war. Um sich ein Bild von einer Person zu machen, muß man viele Quellen nutzen, aber in meinem Fall hatten sie nur einige Tropfen gespendet.

Eivar Janzén war mit einem mittelmäßigen Zeugnis von der Schule abgegangen, hatte mit achtzehn Jahren als Infanterist gedient, war jedoch nach wenigen Monaten aufgrund psychischer Beschwerden entlassen worden. Ab und zu war er arbeitslos gewesen; er hatte bei seinen Eltern gewohnt. Wir wußten nur, daß sein Vater Maurer gewesen war. Mit sechsundzwanzig zog er nach Göteborg und arbeitete als Beifahrer für einen kleinen Fuhrunternehmer. Später kaufte er einen eigenen Lastwagen, nach dem Herstellungsjahr zu urteilen einen Schrotthaufen. Nach einigen mühseligen Jahren als Unternehmer ließ er sich wieder anstellen und diesmal fuhr er für Shell Öl zu den Tankstellen. Bei Shell konnte sich niemand mehr an ihn erinnern.

Dann heiratete er Carita. Nur ein halbes Jahr später begann er, Fernlaster für eine Göteborger Firma, Sandegrens, zu fahren, bis er nach Stockholm zog, wo er einen ähnlichen Job bei der Wall Transport AG fand. Von einem ehemaligen Kollegen bei Wall hatte man auf diskrete Fragen erfahren, daß Janzén ein passionierter Spieler war. Er wurde als still, zurückgezogen und grüblerisch beschrieben, als ein Einzelgänger, der sich nicht gern mit den Kollegen unterhielt. Wie er – außer möglicherweise mit Glücksspiel – seine Freizeit verbrachte, war nicht herauszubekommen. Er wohnte in einer Zweizimmerwohnung in einem Vorort im Süden, wie es schien, allein.

Ein Tscheche, der bei einer Razzia in Frankfurt aufgegriffen worden war, berichtete, daß für einen Überfall vermutlich ein schwedischer Fahrer die Tips gegeben hatte. Diese Angabe führte dazu, daß die deutsche Polizei gemeinsam mit Interpol sechs andere Fälle untersuchte, bei denen die Fahrzeuge in Schweden beladen worden waren. Dabei wurde zweimal angedeutet, daß der Fahrer beteiligt gewesen sein soll, doch es gab keinen Beweis. In beiden Fällen hatte Janzén am Steuer gesessen; in beiden Fällen hatte die Fracht aus wertvoller elektronischer Ausrüstung bestanden. Beim ersten Mal war jemand in den Trailer eingebrochen, während sich Janzén anderswo aufgehalten hatte und somit über ein Alibi verfügte. Beim zweiten Mal kam er dazu, wie sich ein paar Maskierte an der Ladung zu schaffen machten und griff ein, wurde aber bewußtlos geschlagen, während die Diebe das Fahrzeug leerräumten. Eine blaugelbe Beule an der Stirn bekräftigte die Geschichte, doch was tut man nicht alles für eine sechsstellige Summe.

Der Fuhrunternehmer Sture Wall war sehr kooperativ, weil er selbst Janzén verdächtigte, krumme Geschäfte zu machen, doch wenn er ihn ohne triftigen Grund entließ, hätte er die Gewerkschaft auf dem Hals, und die Abendzeitungen würden für das arme Opfer kämpfen. Vielleicht wären Gewerkschaft und Zeitungen sogar im Recht, vielleicht war Janzén tatsächlich unschuldig?

Hiller, Sundgren und ich trafen uns am Montagmorgen, dem Tag vor meiner Entdeckungsreise in das schwarze Småland. Sollten wir Håkansson erst einmal in Ruhe lassen? Oder war es besser, ihn ganz aus der Balance zu bringen, da er ja bereits taumelte? Wir einigten uns, die Chance zu nutzen, und wer konnte ihn leichter umschubsen als ich, sein alter Patient mit dem eventuellen Milzreißen?

»Wenn du andeutest, daß du etwas gehört hast, was du nicht hören solltest, könnte er vielleicht an einem Gespräch interessiert sein«, meinte Hiller, und Sundgren nickte zustimmend.

Ich wählte die Nummer der Praxis. Erst nach dem zehnten Klingeln nahm die Sprechstundenhilfe ab. Diesmal klang ihre Stimme ruhig und klar:

»Hier bei Doktor Håkansson.«

»Ah, fein, hier ist Erland Brundin.«

»Wie? Ich meine ... wie bitte?«

»Brundin. Ich brauchte ein Gesundheitszeugnis wegen der Versicherung. Leider ging es ja beim letzten Mal ein wenig turbulent zu, aber nun würde ich ihn gern so bald wie möglich besuchen.«

»Besuchen ... wen?«

War sie wirklich so ruhig? Ich glaubte zu hören, daß sie die Vokale mühsam herauspreßte.

»Den Doktor natürlich, Håkansson höchstpersönlich. Sobald er das Stethoskop geputzt hat, stehe ich zur Verfügung.«

Es folgte ein langes Schweigen; ihre Atemzüge wurden schwerer und endeten in leisen Schnarchlauten. Nein, sie war absolut nicht ruhig. Stand sie unter Schock?

»Ich kam gerade, und ... der Doktor ... er ... er ...«

»Ja? Was ist mit ihm?«

Wir wechselten Blicke, und Hiller zog die Augenbrauen hoch.

Meine Kollegen hatten mitgehört und offenbar denselben Eindruck gewonnen: Etwas hatte sie zutiefst schockiert.

»Vincent ... der ganze Boden war rot ... ging hinein ... er liegt da und ist ... tot ...«

»Tot? Sind Sie sicher?«

Ich spürte, daß sie fieberhaft nickte.

»Er ist ... ganz zerschnitten ... Blut überall und ... es ist so schrecklich ... er muß gelitten haben ...«

Plötzlich kreischte sie auf, und nun war die Angst in ihrer Stimme deutlich zu hören:

»Herrgott ... jetzt kommen sie zurück!«

5.

Zwanzig Minuten später waren wir da. Die Kriminaltechniker hatten schon mit der Arbeit begonnen. In der Praxis wimmelte es von Spezialisten und Experten. Die Reste des Doktors Vincent Håkansson lagen noch auf dem Boden des Sprechzimmers, und wir konnten die Reaktion der Schwester verstehen. Mit Mühe erkannte ich die Züge des Arztes in dem völlig zerschlagenen Gesicht. Hiller beugte sich über ihn, und ich sah, daß er den Atem anhielt, um den süßlichen Blutgeruch nicht in die Nase zu bekommen.

Neben Håkansson lagen seine aufgeschlitzten Kleider wild durcheinander, und auch seinen Körper hatten die Mörder mit scharfen Messern kreuz und quer zerschnitten. Ich rekonstruierte das Geschehen: Die Sprechstundenhilfe kam, legte ihren Mantel ab, falls sie einen hatte, zog sich den weißen Kittel über, kontrollierte im Spiegel ihr diskretes Make-up, schaute im Kalender nach, welche Patienten heute bestellt waren, und kochte dann Kaffee. Die Maschine war noch eingeschaltet; auf einem kleinen Tablett standen eine zierliche Tasse mit goldenem

Löffel, eine Dose mit Keksen, ein Kännchen Milch, eine Schale Zucker und eine gefaltete Papierserviette.

Offenbar gehörte das zur täglichen Routine. Daß nur eine Tasse dastand, bedeutete wohl, daß der Arzt nicht allzu familiär mit seinem Personal verkehren wollte. Als alles vorbereitet war, hatte sie wie immer angeklopft und die Tür geöffnet – und war mit dem Fuß in eine Blutlache getreten. Kurz darauf hatte ich angerufen. Sie war zum Apparat gegangen, hatte rein mechanisch zum Hörer gegriffen und sich mit der üblichen Phrase gemeldet.

Leiter der Untersuchung war Kommissar Bengt Samuelsson, genannt »der große Samuel«, nicht nur, weil er die meisten im Korps um einen ganzen Kopf überragte, sondern auch, weil er tief religiös war und nebenbei als Sonntagsschullehrer wirkte. Er rief gern »Großer Gott!«, während die Profaneren unter uns eher biblische Symbolgestalten vom entgegengesetzten Ende des Universums beschworen. Ich mochte ihn; meines Wissens hatte ihn keiner von unseren vielen Atheisten je einen Heuchler genannt und von ihm gefordert, verdammt noch mal einen Kognak zu trinken und sich wie ein normaler Mensch zu benehmen.

»Was wissen wir?« erkundigte ich mich.

Die Frage war nicht sinnlos. Samuelsson arbeitete effektiv und pflegte alle verfügbaren Informationen schnell zu sammeln und zu systematisieren.

»Die Tür wurde nicht aufgebrochen. Da man nur hereinkommt, wenn der Knopf gedrückt oder von innen geöffnet wird, muß Håkansson die Täter selbst eingelassen haben. Die Schwester Eva Widegren ist ja erst später gekommen.«

»Hier schwimmt alles in Blut – wie sieht es denn mit Fußspuren aus?«

»Obwohl es kaum möglich ist, den Lachen auszuweichen, haben sie es offenbar doch geschafft. Mir wurde berichtet, daß du mit ihr telefoniert hast. Aus welchem Grund?«

»Ich wollte eigentlich mit Håkansson reden.«

»Warum?«

»Er stand im Verdacht, Kontakte zu einer Bande zu unterhalten, die Fernlaster ausraubt.«

Der Kommissar nickte und zog an seiner langen Oberlippe.

»Okay, Hassel. Wir erwarten deinen möglichst detaillierten Bericht.«

»Den bekommt natürlich Sundgren. Hat die Sprechstundenhilfe hier auf die Polizei gewartet?«

»Nein, sie ist weg, aber wir suchen sie zu Hause; sie wohnt in Bagarmossen. Den Kittel hat sie ausgezogen.«

Er zeigte mir das Kleidungsstück; es war voller Blut. War es Håkanssons Blut oder ihres, und im letzteren Falle – wie schwer war sie verletzt? Samuelsson las meine Gedanken, und das war unter Kollegen keine besondere Kunst. Ich untersuchte die Knöpfe und Knopflöcher; alle waren unversehrt. Das deutete darauf hin, daß sie den Kittel freiwillig oder jedenfalls eigenhändig ausgezogen und auf den Boden geworfen hatte.

»Wir erkundigen uns bei den Krankenhäusern. Unsere Leute fragen in den umliegenden Geschäften, ob jemand etwas gehört oder gesehen hat, was uns weiterbringt. Ich kann mir vorstellen, daß Håkansson während der Mißhandlung größtenteils bei Bewußtsein war und vor Schmerz gebrüllt hat.«

»Warum glaubst du, daß er bei Bewußtsein war?«

Samuelssons dunkle Stimme sank noch eine Oktave herab.

»Böse wie auch gute Menschen haben immer Gründe für ihre Handlungen. Wir verstehen sie vielleicht nicht sofort, aber diese Gründe gibt es. Selbst böse Kreaturen schneiden einen Menschen nicht bloß wegen des Vergnügens, ihn langsam sterben zu sehen, in Stücke; es sei denn, sie sind geistig verwirrt. Aber auch da gibt es Gründe, wenn auch irrationale. In unserem Falle handelten die Täter entweder aus Rache, oder sie wollten von Håkansson etwas erpressen, was er angeblich besaß. Du kanntest den Arzt, was meinst du?«

Hiller hatte nichts gesagt und hielt sich im Hintergrund. Viele Polizisten betrachten Interpol als störendes Element bei den

Ermittlungen und meinen, daß die internationale Behörde Informationen zurückhält.

»Wir kannten uns so flüchtig, daß ich mir keine Meinung bilden kann«, erklärte ich. »Ich glaube aber eher, daß die Mörder etwas von ihm erfahren wollten. Vielleicht hat er versucht, jemanden um Geld zu betrügen. Soweit ich weiß, war Håkansson ein gieriger Mensch. Er spielte hoch und verlor.«

Der Kommissar seufzte tief und murmelte:

»Wahr ist, daß die Welt zu einem großem Teil noch immer vom Teufel beherrscht wird. Wenn ich nicht überzeugt wäre, daß Gott schließlich gewinnt, könnte ich nicht weiterleben!«

Hiller war von dem Erlebnis so mitgenommen, daß er sogar den Appetit verloren hatte, und wir begnügten uns mit Tee und ein paar Käsebroten in seinem Büro. Trauern konnten wir wegen Håkanssons qualvollem Ende nicht, denn wenn wir um jeden Toten, mit dem wir beruflich in Verbindung kamen, trauern würden, müßten wir ständig in Schwarz gehen. Es heißt, daß eine Witwe in südlichen Ländern ihren toten Mann sieben Jahre lang beweinen muß, und außerdem schwebt das Joch auch dann über ihr, wenn der Vater, der Bruder oder andere nahe Verwandte sterben. Eine junge Frau, die in Freude heiratet, kann ein paar Jahre bunte Kleider tragen, danach geht sie vielleicht ihr Leben lang in Schwarz. Aber die verschiedenen Ausdrucksformen der menschlichen Grausamkeit dämpfen die Lebenslust ohnehin.

»Warum ließ Håkansson die Mörder freiwillig ein?« brummte Hiller. »Die Antwort liegt auf der Hand. Er wußte und ahnte nicht einmal, daß sie ihm nach dem Leben trachteten. Also kannte er sie aus einer geschäftlichen Beziehung und bildete sich ein, ein ebenbürtiger Partner zu sein.«

»Das sind Spekulationen.«

»Absolut. Aber ohne zu spekulieren kommt man nicht weiter.«

»Du sagst ›sie‹. Warum nicht ein Einzeltäter?«

»Weil die Schwester gerufen hat: ›Jetzt kommen sie zurück‹. Sie muß ihre Stimmen gehört oder gesehen haben, wie sie hereinkamen. Woran denkst du, wenn du dich an ihr ›sie‹ erinnerst?«

Ich verstand, worauf er hinauswollte, und antwortete nachdenklich:

»Welche ›sie‹ gemeint waren – die Inkasso-Rocker, die ich beobachtet habe, oder die Mörder ihres Arbeitgebers, die zurückkehrten, um auch sie zu töten?«

»Wir werden sie wohl fragen müssen.«

»Falls sie nicht recht hatte – falls sie ihr nicht das angetan haben, was sie befürchtete. Vielleicht ist sie tot, und man hat ihre Leiche mitgenommen. Warum? Tja, falls sie aus anderen Gründen zurückkamen und ihr plötzlich gegenüberstanden, mußten sie in ihr eine gefährliche Zeugin sehen.«

Hiller wischte sich mit den Fingern Krümel vom Mund; es sah ein wenig unerzogen aus bei einem Mann, der, soweit es seine Kreditkarte erlaubte, in den feinsten Schlemmertempeln zu speisen pflegte.

»In vielen Krimis kann man sehen, wie schwer es ist, eine Leiche loszuwerden …«

»Das war vielleicht früher so. Wenn man die Leiche erst einmal beiseite gebracht hat, gibt es tausend Möglichkeiten, sie zu verbergen. In der Erde, im Wasser, in einem Ofen, im Säurebad … Man kann sie in einen Teppich einrollen oder in einen Plastiksack stecken. In der heutigen Gesellschaft, wo fast alle umweltbewußt ihren Müll trennen, fällt es gar nicht auf, wenn jemand mit einem Sack oder einer Tüte herumläuft. Wenn sie die Frau umgebracht haben, bereitet die Leiche keine Probleme. Eine andere Sache …«

Er wartete, und ich wußte, daß er wußte, was ich sagen würde, aber ich mußte mir meine Worte trotzdem zurechtlegen.

»Solche Typen wie die Bad Black Boys finden es geil, Schrecken zu verbreiten und Geld und Macht an sich zu reißen. Ansonsten besteht ihre einzige Freude darin, sich immer wieder jämmerlich zu besaufen. Wenn einer von ihnen in der Klemme steckt, fühlt sich die ganze Bande angesprochen. Und weißt du, wie sie auf Angriffe und Schwierigkeiten reagieren?«

»Ja – keiner wagt es, gegen sie auszusagen.«

»Genau. Zeugen ziehen ihre Aussage zurück oder können sich vor Gericht plötzlich an nichts mehr erinnern. Vorher haben sie Besuch von den schwarzen Boys erhalten und klar und deutlich gesagt bekommen, was eine wahrheitsgemäße Darstellung für den Betreffenden oder seine Familie bedeuten würde.«

Früher, im idyllischen Mittelalter, als ich meine sogenannte Karriere begann, wäre es nicht im Traum möglich gewesen, einen Zeugen einzuschüchtern und zum Schweigen zu bringen. Wer etwas beobachtet hatte, meldete sich freiwillig und sagte vor Gericht aus, ohne wegen der Konsequenzen Alpträume bekommen zu müssen.

Dann kamen die Drogenbanden und mit ihnen das große Geld, die großen Probleme, die privaten Armeen, der unversöhnliche Kampf um Machtsphären, die Ansicht, daß alles erlaubt und nichts verboten ist, die totale Rücksichtslosigkeit. In diesen Kreisen galt bereits die kleinste Freundlichkeit als ein Zeichen von Schwäche, und der Betreffende verlor nach dem Herr-im-Hause-Prinzip seinen Thron. Die Methoden der Drogenkönige wurden von den Prostitutionsmogulen und Spielsyndikaten übernommen, und die Gewalt ist widerlicher Alltag geworden.

Zugleich müssen wir uns teilweise selbst die Schuld geben, daß wir die Zeugen verloren haben – Leute, die im Unterschied zu allen kleinen und großen Schurken den Gang des Gesetzes nicht kennen. Bürger, die zum ersten Mal als Zeugen geladen sind, vielleicht, weil sie eine Mißhandlung beobachtet haben, kommen in das Gerichtsgebäude, doch niemand kümmert sich um sie. Keiner sagt ihnen, was geschehen wird. Sie müssen manchmal stundenlang im selben Flur wie der Angeklagte sitzen, der ihnen böse Blicke zuwirft. Sie sind die Trumpfkarten des Staatsanwalts, der nicht einmal die Zeit hat, sich ihnen vorzustellen. Bei der Befragung durch den Verteidiger sind sie aufgeregt und fühlen sich erniedrigt, weil man ihren Worten keinen Glauben schenkt, sondern sie wie Schwachsinnige und Alzheimergeschädigte behandelt. Anschließend schwören sie sich, niemals wieder als Zeuge in einem Gerichtssaal zu erscheinen, was auch geschehen möge.

Hiller schien ein schlechtes Stück Käse erwischt zu haben, und auch ich fühlte einen unangenehmen Geschmack auf der Zunge.

»Das ist der Untergang des Rechtsstaates«, sagte er leise.

»Dessen, was noch von ihm übrig ist. Natürlich sind die beiden Schläger, die ich in der Praxis beim Geldeintreiben beobachtet habe, Hauptverdächtige für den Mord an Håkansson. Aber ich weigere mich, als Zeuge aufzutreten. In diesem Falle habe ich mich eben geirrt oder einfach vergessen, wie sie aussahen. Ist dir das klar?«

Er nickte langsam und sah äußerst bedrückt aus.

»Also zeigst auch du keine Zivilcourage?«

»Du hast mich überredet, diesen Auftrag für Interpol anzunehmen, obwohl ich an meinem Platz gute Arbeit geleistet habe. Und rede nicht von Zivilcourage! Es geht nicht um mich, sondern um meine Frau und meine Tochter. Wenn sie im Spiel sind, gehe ich kein Risiko ein.«

Hiller leckte sich die Lippen. Ich sah ihm an, daß er es vorzog, angenehm mit mir zu speisen und Wein zu trinken, als den Spatenstichen zu lauschen, mit denen ich das Grab des Rechtsstaates vertiefte. Aber er hatte mir den Spaten schließlich in die Hand gedrückt.

»Mord ist eine Angelegenheit der schwedischen Polizei«, sagte er klanglos. »Interpol hat keinem einzigen schwedischen Polizisten irgend etwas zu befehlen. Wir können, seit wir eine operative Abteilung haben, um Zusammenarbeit auf praktischem Gebiet bitten, mehr nicht.«

»Und du hast mich gebeten, und ich habe ja gesagt. Das übergreifende Ziel besteht darin, eine internationale Bande von Lkw-Räubern zu entlarven. Soll ich damit weitermachen? Morgen will Malmgren mit mir nach Småland fahren, um mich mit seinen Kollegen bekanntzumachen. Soll ich ihn begleiten? Oder willst du, daß ich zu Hause bleibe und die Fressen der beiden Gorillas vergesse?«

»Soweit ich weiß, bist du nicht als Zeuge benannt. Fahr mit Malmgren. Was später geschieht, steht außerhalb meiner Kontrolle.«

»Dann kümmere dich darum, daß es unter deine Kontrolle gerät!«

Am nächsten Morgen traf ich Malmgren auf dem Parkplatz in der Nähe der U-Bahnstation Liljeholmen. Ich hatte gut und ohne Gewissensbisse geschlafen. Nach allem, was Virena wegen meines Berufes hatte erdulden müssen, war ich schon lange der Überzeugung, daß es reichte, daß nichts mehr zwischen uns treten durfte. Bereitwillig stimmte ich zu, daß ein Rechtsstaat nicht funktioniert, wenn Zeugen nicht sagen, was sie wissen und gesehen haben, damit die Wahrheit ans Licht kommt, aber Theorie ist die eine Seite und Ehefrau und Kind sind die andere. Der Pflichtmensch in mir war nicht begeistert, aber wer sagt, daß man sich selbst immer mögen muß?

»Du fährst die ganze Strecke«, beschloß Malmgren. »Ich habe ja eigentlich Urlaub.«

Was heißt fahren – der Laster bewegte sich ganz von selbst, und ich saß nur hinter dem Lenkrad, weil es das Gesetz so wollte. Ich genoß den bequemen Sitz und das angenehme Schnurren, mit dem der Scania die Autobahn entlangrollte. Die hydraulische Federung war perfekt, wir hätten rohe Eier über ein Waschbrett transportieren können, ohne daß eine einzige Schale geplatzt wäre.

Das Fahrzeug war achtzehn und einen halben Meter lang, also länger als ein fünfgeschossiges Haus hoch ist. Dieses Maß war nur in Schweden zugelassen; im restlichen Europa durften sechzehneinhalb Meter nicht überschritten werden. Es war erstaunlich, ja fast verdächtig, daß man uns in diesen EU-Zeiten eine solche Abweichung gestattet hatte, aber sicher würde es damit bald vorbei sein. Natürlich hielt ich mich an die Regeln und schaute immer mit einem Auge in den Rückspiegel, mit dem zweiten auf die Straße und mit den restlichen auf das Armaturenbrett.

Malmgren schien überzeugt zu sein, daß ich die Prüfung bestehen würde; er nahm sein Mobiltelefon und rief einen Freund an, der dem Gespräch nach zu urteilen in Finnland unterwegs war. Ich hielt meine zugelassenen neunzig Stundenkilometer, und anders ging es auch gar nicht. Auf flacher Strecke fuhren alle Lastwagen mit derselben Geschwindigkeit; nur an Steigungen konnte ein Kraftpaket, wie wir es unterm Hintern hatten, Fahrzeuge mit schwächerem Motor überholen. Malmgren telefonierte mit seiner Frau, und seine Stimme wurde weich wie bei jedem Mann, der seine Familie aufrichtig liebt. Dann fragte er mein Pflichtwissen ab:

»Wie lange darf man ohne Pause fahren?«

»Viereinhalb Stunden.«

»Wie lange Pause danach?«

»Fünfundvierzig Minuten. Man kann auch dreimal für je eine Viertelstunde unterbrechen. Insgesamt darf ich nur neun Stunden am Tag fahren, dann muß ich neun Stunden pennen. Die Regeln sind nicht ganz klar.«

»Mußt du schlafen?«

»Nein, ich kann auch den Gartenzaun streichen; ich muß mich nur vom Lenkrad fernhalten.«

»Man *soll* schlafen! Die Regeln wirken so mehrdeutig, damit sie in der ganzen EU akzeptiert werden. Wie kann man kontrollieren, daß du den Bestimmungen folgst?«

Die Frage war unnötig, weil er mir die Funktionsweise des Fahrtenschreibers mehrmals demonstriert hatte. Darin befand sich eine Scheibe, die wie eine ganz gewöhnliche CD aussah und Platz für unglaublich viele Informationen bot – nur Willie

Nelson konnte man damit nicht hören. Der Fahrtenschreiber war nicht zu überlisten, obwohl es sicher schon viele versucht hatten. Im großen und ganzen halten sich die Fahrer an die Vorschriften, weil sie begreifen, daß sie zu ihrer Sicherheit erlassen wurden und nicht, um sie zu ärgern. Andernfalls wären sie Sturm dagegen gelaufen.

»Steht auf der Scheibe.«

»Was geschieht mit dem, der sich nicht an die Regeln hält?«

»Er muß vier Sonntage hintereinander vor der Kirche am Pranger stehen, und jeder hat das Recht, ihn mit verfaulten Kohlköpfen zu bewerfen.«

»Okay, du weißt alles. Vergammelte Rüben gehen auch. Du sollst dein Diplom haben.«

Das gewaltige Fahrzeug fraß einen Kilometer nach dem anderen. Noch hatte der Touristenverkehr nicht eingesetzt, so daß wir nicht zu drängeln brauchten. Wir sichteten ein paar Autos mit Elchgeweihen auf dem Dach, und Malmgren kommentierte:

»Deutsche Urlauber. Entweder sie kaufen Elchgeweihe, oder sie stehlen die entsprechenden Verkehrsschilder. Der Elch scheint für die Deutschen eine besondere Bedeutung zu haben.«

Wir kamen nach Skillingaryd zu der Statoil-Tankstelle, neben der eine Raststätte steht. In einer Ecke des Platzes stand ein Präriewagen, mit dem Big Bengt für seine Westernshow warb. Ansonsten reihte sich ein Fernlaster an den anderen.

»Das hier ist unser Stammplatz«, erklärte Malmgren. »Liegt genau richtig für eine Pause, bevor es zu den Fähren geht. Gutes Essen zu kleinen Preisen. Die Einheimischen kommen auch gern her.«

Das taten sie sicher, doch verschwanden sie in der Menge der breiten und schweren Jungs. Viele von ihnen waren physisch gesehen nicht besonders breit und schwer, doch sie verbreiteten die entsprechende Atmosphäre – diese Männer in T-Shirts und Lederwesten schienen wie geschaffen, während eines Gewitters einer zarten Frau Händchen zu halten.

Malmgren war ein bekannter und beliebter Kollege. Als er

sich den Weg zu einem freien Tisch bahnte, begrüßte er die meisten. Enorme Hände wurden geschüttelt und Scherzworte gewechselt; ab und zu erklang dröhnendes Lachen. Ich wurde als »der Finne« vorgestellt, da ich meistens nach Finnland gefahren sei, aber nun würde ich dieselben Touren wie die anderen machen. Ich grinste und freute mich über ein paar derbe Bemerkungen, die zeigten, daß ich einer von ihnen war und mein T-Shirt unter der Jeansjacke nicht zu neu aussah. Einer fragte, ob mir Finnland gefallen habe, und ich antwortete, Finnland sei eben Finnland.

Wir aßen einen Fleisch-Gemüse-Eintopf, der mehr Fleisch als Gemüse enthielt; aus einer Portion hätte ich sonst vier Mittagessen gemacht. Ein Blick auf die Tafel mit den Speisen zeigte, daß der Slogan vom kalorienbewußten Essen noch nicht bis nach Småland vorgedrungen war. Hier hatte noch nie jemand von Cholesterin gehört, und einen Teller Grünzeug zu bestellen wäre ungefähr wie in der Kirche zu fluchen. Man servierte Mahlzeiten für ausgewachsene Kerle, denen es nichts ausmachte, den Gürtel ein Loch weiter zu schnallen, wenn er zu eng wurde.

»Wie findest du das Süppchen?« wollte Malmgren wissen.

»Essen alle Fahrer wie Elefanten? Ich meine, mengenmäßig?«

»Klar. Nimm noch ein belegtes Brot.«

»Wenn der Erfolg als Fahrer davon abhängt, wieviel man in sich hineinfressen kann, dann kenne ich einen Polizisten, der Simon Palm heißt und die Branche in Null Komma nichts übernehmen könnte.«

Leute kamen, verputzten ihren Eintopf und gingen. Malmgren war darauf bedacht, mein Gesicht möglichst vielen zu zeigen, damit man »den Finnen« beim nächsten Mal wiedererkannte.

Ein schmaler, blasser Mann trat ein. Er wirkte nicht breit und kameradschaftlich, sondern schien den Blicken und Gesprächen auszuweichen. Als er seinen Teller bekommen hatte, setzte er sich in eine Ecke und begann zu essen. Dabei versank er so in sich selbst, als hätte er sich hinter einen unsichtbaren Zaun zurückgezogen.

»Glotz nicht gleich hin«, ermahnte ich Malmgren leise, »aber der Typ in der Ecke ist Eivar Janzén.«

Malmgren wartete eine Weile, bevor er sich wie zufällig umdrehte.

»Ich glaube, ich habe ihn schon einmal gesehen«, sagte er nachdenklich, »aber er sieht nicht so aus wie einer, an den man sich erinnert. Obwohl das ja Bingo für dich ist.«

»Wieso?«

»Wir gehen zu ihm und begrüßen ihn. Ich tue so, als würde ich ihn gut kennen. Du weißt: ›Hallo, Eivar, wie geht's, wie steht's?‹ Dann rede ich von dir, damit er gar nicht daran zweifeln kann, daß du einer von uns bist.«

Das klang einleuchtend, und ich hatte mich schon fast erhoben, um Malmgren zu folgen, als ein anderer Mann hereinkam, sich umschaute, zu Janzén an den Tisch ging und sich ihm gegenübersetzte. Er begann, leise zu reden, und Janzén nickte schweigend.

»Wollen wir einen Versuch machen?« fragte Malmgren.

Ich nahm die Speisekarte und versteckte mein Gesicht dahinter.

»Lauf neben mir, wenn wir hinausgehen«, flüsterte ich. »Er darf mich nicht sehen.«

Der Mann, der sich zu Janzén gesetzt hatte, war kein Fremder für mich. Wir hatten uns schon einmal getroffen – vor der Tür zu Doktor Håkanssons Praxis. Er hatte behauptet, ein Patient zu sein, aber das war er ganz sicher nicht!

6.

Hinter einem Lastwagen versteckt, behielt ich den Eingang der Raststätte im Auge. Nach einer Weile kam der Mann allein heraus. Ich duckte mich, falls er sich noch einmal umschauen sollte, bevor er zu seinem Auto ging. Als ich wieder in seine Richtung spähte, saß er auf einem großen Motorrad, startete und brauste davon, ohne daß ich eine Chance hatte, sein Nummernschild zu erkennen. Und das ohne den vorgeschriebenen Helm!

Dennoch war ich zufrieden. Als Kriminalist sucht man immer nach Zusammenhängen zwischen verdächtigen Personen. Sie können zusammen oder einzeln in unverfänglichen Situationen auftauchen, doch wenn man die verschiedenen Episoden aneinanderreiht, ergibt sich eine neues, überraschendes Bild.

Daß sich Eivar Janzén in der Raststätte aufhielt, war nichts Besonderes. Er war wohl unterwegs nach dem Kontinent und machte dort Pause, wo er immer Pause machte. Daß der Mann, den ich vor Håkanssons Praxis getroffen hatte, in derselben Raststätte einkehrte, konnte ein Zufall sein, war aber keiner. Er hatte sich damit von einem Herrn Niemand in ein Puzzleteil verwandelt, das mir helfen sollte, das ganze Bild zusammenzusetzen.

Auch Hiller freute sich über meine Entdeckung. Ich vermutete, daß er ihre Bedeutung in seinem Bericht an die Interpol-Führung übertrieb, um die Kosten für das Anmieten des Scania zu begründen. Wall hatte Bescheid gegeben, daß am folgenden Montag eine Fahrt mit hochtechnologischer Fracht nach Deutschland anstand; ich könne der Beifahrer sein, wenn ich es mir zutraute.

»Ohne weiteres«, antwortete ich. »Mit Roland Malmgren als Lehrer könnte ich auf zwei Rädern um den ganzen Erdball fahren.«

»Gut. Was die Typen von den BBB angeht, brauchst du dir

keine Gedanken zu machen. Wir haben sie zum Verhör geholt und behauptet, sie seien beim Betreten des Hauses gesehen worden, aber sie kümmerten sich nicht einmal um einen Anwalt. Der eine will den ganzen Morgen in einem Krankenhaus gesessen haben; er hat Probleme mit einer Niere. Der andere war nachweislich in Skövde. Von einem Doktor Håkansson hatten sie noch nie gehört. Möglicherweise seien sie einmal in dem Haus gewesen, aber da hätten sie sich wahrscheinlich in der Adresse geirrt. Sie erzählten Märchen wie die Brüder Grimm, aber in einem hatten sie recht: Sie konnten Håkansson nicht ermordet haben, auch wenn sie gewollt hätten. Und für den Willen allein kann man nicht bestraft werden.«

Den Rest der Woche wurde ich von Malmgren gedrillt. Als er erfuhr, daß die Ladung an eine Meierei in einem winzigen Dorf zwischen Storkow und Beeskow geliefert werden sollte, brummte er:

»Da nehmt ihr am besten die Fähre nach Rostock. Die Überfahrt dauert vier Stunden. Ich zeige es dir auf der Karte.«

»Wall meinte, wir sollten über Stettin fahren.«

»Was weiß der schon? Rostock ist besser, glaube mir.«

Am Freitag entdeckten die Fahnder Eva Widegren in der Gartenlaube einer Freundin. Etwa sechzig Kilo Angst wurden behutsam zur Kripo geführt, wo die ruhigsten und verständnisvollsten Polizisten mit ihr wie mit einem kranken Kind sprachen.

Sie wußte nichts und wollte nichts wissen. An ein »Inkasso« durch irgendwelche Rocker konnte sie sich nicht erinnern. Der Arzt habe ihr keine Geheimnisse anvertraut, schon gar nicht aus seinem Privatleben. Sie habe ihren Arbeitgeber auf dem Fußboden gefunden, das Telefon habe geklingelt, und dann seien einige Vermummte gekommen. Sie würde keinen von ihnen wiedererkennen, niemals, es seien nur Schatten gewesen; nein, auch die Stimmen könne sie keinesfalls identifizieren.

Eine einzige Information von Wert lieferte sie. Auf die Frage der Vermummten nach Erland Brundin, dem letzten Patienten des Doktors, habe sie versichert, das sei nur ein Name für sie. Dann seien sie wieder gegangen, nachdem sie, auch wenn sie es nicht zugab, gedroht hatten, ihr den Schädel mit einer Axt einzuschlagen, falls sie nicht den Mund hielt. Sie mußte sich die Fotos bekannter Gewalttäter ansehen, aber das waren alles Fremde für sie und sollten es auch bleiben. Auch mit der Zeichnung, die nach meiner Beschreibung von dem Mann, der nach mir kam, angefertigt worden war, konnte sie nichts anfangen, und sie würde ihn auch bis zum Tag des Jüngsten Gerichts nicht erkennen. Aber er war doch hereingekommen? Ihr gründlich gewaschenes Gehirn erinnerte sich nicht.

Am Sonntagnachmittag tranken Hiller und ich in seinem Büro ein letztes Glas zusammen, ich mein gewohntes Helles und er seinen obligatorischen Rotwein. Neidisch war ich nicht, denn ich hatte noch eine Pulle Mosel im Kühlschrank und würde mit Virena ein wenig feiern, bevor ich mich auf den Weg in das unbekannte Europa machte.

»Der Mann auf dem Motorrad ist unerhört wichtig für die Ermittlung«, philosophierte Hiller. »Nur er wußte, daß jener Erland Brundin in der Praxis gewesen war, als Håkansson gezwungen wurde, seine Schulden zu bezahlen. Die Geldeintreiber haben dich, das heißt Brundin, ja nicht gesehen; sie glaubten, die Praxis wäre bis auf die völlig verängstigte Krankenschwester leer. Der Mann aber hat gesehen, wie du herausgekommen bist, und du konntest gehört haben, was du nicht hören solltest. Einen Namen – Dicksson.«

»Vielleicht war es Dicksson?«

»Ein wunderbarer Wein. Bist du sicher, daß du kein Gläschen mittrinken willst?«

»Sauf du.«

»Von diesem Wein bekommt man Haare auf der Brust.«

»Auf meine passen gar nicht mehr drauf.«

Er schlürfte genießerisch und verdrehte die Augen, um zu zeigen, was ich für einen Fehler machte, wenn ich diesen edlen Tropfen verschmähte.

»Ja, vielleicht heißt der Mann Dicksson. Jedenfalls muß es extrem wichtig für sie gewesen sein herauszubekommen, wer dieser Brundin war. Håkansson hatte keine Ahnung, aber das glaubten sie ihm nicht. So leicht begeht man keinen Mord, vor allem nicht auf so bestialische Weise. Also – wer ist dieser Dicksson, der ein solches Verbrechen wert ist?«

Wir tranken, und keiner von uns wußte eine Antwort. Die Polizei ermittelte, und wir hofften, daß sie nicht allzu lange im dunkeln tappen würde. Hiller reichte mir einen Paß.

»Schön, dich zu treffen, Karl-Erik Tomasson.«

»Oh verflucht, noch ein Paß. Muß das sein?«

»Falls wir Eivar Janzén zu Recht verdächtigen, könnte er jemanden beauftragen, sich nach seinem Beifahrer zu erkundigen.«

Mit saurer Miene blätterte ich den Paß durch; er war natürlich perfekt. Bei Hiller hieß so etwas nicht Fälschung, sondern alternative Wahrheit.

»Ich hatte einen Klassenkameraden, der Karl-Erik hieß. Ein ekelhafter Typ. Du hättest mich vorher fragen können.«

»Karl-Erik Tomasson ist in deinem Alter und von Beruf Kraftfahrer. Er wohnt in der Wollmar Yxkullsgatan in Stockholm und ist Junggeselle. Nur du und ich wissen, daß er nach einem Nervenzusammenbruch in einer psychiatrischen Klinik liegt. Wir greifen bei Interpol ab und zu auf ihn zurück.«

Das fehlte noch! Wir Verrückten sollten zusammenhalten. Wahrscheinlich war es das, was uns zum Zusammenbruch trieb.

»Ich fliege morgen früh nach Berlin«, sagte Hiller und goß sich aus der fast leeren Flasche nach. »Ruf mich an, wenn du angekommen bist. Muß ich dir Hals- und Beinbruch wünschen?«

»Lieber nicht.«

»Es wird eine Vergnügungsreise«, versicherte Hiller. »Du mußt nur Janzén zum Reden bringen. Wenn du Glück hast, zieht er dich ins Vertrauen.«

»Das hast du tausendmal gesagt, und der Teufel und seine Heerscharen sollen dich holen, wenn es nicht so wird!«

Meine Damen und ich feierten ein anspruchsloses Fest, meilenweit entfernt von dem Standard, den der Gourmet Hiller bevorzugte. Aber wir fühlten uns wohl, und Elin kicherte über die Scherze, die ihr gutgelaunter Papa machte. Achtjährige Fräuleins sind ein dankbares Publikum.

Als mein Schulmädchen nach den gewohnten Prozeduren im Bett verschwunden war, tranken Virena und ich die andere Hälfte des Moselweins und polkten noch ein paar Garnelen. Sie erkundigte sich, wann ich losmüßte, und ich antwortete, es würde so zeitig sein, daß ich sie nicht wecken wolle.

»Du wirst also auf einem Lastwagen nach Deutschland fahren?« fragte sie mißtrauisch.

»Mhm. Erst nach Trelleborg und dann mit der Fähre nach Rostock.«

»Mit wem fährst du?«

»Er heißt Eivar Janzén. Warum?«

Sie hatte vor langer Zeit aufgehört zu fragen, was ich tat oder tun würde. Im Laufe der Jahre hatte sie so oft unter meinem Beruf zu leiden gehabt, daß sie gar nichts mehr wissen wollte. Deshalb wunderte ich mich.

»Ich frage mich nur, wer Karl-Erik Tomasson ist. Ein Paß fiel aus der Innentasche deiner Jacke, und dieser Name stand unter einem Foto von dir.«

Grundlos fühlte ich mich wie auf frischer Tat ertappt und spürte, wie ich rot wurde.

»Nun, das ist der Sohn vom alten Tomasson.«

»Aha.«

Ihr Ton war kühl und gleichgültig, aber ich wußte, daß er nicht ihre wahren Gefühle ausdrückte.

»Okay, ich gebe zu, daß ich achtzehn Millionen im Lotto gewonnen habe und mich unter neuem Namen in Hamburg etablieren will.«

Der kleine Scherz klatschte so platt zu Boden wie ein verbrannter Eierkuchen. Warum hatte ich auch noch Hamburg erwähnt? Hatte diese Stadt nicht, zu Recht oder Unrecht, einen

Ruf als Sündenbabel? Mußte sie nicht an eine Freudsche Fehlleistung glauben, durch die ich mich verraten hatte?

»Meinetwegen. Aber dann überweise bitte Geld für Elins Ausbildung.«

»Spaß beiseite. Ich fahre mit einem Burschen, den wir im Verdacht haben, eine Bande von Lkw-Räubern mit Tips zu versorgen. Meine Aufgabe ist es, Geheimnisse aus ihm herauszulocken.«

»Unter dem Namen Karl-Erik Tomasson?«

»Ja. Falls er mich überprüfen läßt, darf nicht herauskommen, daß ich Polizist bin.«

»Du sollst also Theater spielen und einem Menschen vormachen, du wärest sein Freund, damit er verhaftet werden kann?«

»Ungefähr so. Wenn du es so darstellst, klingt es natürlich nicht gut, aber es ist notwendig. Nehme ich an. Es ist ein Interpolauftrag.«

Warum schwitzte ich plötzlich so? Sie tupfte sich die Lippen mit der Serviette ab, und es sah in diesem Moment nicht so aus, als sehnte sie sich nach einem Kuß ihres Angetrauten.

»Wenn ich mich richtig erinnere, hattest du einmal andere Vorstellungen von deinem Beruf«, meinte sie spitz. »Du hast es jedenfalls behauptet, aber es ist ja auch schon lange her.«

»Diese Vorstellungen habe ich immer noch, doch der Beruf hat sich geändert.«

Sie hob leicht ihre geschwungenen Augenbrauen, als hätte sie soeben eine tiefe Wahrheit vernommen, aber sicher deutete ich das falsch.

»Du machst, was du willst, Roland. Ich will dich nur daran erinnern, daß es für mich eine schlimme Zeit war, als du zuletzt für Interpol gearbeitet hast.«

»Diese Reise wird nicht anstrengender sein als im Büro zu sitzen und Papiere zu wälzen.«

»Wollen wir's hoffen. Ich habe immer zu dir gehalten, weil ich dich liebe, aber es gibt Grenzen. Wenn du Karl-Erik Tomasson heißt und morgen zeitig aufstehen mußt, solltest du jetzt schlafen gehen. Andere Leute zu täuschen ist sicher sehr anstrengend. Ich kümmere mich um den Abwasch.«

Da wir ein paar Tage getrennt sein würden, hatte ich geplant, vorher noch andere Beweise für meine Manneskraft zu erbringen, aber auf diesen Zug wollte sie nicht aufspringen, und so blieben wir auf dem Bahnhof. Verdammter Hiller! Verfluchter Karl-Erik Tomasson!

Eivar Janzén nahm mich am frühen Montagmorgen in der Nähe von Slussen an Bord. Der Laster war vom selben Modell wie der, auf dem ich geübt hatte, so daß ich mich sofort heimisch fühlte. Wall hatte ihm gesagt, daß ich neu in der Firma sei, und ich begrüßte ihn herzlich. Von jetzt ab würde ich Karl-Erik Tomasson sein, ein redseliger, gieriger, nicht besonders intelligenter Berufskraftfahrer, der ständig meckerte, daß alles so teuer sei, und offen war für alle Vorschläge, die seine Finanzlage verbessern konnten. Ich erwähnte, daß ich »der Finne« genannt wurde, jedoch keinen Wert auf diese Bezeichnung legte, da ich nicht mehr im Osten unterwegs sei.

Janzén sah genauso aus wie auf dem Foto, vielleicht ein wenig älter, wenn man die Falten in seinem Gesicht betrachtete, die nicht von Heiterkeitsausbrüchen stammten. Falls er einst lachen oder zumindest lächeln gekonnt hatte, schien dieses Vermögen inzwischen in einem Meer von Kummer ertrunken zu sein. Er saß als vertrockneter Körper hinter dem Lenkrad, während sein Geist gezwungen wurde, einen mentalen Müllhaufen zu erforschen.

Das gab mir Hoffnung. Eine tief unglückliche Person pflegt sich vor Lust zu verzehren, ihr Elend mit jemandem zu teilen, und wenn ich ihm ein teilnehmendes Ohr anzubieten hatte, würde er sich mir vielleicht anvertrauen. Behielt man alles für sich, lief man Gefahr, von dem inneren Druck gesprengt zu werden. Also würde ich ihm im Interesse Interpols Freundschaft vorspielen … Ethisch richtig war das wohl nicht, aber ich hatte schon schlimmere Sachen gemacht.

Bereits auf der morgendlich leeren Hornsgatan redete ich wie ein Wasserfall, obwohl ich nicht einmal ein Grunzen zur Antwort bekam. Als wir nach Västberga zu ASG abbogen, hatte er noch nicht mehr von sich gegeben als das erste »Hej«.

Dem lebenden Lexikon Malmgren zufolge ist ASG ein unerhört effektives Riesenunternehmen in der Transportbranche mit über achttausend Angestellten. Waren zu transportieren heißt nicht nur, Lastwagen zu beladen und durch die Gegend zu fahren; der Gütertransport ist im heutigen komplizierten Distributionssystem eine Kunst, eine Art Wissenschaft. Die Kunden sind davon abhängig, daß die Fahrten von Tür zu Tür tadellos funktionieren, denn jede Verspätung kostet Geld. ASG kann das gewährleisten; doch mehr als das: Jeder Transport wird auch unter ökologischem Gesichtspunkt betrachtet. Insgesamt beträgt der Jahresumsatz von ASG zwischen zwölf und vierzehn Milliarden, aber der Gewinn ist gering, so daß es sich um kein sehr lohnendes Geschäft handelt. Ich hatte gehört, daß Ericsson wegen des Risikos, ausgeraubt zu werden, keine Lastwagen mehr einsetzte und statt dessen täglich einen Jumbojet auf dem Flugplatz von Örebro bereitstellte. ASG und andere Transportunternehmen wollen darauf reagieren, indem sie die totale Kontrolle jedes Fahrzeugs von der Be- bis zur Entladung anstreben. Malmgren zufolge war ASG eine Firma, auf die man sich verlassen konnte, mit eigenen Büros in vielen Ländern und einem guten Ruf in aller Welt.

Janzén brummte ins Mobiltelefon und erfuhr, wo auf dem Firmengelände unser Trailer stand. ASG hat die Aufgabe, die einzelnen Fuhren auf die Transportunternehmen zu verteilen. Eigene Zugmaschinen besitzt ASG nicht, jedoch sind viele Auflieger in den Farben der Firma blau-gelb gespritzt. Unser Trailer stand an der avisierten Stelle. Die Ladung bestand aus Stückgut für verschiedene Adressaten in Deutschland. Die größte Last, zwölf Tonnen schwer, war erst in der Morgendämmerung angeliefert worden; bis dahin hatte man mit dem Verladen der kleineren Teile warten müssen. Janzén koppelte den Trailer an die Zugmaschine, überprüfte die Papiere, und damit waren wir zum großen Abenteuer bereit. Hätte ich es so ausgedrückt, wäre er sicher über meinen Geisteszustand in Zweifel geraten. Morgenfrisch und erwartungsvoll war er wohl seit seinem Säuglingsalter nicht mehr gewesen.

Wir waren erst wenige Meter auf der Straße nach Süden gefahren, als eines der teuersten BMW-Modelle an uns vorbeizischte. Ich fuchtelte aufgeregt mit den Armen.

»Hast du das gesehen, Eivar? Zwei Türken saßen drin, im dicksten BMW. Das Geld haben die nie im Leben ehrlich verdient. Ich meine, unsereiner rackert sich ab und riskiert auf der Straße Leben und Gesundheit, um halbwegs über die Runden zu kommen, und diese Typen kassieren die großen Scheine. Ist das nicht eine Schande?«

Der Laut aus seinem schmalen Hals konnte möglicherweise als Zustimmung gedeutet werden, und Karl-Erik kam in Fahrt.

»Tja, Junge, wir müssen lernen, ein bißchen türkisch zu denken. Wenn man mit dem Gesetzbuch unterm Kopfkissen schläft, kommt man nicht weit. Das dankt einem keiner.«

Ich räusperte mich und gab meiner Stimme einen verschwörerischen Klang:

»Vor einem Jahr, da hatte ich eine Sache am Laufen. Du weißt, ich bin seit ewigen Zeiten die Finnland-Route gefahren, und da habe ich ein paar Typen kennengelernt, die mir Zigaretten zu einem Spitzenpreis, ich meine, wirklich billig besorgen konnten. Echte Ware, kein Stroh in bunten Schachteln. Und in Stockholm gab es andere, die das Zeug unter die Leute brachten. Teufel, ich verdiente in wenigen Monaten mehr als sonst in Jahren. Und steuerfrei! Mann, was haben wir gefeiert, und in den feinsten Lokalen!«

Ich lächelte verträumt in Gedanken an die Zeit, als Manna

vom Himmel regnete, und seufzte dann vor Kummer über mein grimmiges Schicksal.

»Dann schnappten sie die Finnen, und ich dachte, ich wäre mit dran, aber sie hielten dicht. Tolle Kerle, die Finnen. Man hat ja über Sven Duva und so gelesen. Ich wagte nicht, neue Kontakte zu knüpfen, weil die finnischen Bullen wie die Schießhunde aufpaßten. Und jetzt ist es ja sinnlos. Die Balten springen hier herum wie die Heuschrecken in der Wüste und verschleudern den Tabak für nichts. Da gibt es für einen normalen, ehrlichen Schmuggler nichts zu holen. Was sind das nur für Zeiten!«

Das sollten bekannte Fakten für ihn sein. Die Balten und Russen hatten den sehr lukrativen Zigarettenhandel übernommen. Die wohlgeschmiedete Kette begann in Riga, Tallinn oder Moskau und endete in Stockholm. Der Tabak wurde dann an Verkäufer verteilt. Es ging um große Summen, aber auch um leicht tragische Figuren unter den kleinen Händlern, die sich mit Hilfe reicher Schweden über Wasser hielten, die zehn Stangen auf einmal kauften und zufrieden waren, den Finanzminister um Steuern geprellt zu haben.

In der Gegend von Norrköping war ich reif, weitere vertrauliche Mitteilungen zu machen. Mein Mund wurde langsam trocken vom vielen Schwatzen, aber weil er nichts sagte, hatte ich keine Wahl. Inzwischen war ihm wohl klargeworden, was sein Beifahrer für einer war. Vielleicht lockte ihn das Thema Glücksspiel aus der Reserve und ließ ihn begreifen, daß wir Gefangene auf derselben Galeere waren.

»Letzte Woche war ich nahe daran, im Geld zu schwimmen. Du weißt, Poker. Ein Riesenpot, über achtzehn Mille. Ich saß da mit Drei, Vier, Sechs, Sieben und einem verdammten Buben. Und du wirst es nicht glauben, ich kriege die Fünf dazu! Was für ein Spiel! Zum Schluß ließ ich zeigen, und der Kerl saß mit drei Assen da. Das waren fast dreißig große Scheine für Papa!«

Ein Funke von Leben trat in seine Augen, die sonst so tot waren wie ein Teich in der Nähe einer Zellstoffabrik.

»Hast du auf Straße gekauft?« wollte er wissen.

»Klar. Was sollte ich mit dem Buben?«

»Und dann? Du hast doch gewonnen, oder? Erst hast du gesagt, du hättest fast gewonnen, und dann …«

»Na ja, ich sagte, daß ich nahe daran war, im Geld zu schwimmen. Manchmal fühlt man, daß man eine Glückssträhne hat, aber du weißt ja … Als das letzte Spiel vorbei war, hatte ich meinen ganzen Gewinn wieder verloren, und noch ein bißchen mehr. Pech gehabt.«

Ich seufzte, daß es wie ein beginnender Herbststurm klang; gleichzeitig spürte ich, daß er mir Verachtung und nicht Mitgefühl entgegenbrachte. Ein richtiger Pokerspieler kauft niemals auf Straße. Außerdem glaubt ein echter Spieler nicht an Glückssträhnen, göttliche Inspiration oder ähnliche Dinge. Jede Runde ist einzigartig und soll kühl und sachlich nach ihren Chancen bewertet werden. In seinen Augen war ich ein armseliger Amateur.

Dennoch meinte ich, mein Ziel erreicht zu haben. Er schien mir den lockeren Vogel, den ich ihm vorspielte, abzunehmen. Ich ließ den Herbststurm anschwellen:

»Du, Eivar, könntest du mir vielleicht zehn Scheine leihen?«

»Nein.«

»Du bekommst jede Öre mit Zinsen zurück, garantiert. Kann meinetwegen gleich von meinem Lohn abgezogen und auf dein Konto überwiesen werden.«

»Nein.«

»Ich sitze leider ein wenig auf dem trockenen. Hab' Schuldscheine ausgestellt … Man denkt ja immer, jetzt wendet sich das Blatt, wenn man neue Karten bekommt. Vierzehntausend muß ich in ein paar Wochen hinblättern, und alle meine Quellen sind versiegt. Und wenn man nicht mit Scheinen winken kann, ist man am Spieltisch nicht gern gesehen. Junge, für drei Monate! Zwanzig zurück, für dich ein feines Geschäft!«

»Nein.«

»Ja, die alte Leier, du hast Frau und Kinder. Wir werden schlecht bezahlt, und die Gewerkschaft tut nichts für uns. Zur Hölle mit denen, die machen sich doch nur lustig über die Idioten, die Lastwagen fahren. Man hat nichts davon, wenn man ehrlich ist.«

Wir kamen nach Skillingaryd, und ich bestand darauf, etwas essen zu müssen. Dagegen konnte Eivar nichts sagen. Fleißig nach rechts und links grüßend ging ich breitbeinig auf die Raststätte zu; einige erkannten mich als Malmgrens Kumpel wieder und grüßten zurück. Janzén mußte mich als echten Brummifahrer mit Asphalt im Blut und Trailern im Hirn erleben. Er aß schnell und gleichgültig, während ich ihm erklärte, daß sie in Tammerfors ähnliche Frikadellen machten, die aber längst nicht so gut wie die småländischen seien. Mit der Gabel schob ich ein dekoratives Salatblatt zur Seite, mit der Bemerkung, ich sei doch kein Kaninchen.

Als wir nach Trelleborg weiterfuhren, kam ich auf meine angeblichen Schuldscheine aus dem Pokerspiel zurück. Als Karl-Erik war ich dazu verpflichtet, schließlich drehte sich bei dieser Figur alles um finanzielle Schwierigkeiten. Ich hatte das Steuer übernommen; Janzén saß zusammengesunken neben mir und starrte ins Nichts.

»Toller Wagen, der Scania. Würde mich niemals in einen Volvo setzen. Ich habe gehört, in einem Volvo bekommt man Ausschlag und von einem Mercedes Magengeschwüre.«

Ich lachte, aber er stimmte nicht ein.

»Und wenn ich dir das Doppelte zurückzahle? Achtundzwanzig Lappen in drei Monaten; das beste Geschäft, seit wir den Rothäuten Manhattan für vierundzwanzig Dollar abkauften!«

Offenbar konnte er mich hören, denn er wiederholte seine Standardantwort:

»Nein.«

»Verdammt, Eivar, ein risikofreies Geschäft! Mit den Leuten

am Pokertisch ist nicht gut Kirschen essen. Ich will nicht, daß sie mir wegen ein paar Piepen die Finger brechen. Fakt ist, daß ich sonstwas anstellen würde, um die Schulden zu bezahlen. Und dann nehme ich nie mehr im Leben Karten in die Hand!«

Letzteres versprach ich im selben Ton, mit dem ein Alkoholiker verkündet, keinen Schnaps mehr zu trinken, oder ein Fixer, keine Spritze mehr anzufassen. Spieler gehören zu den Verlierern, zu den Süchtigen, und sie werden immer weitermachen, wie die Drogenabhängigen. In bestimmten Situationen gelobt man Besserung und glaubt sogar daran, aber es bleibt beim guten Vorsatz. Die Spiel- und Drogensucht sitzt nicht in dem Teil des Gehirns, in dem die Vernunft zu Hause ist, sondern dort, wo die Lustgefühle erzeugt werden; und die Lust siegt immer über die Vernunft. Die einzige Ausnahme ist, wenn eine andere Motivation stärker wird eine religiöse oder politische Überzeugung oder eine starke Liebe zum Beispiel. Janzén kannte diese Situation sicher aus eigener Erfahrung. Die Vernunft kommt immer an zweiter Stelle.

Wir erreichten Trelleborg nachmittags gegen fünf; um sieben Uhr sollte die Fähre ablegen. Malmgren hatte mir das Hafengelände beschrieben, so daß ich wußte, wo man die Billetts für die Überfahrt abholen konnte, die von der Spedition vorbestellt worden waren. Ich bat Janzén, sich darum zu kümmern. Wortlos kletterte er aus der Kabine, wegen der Höhe rückwärts.

Hatte ich etwas erreicht? War er ein wenig aufgetaut? Oder hatte ich es mit einem Unschuldigen zu tun, der aus anderen Gründen unglücklich war und nicht, weil er sich mit Leuten eingelassen hatte, die kein Pardon kannten? Mir blieb nicht mehr viel Zeit, Informationen aus ihm herauszuholen, denn auf deutscher Seite würden wir nicht mehr allzu lange fahren. Karl-Erik mußte einen Zahn zulegen.

Er kam mit den Fahrkarten zurück, und ich fuhr den Laster weich und professionell zu dem angewiesenen Platz auf dem Lkw-Deck. Die Fahrer hatten auf dieser wie auch auf anderen Fähren eigene Kabinen und eine gesonderte Kantine, aber da die Überfahrt nur vier Stunden dauerte, schliefen nicht viele. Man traf sich lieber, um zu essen, etwas einzukaufen oder zu plaudern.

»Lange nichts gegessen«, stellte ich fest, während mein frikadellengefüllter Magen heftig protestierte. »Du hast bestimmt auch Hunger.«

Er schüttelte den Kopf, und sein Blick flackerte, als suchte er jemanden oder etwas.

»Ein Bierchen vielleicht?«

»Nein. Ich will mich ausruhen. Am besten, ich bleibe gleich hier in der Kabine.«

»Ganz meine Meinung; Hotel Scania ist immer noch das beste. Wenn ich es recht überlege, werde ich deinem Beispiel wohl folgen.«

»Nein!«

Er schrie das Wort geradezu heraus, versuchte aber dann, den Eindruck abzuschwächen, indem er lächelte. Es mußte ihn viel Anstrengung gekostet haben, die Mundwinkel so weit hochzuziehen.

»Ich möchte allein sein, wenn du nichts dagegen hast. Sonst kann ich nicht schlafen.«

»Okay, okay, dann bis später.«

In der Einsamkeit und im Halbdunkel pflegen sich die Schwarzelfen heranzuschleichen, damit hatte ich Erfahrung. Ich wollte ihm ein paar Stunden geben, seinen Entschluß zu bereuen. Wenn ich dann auftauchte, würde er mich vielleicht umarmen und mir das Herz ausschütten.

In der Kantine trank ich eine Tasse Tee. Die Fähre legte ab, und ich fühlte mich bald buchstäblich über tiefem Wasser. Um neun ließ ich mir ein appetitlich belegtes Brötchen einpacken und stieg die Treppe zum Lkw-Deck hinunter. Man mußte keinen Lichtschalter betätigen; einzelne, schwache Lampen vermittelten das Gefühl, in einem seltsamen, fremden Land zu sein. Die Fahrzeuge standen hintereinander wie riesige Tiere, nicht schlafend, sondern ständig auf der Wacht, die Motormuskeln zum Sprung gespannt.

Ich näherte mich dem Scania von hinten und erkannte Janzéns Gesicht in dem großen äußeren Rückspiegel. Er schlief nicht; sein Mund bewegte sich. Neben ihm saßen zwei Männer. Der eine hielt ihn fest, und der andere schlug ihm mit der Faust direkt ins Gesicht!

7.

Sie hatten eine Art Masken vorm Gesicht, so daß es unmöglich war, individuelle Züge auszumachen. Janzén hob beide Hände, als wollte er um Gnade bitten, und sie hörten auf zu prügeln. Sie schienen sich auf ihre Weise geeinigt zu haben. Ich zog mich in die Kantine zurück und bestellte eine weitere Tasse Tee. Die ganze Zeit über behielt ich den Eingang im Auge, doch es tauchten keine zwei Männer auf, die verdächtig gewesen wären. Höchstwahrscheinlich hielten sie sich in einem anderen Teil des Schiffes auf.

Es war nicht meine Aufgabe, Janzén zu beschützen; ich war schließlich nicht seine Amme. Ich sollte lediglich Informationen aus ihm herausholen und dafür meine grauen Zellen anstrengen, um den besten Weg zu diesem Ziel herauszufinden. Wenn nun zwei Männer Janzén bedroht und mißhandelt hatten, würde er mich möglicherweise als eine Art Rettungsboje betrachten, an der er sich festhalten konnte. Außerdem hätte sich einer wie Karl-Erik Tomasson niemals wie der weiße Ritter in die Schlacht gestürzt; er war im Gegenteil eine ziemlich feige Person, die zu allererst an sich selbst dachte. Ein falscher Freund mit falschen Tönen und falschem Mitleid zu sein, genau das wurde jetzt von mir erwartet.

Eine halbe Stunde vor Ankunft der Fähre meinte ich, daß er nun sein Brötchen bekommen müßte – im Austausch gegen

Vertrauen. Ich begab mich aufs Lkw-Deck und kletterte zur Fahrerkabine hoch. Janzén schrie auf, kroch ganz in die Ecke und hob schützend die Arme, bis er sah, daß ich es war. Ich ließ mir nichts anmerken.

»Ich dachte mir, du müßtest hungrig sein, schließlich sind wir bald da. Magst du Schinken und Käse?«

»Was?«

»Einen kleinen Imbiß meine ich.«

Er seufzte tief und nahm das belegte Brötchen, doch als er hineinbiß, verzog er vor Schmerz das Gesicht.

»Verdammt ... Eivar, was hast du getan?«

»Ich – getan?«

»Du bist ja ganz blutig im Gesicht, als hättest du eins in die Fresse bekommen. So etwas ist mir letztes Jahr in Finnland auch passiert. Ich steige rückwärts aus, springe vom letzten Trittbrett, rutsche aus und knalle mit dem Gesicht voll auf das Lenkrad.«

»Ja, genauso war's. Bin voll auf die Nase gefallen.«

»Wisch dir das Blut ab, sonst denkt noch jemand, ich war's, ha ha. Die Schwellung gibt sich bald, aber paß auf beim Naseputzen.«

Die Fähre legte an, und eine Weile später rollten wir durch das nächtliche Rostock. Uniformierte Beamte kontrollierten. Ein paar Sekunden lief es mir kalt den Rücken runter, denn sie musterten mich unnötig lange, bevor sie mir meinen Paß ohne Kommentar zurückgaben.

Nach Malmgren soll man so viel wie möglich nachts fahren, weil dann der Verkehr erträglich ist. Diese alte Weisheit teilte ich Janzén in vielen Worten mit und übernahm es, die erste Strecke zu fahren. Er hatte ein Taschentuch in kaltes Wasser getaucht und tupfte sich die Nase.

»Vielleicht kann ich eine Bankgarantie bekommen«, sagte ich.

»Was?«

»Wenn du mir vierzehntausend Kronen leihen würdest. Ich kenne einen bei der Nordbank, der das für mich regeln könnte.

Eine Scheißbank eigentlich, die mieseste in Skandinavien, aber eine Bankgarantie bietet dir absolute Sicherheit. Was sagst du, Eivar? In drei Monaten bekommst du das Doppelte zurück.«

Er schüttelte den Kopf, und auch das schien ihm weh zu tun.

»Ich habe kein Geld; es lohnt sich nicht zu betteln.«

»Bist du so blank, daß du nicht einmal ein Bombengeschäft wie dieses machen kannst?«

»Ja.«

»Verdammt! Die Kerle, die sie losschicken, um Schulden einzutreiben, sind wie die Teufel. Wenn man nicht blechen kann, schlagen sie einen zum Invaliden. Unter uns, ich mache alles, um klarzukommen. Jeder ist sich selbst der Nächste. Es gibt da einen Typ in Berlin ...«

Ich räusperte mich und warf ihm einen prüfenden Blick zu – Karl-Erik Tomasson wollte sehen, wie weit er gehen konnte. Aber Janzén war ganz mit seiner Nase beschäftigt.

»Könntest du dir vorstellen, mir auf der Heimfahrt eine Weile den Rücken zuzudrehen?«

»Was?«

»Ich meine, nicht hinzuschauen. Eine kleine Extraladung, von der niemand wissen muß.«

Er schloß die Augen, und ein leidender Ausdruck trat in sein geschundenes Gesicht.

»Alle Menschen sind Wölfe«, murmelte er. »Schakale, Geier, Aasfresser.«

»Ja ja, aber du weißt ja von nichts. Ich tue es ja nicht gern, aber ... Wie ich schon sagte, jeder ist sich selbst der Nächste.«

»Worum geht es?« fragte er tonlos, die Augen immer noch geschlossen. »Zigaretten? Alkohol?«

»Nun, da gibt es ja wohl noch andere Möglichkeiten.«

Er zog die Mundwinkel herab und sagte:

»Also Menschenschmuggel. Du läßt dich von ein paar armen Flüchtlingen bezahlen, die glauben, daß sie in Schweden anständig behandelt werden. Aber es ist lange her, daß Schweden ein anständiges Land war.«

Ich lachte, als hätte er etwas Lustiges von sich gegeben.

»Wir haben schon genug Kanaken zu Hause. Außerdem fehlen mir dazu die Kontakte.«

Langsam öffnete er die Augen und starrte mich an. Ich hätte mich unwohl gefühlt, doch Karl-Erik ließ sich nichts anmerken.

»Meinst du Drogen? Denkst du daran – Rauschgift?«

Ich zuckte Tomassons Schultern.

»Eine kleine Menge Heroin bringt einen großen Stapel Scheine. Ganz diskret, wie früher der Versand von Adamssons Kondomen.«

»Heroin!«

»Wenn ich es nicht mache, dann macht es ein anderer. Nur einmal, damit ich wieder auf die Füße komme. Ich muß zahlen, sonst nehmen mich diese Schlägertypen in die Mangel. Du hast ja recht; Heroin ist ein Teufelszeug, wenn man an all die Jugendlichen denkt … Aber jeder ist sich selbst der Nächste. Wenn ich nur eine andere Möglichkeit hätte … Aber mir fällt nichts mehr ein.«

Wegen verschiedener Baustellen konnte ich nicht mit der zulässigen Höchstgeschwindigkeit fahren. Die deutschen Autobahnen sind zwei- oder dreispurig, aber Lastwagen sind auf der Überholspur nicht gern gesehen. Eine Weile schwieg ich, um mein Gejammer wirken zu lassen, falls es etwas bewirken konnte. Ich summte einen alten Schlager und schaltete das Radio ein.

»Am besten, wir hören Antenne MV«, schlug ich vor. »Schöne alte Musik und regelmäßig Verkehrsinformationen.«

»Sprichst du Deutsch?«

»Nur ein paar Brocken. Es reicht zum Bestellen: Ein Bier bitte. Mein Finnisch ist besser. ›Ravintola‹ heißt Restaurant und die staatlichen Alkoholläden ›Alkoholilike‹. Oder wie die Amis sagen: ›Alcohol I like‹. Ein paar deutsche Worte habe ich aufgeschnappt. Guten heute alle Leute.«

Ich fand Karl-Erik Tomasson zum Kotzen, aber es ging nicht

nach mir. Das Radio spielte vor allem Musik aus den sechziger Jahren, ab und zu unterbrochen von Nachrichten über Unfälle, Verkehrshindernisse und Regenschauer mit der Gefahr von Aquaplaning. Ich dachte schon, Janzén sei eingeschlafen, da rief er plötzlich:

»Heroin!«

»Valuta in der ganzen Welt. Obwohl es ein Teufelszeug ist.«

»So einen Dreck fahre ich nicht nach Schweden!«

»Herrgott, Eivar, schau einfach mal kurz weg. Lies Zeitung oder schau den Vögeln hinterher.«

»Damit will ich nichts zu tun haben. Wenn ich weiß, daß Drogen im Wagen sind, spielt es keine Rolle, ob ich beim Beladen dabei war oder nicht.«

Ich seufzte und stöhnte und grunzte wegen seiner Dickköpfigkeit.

»Nur ein einziges Mal! Ich schwöre auf die Bibel. Die Sendung kommt doch sowieso nach Schweden. Wenn ich es nicht mache, macht es ein anderer.«

Ganz langsam, mit größter Überwindung, sagte er:

»Möglicherweise kann ich dir einen Ausweg anbieten.«

»Wirklich, Eivar? Geht das klar mit der Bankgarantie? Keiner ist glücklicher als ich , wenn ich das Teufelszeug nicht anrühren muß. Mann, das vergeß ich dir nie; du bist wirklich ein Kumpel!«

»Vielleicht kannst du einen Auftrag übernehmen ... ich gebe meine rechte Hand, wenn ich nicht ... und alles ist besser, als dieses schreckliche Heroin zu transportieren ...«

»Was es auch ist, ich mach's.«

»Wir werden sehen. Aber geh mir nicht auf die Nerven. Ich muß hier in Deutschland mit ein paar Leuten reden.«

Er lehnte sich zurück, schloß noch einmal die Augen, und ein träumerischer Ausdruck trat in sein Gesicht, als er flüsterte:

»Wenn ich frei werden könnte ...«

Hassel hätte ihn sofort in den Polizeigriff genommen und weitere Informationen gefordert – wann, wie, wo und mit wem.

Doch Tomasson war aus einem anderen Holz geschnitzt, aus einem morschen Stamm, könnte man sagen. Janzéns Kummer interessierte Karl-Erik nicht im geringsten, ihm war nur daran gelegen, möglichst schnell zu Geld zu kommen. Also rief ich eifrig:

»Wirklich, Eivar, du kannst dich auf mich verlassen. Für Geld tue ich alles.«

»Du hast ja keine Ahnung ...«

»Ach was, alles kommt in Ordnung, und jeder ist sich selbst der Nächste. Wann kannst du mit deinen Leuten reden?«

Mit seiner grauen Zunge leckte er sich die trockenen Lippen, starrte geradeaus und stieß heiser hervor:

»Du sprichst vom Teufel! Und wenn du ihm einmal die Hand gereicht hast, bist du für immer verloren.«

Darüber konnte Karl-Erik jetzt, wo er einen Batzen Geld in Reichweite sah, nur munter lachen.

»Das ist okay für mich. Wir Teufel müssen zusammenhalten. Hör mal, alter Junge, wenn ...«

»Schweig!« schrie er plötzlich. »Ich will deine Dummheiten nicht mehr hören. Du begreifst überhaupt nicht, worum es geht, du verdammter Idiot!«

»Ja ja, reg dich nicht auf. Don't worry, Hauptsache, du redest mit deinen Leuten.«

Auf Antenne MV konnte ich hören, daß wir uns einer größeren Baustelle näherten, wo Staugefahr bestand. Plötzlich stieß Janzén einen zischenden Laut aus, verdrehte die Augen und sank in sich zusammen.

»He! Was ist mit dir?«

Er stöhnte etwas Unverständliches und wurde totenbleich.

»Ich halte irgendwo an und hole einen Onkel Doktor.«

Er protestierte nicht, und ich – als Roland Hassel – machte mir ernsthaft Sorgen. Einerseits war es nicht gerade angenehm, mit einem Toten in der Fahrerkabine zu sitzen, mit einem, der trotz der Umstände mein Kollege war, andererseits hatte ich mein Ziel fast erreicht und als falscher Freund wollte ich meine dreißig Silberstücke kassieren. Judas ist eine in der Geschichte unterschätzte und verleumdete Person, die nach Meinung vieler von der Polizei ausgesandt war, um eine Terroristengruppe zu infiltrieren, und, nachdem sie Jesus verraten hatte, sicher einen Bonus erhielt und eine Gehaltsgruppe höher stieg. Eigentlich ein feiner Kerl. Wir Geheimagenten müssen zusammenhalten.

Sobald sich eine Möglichkeit ergab, bog ich von der Autobahn ab und hielt an einer großen Tankstelle mit Rastplatz. Als der Wagen hielt, wurde er wach und versuchte, sich aufzurichten.

»Sitz still«, forderte ich ihn auf. »Du brauchst einen Arzt.«

Mühsam schüttelte er den Kopf.

»Nein … nicht nötig … ich habe Tabletten … aber … aber …«

»Ja? Was willst du?«

»Coca Cola.«

Das klang so verückt, daß ich ihn nur sprachlos anstarren konnte, doch er wiederholte:

»Hol mir eine Coca Cola. Kalt. Bitte …«

Das klang wie ein sehr bizarrer letzter Wunsch, aber ich lief zu dem Tankstellenshop hinüber, um eine Büchse aus dem Kühlfach zu kaufen. Wie man in der Werbung sehen kann, wird Coca Cola von jungen, schönen Menschen getrunken, die unter blauem Himmel auf einem Floß dahintreiben und nach dem ersten Schluck einen Gesang über die herrliche Welt anstimmen.

Als ich mit dem Drink in der Hand zurückkam, sah ich, wie Janzén aufgeregt in sein Mobiltelefon sprach. Hatte er seinen Schwächeanfall nur gespielt, um mich dazu zu bringen, die Kabine zu verlassen? Vielleicht. Allerdings ist es schwer, den eigenen Körper nach Drehbuch funktionieren zu lassen. Er war wirklich totenbleich gewesen, und wie schafft man es, nach Wunsch ein kalkweißes Gesicht zu bekommen?

Als ich in die Kabine kletterte, hatte er eine kleine grüne Tablette in der Hand, die er mit dem braunen Getränk herunterspülte. Nach einer Weile zeigte die Medizin, was immer es gewesen sein mochte, ihre Wirkung, und er wurde wieder lebhafter. Sollte ich fragen, mit wem er telefoniert hatte? Aber Karl-Erik ließ die Sache auf sich beruhen, in der Hoffnung, das Gespräch hätte seinen Zielen gedient.

Er wollte fahren, und ich ließ ihn ans Steuer. Während er chauffierte, unterhielt ich ihn mit Tomassons amüsanten Geschichten über das wilde Leben in den finnischen Urwäldern. Da er keinen Ton von sich gab, lachte ich um so herzlicher über die gelungenen Pointen. Karl-Erik war eben ein Typ, der schon einiges erlebt hatte.

Nun wurde der Verkehr dichter und zäher, und obwohl ich als Berufskraftfahrer an solche Situationen gewöhnt war, kam es mir so vor, als vergeudete ich meine goldene Jugend in sinnlosem Warten. Ich habe Schlangen immer gehaßt. In Zeiten, als ich Stammkunde in den Läden unseres staatlichen Alkoholmonopols war, pflegte ich beispielsweise am Dienstagvormittag einzukaufen, um nicht hinter Horden von anderen Kunden anstehen zu müssen.

»Das Leben ist eine Lüge«, stellte Janzén unvermittelt fest.

»Was?«

»Von der Geburt bis zum Tod ist alles eine Kette von Lügen. Wenn du dich auf das Leben verläßt, lügt es.«

»Meinst du? Klingt gut, ist aber ein bißchen zu tiefsinnig für mich. Einmal in Rovaniemi ...«

»Du hast Hoffnung und Vertrauen, begegnest aber nur verkleideten Lügen.«

»Ah, du meinst, wie auf einer Art großem Maskenball?«

War ihm bewußt, daß ich neben ihm saß? Er schien in seinem Inneren herumzuwühlen, um reinen Tisch zu machen, solange er noch die Chance hatte. In seiner Stimme klang eine intensive Bitterkeit, als er fortfuhr:

»Das Leben ist nichts weiter als eine große Leiche, in der die Würmer herumkriechen.«

»Ja ja, eine Lüge und eine große Leiche. Wo du recht hast, hast du recht.«

Er warf mir einen Blick voller Abscheu zu.

»Du willst es genießen, Leichenwürmer zu fressen.«

Karl-Erik fand diese Bemerkung lustig genug, um mit einem Scherz zu antworten:

»Mit ein wenig Ketchup kriegt man fast alles runter. Ich versuchte einmal, Austern zu essen. Eine Frau hatte mich überredet. Du wirst es nicht glauben, aber die Biester lebten noch! Wie gesagt, mit Ketchup habe ich sie runtergeschlungen, aber einmal und nie wieder.«

Weil wir gerade beim Essen waren, hatte ich, also Roland Hassel, eine merkwürdige Assoziation: Es kam mir vor, als verzehrte sich Janzén von innen, als nagte er an seinen trockenen Knochen, als saugte er sein dünnes Blut.

»He Alter, wenn du müde bist und dich eine Weile aufs Ohr hauen willst, kann ich dich gern ablösen. Hotel Scania hat die besten Betten der Welt.«

»Ich fahre!«

»Wie du willst, aber wir laden ja nur einen Teil ab. Dann geht es noch viel weiter nach Süden. Stuttgart wird die nächste Station, und dann ...«

»Ich fahre, weil ich fahren will.«

»Von mir aus. Manch einer kann ja nicht schlafen, wenn es draußen hell ist. Wo sind denn die Leute, mit denen du über mich reden wolltest?«

»Halt's Maul!«

»Reg dich nicht auf Kumpel, ich will doch nur wissen, ob es mit meinen Scheinen klargeht. Jeder ist sich selbst der Nächste.«

Er antwortete nicht, sondern biß die Zähne zusammen, so daß seine Halsmuskeln hervortraten. Ich sah ein, daß ich es in dieser Situation nicht weiter treiben durfte, denn sonst könnte alles wieder zunichte werden. Sein mentaler Körper balancierte auf einem dünnen Seil, und der leiseste Hauch konnte ihn zum Absturz bringen.

Statt dessen fuhr ich fort, endlose Anekdoten über meine Erlebnisse in Finnland zu erzählen. Ich merkte, daß er sich etwas entspannte, denn er hörte mir nicht zu, und er tat gut daran.

Die endlose Schlange näherte sich Berlin, und wir krochen mit. Janzén schien jeden Gedanken an eine Essenpause verdrängt zu haben; also nahm ich mir etwas aus dem Kühlschrank. Janzén wollte nichts, doch ich stopfte ein paar Frikadellen und einige Scheiben Brot in mich hinein und spülte mit Mineralwasser nach.

Eine ganze Weile später verließen wir den Berliner Ring und fuhren auf der E 30 in Richtung Frankfurt an der Oder. Nach einigen Kilometern wechselten wir von der Autobahn auf eine Landstraße, die laut Karte durch Storkow führte. Die Straßen schienen seit Hitlers Tagen nicht mehr repariert worden zu sein, doch dank der weichen Federung des Scania sah man die Schlaglöcher mehr, als daß man sie fühlte.

»Findest du hin?« fragte ich.

»Ja.«

»Warst du schon einmal da?«

»Ja.«

Janzéns Nerven begannen, an die Oberfläche zu kriechen, und Karl-Erik meinte, es sei seine Pflicht, den Kollegen ein wenig aufzuheitern.

»Du, wir sind nicht weit von der polnischen Grenze. Die Polen fahren ja jetzt auch durch Europa, so wie wir, aber es fällt ihnen schwer, die Finger von der Ladung zu lassen. Na, sie sind es wohl gewöhnt, überall zuzulangen, seit die rote Zeit vorüber ist; irgendwie müssen sie ja überleben. Kennst du den – ich habe ihn von einem Engländer in Frankfurt gehört: Woran erkennt man, daß die Polen zuerst im Weltraum waren?«

Ich grinste und wartete auf die Antwort, die nicht kommen würde. Janzén umkrampfte das Lenkrad, und ich sah, wie sein

Adamsapfel auf und ab tanzte, denn er schluckte ununterbrochen.

»Weil der große Wagen keine Räder mehr hat!«

Mein herzliches Lachen verhallte einsam. Er bog auf eine schmale Straße ab, die als privat gekennzeichnet war und laut Wegweiser zu den GA-Werken führte. Nach einigen Kilometern verbreiterte sich die Straße mitten im Wald zu einem befestigten Platz. Janzén hielt an und schaltete den Motor aus.

»Sollen wir hier abladen?« rief ich erstaunt.

»Hier bekommen wir unsere Anweisungen«, murmelte er.

»Von wem denn?«

»Halt's Maul und warte.«

»Aber ich verstehe nicht …«

»Willst du einen Job, der dir Geld bringt, oder nicht?«

»Ja verdammt, aber …«

»Dann lerne zu schweigen. Also – halt's Maul.«

Fünfzehn stille und gespannte Minuten schlichen vorbei und würden nie wiederkehren. Dann surrte Janzéns Mobiltelefon, und ihm schien etwas einzufallen.

»Sprichst du Englisch?«

»Was? Nein, ich beherrsche keine Sprachen, außer ein bißchen Finnisch. Klar weiß ich, daß man ›I love you‹ zu einer Braut sagt, aber im großen und ganzen …«

»Halt's Maul! Ich spreche Englisch, weil ich kein Deutsch kann, aber dich geht das Ganze überhaupt nichts an. Bis jetzt jedenfalls.«

Er meldete sich mit seinem Namen und teilte in schlechtem Englisch mit, daß er angekommen sei. Dann grunzte er ein paarmal und erklärte, es gebe keine Probleme, und ich nahm an, daß er mich damit meinte. Als er das Gerät abgeschaltet hatte, fing ich wieder an zu schwatzen, doch er schrie mich an, das Maul zu halten, und Karl-Erik gehorchte.

Aus dem Wald kam ein ganz und gar schwarzgekleideter Mann, der den Kragen der Lederjacke hochgeschlagen und eine Mütze tief ins Gesicht gezogen hatte. Darunter funkelten schwarze Augen. Janzén öffnete die Tür, so daß der Mann einsteigen konnte. Er stellte sich hinter den Fahrersitz. Nach der Größe seiner Stulpenhandschuhe zu urteilen, waren seine Fäuste imponierend. Auf Englisch befahl er Janzén, nach Berlin zu fahren.

»Berlin?«

»Du hast gehört, was ich gesagt habe: Berlin.«

»Aber so war es nicht vereinbart, und ich muß ...«

»Neuer Befehl. Fahr los!«

Der Mann packte Janzéns Schultern und drückte sie leicht. Es sah wie eine freundschaftliche Geste aus, war jedoch eine Drohung und wurde auch als solche verstanden. Janzén startete, und die Fläche reichte aus, um zu wenden. Wir fuhren denselben Weg zurück. Ich protestierte und wies darauf hin, daß wir ausladen müßten; außerdem wollte ich wissen, wohin wir nun fahren würden. Der Mann fuhr mich auf englisch an, ich sollte mich um meine Angelegenheiten kümmern, aber Karl-Erik verstand diese Sprache nicht und meckerte weiter.

Er ballte die Faust und schlug mir auf den Hinterkopf, aber Hassel war auf der Hut. Ich sah den Hieb kommen und wich so geschickt aus, daß ich ihn kaum spürte. Trotzdem krümmte ich mich, jammerte laut auf und tat so, als wäre ich leicht betäubt.

»Er versteht kein Wort Englisch«, erklärte Janzén dem Mann. »Und ebensowenig Deutsch, genau wie ich.«

»Sag ihm, er hat zu gehorchen. Aber kein Wort mehr. Ihr dürft nicht schwedisch miteinander reden.«

Janzén übersetzte, und ich nickte übertrieben eifrig, während ich mir den Hinterkopf rieb. Während der Fahrt stand der Mann hinter uns wie eine Kombination aus Kreuzotter und Wachhund. Sein Mobiltelefon fiepte, und er antwortete mit einem kurzen »Ja?«. Dann unterhielt er sich mit jemandem in einer Sprache, die ich nicht verstand. Nach einigen Kilometern kam erneut ein Anruf. Diesmal sprach er deutsch und wählte Worte, die nicht so gebräuchlich waren, damit Janzén und ich ihn nicht verstehen sollten. Die Stimme war spitz und hatte einen singenden Unterton:

»Fahrer Nummer zwei spricht nicht teutonisch und auch nicht angelsächsisch … überhaupt nicht … natürlich … bereit … in diesem Falle … ich gebe die Anweisungen …«

Als wir uns dem Berliner Ring näherten, verlor Janzén plötzlich die Nerven. Er fuhr zur Seite und hielt an, so daß die Fahrzeuge hinter uns hupten. Daß sich der ursprüngliche Plan geändert hatte, war offenbar zuviel für ihn.

»Ich mach nicht mehr mit!« schrie er hysterisch.

»Fahr, wie ich es dir sage!« knurrte der Mann und tastete nach dem Reißverschluß seiner Jacke.

»Tomasson hier will meinen Job übernehmen. Versucht es mit ihm und laßt mich zufrieden!«

Der Schwarzgekleidete zog den Reißverschluß herunter und zog zwei Pistolen mit aufgeschraubten Schalldämpfern aus dem Gürtel. Im nächsten Moment spürten wir die Mündungen am Hals.

»Du hast die Wahl. Ich schieße und fahre den Rest der Strecke selbst.«

»Verdammt, Eivar!« kreischte ich. »Der Kerl ist wahnsinnig! Mach, was er sagt, sonst schickt er uns zur Hölle!«

Janzén schloß die Augen, überlegte einen Moment und entschloß sich dann zu gehorchen. Beide, Karl-Erik und Roland, waren äußerst erleichtert. Eine risikolose Vergnügungsreise hatte Hiller versprochen. Und ich Riesenholzkopf war darauf eingegangen!

»Hier abbiegen«, kommandierte der Mann. »Und laß die Scheibe herunter, ich brauche frische Luft.«

Er hatte die Waffen gesenkt, hielt sie aber weiterhin in Bereitschaft. Wir fuhren die gewundene Abfahrt hinunter, und der Mann nickte in Richtung eines nahegelegenen Parkplatzes. Janzén rollte langsam hinauf und hielt auf einem freien Außenplatz. Alle drei warteten wir auf etwas. Wieder fiepte das Telefon, und der Mann meldete sich mit seinem »Ja?«. Das Gespräch wurde auf deutsch geführt:

»Wie besprochen ... Nummer zwei wurde von Nummer eins informiert ... nein ... gewiß ... ich beseitige beide ... sie ahnen nichts ...«

Ich lächelte teilnahmslos, als lauschte ich einer Unterhaltung von Marsmenschen, und sagte ausdruckslos zu Janzén:

»Er hat gerade den Befehl bekommen, uns zu töten!«

8.

Janzén erhob sich im selben Augenblick, als die Kugel den Lauf verließ, und sie traf den Körper statt den Kopf. Ich schlug dem Ledermann die andere Pistole nach oben, so daß der Schuß in die Decke ging, wandte mich nach hinten und bearbeitete ihn mit den Fäusten. Doch die Waffen in seinen Händen waren immer noch schußbereit.

»Fahr!« schrie ich Janzén an.

»Kann nicht ...«, stöhnte er.

»Fahr, zum Teufel!«

Ich klammerte mich an den Mann und versuchte, ihn am Schießen zu hindern. Wir schaukelten in der Fahrerkabine wie zwei wütende Monster. Eine Kugel schmetterte ins Armaturenbrett, und der Schuß hatte einen anderen Klang, gedämpft aber schärfer.

»Fahr los!«

Janzén startete den Motor, und das gewaltige Fahrzeug rollte vom Parkplatz in Richtung Berliner Innenstadt. Er hing halb über der Hupe und konnte kaum das Lenkrad halten, so daß wir auf der ziemlich breiten Straße immer wieder über den Mittelstreifen schwenkten.

Der Schwarzgekleidete war stark, aber ich kämpfte um mein Leben; Adrenalin und Angst mobilisierten Kräfte, die mir sonst nicht zur Verfügung standen. Ein weiterer Schuß löste sich. Er war nicht lauter als ein Schlag auf ein gestopftes Kissen. Janzén wimmerte laut. Aus den Augenwinkeln sah ich, daß er aus mehreren Wunden stark blutete. Das Lenkrad war bereits ganz verschmiert und ließ sich schwer halten – solange er es noch halten konnte.

Der Scania wurde hin und her geworfen, rollte aber dennoch weiter. Durch das Fenster nahm ich Menschen und Fahrzeuge wahr, die wie in dem schnell geschnittenen Videoclip einer Rockband an uns vorüberzogen. Den Leuten stand der Schrecken ins Gesicht geschrieben, Radfahrer wichen panisch aus, und Autos wurden von unserem Auflieger gerammt, der wie der Schwanz einer Schlange ausschlug.

Als mein Gegner versuchte, mir die Pistole auf den Bauch zu setzen, erwischte ich sein Handgelenk und drehte es um. Sein Griff lockerte sich, und die Waffe polterte auf den Boden der Kabine. Janzén brabbelte ein eintöniges:

»Vergib, vergib, vergib ...«

Wir fuhren durch eine schmalere Straße, die nur einem Fahrzeug Platz bot. Ein häßliches blechernes Knirschen schnitt in die Ohren, wenn wir die Hauswände streiften. Verkehrsschilder wurden umgeknickt, Fahrräder umgerissen und zu Achten verbogen, doch Janzén preßte den Fuß weiterhin aufs Gaspedal, während er ununterbrochen wimmerte:

»Vergib, vergib, vergib ...«

Der Mann war so groß wie ich, und wir rangen von Angesicht zu Angesicht; wer zuerst nachgab, hatte verloren. Die Mütze war ihm vom Kopf gerutscht, so daß ich sein schimmerndes schwarzes Haar sehen konnte, das am Schädel zu kleben schien. Wir schauten uns in die Augen und lasen darin den urmenschlichen Haß auf einen Feind, der sich nicht ergeben wollte; wir waren auf dem Niveau von Reptilien, für die nichts anderes gilt als fressen oder gefressen werden.

»Vergib, vergib, vergib ...«

Der Schwarzgekleidete riß den Mund auf und zeigte starke,

weiße Zähne, die er in mein Fleisch schlagen wollte, doch ich drehte den Kopf zur Seite. Gleichzeitig drosch ich ihm meine Faust ins Gesicht. Für einen effektiven Schlag gibt es nur eine Stelle, die Nasenwurzel. Aber ich konnte nicht richtig zielen, und so traf ich seine Stirn. Für einen Moment waren wir beide etwas benommen.

»Vergib, vergib, vergib …«

Janzéns Litanei ging mir auf den Geist. Ich wußte auch nicht, wen er um Vergebung bat, vielleicht eine höhere Macht, der zu begegnen er sich vorbereitete. Ich erholte mich zuerst und hieb meinem Gegener die Handkante auf das Gelenk, so daß er die zweite Pistole auch noch fallen lassen mußte. Er warf sich auf mich; ich umklammerte ihn und preßte ihn, wie ich hoffte, mit Bärenkräften.

»Ich wollte nicht … ooh … vergib, vergib, vergib …«

Wir rangen miteinander, suchten die Blöße des anderen, probierten Griffe aus; wir waren so eng zusammen, daß keiner in die Knie gehen konnte. Er krallte sich in meine Haut, doch ich spürte keinen Schmerz. Jeder erfahrene Soldat kann bestätigen, daß man in der heißen Phase eines Kampfes nicht einmal spürt, wenn einem ein Bein weggeschossen wird; der Körper bildet eigenes Morphium. Wir schwitzten beide, und unsere Ausdünstungen vermischten sich zu einem stinkenden, klebrigen Rinnsal. Ich versuchte es erneut mit einem Fausthieb, doch er wich aus.

»Alle sollen wissen … ich war gezwungen … vergib mir, vergib, vergib, vergib …«

Wir fuhren nun langsamer, und Janzén hing über dem Lenkrad, während das Blut aus seinen Wunden strömte. Sein Blick war verschleiert, und daß er nicht gegen einen Bus oder eine Hauswand fuhr, grenzte an ein Wunder. Nur ein solches konnte uns noch retten, denn wir waren zum Tode verurteilt, und unser Henker war fest entschlossen, seinen Auftrag auszuführen. Aber ich wollte nicht sterben!

»Nicht gewollt ... bin kein schlechter Mensch ... vergib, vergib mir alles, was ich getan habe, vergib, vergib ...«

Seine Worte wurden schwächer, wie mit letzter Kraft hervorgestoßen. Es gelang mir, meinem Gegner ein Bein zu stellen, so daß er nach hinten fiel, doch da wir so ineinander verschlungen waren wie siamesische Zwillinge, riß er mich im Fallen mit. Wir wälzten uns auf dem Kabinenboden, blutrünstig stöhnend und keuchend.

Er streckte die Hand nach der Pistole aus, aber ich rollte mit ihm weiter, so daß er auf der Waffe zu liegen kam. Nun tasteten meine Finger nach ihr, doch er erkannte die Gefahr und bäumte sich auf. Wir atmeten kurz, und die Lungen schmerzten.

»Wenn es geht ... vergib mir für alles ...«

Wir lagen jetzt auf der Seite; eine gute Position für einen Kopfstoß. Meine Stirn knallte zwischen seine Augen, und er seufzte, während die Kraft aus seinen Muskeln wich. Ich löste mich von ihm, kam auf die Knie und richtete mich zitternd auf. Er kam wieder zu Bewußtsein und tastete nach der Waffe. Ich hob den Fuß und trat ihm auf die Finger, daß er vor Schmerz laut aufschrie. Seine andere Hand packte meinen Fuß und drehte ihn um, so daß ich die Balance verlor. Im nächsten Augenblick wälzten wir uns erneut auf dem Boden, und wieder ging es um Leben oder Tod. Ich stieß meinen Zeigefinger in sein rechtes Auge, und es fühlte sich ekelhaft weich an, bevor er das Gesicht wegdrehen konnte.

Erhöre mein Gebet ... mein kleines Gebet ... erbarme dich ... ich habe das nicht gewollt ... vergib mir, vergib ...«

Seine Stimme war kaum noch hörbar, und ich achtete auch nicht auf ihn. Ich konzentrierte mich ganz auf dieses schwarze Untier, das ich besiegen, das ich töten mußte, um nicht selbst getötet zu werden. Jeder versuchte, dem anderen an die Kehle zu gehen, er biß in die Luft, der harte Boden schmerzte am Körper, die Schlüsselbeine schienen unter der Umklammerung zu brechen, und aus seinem Mund drang intensiver Gestank.

Es hatte keinen Sinn weiterzukämpfen, doch ich tat es trotzdem. Mein Reptiliengehirn begriff nur, daß es einen Feind gab, der mich umbringen würde, sobald ich irgendein Zeichen von Schwäche zeigte. Ich wollte ihn unter mich zwingen, rutschte aber in Janzéns Blut aus, so daß wir wieder in derselben Stellung landeten. Als ich sein Ohr in den Mund bekam, machte ich es wie er; ich biß hinein und riß den Kopf zur Seite. Er jaulte auf und umklammerte mich noch fester, aber ich biß und riß und hörte nicht auf.

»Nun geht es zu Ende … ich kann nicht mehr … ich habe das Böse nicht gewollt … vergib mir, vergib mir armem Sünder, vergib …«

Plötzlich ertönte ein Krachen, das Tote hätte aufwecken können. Das Fahrzeug hielt so abrupt, daß der Auflieger hinten hochgeschleudert wurde und anschließend zu Boden schepperte. Der ganze Lastwagen erbebte. Für einen Augenblick lösten wir uns voneinander. Reflexartig verpaßte ich dem Schwarzgekleideten einen Kinnhaken, der ihn rückwärts gegen die Tür warf. Eigentlich hätte er das Bewußtsein verlieren müssen, doch er stellte sich statt dessen in Positur, um mich mit Fußtritten fertigzumachen.

Ich reagierte, indem ich die Füße hob und mich zur Verteidigung bereitmachte. Trat er nach mir, konnte ich zurücktreten; seine Bedingungen waren nicht besser als meine. Die Pistolen lagen in einer Blutlache, doch ich konnte sie genauso wenig erreichen wie er. Er schrie etwas in der Sprache, die ich nicht verstand und auch nicht verstehen wollte. Dann hielt er sich das Ohr.

Wir waren beide von oben bis unten mit dem Blut verschmiert, das immer noch aus Janzéns Wunden sickerte. Der Mann tastete die Tür ab, riß sie plötzlich auf und sprang unbeholfen hinaus. Wie er den Sturz überstanden hatte, konnte ich, auf dem Rücken liegend, die Beine zur Verteidigung erhoben, nicht erkennen.

»Meine letzte Bitte … vergib mir, denn ich wußte nicht, was ich tue …«

Ich lebte, hatte mich aber sofort um die Rettung eines anderen Menschenlebens zu kümmern. Mit meiner eigenen Verfassung konnte ich mich später noch beschäftigen. Reste unbekannter und fremder Kräfte ermöglichten es mir, zu den Sitzen zu kriechen und mich daran hochzuziehen.

»Eivar, warte, ich hole Hilfe.«

»Vergib mir …«

»Ja ja, aber wo hast du dein Telefon? Aha. Also, beruhige dich.«

Wie in einer Pawlowschen Reaktion glitt er von seinem Sitz und fiel mit dem Kopf auf meine Knie. Er starrte mich aus blutunterlaufenen, glasigen Augen an. Mit schmerzenden Fingern tippte ich Hillers Nummer ein. Ich war mit meinem Widersacher fertig geworden, ohne ihn töten zu müssen! Es war ein wahres Wunder, ich lebte!

»Hiller.«

»Hier ist Rolle. Ich bin in Berlin. Eivar Janzén liegt sterbend auf meinen Knien. Der Wagen ist gegen eine Litfaßsäule gekracht. Draußen versammelt sich eine Menschenmenge.«

»Rolle, was hast du …«

»Ich habe keine Zeit für lange Erklärungen. Schicke sofort einen Krankenwagen.«

»Wo bist du?«

Mein Blick glitt über die Fassaden. Ein Auge war bereits zugeschwollen, und auch das andere tat höllisch weh.

»Da steht ›Buckower Damm‹ auf einem Schild.«

»Unternimm nichts. Bleib da.«

»Was hattest du denn gedacht?«

»Wir kommen sofort.«

Eivar gurgelte etwas, und ich drehte seinen Kopf zur Seite, damit er nicht an seinem eigenen Blut erstickte. Ich hatte das eigentümliche, traumähnliche Gefühl, daß nicht ich handelte, sondern ein fremdes Wesen, das bei einem Mann saß, der sich dem dunklen Reich näherte, über das wir nichts wissen.

»Ich habe alles falsch gemacht …«

Seine Stimmbänder schienen nacheinander zu reißen; ich

mußte mich über ihn beugen, um sein Flüstern zu verstehen. Ich spürte etwas Ekliges zwischen den Zähnen und spuckte aus; es war ein Stück Ohr von meinem Henker. Alles war so widerwärtig, aber ich lebte und hatte meinen Job zu tun. Es war wahrscheinlich die letzte Gelegenheit, Informationen aus Janzén herauszuholen.

»Eivar, wenn du dein Herz erleichterst, wird dir vergeben«, sagte ich so ernst und feierlich, wie es meine geschwollenen Lippen zuließen.

Er zwinkerte, als würde er nicht begreifen, und ich strich ihm mit der Hand über die Stirn.

»Wer steht hinter den Lkw-Räubern?« fragte ich.

»Vergib mir …«

»Ja ja, ich vergebe dir, aber wer leitet diese Bande?«

Er hustete Blut, und es rann auf mein Knie. Was spielte das für eine Rolle? Irgendwo mußte das Blut eines tödlich verwundeten Mannes ja hin.

»Du kannst nicht vergeben«, flüsterte er.

»Vielleicht nicht, aber ich kann dafür beten, daß dir vergeben wird. Wer ist der oberste Chef?«

Er keuchte etwas, das ich nicht verstehen konnte; also wiederholte ich meine Frage, obwohl mir der Hals wie von einer Boa zugeschnürt war.

»Die wissen nicht, daß ich weiß, was ich nicht wissen sollte«, murmelte er. »Das Böse …«

»Ruhig, Eivar, Hilfe ist unterwegs. Was weißt du, was so gefährlich ist?«

»Böse Dinge, böse Dinge. Vergib mir, daß ich ein Werkzeug des Bösen geworden bin … Wer bist du?«

»Karl-Erik Tomasson, aber das ist nicht mein richtiger Name. Weißt du, wer der Chef der Lastwagenräuber ist? Flüstere es mir zu, Eivar. Ich kann dich hören.«

Seine Augen zeigten immer mehr blutige Streifen, und ich fluchte innerlich: Wo zur Hölle blieb der Krankenwagen, der vielleicht noch ein Wunder vollbringen und ein weiteres Leben retten konnte?

»Lastwagenräuber?« hauchte er.

»Ja. Wer hat dir die Befehle gegeben? Was weißt du?«

»Aber die Lastwagen … vergib mir, vergib mir … sind doch gar nichts gegen das, was … was …«

Ich versuchte, ihm kühle Luft ins Gesicht zu blasen, bekam aber die Lippen nicht zusammen. Noch war er bei Bewußtsein, und solange er ein Wort sagen konnte, mußte ich ihn quälen.

»Eivar, was willst du mir sagen? Was ist das Böse, vor dem du so viel Angst hast?«

»Ich kann keine Vergebung erhoffen … »

Er wußte, daß er sterben würde und hatte anderes zu tun, als auf Fragen zu antworten, die für ihn bedeutungslos geworden waren. Doch ich mußte mir Mühe geben, auch wenn ich mich gar nicht wohl dabei fühlte.

»Ich bin schwedischer Polizist und heiße Roland Hassel. Wir werden den Mann finden, der dich verletzt hat. Aber du mußt mir helfen. Gib mir die Namen, Eivar. Nach wem sollen wir suchen?«

Draußen schwoll das Gemurmel an. Die Beifahrertür stand offen, seit der Schwarzgekleidete aus dem Wagen gesprungen war. Aus meiner Position konnte ich sehen, daß sich eine Traube von Menschen gebildet hatte, die alle die Hälse reckten. Ein junger Mann kletterte herauf, doch als er mein blutverschmiertes Gesicht sah, sprang er schnell wieder ab. Ich lehnte mich, Janzéns Kopf immer noch auf den Knien, hinüber und zog die Tür mit einem Knall zu.

»Los, Eivar, gib mir die Namen.«

»Polizei?«

»Ja, jetzt kannst du der Polizei helfen.«

»Ich bin bald tot und …«

»Eivar, du wirst noch lange leben. Ich hör den Krankenwagen kommen, und dann wirst du wieder gesund.«

Aber ich hörte keine Sirenen! Gab es keine Krankenwagen

in Berlin? Ich spürte, wie ich selbst immer schwächer wurde, und in Panik dachte ich, daß auch ich sterben würde. Er flüsterste sein ewiges:

»Vergib mir, vergib, vergib, vergib ...«

»Die Namen, Eivar!«

»Wenn ich nur wüßte, daß mir vergeben wird ...«

»Wer soll dir vergeben?«

»Er, der mir Frieden geben kann ... zu sterben für das, was ich getan habe ... daß meine Untaten vergeben sind ...«

Was hatte es für einen Sinn, einen Mann zu schütteln und anzuschreien, dem schon alles gleichgültig war? Ich hätte am liebsten geweint. Alle meine Anstrengungen waren umsonst gewesen. Ich hatte das schlimmste physische Duell meines Lebens ausgetragen und dem Tod ins Auge gesehen; ich hatte die Lösung des polizeilichen Problems buchstäblich auf meinen Knien, aber ich kam nicht weiter.

»Eivar, Eivar, hilf mir, und dir wird vergeben werden.«

Vorsichtig, fast zärtlich hob ich seinen Kopf und Oberkörper und wiegte ihn wie ein Kind, das getröstet werden muß.

»Anna ... Anna ...«

Ich zuckte zusammen. Was hatte er geflüstert?«

»Welche Anna meinst du, Eivar?«

»Mama ... ich komme jetzt ... hast du auf mich gewartet ...«

»Heißt deine Mama Anna?«

Das Blinzeln war wohl als Bekräftigung zu verstehen.

»Mama Anna ... ich sehe dich vor mir ... du winkst mir zu ...«

Das tat die Mama keinesfalls; Eivar erlebte nur das religiöse Klischee von der gütigen Mutter mit der ausgestreckten Hand aus dem Bilderbuch der Sonntagsschule. Oder stand sie wirklich da und empfing ihren verlorenen Sohn? Was wußte ich eigentlich?«

»Du ... Karl-Erik ...«

»Ich bin hier und höre dir zu. Nenne mir die Namen, dann wirst du Ruhe finden, zusammen mit deiner Mama.«

Blut rann aus seinem Mund; in seinem Inneren waren wohl einige Adern verletzt. So gut ich konnte, wischte ich es ab. Er konnte kaum noch atmen; ich mußte mein Ohr an seine Lippen legen, um etwas zu verstehen.

»Ich warte, Eivar. Nutze die Chance und mache deine Mama glücklich.«

»Das Leben ist eine einzige Lüge!«

»Da hast du recht, aber denke an deine Mama. Die Namen!«

»Auch der Tod ist eine große Lüge. Aber er ist die einzige Wahrheit!«

Mit einem gurgelnden Laut quoll ein wahrer Blutstrom aus seinem Mund, und es sah aus, als drehten sich die Augen nach innen. Er war über die Grenze in die Finsternis gegangen, aus der keine Informationen mehr zu holen sind. Ich saß da und hielt den toten Körper Eivar Janzéns in den Armen. Wo sich sein Geist befand, falls er einen hatte, konnte keiner sagen. Vielleicht lachte er über den dummen Karl-Erik-Roland, vielleicht umarmte er seine Mama, frisch gewaschen und in weißen Kleidern, vielleicht kniete er vor jemandem und flehte um Vergebung.

Noch immer waren keine Signale von Krankenwagen oder Polizeiautos zu hören. Jetzt spielte es ja auch keine Rolle mehr. Janzén hatte sich von einem möglichen Patienten in ein sicheres Obduktionsobjekt verwandelt. Ich setzte mich auf den Beifahrerplatz und ließ die Leiche auf dem anderen Sitz zurück.

Plötzlich vernahm ich ein anderes Geräusch, das Fiepen eines Mobiltelefons. Ich nahm Janzéns Apparat, drückte auf den Knopf und rief »hallo«, aber niemand meldete sich. Wieder fiepte es. Mein Blick folgte dem Signal, und ich entdeckte ein anderes Gerät, das auf dem Boden lag. Der Schwarzgekleidete hatte es benutzt und während unseres Kampfes offenbar verloren.

Ich nahm es auf und verschwendete keine Zeit damit, das Blut von den Tasten zu wischen. Ich erinnerte mich an die spitze Stimme des Schwarzledernen, an den leicht singenden Tonfall,

der wohl zu einem Dialekt gehörte, und an das leichte Hauchen hinter dem H-Laut. Dann drückte ich den Knopf und sagte:
»Jah?«

9.

»Warum hast du nicht Bericht erstattet?«
Die Stimme war schrill, aber dennoch herrisch; ich telefonierte mit einem Mann, der Gehorsam forderte. Er sprach ein gutes Deutsch, doch ich merkte, daß er die Sprache erlernt hatte, also wahrscheinlich kein Deutscher von Geburt war.
»Es gab ein kleines Problem.«
»Ein Problem? Hast du den Auftrag nicht ausgeführt?«
»Doch, natürlich. Sie sind tot. Aber sie machten zuerst Schwierigkeiten; deshalb hat es ein bißchen länger gedauert.«
Wichtig war, daß ich mich kurz faßte. Wenn ein Mensch glaubt, mit der richtigen Person zu telefonieren, und die Stimme auch nur ähnlich klingt, kann man, wenn man nicht mehr als notwendig spricht, ein Gespräch lange in Gang halten. Gleichzeitig mußte ich versuchen, ihm möglichst viele Informationen zu entlocken.
»Also wollten sich die Schweden nicht freiwillig ergeben?«
»Nein.«
Der Mann lachte, und es klang, als rasselten Eiswürfel in einem Shaker. Offenbar war er zufrieden.
»Ich verstehe. So sind wir eben. Du weißt, was du jetzt zu tun hast?«
»Nicht ganz.«
Die aufgeregten Stimmen von der Straße bildeten einen Geräuschteppich, und man hatte begonnen, gegen die Türen der Fahrerkabine zu schlagen. Doch noch immer wagte es keiner, zu mir heraufzuklettern. Der von mir verscheuchte Mann hatte wahrscheinlich eine Horrormeldung in Umlauf gebracht:

»Da drinnen liegen massenhaft Leichen, und der Mörder hat gleich zwei Pistolen!«

»Was sagst du da? Hat Klaus dich nicht instruiert?«

»Hat es wohl vergessen.«

»Vergessen? Klaus?«

»Ja. Na ja, ich habe eins über den Schädel bekommen. Leichte Gehirnerschütterung vielleicht. Was soll ich zuerst tun?«

Die Stimme klang jetzt langgezogen, als fiele es ihr schwer, etwas so Selbstverständliches auszusprechen.

»Oranienburger Straße natürlich.«

»Ja, klar.«

»Waffen abgeben und zerstören lassen.«

»Ja, sicher. Und dann?«

»Aber Klaus hat dir doch alles ausführlich erklärt; du kannst doch nicht sämtliche Instruktionen vergessen haben! Klaus überläßt nie etwas dem Zufall.«

Endlich war das unangenehme Heulen der Sirenen von Ambulanzen und Polizeiautos zu hören. Ich mußte alles auf eine Karte setzen.

»Mein Kopf ist wie leergeblasen. Sicher eine ernste Gehirnerschütterung. Wo in der Oranienburger soll ich die Waffen abgeben?«

Schweigen am anderen Ende der Leitung. Wertvolle Sekunden verschwanden im Nichts. Wagentüren wurden geöffnet und wieder zugeschlagen.

»Wenn du es nicht weißt, sollst du es auch nicht wissen«, antwortete der Mann schließlich.

Jetzt war alles zu spät, aber ich konnte wenigstens noch Verwirrung stiften. Ich schrie in das Mobiltelefon:

»Die Polizei ist hier und holt mich! Ich werde alles gestehen, damit ich eine mildere Strafe bekomme!«

Im nächsten Moment wurden auf beiden Seiten die Türen aufgerissen. Ich blickte jeweils in ein Dutzend Pistolenmündungen, und ein Polizeichor intonierte: »Hände hoch!« Brav streckte ich meine blutigen Pfoten in die Höhe. Auf der Straße entdeckte ich Hiller, der gerade aus einem Wagen stieg. Wir schauten uns an, und ich brüllte:

»Was für eine wunderbare Vergnügungsreise!«

Ein seltsames Lachen wallte in mir auf und erfüllte mich ganz und gar; es versetzte meinen Körper in ein Zittern und Zucken, das erst aufhörte, als mich eine wohltuende Dunkelheit umfing.

Der Raum wirkte unpersönlich persönlich; ein Krankenzimmer für Bemittelte, jedoch ohne Luxus. Auch wenn man versucht hatte, den Zweck durch Landschaftsgemälde, ein buntes Werbeplakat für Capri-Reisen, weiche Teppiche, eine kleine Sitzgruppe mit Glastisch und Kunstblumen in einer Plastikvase zu verschleiern – der beste Zaubertrick konnte den typischen Krankenhausgeruch nicht vertreiben, der durch jede Ritze drang.

Das Bett war breit genug für zwei, doch ich lag allein unter der weichen Decke. Es war in jeder Beziehung verstellbar. Ich drückte auf einen Hebel und machte es mir in einer halb sitzenden Position bequem. Auf dem Tisch neben mir standen eine Schale mit den obligatorischen Weintrauben und eine Flasche spritziges Mineralwasser. Ich suchte gar nicht erst nach einem Glas, sondern trank gierig direkt aus der Flasche.

Durch die Fenster schaute ich – ich nahm es zumindest an – auf einen blauen, deutschen Himmel, eine deutsche Sonne und ein paar deutsche Wölkchen, die in einer deutschen Briese segelten. Wenn ich mich ganz aufsetzte, hätte ich sicher eine deutsche Stadt oder einen deutschen Park sehen können, doch da mir solche Anblicke durchaus vertraut waren, lockte es mich nicht. Ich entdeckte ein Kärtchen mit schwedischem Text, das an einem kleinen Radio lehnte: »Drücke dreimal auf den Knopf, wenn du aufgewacht bist.«

Wie fühlte ich mich? Ich versuchte es herauszufinden, stellte aber fest, daß ich mich irgendwie überhaupt nicht fühlte. Ich lag in einem Bett in einem Krankenzimmer und wollte hier nicht liegen, hatte jedoch genausowenig Lust, aufzustehen und Fandango zu tanzen. Es war eine Art willenloser Zustand; wie beim Militär war ich darauf eingestellt, andere für mich entscheiden zu lassen. Sollte allerdings irgend so ein Laffe von Arzt auftauchen und seine Wissenschaft an mir ausprobieren wollen, würde ich mich wirklich schlecht fühlen und das Gegenteil tun.

Als ich dreimal auf den Knopf gedrückt hatte, ohne das Signal selbst hören zu können, kam eine junge Krankenschwester herein. Sie sah so unpersönlich persönlich aus, wie es von ihr erwartet wurde, und hatte ein ebensolches Lächeln im Gesicht. Überraschenderweise trug sie einen Klapptisch, den sie mitten ins Zimmer stellte. Sie sagte auf deutsch »Guten Tag«, und ich erwiderte den Gruß. Sie ging hinaus und kam wieder herein; diesmal deckte sie ein blütenweißes Tuch über den Tisch, bei der nächsten Runde plazierte sie Teller, Gläser und Besteck. Sie lächelte nur professionell, und ich hatte das Gefühl, einem grausamen Scherz der »Versteckten Kamera« ausgesetzt zu sein.

Schließlich rollte sie ein Beistelltischchen herein, auf dem Wärmeplatten standen, die sie an die Steckdose anschloß. Dann holte sie eine Pfanne und einen Topf mit Griff und stellte sie auf die Platten. Ein Weinkühler aus Steingut, aus dem ein grüner Flaschenhals mit herausgezogenem Korken schaute, vervollständigte das Stilleben. Mit einem letzten routinierten Lächeln und einem französischen »Bon appétit« verließ sie das Zimmer. Ich rief ihr ein ratloses »Bon appétit gleichfalls« hinterher.

Eine dunkle Erinnerung an das Märchen vom »Tischlein deck dich« stieg in mir auf und verschwand genauso schnell wieder. Hatte vielleicht ein Dschinn dieses Wunder zustande gebracht? Im nächsten Augenblick trat Hiller ein, und er sah nicht aus wie ein orientalischer Geist, sondern wie ein Mann, der ein paar Assietten trägt.

»Hej«, grüßte er mit einem Nicken und stellte die Speisen auf die Teller. »Es war beabsichtigt, daß du ungefähr jetzt aufwachst. Essen wir erst einmal etwas!«

»Essen?«

»Falls du es nicht weißt: Der Körper braucht ab und zu feste Nahrung, sonst funktioniert er nicht mehr. Am Bettende hängt ein Morgenmantel. Zieh ihn über und nimm Platz. Ich habe extra auf dich gewartet und bin hungrig wie ein Wolf.«

Wie er gesagt hatte, hing ein Morgenmantel da; ein Modell, vor dem sich mein gewöhnlicher zu Hause in Stockholm geschämt hätte. Er hob ein Glas mit schimmerndem Wein, atmete genußvoll das Aroma und prostete mir zu:

»Auf dein Wohl, Junge!«

Ich nippte an dem edlen Getränk. Durchaus trinkbar, soweit ich es beurteilen konnte – aber war das nicht doch eine Szene aus der »Versteckten Kamera«? Würden sich die Zuschauer über den schafsköpfigen und einfältigen Bullen kaputtlachen? Heutzutage ist man nirgendwo sicher, die allgemeine TV-Hysterie sucht sich immer neue Opfer.

»Wir beginnen mit etwas Leichtem, einer Schaltierpastete, die ausgezeichnet sein soll.«

»Woher weißt du, daß ich Schaltierpastete haben will?«

»Alle wollen.«

Ich nahm ein Stück. Natürlich schmeckte sie ausgezeichnet – aber war ich physisch überhaupt anwesend? War das nicht ein Traum? Würde Charlie Chaplin gleich hereinkommen und mit Hut und Stöckchen Tricks vorführen?

»Wo bin ich?«

»In einer kleinen Privatklinik in Berlin. Trink, verdammt noch mal, hier gibt es keine Verbote, und du mußt heute nicht mehr Auto fahren. Wenn du Kopfschmerzen bekommst, mach einfach den Mund auf; sie werfen dir dann Pillen ein. Also nochmals: Skål!«

Warum nicht dieses eine Mal richtige Schlucke nehmen? Ein paar jedenfalls. Der Weißwein in der Flasche muß die Gabe der

Götter an die Menschheit gewesen sein, weil sie Thor Modéen und Errol Flynn hervorgebracht hat.

»Wie lange bin ich schon hier?«

»Ungefähr sechzig Stunden. Diese Pastete …«

»Zweieinhalb Tage! Bist du verrückt? Habe ich die ganze Zeit geschlafen?«

»Na ja, mehr oder weniger und teilweise mit Hilfe der Chemie. Das war notwendig; kämpfe nicht gegen das Schicksal.«

Meine eine Hand war verpflastert und tat weh, die andere war bandagiert und schmerzte noch mehr.

»Trotzdem, was zur Hölle …«

»Rolle, über die ernsten Dinge des Lebens und ähnlich unangenehmes Zeug reden wir später. Deine Rückkehr ins Dasein soll mit einem Bacchanal gefeiert werden.«

Ein anderer Gedanke ließ mir die Knie weich werden.

»Virena muß glauben, daß ich zur Fremdenlegion getürmt bin.«

»Keine Gefahr. Ich habe sie mehrere Male angerufen und ihr erzählt, daß du mit einem Fall beschäftigt bist und nicht telefonieren kannst. Außerdem hast du eine Magenkrankheit, die dich zwingt, noch eine Weile in Berlin zu bleiben.«

»Eine Magenkrankheit?«

»Irgendeine asiatische Grippe. Sie bedauert dich und wünscht dir gute Besserung. Du kannst sie nachher anrufen.«

»Hör mal, ich mag es gar nicht, meine Frau zu belügen.«

Hiller lächelte nachsichtig und räumte die leeren Assietten beiseite.

»Als nächstes gibt es eine würzige Fischsuppe. Wir können beim selben Wein bleiben. Reich mir bitte deinen Teller.«

Die Suppe duftete lieblich in meiner lädierten Nase, und gegen den Geschmack hatte ich ebenfalls nichts einzuwenden.

»Falls du es nicht weißt«, fuhr Hiller fort, »in den glücklichsten Ehen wird am meisten gelogen. Wenn sich Mann und Frau von früh bis spät belügen, bleibt die Liebe am Leben. Die Wahrheit ist eine Ware, mit der man äußerst vorsichtig und sparsam umgehen sollte.«

»Und die Freundschaft?«

»Das ist eine ganz andere Sache. Eine Freundschaft verträgt die Wahrheit, wie sie ist. Die Liebe ist blind und taub und dumm und nachsichtig. Die Freundschaft ist sehend und hörend und verstehend und nachsichtig.«

»Du klingst zynisch.«

»Umgekehrt. Manchmal muß man sich blind und taub und dumm stellen, um zu überleben. Hauptsache, man ist sich dessen bewußt, so daß man die ganze Zeit sieht und hört und begreift.«

Schweigend schlürfte ich meine Suppe. Nicht, weil ich ihm recht gab, sondern weil es für meine Beziehung zu Virena vielleicht besser war, wenn sie glaubte, daß ich mich in den prosaischen Qualen einer Magengrippe wand.

»Jedenfalls habe ich meinen Teil geschafft«, sagte ich ein paar Löffel später mit fester Stimme.

»Wir haben noch einige Gänge vor uns.«

»Nein, ich meine, was den Auftrag angeht. Was passiert ist, reicht mir mehr als genug.«

»Müssen wir jetzt schon über den Job reden?«

»Ja, und es geht ganz schnell. Wenn du meinen Bericht bekommen hast, wird Roland Hassel auf dem schnellsten Wege nach Hause fahren, und zwar garantiert nicht in einem Lastwagen.«

Er ließ den Löffel auf den Teller fallen, so daß es klirrte und einige Tropfen Suppe auf die weiße Tischdecke spritzten.

»Sei nicht albern, Roland. Jetzt geht es doch erst richtig los!«

»Und ich sage es dir noch einmal: Was ich in dieser Hinsicht erlebt habe, reicht mir, und ich werde nie mehr ...«

»Verdammt, Roland, hast du denn völlig den Verstand verloren? Willst du dich im alten Selbstmitleid begraben? Ich habe gelesen, was du mit diesem nigerianischen Kapitän erlebt hast. Du hast eine Gehirnwäsche bekommen, du wurdest erniedrigt und gedemütigt, bis du bereit warst, die Hand zu küssen, die dich schlug. Oder wie?«

Ich konnte nur nicken, und die Suppe verlor ihren Geschmack.

»Klar, daß es ein traumatisches Erlebnis war«, fuhr er im selben scharfen Ton fort, »aber es ist vorbei, und die Situation war eine andere. Damals warst du passiv, diesmal dagegen warst du unerhört aktiv. Dort hast du Schläge kassiert, hier dagegen einen mit zwei Pistolen bewaffneten Profikiller besiegt. Es war ein Duell Mann gegen Mann, und er mußte fliehen – nicht du! Das verdient Bewunderung und nicht Bedauern. Ich hätte keine Chance gehabt, aber du hast dich durchgesetzt. Also, warum regst du dich auf?«

»Ich rege mich nicht auf, aber ...«

»Hör auf mit deinem ›aber‹! Sieh die Dinge, wie sie sind, und nicht durch die gesprungene Brille alter Erfahrungen. Du wurdest von Kopf bis Fuß untersucht, und es ist nichts angeknackst oder gebrochen. Du hast eine Masse Beulen und Abschürfungen, blaue Flecken am Körper und eine Wunde an der rechten Hand, aber genau wie ein Boxer nach einem Titelkampf wirst du bald wieder bei normaler Kondition sein. Und apropos Liebe – ist es nicht besser, wenn Virena dich unversehrt wiedersieht anstatt blaugeschlagen?«

Meine Grimasse durfte er deuten, wie er wollte. Er räumte die tiefen Teller ab und stellte flache, größere auf den Tisch. Wo kamen plötzlich die Körbe her? Hatte doch Aladin mit der Wunderlampe seine Hand im Spiel? Hiller ließ noch mehr Dampf ab:

»Willst du dich wegen Eivar Janzéns Schicksal vergraben? Weil er in deinen Armen starb und sein Blut über dich ergoß? Aber es war doch nicht dein Fehler, daß er erschossen wurde. Umgekehrt – du wolltest ihm ja helfen. Du hast vorher schon Menschen sterben und Blut fließen gesehen. Du hast deinen Job als Polizist gut, sogar verdammt gut gemacht. Janzén hatte sich freiwillig mit gefährlichen Spielkameraden umgeben, dafür konntest du nichts.«

Er unterstrich seine Worte, indem er mit der Gabel auf mich wies.

»Nur du kannst den Mann identifizieren, mit dem du gekämpft hast. Nur du kannst die Stimme am Mobiltelefon wiedererkennen. Du bist unersetzbar für die kommenden Ermittlungen, und wir können zusammenarbeiten – du, ich und die deutsche Polizei. Also – was ist? Soll ich meine Körbe einpacken und gehen? Oder willst du auch ein Hauptgericht …«

Meine inneren Wunden würden wohl nie vernarben, aber sie hatten nichts mit dem hier zu tun. Seine Darstellung ließ mich vielmehr fühlen, daß der, der ich einmal gewesen und vielleicht immer noch war, reifte und gesunde Muskeln bekam. Die empfindliche Pflanze Hassel stak noch im trockenen Boden und darbte, aber es war wichtig zu wissen, daß sie in einem anderen Teil des seelischen Gartens gedeihen und wachsen konnte.

»Was gibt es als Hauptgericht?« murmelte ich.

Hiller grinste zufrieden und hob den Deckel der Pfanne.

»Einen Vogel, Junge! Mit einer Soße, die Jungfrau Maria und ich gekocht haben und die sie so in Versuchung geführt hat, daß sie nicht widerstehen konnte. Kartoffeln mit Pilzen, Johannisbeergelee. Dazu trinken wir einen roten Wein, der ein roter Wein der ein roter Wein ist. Frei nach Gertrude Stein, falls bekannt. Das ist übrigens das einzige, wofür sie bekannt ist.«

Freigebig tat er mir auf, wir kosteten eine andere Flasche Wein, und die Geschmacksnerven meiner Zunge überschlugen sich vor Freude, weil der alte Rolle endlich zum Gourmet geworden zu sein schien. Erst dann reagierte ich auf sein Plädoyer, und die volle Gabel blieb in der Luft stehen:

»Die Stimme am Mobiltelefon? Woher weißt du, daß ich mit jemandem gesprochen habe?«

»Du hast es berichtet.«

»Was? Ich? Wann denn?«

»Du warst zwischendurch wach, und wir haben alles aus dir herausgeholt. Ich muß allerdings zugeben, daß du geantwortet hast, als befändest du dich achtzehn Meilen entfernt.«

Hatte ich wirklich Bericht erstattet? Mein Gehirn war wie leergefegt. Meinetwegen, dann mußte ich mein Gedächtnis nicht anstrengen, um mich an Sachen zu erinnern, die ich sowieso lieber vergessen wollte. Hiller spießte einen Pilz auf die Gabel und knabberte demonstrativ daran herum:

»Zum Beispiel sagtest du, daß du den mutmaßlichen Mörder ins Ohr gebissen hast. Wir fanden das Stück am Tatort; es liegt jetzt im Kühlfach. Das könnte ein wichtiger DNA-Beweis werden.«

Ich schauderte und verzog vor Ekel das Gesicht.

»Pfui Teufel, was hast du nur für einen morbiden Humor!«

»Mag sein. Außerdem fanden die Experten Hautpartikel unter deinen Fingernägeln. Nimm noch von den Kartoffeln und der Soße. Der Rotwein …«

»Danke, ich sehe die Ähnlichkeit von Blut und Rotwein.«

»Gut. Skål!«

Ich begriff, daß er mich zwang, den Tatsachen ins Auge zu blicken. Ich hatte gegen einen Mörder gekämpft; was dabei geschehen war, konnte man als unappetitlich, aber durchaus effektiv bezeichnen. Auch ein Pilot, der eine Bruchlandung gebaut hat, muß sich wieder aufrappeln, und ich beschloß, diese Erfahrung nicht einzukapseln wie so viele andere im Laufe der Jahre. Die für mich ungewohnte Menge Wein machte mich angenehm schläfrig, und ich hatte eigentlich Lust, über Hawaii, Sonnenstrände und Schwimmzüge in kristallklarem Wasser zu plaudern, aber dann siegte doch die polizeiliche Neugier.

»Wie war das mit den Pistolen und mit dem Mobiltelefon?«

»Die Pistolen wurden vor drei Jahren aus einem Militärlager gestohlen. Keine Fingerabdrücke. Der Vertrag über das Mobiltelefon wurde von einem gewissen Michael Kunzig am selben Tag abgeschlossen, an dem der Überfall stattfand; die Gespräche mit dem Mörder scheinen die ersten gewesen zu sein, die von diesem Apparat geführt wurden. Kunzig ist ein Wrack, das sich die Gehirnzellen weggesoffen hat; mit dem kann man alles machen. Er hat eine Bruchbude als feste Adresse, aber dort ist er nicht anzutreffen. Mehr Wein?«

»Frag nicht; wenn das Glas leer ist, schenk nach! Aber nur dieses eine Mal!«

»Du klingst so schwedisch, Rolle. Man darf sich nicht einfach wohlfühlen; man muß sich immer dafür entschuldigen. Den Ort Njutånger in Norrland, ins Deutsche übersetzt würde er wohl ›Genußreue‹ heißen, sollte zum schwedischen Nationalpark erklärt werden. Was die Fracht angeht, so werden die fünf Adressaten informiert; jeder soll seine Waren identifizieren. Nach der wilden Fahrt lag natürlich alles durcheinander.«

Was das für ein Vogel war, der da in der Soße schwamm, wußte ich nicht, doch ich war überzeugt, daß er im Garten Eden ausgebrütet worden war. Vielleicht sollte auch ich mich wie Hiller um einen höheren Posten bei Interpol bemühen? Bestand der Sinn des Lebens darin, sich in der Kantine des Polizeigebäudes mit Bratwurst und Pommes zu begnügen?

»Was machen wir jetzt?« fragte ich und ließ den samtigen Roten durch die Kehle rinnen.

»Wir werden die Sache morgen mit den Deutschen diskutieren. Aber ist dir die eine Replik des Mannes aufgefallen, der dich für den Mörder hielt?«

Ich versuchte mich zu erinnern, aber es dauerte lange, wunderbar lange, herrlich lange, so lange, wie die Trauben für einen edlen Wein reifen müssen.

»Bei mir klingelt nix. Kannst du mir auf die Sprünge helfen?«

»Ja, du teiltest ihm mit, die Opfer hätten Schwierigkeiten gemacht, bevor du sie hinrichten konntest. Er habe dann vermutet, die Schweden hätten sich wohl nicht freiwillig ergeben und dabei irgendwie zufrieden geklungen. Schließlich habe er wörtlich geäußert: ›So sind wir eben.‹ Wir? Wen meint er mit ›wir‹? Heißt das nicht, daß auch er Schwede ist? Vielleicht hat unser alter Bekannter Dicksson die Finger im Spiel?«

Ich versuchte das Pronomen auszusprechen, doch die Zungenspitze schlug einen Knoten. So tröstete ich mich mit einem

Schluck Rebensaft. So also fühlte man sich beim freien Flug. Hatte ich wirklich keine Flügel?

»Wir haben eine Adresse: Oranienburger Straße. Das ist ein interessantes Gebiet, das wir beide uns einmal näher ansehen sollten. Falls in der Gegend ein Schwede aufgetaucht ist, erhalten wir vielleicht einen Hinweis. Ich kenne ein paar Leute, die sich unter den Skandinaviern in Berlin gut auskennen.«

»Prima!« lobte ich. »Und jetzt rufe ich Rivena, äh, Virena an.«

Hiller lachte und ich kicherte, war mir dessen aber nicht bewußt.

»Warte lieber bis morgen, dann glaubt sie dir eher.«

»Aber ich will ihr einen Gutenachtkuß geben. Und auch Elin soll hundert Küßchen von Papa haben.«

Ich knutschte wild in die Luft, bis ich fast einen Krampf in den Lippen bekam.

»Du solltest die Heimatfront nicht unnötig beunruhigen. Schließlich glaubt Virena, daß du wie festgeklebt auf der Toilette hockst. Hier, gieß noch mal ein, wir wollen auf die guten Zeiten trinken.«

Das war ein ausgezeichneter Vorschlag, den ich sofort befolgte.

»Nun will ich sch-schlafen«, verkündete ich.

»Okay, ich helfe dir ins Bett.«

»Denkstu, das schaffich nich selber?«

»Natürlich schaffst du das, doch auch ein gutes Schiff braucht einen Steuermann.«

Was er damit meinte, begriff ich nicht, aber ich kicherte trotzdem darüber und klammerte mich an seinen Arm. Er wuchtete mich hoch und brachte mich auf den richtigen Kurs. Dafür lobte ich ihn überschwenglich, wenn auch lallend.

Wie schön es war zu fliegen …

Ziemlich früh am nächsten Morgen rief ich zu Hause an, und es war meine kleine Elin, die den Hörer abnahm. Sie hatte zum Schuljahresende noch wichtige Vorbereitungen zu treffen, und ich war sicher, daß sie, das Licht der Klasse, der Stern der Schule, die Sonne des Lehrerkollegiums, die Welt in Erstaunen versetzen würde. Sollte ich vielleicht mit einem Plakat zum Abschlußfest gehen: »Hier steht der stolze Vater von Elin«? Falls es gewünscht werden würde, könnte ich auch Autogramme verteilen.

Virena erkundigte sich nach meinem Magen, und ich erklärte, daß man den Virus bald in den Griff bekommen würde. Sie bekam Adresse und Telefonnummer der Klinik, die Hiller vorausschauend auf einem Zettel notiert und auf meinen kleinen Tisch gelegt hatte.

»Gestern sah ich in den Nachrichten einen Bericht über einen schrecklichen Vorfall mit einem schwedischen Fernlaster in Berlin«, sagte sie. »Ein Mann wurde erschossen; der Mörder entkam. Der Beifahrer soll verletzt sein.«

»Ich weiß. Hiller hat mir davon erzählt, und wir beschäftigen uns mit der Identifizierung. Ich muß mir tausende Bilder ansehen.«

»Aber du bist nicht verletzt?«

»Ich? Ich fühle mich so wohl, wie es mit einem verdorbenen Magen eben möglich ist.«

»Gut. Ich fürchtete schon, du wärest in das Geschehen verwickelt gewesen.«

Mein kleines Lachen klang so nachsichtig, daß es mich beinahe selbst überzeugte.

»Danke, ich halte mich bei solchen Dingen lieber heraus. Aber ich sah einen Mann auf der Fähre, der mit dem Fall zu tun haben könnte. Also muß ich mir jetzt die Visagen anschauen.«

Ich nahm an, daß sie meinen blauen Augen glaubte, auch wenn sie sie nicht sehen konnte, und wir plauderten noch eine Weile über Belangloses. Die Schwester kam mit dem Frühstück herein, und ich konnte mich nicht beklagen. Ich hatte keinen Kater, und eigentlich tat mir auch nichts mehr weh. Ich hatte meine Frau belogen und fühlte mich prächtig. In dem Badezimmer nebenan fand ich Rasierzeug, Zahnbürste, ein Duschbad und eine wohlriechende Creme. Noch sah ich aus, als wäre ich gerade gesteinigt worden, aber das würde sich gleich ändern, und außerdem gelten manche Blessuren bei einem Mann in gewissen Kreisen als chic.

Hiller kam mit einer Tüte Kleider, und alles paßte perfekt, denn man hatte an meinen Fernfahrerklamotten Maß genommen. Ein Anzug in anonymem Grau paßt immer zu einem Polizisten, der nicht auffallen will.

»Unten steht ein Wagen für uns«, sagte Hiller. »Die deutsche Polizei erwartet uns mit offenen Armen.«

»Ist es weit von hier? Können wir nicht lieber zu Fuß gehen?«

»Wirst du durchhalten? Wir haben bestimmt eine Dreiviertelstunde zu laufen.«

»Meinetwegen auch drei Stunden.«

»Okay. Dann kannst du dich gleich an die berühmte Berliner Luft gewöhnen, die leider nicht so ganz frisch ist.«

Vor der Klinik, die in einer ruhigen Seitenstraße lag, wartete der Wagen. Hiller ging hin und teilte dem Fahrer mit, daß es der Wikinger vorziehe, zu Fuß zu gehen. Wir kamen in eine größere Straße, und die Berliner Luft atmete sich einwandfrei. Der Frühling lag in voller Pracht über der Stadt und machte bereits Anstalten, sich vom Sommer ablösen zu lassen; die Bäume wiesen durch ihr intensives, frisches Grün ihre Existenzberechtigung nach. Es war kurz nach zehn Uhr, und es machte Spaß, im Spazierschritt zu flanieren, während andere in normaler Großstadtmanier durch die Straßen hetzten – zu ihrem Job oder von dort nach Hause, um einzukaufen oder zu einem wichtigen Treffen, in eigenen Angelegenheiten oder im Auftrag des Chefs, weil sie eingeladen waren, das Glück suchten oder dem Wind nachjagten.

»Die Berliner Polizei besteht aus etwa dreißigtausend Personen«, erzählte Hiller, und ich pfiff überrascht.

»Das sind ja ungefähr doppelt so viele wie in ganz Schweden!«

»Ja, aber vergiß nicht, daß Ost und West vereinigt wurden. Vieles gibt es doppelt, weil Berlin vor wenigen Jahren aus zwei

Städten mit jeweils kompletter Administration bestand. Und ein deutscher Beamter kann nicht entlassen werden.«

»So war es früher auch in Schweden«, erinnerte ich mich. »Der Staatsdienst war sicher, wenn auch schlecht bezahlt; wer nichts riskieren wollte, wurde Obergefreiter oder Briefträger. Schlecht bezahlt wird heute immer noch, aber die Sicherheit ist dahin, und die armen Briefträger, die noch übrig sind, rennen sich die Hacken ab.«

Das Schicksal der schwedischen Staatsdiener schien Hiller nicht zu interessieren, denn er fuhr fort:

»Die Stadt ist in sieben Polizeidistrikte eingeteilt; sie werden Direktionen genannt. Jede hat ungefähr dieselbe Anzahl Menschen; die Flächen sind natürlich unterschiedlich. Auch wenn Eivar Janzén den ersten Schuß schon zeitiger abbekam – entscheidend ist, wo das Fahrzeug zum Stehen kam und er gestorben ist. Also wurde der Mord von der Direktion 5 registriert, die Neukölln-Kreuzberg umfaßt.«

»Sagt mir gar nichts, aber ich glaube dir trotzdem.«

»Geht es dir gut?«

»Was soll die Frage? Warum sollte es mir nicht gut gehen?«

»Du klingst so aufgekratzt.«

»Dann bin ich eben aufgekratzt, aber nicht mechanisch. Hier in Berlin herumzulaufen und Benzin und warmen Wind einzuatmen, ist für mich wie Urlaub.«

»Du bist vermutlich durchgedreht, aber sei es drum.«

Ein bißchen verrückt war ich sicher, aber es war eine Art jugendlicher Verrücktheit, die mir guttat. In meinem wunden, schmerzenden Körper zuckte die Lebenslust, die Welt lag mir zu Füßen, es gab keine Hindernisse, ich fühlte und dachte, meine Glieder gehorchten und meine Zellen gärten. Vermutlich reagierte ich damit auf die Tatsache, daß ich vor kurzem dem Tode sehr nahe gewesen war.

»Die Direktionen wiederum sind in verschiedene Abschnitte eingeteilt; jeder ist für sein geographisches Gebiet verantwortlich. Die Direktion 5 hat sechs Abschnitte; es war also Abschnitt sechsundfünfzig, der das Glück hatte, dich auf den Hals zu bekommen.«

»Ich schicke eine Torte.«

Er nickte und schüttelte gleichzeitig den Kopf.

»Aber das geht uns nicht viel an, obwohl ich dachte, daß du dich als Berufspolizist auch für die Organisation interessieren würdest.«

»Ach, das ist doch bestimmt wie zu Hause. Eine Organisation wird aufgebaut, das kostet Millionen, und eine Woche später wird sie wieder abgeschafft, um Geld zu sparen.«

»Da es um Mord geht, ist die Kripo zuständig. Sie hat sechs sogenannte Landeskriminalämter. LKA 4 beschäftigt sich mit Delikten am Menschen. Es gibt immer eine Gruppe mit einem Kommissar als Chef, die bereit ist, bei Mord sofort auszurücken; automatisch geht dann die nächste Gruppe in Bereitschaft und so weiter. Egal wie viele Fälle gemeldet werden, die Zuständigkeit ist immer geklärt.«

Zwei Männer trugen einen großen Spiegel mit vergoldetem Rahmen über den Bürgersteig; ich konnte darin den Verkehr schräg hinter mir sehen. Dieser dunkelblaue Rover ... Hatte ich den nicht schon vor der Klinik gesehen? Er hatte mich interessiert, weil ich einmal nahe daran gewesen war, meinen Opel zu verkaufen und mir einen Rover anzuschaffen.

»Wir haben Glück«, stellte Hiller mit zufriedener Miene fest.

»Glück?«

Der Rover hielt sich in der zweiten Spur und folgte uns die ganze Zeit im selben Abstand.

»Ja, als der Mord an Janzén gemeldet wurde, war Kommissarin Ilona Scholtz mit ihrer Gruppe im Dienst, und sie hat den Fall übernommen.«

Es war schwer festzustellen, wer den Wagen fuhr, denn er hatte getönte Scheiben. So konnte ich auch nicht erkennen, ob jemand auf dem Rücksitz saß.

»Ach ja?«

»Ilona ist eine sehr kompetente Polizistin; außerdem ist sie nett und sieht gut aus. Das hat natürlich keine Bedeutung für ihre beruflichen Fähigkeiten, und man dürfte solche Gedanken wohl auch in Deutschland nicht laut äußern; die Frauenbewegung hört immer mit. Aber dennoch – das Auge sieht, was das Auge sieht.«

Die beiden Männer mit dem Spiegel hatten wir längst hinter uns gelassen, aber ich beobachtete den Rover nach wie vor, indem ich mich an den schwachen Reflexen im Glas verschiedener Schaufenster orientierte. Auf der Seite des Bürgersteigs wurde die Scheibe heruntergelassen. Ein Kopf mit dunkler Maske tauchte auf, Metall glänzte.

Hiller reagierte nicht, doch auf ihn hatte es der Mörder auch nicht abgesehen!

10.

Ich warf mich blitzschnell zu Boden, und unmittelbar darauf hörte ich den leisen Schuß aus einer Pistole mit Schalldämpfer. Eine Frau begann wie am Spieß zu schreien und hörte nicht wieder auf.

Der Wagen hatte aus taktischen Gründen ein gutes Stück hinter einem Audi gehalten; die anderen Spuren der Fahrbahn waren ziemlich leer gewesen. Doch jetzt mußte der Fahrer die Kontrolle über das Lenkrad verloren haben, denn der Rover rammte den Audi. Gleichzeitig schaltete die nahe Ampel auf grün, und Autos überschwemmten die Straße, als wäre ein Damm gebrochen.

Der Mann mit der Pistole stieg auf der Straßenseite aus dem Rover und rannte im Zickzack zwischen den Fahrzeugen hindurch. Die Waffe hatte er in die Tasche gesteckt und die Maske abgenommen; da die Schüsse nicht zu hören gewesen waren, begriff niemand den Zusammenhang. Als ich wieder auf den Beinen war, sah ich ihn in einer Gasse verschwinden.

»Den übernehme ich!« schrie ich und sprintete auf die Fahrbahn.

»Bist du verrückt?« rief mir Hiller nach. »Er ist bewaffnet und du nicht.«

Natürlich hatte er recht; es hatte keinen Sinn, das Leben noch einmal zu riskieren. Da ich gesehen hatte, daß ein Ohr des Flüchtenden verbunden war, stand für mich fest, daß es der Mann gewesen war, mit dem ich in der Fahrerkabine des Lastwagens gekämpft hatte. Er hatte sicher eine ganz persönliche Rechnung mit mir zu begleichen.

»Schnappen wir uns den Fahrer!« entschied Hiller. »Du von der einen, ich von der anderen Seite.«

Ich übernahm die Straßenseite, er näherte sich dem Rover auf dem Bürgersteig. Gleichzeitig rissen wir die Türen auf. Am Lenkrad saß ein älterer Mann und starrte vor sich hin. Sein Kinn zitterte; Speichel lief ihm aus dem Mundwinkel. Ich schüttelte ihn, doch er war nur physisch anwesend. Hiller beugte sich zu ihm hinein, studierte seinen Blick und seufzte:

»Alkohol oder Drogen oder beides. Paß auf ihn auf; ich spreche mit der Frau und rufe die Polizei.«

Ich setzte mich neben die sabbernde, hilflose Person und nahm die Autoschlüssel an mich. Hiller versuchte, die Frau zu beruhigen, indem er ihr klarmachte, daß sie nur eine Fleischwunde davongetragen hatte, doch sie schrie wohl mehr vor Schreck, auf offener Straße beschossen worden zu sein. Über sein Mobiltelefon benachrichtigte er die Polizei, und diesmal dauerte es nur einige Minuten, bis Fahrzeuge mit Blaulicht zur Stelle waren. Nach einer kurzen Besprechung nahmen bewaffnete Beamte die Jagd nach dem Mann auf, obwohl wir nicht überzeugt waren, daß sie Erfolg haben würden – eine Ratte kennt viele Löcher, um darin zu verschwinden.

»Wir brechen unseren Spaziergang ab und nehmen lieber einen Wagen«, schlug Hiller vor.

Ich hatte nichts dagegen einzuwenden. Es reichte mir, einmal am Tag beschossen zu werden; außerdem war der neue

Anzug schmutzig geworden. Als ich mir den Staub von der Jacke wischte, kam die verspätete Reaktion. Plötzlich wurde mir heiß; Todesangst stieg in mir auf und trieb mir den Schweiß aus allen Poren. Ich tastete nach dem Autodach, beugte mich vor und kotzte auf die Straße. Einige Passanten rümpften die Nase; wahrscheinlich hielten sie mich für einen von der Polizei aufgegriffenen Volltrunkenen. Wenn ich dazu in der Lage gewesen wäre, hätte ich ihnen klargemacht, daß es keine leichte Sache ist, dem Tod unmittelbar gegenüberzustehen. In meiner Phantasie sah ich die Waffe, hörte den dumpfen Knall aus dem Schalldämpfer, spürte die Kugel in meine Stirn eindringen – im Bruchteil einer Sekunde existierte ich nicht mehr. Meine Nerven krochen wie gereizte Schlangen über meinen Körper, im Magen herrschte Chaos und im Gehirn Verwirrung.

Der Tod ist abstrakt; man kann über ihn am Kaffeetisch plaudern wie über jedes andere Thema. Aber wenn man ihm direkt ins Auge schaut und spürt, wie sein Atem einem die Eingeweide versengt, wird er konkret, und man weiß plötzlich, worum es geht. Und ich hatte mich ja gerade erst von der letzten Angst erholt …

»Du, Rolle …«

»Laß mich, Teufel noch mal, in Ruhe!« keuchte ich, bevor ich mich erneut erbrach.

Allmählich ließen die Krämpfe nach, und ich konnte wieder relativ frei atmen. Es war eklig und widerlich, vor nackter Angst auf eine deutsche Straße zu kotzen, aber der Tod ist ja ebenfalls eklig und widerlich, falls man nicht silberhaarig zwischen blütenweißen Laken liegt und die schluchzende Familie drumherum steht, auf die weisen letzten Worte wartend, während von einer CD der Kirchenchor von Leksand erklingt. Aber vielleicht wird es, nachdem man sanft entschlafen ist, genauso eklig und widerlich, wie wenn sich einem auf einer Berliner Straße der Magen umdreht. Was wußte ich schon, und auch die Theologen können nicht auf Berichte aus erster Hand zurückgreifen.

»Geht es besser?«

»Nein, kein verdammtes bißchen.«

»Aber du kommst klar?«

Ich zuckte die Schultern, holte tief Luft und beschloß klarzukommen.

»So kann ich niemandem gegenübertreten. Ich muß mir wenigstens den Mund ausspülen.«

»Wir könnten schnell ein Bier trinken gehen.«

»Danke, aber das war kein gutes Rezept. Ich erinnere mich an vergangene Zeiten, als ich oft nach schalem Bier und Erbrochenem roch und glaubte, es würde niemand merken.«

Hiller wußte immer Rat. In der Nähe lag ein Hotel, und nach einem kurzen Gespräch mit dem Portier durften wir das Bad eines nicht belegten Zimmers benutzen. Ich duschte mir die eingetrocknete Angst vom Körper, putzte die Zähne und spülte mir ausgiebig den Mund. Im Spiegel sah ich einen Mann, der bestimmt nicht noch einmal zur Zielscheibe werden wollte; das sagte mir sein furchtsamer Blick.

Am alten, legendären Flughafen Tempelhof befinden sich viele zum Polizeipräsidium von Berlin gehörende Dienststellen, verteilt auf mehrere gewaltige Gebäude, die an einer Seite des Flugfeldes einen Halbkreis bilden. Hiller behauptete, es sei der größte zusammenhängende Bürokomplex Europas. Während wir einen scheinbar endlosen Gang entlangliefen, von dem zu beiden Seiten Türen abgingen, lobte Hiller die deutsche Polizei erneut als äußerst effektiv. Vielleicht wollte er den Eindruck mildern, in einem Roman von Kafka gelandet zu sein.

»Hier muß es sein. Konferenzraum LKA 212. Ach so, beinahe hätte ich es vergessen: Du bist immer noch Karl-Erik Tomasson.«

»Was? Darf ich nicht einmal Hassel heißen?«

»Für einige, bald, aber Tomasson ist mit Interpol liiert. Jetzt weiß die Lkw-Bande, daß du – besser gesagt, der Beifahrer – ein Polizeispitzel warst. Wenn sie nach einem Tomasson suchen, finden sie eine leere Wohnung in Sundbyberg, und sie können sich bestimmt Informationen über ihn kaufen.«

Er räusperte sich und warf mir einen hastigen, entschuldigenden Blick zu.

»Solange ihnen Hassel unbekannt ist, gibt es keine Gefahr für deine Familie.«

Das mußte ich erst verdauen, und er wartete mit dem Anklopfen, bis ich meinen Kommentar abgegeben hatte. Gefahr für Virena und Elin? Das war ein schlimmer Aspekt, den ich noch nicht bedacht hatte.

»Was ist mit der Klinik?«

»Du wirst nicht dorthin zurückkehren, aber dein Platz bleibt belegt. Ein Mann, der dir ähnlich sieht, wird in unregelmäßigen Abständen ein- und ausgehen und vom Personal Karl-Erik Tomasson genannt werden.«

»Wo soll ich dann wohnen? Auf der Straße?«

»Das erfährst du später. Jetzt gehen wir erst einmal hinein.«

In dem Zimmer befanden sich nur zwei Personen. Nach den Papierstapeln auf dem länglichen Tisch zu urteilen, hatten sie eine ganze Menge zu tun. Kommissarin Ilona Scholtz war ein paar Jahre über Fünfunddreißig und strahlte Ruhe und Verläßlichkeit aus. Sie war eine Frau, die wußte, was sie tat und was getan werden mußte; das verlieh ihr eine unangestrengte Autorität. Sie bat sofort darum, Ilona genannt zu werden, und ich mußte mich wieder mit Karl-Erik anreden lassen.

Der andere war Kriminaloberkommissar Hartmut Heyden vom LKA 1, der Chef im Kampf gegen das internationale Verbrechen in Berlin. Ich schätzte ihn auf Mitte Fünfzig. Er sah nicht aus wie ein Stubenhocker; die gesunde Farbe seines gebräunten Gesichtes kontrastierte mit den zurückgekämmten grauweißen Haaren und dem kurzärmligen weißen Hemd, dessen Kragen offenstand. Er verfügte über jenes kameradschaftliche, gute Lächeln, das wir Polizisten gern als grenzüberschreitende vertrauensbildende Maßnahme einsetzen. Ich trat hier als ein Kollege aus dem aktiven Kader von Interpol auf und vermutete, daß sich Hiller mit Vergnügen als mein Chef vorgestellt hatte. Sogar ich durfte Hartmut zu Kriminaloberkommissar Heyden sagen. Hiller kannte beide, und das wunderte mich nicht; er kannte jedes und jeden. Im nächsten Leben würde er sicher Ratschläge erteilen, wie man die Schwefelkessel in der Hölle besser beheizen könnte.

Ilona und Hartmut hatten bereits erfahren, was uns unterwegs passiert war. Schon vorher hatten sie alle verfügbaren Informationen über Hermann Kunzig herausgesucht, einen Mann, der für Geld alles tat. Was er bekam, setzte er sofort in Rauschmittel um.

»Er ist noch nicht ansprechbar, wahrscheinlich vollgepumpt mit Heroin«, sagte Ilona. »Daß er überhaupt noch Auto fahren konnte, war ein Wunder. Einen Führerschein hat er übrigens nie besessen.«

»Auf mich wirkt das amateurhaft«, meinte Hiller. »Wenn man einen Typen anheuert, der halb weggetreten ist, kann man nicht erwarten, daß der Job ordentlich erledigt wird.«

»Es kann umgekehrt sein«, wandte ich ein. »Manche – nicht viele, aber ich habe einige getroffen – fahren auch unter Drogen perfekt; das haben sie im Rückenmark. Vielleicht kann man es auch als besonders professionell bewerten, so einen zu verwenden, denn er kann sich an nichts erinnern.«

Ilona und Hartmut nickten, und auch Hiller signalisierte, daß er schon mit Drogenwracks zu tun gehabt hatte, die wie Zombies funktionierten.

»Wo fangen wir an?« fragte ich, und Hiller sah ein wenig mißbilligend aus. Schließlich war er der Chef und ich nur der Angestellte, aber bei der Kripo in Stockholm hätte ihm jeder bestätigen können, daß man mit Roland Hassel als Untergebenem den Teufel im Boot hatte.

»Der ermordete Eivar Janzén gehörte zu einer internationalen Bande, die, nach seiner Angst zu urteilen, zur schlimmsten Sorte zu gehören scheint.«

»Dieser internationale Aspekt kommt später«, sagte Hartmut.

»Zunächst einmal handelt es sich um Mord. Nach dem Wiener Abkommen haben wir zuerst eine Mitteilung an die schwedischen Behörden gegeben, damit die Angehörigen benachrichtigt werden können. Der Leichnam wird natürlich nach Schweden überführt. Beschäftigen wir uns also mit dem Verbrechen, das an ihm begangen wurde.«

»Das eine gehört wohl mit dem anderen zusammen«, unterbrach ich ihn. »Der Mord hat ganz sicher mit seiner Arbeit für die Bande zu tun.«

»Wir werden sehen.«

Carl Hiller sagte ein wenig verträumt:

»Manchmal wird einem auch etwas angeboten. Schlimmstenfalls Kaffee, aber lieber ein Glas Sherry oder so.«

Ilona und Hartmut schauten sich an, als hätte jemand von ihnen verlangt, den Mond vom Himmel zu holen.

»Berlin steht am Rande des Konkurses«, erklärte Hartmut dann düster. »Alle kommunalen und staatlichen Einrichtungen haben strenge Sparvorgaben, dürfen keinen Pfennig ausgeben. Niemand wird befördert, auch wenn das Dienstalter erreicht und der entsprechende Posten frei ist – denn Beförderung heißt Erhöhung der Bezüge, und dafür ist keine Mark im Budget vorgesehen. Sherry? Vergiß es!«

Ilona hielt einen Bleistiftstummel hoch.

»Wir haben ein Riesenlager an Bleistiften, die müssen einmal extrem billig in China eingekauft worden sein. Wenn ein Stift so kurz ist wie dieser hier, stecken wir ihn in eine Hülse und schreiben damit weiter, bis nichts mehr von ihm übrig ist.«

»Kaffee? Nicht in diesen Zeiten«, bekräftigte Hartmut.

»Wir beten jeden Morgen, daß keine unserer Büromaschinen kaputtgeht«, fuhr Ilona fort. »Unsere Abteilung hat ein einziges Faxgerät, das so alt ist, daß es eigentlich schon pensioniert sein müßte. Doch ich bin überzeugt, daß es noch hier sein wird, wenn ich längst meinen Ruhestand genieße.«

Es klang genauso wie bei unseren Polizeichefs zu Hause, aber wir haben es uns ja selber eingebrockt. Die wirtschaftlichen

Probleme Deutschlands dagegen haben auch etwas mit dem Zusammenbruch der DDR und der Vereinigung mit der Bundesrepublik zu tun. Es erwies sich als furchtbar kostspielig, die ostdeutsche Kultur und Wirtschaft der westdeutschen anzupassen. Die ostdeutschen Unternehmen waren der freien Konkurrenz nicht gewachsen und machten Pleite; eine gewaltige Arbeitslosigkeit entstand, die natürlich finanziert werden mußte. Die früheren DDR-Bürger wollten ja die westdeutsche Überflußgesellschaft; sie hatten es satt, jahrelang auf ein seltsames Fahrzeug namens Trabant zu warten – sie forderten richtige Autos.

Als der ostdeutsche Markt mit sechzehn Millionen möglichen Konsumenten geöffnet wurde, war es wie Weihnachten für alle Händler von Waren mit der Qualität, wie der Wettbewerb sie schafft. Außer Autos strömten Waschmaschinen, Herde, Mikrowellen und Stereoanlagen aller Art von West nach Ost, doch nach wenigen Jahren war der Markt gesättigt; es gab nicht mehr viel zu holen. Die besondere Vereinigungssteuer, »Solidarzuschlag« genannt, wird von allen Bundesbürgern gezahlt und nicht nur von den früheren Westdeutschen. Die Ostdeutschen haben ihre Freiheit bekommen, doch der Preis ist hoch gewesen.

»Deine Täterbeschreibung hat uns leider nicht weitergebracht, obwohl du viele Details geliefert hast«, sagte Hartmut.

»Habe ich den Mörder beschrieben?«

»Ja, sicher. Erinnerst du dich nicht?«

Ich schüttelte den Kopf, aber dabei fielen auch keine Erinnerungsstückchen heraus. Hiller kommentierte mild:

»Die Stimme war wach, doch das Gehirn schlief. Du hast gehorcht wie ein Pawlowscher Hund.«

»Du sagtest, er habe in einer Sprache telefoniert, die du nicht identifizieren konntest«, fuhr Hartmut fort. »Ich habe hier ein Band mit Texten in verschiedenen Sprachen. Hör es dir an; vielleicht erkennst du ein paar Worte.«

Er schaltete ein kleines Kassettengerät ein. Ich schloß die

Augen und konzentrierte mich auf die Nuancen der Sprachen. Verschiedene Männerstimmen trugen offenbar literarische Texte vor, und sie klangen wie Amateurschauspieler. Die ersten sechs Abschnitte sagten mir nichts. Der siebente ließ mich unsicher werden. Klangen da nicht ein paar Worte, als hätte ich sie schon einmal gehört?

»Dieses Stück bitte noch einmal. Kannst du das Band etwas schneller laufen lassen? Der Mörder sprach bedeutend schneller als dieser Mann.«

Die Stimme wurde dadurch etwas heller, und ich legte die Hände hinter die Ohren, um ja nichts zu verpassen. Die Ohren … das Ohr … hatte er nicht etwas in der fremden Sprache geschrien … eine Serie von Flüchen vielleicht …

»Das ist die richtige Sprache«, erklärte ich.

»Ganz sicher?«

»Ja, soweit nicht andere, verwandte Sprachen dieselben Wortstämme haben.«

Hartmut schaute auf eine Liste und pfiff leise.

»Rumänisch! Die Rumänen gehören zu den härtesten Gruppen, die wir haben. Kommt morgen nachmittag in mein Büro, dann gehen wir die Kartei bekannter rumänischer Verbrecher durch. Gut, Tomasson!«

Ich wollte gerade sagen, daß Hassel noch viel besser sei, behielt es aber für mich, um den Hausfrieden bei Interpol nicht zu gefährden.

»Wenn wir sein Bild in der Kartei finden, spielen wir ein bißchen am Computer, um herauszufinden, mit wem der Betreffende Umgang pflegt. Wenn wir Glück haben, sind ein Schwede und einer mit dem Vornamen Klaus darunter. Für heute kommen wir nicht weiter. Also, bis morgen um drei, falls es den Herren recht ist.«

»Könnte ich die Zeichnung einmal sehen, die ihr nach meinen Angaben gemacht habt?«

Er suchte in einem Stapel Papier und reichte mir ein Blatt mit einem professionell gezeichneten Gesicht. Ich starrte wie hypnotisiert auf den Mann. Dann stieg es aus dem Magen auf, ließ das Herz schneller schlagen, wirbelte die Kehle herauf und brach durch die Zähne – ein so gigantisches Lachen, wie ich es seit meinen Flegeljahren nicht mehr erlebt hatte; ich konnte mich einfach nicht beherrschen. Mir blieb fast die Luft weg, und aus dem Augenwinkel beobachtete ich Hillers bekümmerte Miene: War Hassel-Tomasson plötzlich verrückt geworden? Als ich wieder reden konnte, keuchte ich:

»Das Ge-gehirn schlief nicht nur, es schnarchte sogar laut. Der da auf dem Bild – das ist mein bester Freund, Kommissar Simon Palm aus Stockholm!«

Wieder wurde ich von einem Lachanfall geschüttelt, während Hiller das Bild betrachtete und schuldbewußt zugab:

»Ja, tatsächlich, das ist Simon. Hätte mir eigentlich auffallen müssen.«

»Drück einen deutschen Polizeistempel auf das Papier und schreib, daß nach diesem Superschurken gesucht wird«, bat ich. »Ich will ihm das Bild schenken.«

Erneut wurde ich von einem Paroxysmus geschüttelt. Es war wie in der Schule – man mußte immer gerade lachen, wenn es verboten war, und dann platzte man laut heraus. Doch nach einer Weile hatte ich mich gefangen und fand zu meiner erwachsenen Würde zurück.

»Zwei Sachen, bevor wir uns trennen. Als wir uns auf dem Parkplatz prügelten, war die Scheibe heruntergelassen. Der Kerl schoß mehrmals, doch ich hörte auch einen Schuß, der anders klang – als hätte jemand von außen in die Fahrerkabine gefeuert. Dieser jemand, vielleicht waren es auch mehrere, folgte dem Scania auf seiner Schleuderfahrt durch die Stadt, doch als wir schließlich gegen die Litfaßsäule krachten, sammelten sich so viele Leute, daß dieser jemand es nicht wagte einzugreifen. Er folgte dem Wagen, der mich in die Klinik brachte. Danach muß er das Gebäude Tag und Nacht beobachtet haben. Als ich mit Hiller herauskam, wurden wir beschattet. Ob es bereits der Mörder selbst war oder ob er erst über Mobiltelefon benachrichtigt wurde, wissen wir nicht; fest steht aber, daß er erneut versucht hat, mich umzubringen.«

Hartmut machte sich Notizen, und ich fuhr fort:

»Die Bande scheint gut organisiert zu sein und über eine Menge Leute zu verfügen. Vielleicht hat man mich auch hierher verfolgt. Gibt es eine Möglichkeit, das Haus ungesehen zu verlassen?«

»Selbstverständlich. Wir gehen runter in die Garage. Hier ist meine Karte mit der Adresse vom LKA 1.«

Wir verabschiedeten uns von der Kommissarin Ilona Scholtz, ich mit einem freundschaftlichen Handschlag, Hiller mit einem eleganten Handkuß, den er wohl bei einem französischen Schauspieler aus der Schwarzweißfilmära abgeguckt hatte. Bei mir hätte eine solche Geste sicher wie aus einem Charlie-Chaplin-Film ausgesehen. Ilona sah nicht unzufrieden aus.

»Wir können uns vielleicht woanders auf ein Glas Sherry treffen«, gurrte Hiller.

»Wer weiß, was so eine Ermittlung mit sich bringt«, parierte sie lächelnd.

»Natürlich auf Kosten von Interpol. Fällt unter repräsentative Ausgaben.«

Ihr Lächeln wurde noch breiter, und es war offenbar, daß es für sie ein Leben außerhalb des Polizeipräsidiums gab. Hartmut führte uns durch einige weitere endlose Gänge zu einem Fahrstuhl, der uns in eine riesige Tiefgarage brachte. Vor einem schwarzen Mercedes blieb er stehen; der Wagen wirkte nobel und gepflegt, obwohl er schon ein paar Jährchen auf dem Buckel hatte.

»Legt euch auf den Rücksitz und deckt euch zu.«

Hiller und ich krochen hinein und verschwanden unter einer karierten Decke. Hartmut startete, und bald hörten wir an den Verkehrsgeräuschen, daß wir das Gebäude verlassen hatten.

»Wo wollt ihr hin?« erkundigte sich Hartmut.

»Zum Kurfürstendamm, ich will Karl-Erik Berlin zeigen.«

»Gern. Übrigens, ihr könnt jetzt wieder auftauchen.«

Es herrschte immer noch strahlendes Wetter; der Verkehr war dicht, floß aber komplikationslos dahin. Viele Leute gingen spazieren und genossen die frische Luft. Selbst vom Autofenster aus wirkte die Stadt seltsam vertraut, obwohl ich noch nie dagewesen war. Die Häuser und die Straßen gehörten mir; die Menschen betrachtete ich als meine Brüder und Schwestern; es waren gewöhnliche, normale Deutsche, die mit und in ihrem Alltag lebten, mit Problemen und Glücksmomenten, und immer noch für die Untaten früherer Generationen einstehen mußten. Aber Hitler war seit über einem halben Jahrhundert tot; er und sein Anhang mochten in einem Frieden ruhen, den sie nicht verdienten – dem Frieden, der sich einstellt, wenn sich keiner mehr um einen kümmert.

»Kann ich euch am Aquarium absetzen?«

»Paßt ausgezeichnet.«

Das Aquarium war ein längliches, komisch gestaltetes Gebäude mit Reliefs verschiedener Kriechtiere und Reptilien. Hier hatte unser erschossener Staatsminister ein Denkmal erhalten; an einer Straßenlaterne hing ein Schild mit der Aufschrift »Olof-Palme-Platz«.

»Willst du dir seltene Fische ansehen?«

»Mein Lieblingsfisch heißt Zander, und den sehe ich am liebsten auf dem Teller.«

»Hier gibt es einen Dschungelraum mit Krokodilen.«

»Iiih!«

Ich konnte es mir genau vorstellen: Zuerst trat man in einen abgegrenzten Raum mit Luftschleusen, dann folgte der eigentliche Dschungel mit der charakteristischen, dumpfen, feuchten, schweren, schweißtreibenden Hitze. Schon der Gedanke führte mich zurück nach Nigeria, und dort wollte ich nie mehr sein. Wir kamen an dem pagodenähnlichen Eingang zum Zoologischen Garten vorbei, der von kleineren, grün gedeckten Pagoden flankiert wurde. Hillers Vorschlag, den berühmten Zoo zu besuchen, lehnte ich ab. Sicher war es der beste Zoo der Welt, aber ich war nicht in der Stimmung für exotische Tiere; Elefanten fand ich langweilig, Kamele ließen mich kalt, und einen Affen konnte ich sehen, wenn ich in den Spiegel schaute.

»Ist das hier der Kurfürstendamm?«

»Kudamm sagen wir Berliner zu unserer Prachtstraße. Hier kannst du alle guten Dinge dieser Welt kaufen. Die Straße ist ziemlich lang, aber für einen Touristen wie Karl-Erik Tomasson sind nur ein paar Häuserzeilen interessant. Glotze und staune!«

Die Straße war breit; in der Mitte befand sich ein bewachsener Streifen, der frisches Grün zeigte. Sie begann an einem großen Platz, der von vielen Straßen gebildet wurde. Es wimmelte von Menschen. Straßenlokale, Luxushotels, Geschäfte und Kinos reihten sich aneinander; davor sangen, spielten und tanzten Straßenkünstler, boten Souvenierverkäufer ihre Waren an – man hatte das Gefühl, am Nabel der Welt zu sein. Eine zerbombte Kirche war als Ruine stehengeblieben; davor, nur wenige Meter entfernt, hatte man ein hypermodernes Gotteshaus mit hohem Glockenturm und einem einfachen Kreuz auf dem Dach gebaut. Die Außenwände glichen aufeinandergeschichteten Bienenwaben.

»Hier pulsiert das Leben rund um die Uhr«, informierte mich Hiller. »Du weißt, das Herz einer Stadt muß ständig schlagen. Hierher kommt man, um zu sehen und gesehen zu werden. Vor jeder Diskothek stehen die Leute die ganze Nacht Schlange. Soll ich dir einen richtig guten Tanzschuppen empfehlen?«

»Danke, nicht nötig. Wo werde ich wohnen?«

»Nicht hier, du sollst nicht in Versuchung geführt werden, an den Vergnügungen der anderen Jugendlichen teilzunehmen. Was du brauchst, ist absolute Ruhe. Aber erst wollen wir ins KaDeWe.«

Wir bogen in eine andere breite Straße mit exklusiven Boutiquen. Hiller erzählte mir, daß es sich beim KaDeWe um ein großes Warenhaus handelte, und ich seufzte vernehmlich. Ich machte mir zu Hause nichts aus Kaufhäusern und würde meine Einstellung hier sicher nicht ändern. Er nannte mich Miesepeter, und ich gab ihm recht, aber das erhöhte nicht die Anziehungskraft von Konsumtempeln auf meine Person.

Als wir das imposante Gebäude betraten, schienen sich meine Befürchtungen zu bestätigen. Unzählige Waren stapelten sich in den Regalen oder hingen in der riesigen Konfektionsabteilung an Kleiderbügeln, und nicht einmal das Vergnügen umherzuschlendern und dankbar zu sein, daß man all den Überfluß nicht brauchte, machte den Besuch sinnvoll. Hiller wollte unbedingt hinauf in die Lebensmittelabteilung, und wir nahmen den Lift.

Oh ja, nun verstand ich ihn! Hier gab es alles, was ein Magen nur begehren konnte, doch da ich weder ein großer Esser noch ein echter Gourmet war, wurde ich schon von dem Anblick und den Düften satt. Hiller schlug vor, in einer der vielen kleinen Restaurantnischen ein wenig zu schlemmen, und überließ mir die Qual der Wahl. Ich entschied mich für Schaltiere, und wir bekamen jeder einen lecker angerichteten Teller.

»Dazu trinken wir Sekt. Gar nicht so dumm. In Deutschland halten wir uns an die deutsche Weinkarte. Nur schlappe neun Mark für ein Glas.«

Obwohl es ein normaler Wochentag war, gab es in den verschiedenen Restaurantabteilungen kaum freie Plätze, und fast alle Gäste schlürften Sekt. Mit Hiller konnte man wahrlich kontinentale Gewohnheiten annehmen.

»Der Kudamm bekommt allmählich Probleme«, sagte Hiller und labte seinen Gaumen mit einem Stück Hummer. »Alle Touristen sind schon ein- oder zweimal hier gewesen; jetzt wollen sie etwas Neues sehen. Das ehemalige Ostberlin ist heute viel spannender; besonders der Alexanderplatz und die Gegend drumherum. Dort passiert ständig etwas. Hier dagegen sind schon einige Geschäfte weggezogen; die Inhaber wollen und können die hohen Gewerbemieten nicht mehr bezahlen. Wir trinken noch ein Gläschen, oder?«

»Nein. Das Nein gilt natürlich nur für mich.«

»Okay, aber behalte einen Rest in deinem Glas, damit ich nicht allein trinken muß. Ein Glas Sekt, bitte! So, und anschließend werde ich mir noch ein paar Delikatessen zum Mitnehmen kaufen.«

»Wie kannst du auf so großem Fuß leben? Hat Interpol eine Gelddruckerei?«

»Natürlich nicht, aber ich habe nichts gegen Bestechungsgelder.«

»Wo werde ich wohnen? Oder ist das immer noch ein Staatsgeheimnis?«

»Sekt kühlt gut in der Hitze. In Hönow.«

»Sagt mir nichts.«

»Warum fragst du dann? Guck nicht so, das war ein Scherz. Also, du wohnst in Hönow, weil auch ich in Hönow wohne.«

»Soll ich etwa deinen Untermieter spielen? Dazu habe ich absolut keine Lust.«

Hiller zuckte zusammen, als hätte ich ihm vorgeschlagen, ein Zweimannzelt im Wald mit mir zu teilen.

»Oh nein, ich habe meine nächtlichen Angewohnheiten und du deine. Mit fremden Menschen im Haus fühlt man sich nicht frei. Natürlich wohnst du in einem Hotel – es heißt ›Andersen‹ und liegt mitten im Zentrum unserer kleinen Gemeinde. Alles, was du brauchst, findest du auf dem Zimmer. Es ist für Karl-Erik Tomasson gebucht. Aber heute abend essen wir bei mir und reden über wichtige Dinge.«

Ich hatte mich in eine Ecke gesetzt, von der aus ich das Lokal überblicken konnte. Ab und zu ließ ich reflexartig meinen Blick schweifen. Hiller hatte sicher recht, wenn er meinte, man fühle sich unfrei mit einem Gast im Haus, aber noch viel unfreier ist man, wenn man einen Mörder auf den Fersen hat. Ständig sieht man verdächtige Typen hinter Ecken lauern, jede unerwartete Bewegung wird zu einer Bedrohung, die Unruhe läßt niemals nach, und man wird das Opfer von Vorstellungen, die reell sind und keine Zwangsvorstellungen. Berlin hat gut dreieinhalb Millionen Einwohner, so daß die Wahrscheinlichkeit, mich in diesem gewaltigen Topf voll kochender Suppe zu finden, relativ gering war. Doch auch wenn das Risiko eins zu hundert stand, es war vorhanden. Ein Schuß in den Rücken, ein Messer zwischen die Rippen – der Mörder hatte alle Möglichkeiten; er war der Jäger, ich das Wild.

»Du siehst nachdenklich aus. Kann ich dir irgendwie helfen?«

»Ich denke an Eivar Janzén und seine Reaktionen. Für mich paßt das nicht zusammen.«

»Was paßt nicht zusammen? Erzähle, ich höre dir zu; du pflegst ziemlich klar zu denken.«

»Der Raub von ganzen Fernlastzügen ist sicher lukrativ; wer da mitmischt, darf nicht zartbesaitet sein. Andererseits ist die Branche nicht härter als andere; man macht seinen Job, bekommt sein Geld, und damit ist die Sache erledigt. Kleinere Aufträge, zum Beispiel, etwas zu transportieren, werden wahrscheinlich nicht so gut bezahlt, aber auch solche Aufgaben sind wichtig, und man braucht zuverlässige Leute. Wenn man jedoch einen Menschen so einschüchtert, daß er vor Angst fast den Verstand verliert – wird er dann nicht eher unzuverlässig?«

Hiller nickte gedankenverloren und spitzte die fülligen Genießerlippen, als wollte er pfeifen.

»Mach weiter«, murmelte er.

»Janzén war wie gelähmt vor Schreck, und das hatte etwas mit seinen Auftraggebern zu tun. Warum? Das ist doch nicht logisch. Und als er starb, flehte er um Vergebung, und ich nehme an, daß er sich dabei an eine höhere Macht gewendet hat. Welche Sünde konnte so schwer wiegen, daß er Gott um Vergebung bitten mußte, um ruhig sterben zu können? Ihm wurde nicht vergeben, und er nahm seine Angst mit in den Tod.«

»Was schließt du daraus?«

»Er muß etwas gesehen oder erfahren haben, das ihn in eine solche Panik versetzte. Oder man hat ihn gezwungen, an etwas teilzunehmen, das seinen Seelenfrieden nachhaltig störte. Diebstahl von Lkw-Ladungen – das ist doch nichts Besonderes, bestenfalls so prickelnd wie ein bewaffneter Raubüberfall. Verstehst du, das Verbrechen paßt nicht zu den Reaktionen.«

Wieder nickte Hiller und tupfte sich den Mund mit der Serviette ab. Das Joviale hatte er abgelegt; er sah ernst, ja beinahe bedrückt aus.

»Du hast sicher recht, Rolle. Ich befürchte, daß wir es mit Verbrechen zu tun haben, wie sie nicht in den schlimmsten Alpträumen vorkommen!«

11.

Sofort witterte ich eine Verschwörung und hörte, wie meine Stimme schrill und anklagend wurde:

»Hast du mich etwa wieder gelinkt?«

»Natürlich nicht!«

»Was heißt hier natürlich? Wußtest du von Anfang an, daß die Lkw-Diebstähle nur Teil eines umfassenderen Plans sind? Mußte ich in einer Komödie mitspielen, die du inszeniert hast, damit ich Infomationen über andere Verbrechen sammele?«

Beruhigend legte Hiller seine Hand auf meine, und die melodische Stimme klang noch sanfter als sonst:

»Rolle, daß es um eine andere Art Verbrechen geht, ist lediglich eine Vermutung. Wir wissen nichts. Aber auch ich habe über Janzéns merkwürdige Angst nachgedacht und ungefähr dieselben Schlüsse gezogen wie du. Da wir zum selben Ergebnis gekommen sind, könnte unsere Annahme nicht unbegründet sein.«

Er hatte wohl recht; ich hatte keine Beweise, daß es sich um eine seiner Inszenierungen handelte. So brummte ich:

»Bei dir weiß man nie. Du bist ein alter Trickser.«

»Mag sein. Aber diesmal habe ich eine saubere Weste.«

Lustlos rollte ich die Schultern und sagte:

»Laß uns in dein Hönow fahren. Ich will mich im Hotel ein wenig ausruhen.«

»Wir gehen direkt zur U-Bahn. Hier kann ich ein andermal einkaufen.«

Bis zum Bahnhof war es nicht weit. Schweigend lauschte ich Hillers Erläuterungen zum öffentlichen Nahverkehr der deutschen Hauptstadt, der sich auf ein dichtes Netz stützen kann. Die Wagen sind bequemer als in Schweden, allerdings zum Teil etwas altersschwach. Wir stiegen am Alexanderplatz um, und er teilte mir mit, daß wir Hönow, die Endhaltestelle der Linie 5, in einer guten halben Stunde erreichen würden. Nach einigen Stationen verließ die Bahn den Tunnel, und ich konnte Teile von Berlin besichtigen, die ich als Flaneuer niemals hätte zu sehen bekommen. Hier wohnte, arbeitete, aß und schlief man; für Touristen gab es jedoch nichts zu entdecken.

»Wäre es nicht an der Zeit, etwas zu sagen?« schlug Hiller vor. »Dein Schweigen ist ohrenbetäubend.«

Ich wies auf die Schmierereien an den Wänden und sagte mürrisch:

»Nenn das bloß nicht Graffiti.«

»Nein, das fällt unter Umweltverschmutzung. Solche Pseudokunstwerke findest du in der ganzen Stadt.«

Wenn man die Kritzeleien betrachtete, fühlte man sich wie in einem Stockholmer U-Bahnwagen auf der Südstrecke, aber das verriet ich Hiller nicht. Wie so oft zuvor konstatierte ich, daß ich ihn nicht richtig kannte. Ich hatte das Gefühl, daß er über eine Garnitur Masken verfügte, aus der er je nach Situation auswählte. Wann sprach er die Wahrheit, und wann redete er nur so, daß es wie die Wahrheit klang? Er wußte immer mehr, als er durchblicken ließ, und das brachte mich in die Position des Unterlegenen. Welche Maske hatte er jetzt gerade aufgesetzt? Und wie sah sein wahres Gesicht aus?

Der Zug hielt an der Endstation, und wir verließen den Bahnhof. Als wir auf die von hohen Bäumen beschattete Mahlsdorfer Straße hinaustraten, konnte ich bereits die Neonreklame des Andersen Hotels erkennen. Hönow schien ein ruhiger und ansprechender Vorort mit schmucken Villen und gepflegten Gärten zu sein. Sofort und ohne es zu merken, paßte ich mich dem langsameren Takt des Ortes an. Hier geschah nichts Aufregendes; Überraschungen waren ausgeschlossen. Ein nervöses Tempo, das in der Großstadt angebracht ist, wirkt lächerlich, wenn man von Blumenrabatten und sauber bestellten Beeten umgeben ist.

Die Rezeption lag in einem der oberen Stockwerke des Hotelgebäudes, und ich wurde von zwei jungen, hübschen und freundlichen Frauen empfangen. Gegenüber befand sich eine kleine Bar, wo die Gäste abends Bier oder Wein trinken und sich miteinander bekanntmachen konnten, über einer Schale Erdnüsse oder beim Fernsehen. Mein Zimmer fand ich am Ende eines langen Korridors auf derselben Etage; es war groß, hell, perfekt proportioniert und modern eingerichtet. Viele begreifen nicht, daß die Behaglichkeit eines Raumes von dem Vermögen des Architekten abhängt, den goldenen Schnitt in die Praxis umzusetzen.

»Ist das Zimmer okay?« fragte Hiller.

»Mhm«, lautete meine kurze Antwort, wenn man überhaupt von einer solchen sprechen konnte.

In einem Schubfach lag frische Unterwäsche; im Schrank daneben hingen neue Hemden und zwei Anzüge von der allergewöhnlichsten Sorte – genau richtig für einen Gejagten, der in der Menschenmenge keinesfalls auffallen will. In dem geräumigen Bad stand ein Necessaire auf der Marmorplatte; es enthielt alles, was ich zur Zahnpflege und zum Rasieren benötigte, sogar das richtige After-shave.

»Okay?«

»Warum habe ich eine grüne Zahnbürste bekommen? Ich will eine blaue haben!«

»Wird erledigt. Jetzt ist es halb vier. Um halb acht hole ich dich ab. Du willst dich sicher ausruhen.«

»Und ob ich will! Sei so nett und hau endlich ab.«

Er verließ das Zimmer, und ich ließ mich auf das herrlich breite Bett fallen. Nachdem ich ein paar Knöpfe der Fernbedienung gedrückt hatte, erschienen Figuren auf dem Bildschirm, doch es gelang mir nicht mehr, mich für ihre Schicksale zu interessieren. Die unterdrückte Müdigkeit wallte in mir auf, und ich sank von einer Sekunde zur anderen in einen traumlosen Schlaf, in dem mich nur meine alten und neuen Narben und Beulen schmerzten. Das Telefon weckte mich mit seinem brutalen, bösartigen Signalton. Noch im Halbschlaf tappte ich zum Schreibtisch und röchelte aus trockenem Hals ein »Hallo« in den Hörer.

»Hier ist Carl. Es ist halb acht. Ich warte an der Rezeption. Laß dir ruhig Zeit.«

Ich fühlte mich so zerschlagen, daß es noch eine ganze Weile dauern konnte. Ich strich mir über die Wangen und fühlte Sandpapier. Nun gut, ein Dreitagebart war für Hiller gerade gut genug. Ich zog mir die Kleider vom Leibe und nahm eine ausgiebige warme Dusche. Langsam holte die Seele den Körper ein. Als ich mich in die fabrikneuen Sachen geworfen hatte, fuhr ich dennoch zweimal mit dem Kamm durchs Haar, um der Umwelt Achtung zu bezeugen. Nach dieser Schönheitskur rief ich zu Hause an, teilte Virena meine neue Adresse und Telefonnummer mit und klagte über meinen kranken Magen und die langwierigen Ermittlungen. Meine neunmalkluge Elin berichtete mir aus dem faszinierenden Schulalltag, und ich fühlte mich, nachdem ich mit meinen Damen gesprochen hatte, deutlich besser.

Wie erwartet hatte sich Hiller mit einem Glas Weißwein auf einem Barhocker niedergelassen und plauderte entspannt mit dem Barkeeper. Er begrüßte mich so herzlich, als hätten wir uns Jahre nicht gesehen. Vielleicht wollte er damit betonen, daß der dienstliche Teil des Tages hinter uns lag und nun die Abenteuer der Freizeit begannen. Er trug einen hellen, gutsitzenden Anzug, der vermutlich aus einer der teuersten Boutiquen des Kudamms – wie die Berliner laut Carl Hiller sagen – stammte.

»Ganz in der Nähe gibt es ein chinesisches und ein italienisches Restaurant, doch wir werden in ›Harvey's Crazy House‹

die deutsche Küche probieren. Das ist mein Lieblingslokal in Hönow«, verriet er.

Es war nicht weit bis dahin; das Restaurant, ein einstöckiges Gebäude mit Ziegeldach und großen Fenstern, lag auf einem kleinen Platz hinter dem Hotel. Die Einrichtung war nicht so angestrengt crazy wie in gewissen hysterischen Szenekneipen, die Kinderwagen an die Decke hängen, um zu zeigen, wie verrückt man sein kann, sondern eher gemütlich. Hier traf man auf Stammgäste, Familien mit Kindern und zufällige Besucher, die man daran erkannte, daß sie sich neugierig umschauten und die Dekoration bestaunten. Da ich keinen Wert auf Formalitäten lege, paßte das Lokal zu mir wie die Faust aufs Auge. Wir bekamen einen runden Tisch am Fenster, und ich studierte die umfangreiche Speisekarte.

»Zerbrich dir nicht den Kopf«, sagte Hiller. »Wir nehmen die große Platte, da bekommen wir eine ganze kulinarische Sinfonie aus der deutschen Küche. Dazu trinken wir Bier. Neben dem tschechischen ist das deutsche Bier am besten. Das belgische erhält den ehrenvollen dritten Platz. Was man in Amerika Bier nennt, ist ja nur ein wässriger Scherz. Na gut, das englische hat auch einige Punkte verdient, aber nicht viele. Das dänische ist zu genießen, wenn man in der richtigen Laune ist, aber wann passiert das schon? Und die Traditionen der schwedischen Braukunst sind in den Stahltanks von Pripps ersoffen.«

Ein gigantischer Teller wurde serviert; wir konnten uns auftun, was wir wollten. Es war mehr als reichlich, und von der Fadheit, die viele zu Unrecht mit der deutschen Küche verbinden, merkten wir nichts.

»Kaffee und Kognak nehmen wir bei mir zu Hause.«

»Wie bist du eigentlich in Hönow gelandet? Du bist doch kein Vorortmensch.«

»Zum Teil schon. Ich suchte nach einem Haus und fand hier das richtige; Wohnung und Büro in einem.«

Das Bier war so stark und süffig, wie er angekündigt hatte, und es fiel schwer, keine großen Schlucke zu nehmen, doch der alte Luther schaute mir über die Schulter und drohte mit seinem knochigen Zeigefinger, ich möge den Kampf meiner Eingeweide ums Überleben nicht vergessen. Einen alkoholischen Rausch hatte ich gerade hinter mir, und der sollte für das Jahrzehnt genügen.

»Aber Interpol hat doch ein Büro im Zentrum von Berlin. Was hast du dann in Hönow zu tun?«

»Gute Frage. Ausgezeichnete Frage. Ich will es so formulieren: Ich, als der Individualist, der ich nun einmal bin, komme mit dem übrigen Personal nicht klar, und weil ich Konflikte verabscheue, halte ich mich lieber abseits.«

»Und Interpol blecht die Miete für eine Villa, bloß weil du keine Lust hast, mit den anderen Angestellten Nüsse zu knacken?«

»Wenn man will, kann man es so ausdrücken.«

»Hast du die Interpol-Chefs in der Hand?«

»Oh, es gibt viele und vernünftige Gründe, aber ich möchte nicht darüber sprechen.«

»Ich habe ein wenig die Orientierung verloren. Gehörte Hönow eigentlich zum Westen oder zum Osten?«

»Zum Osten. Unsere Klischees von der grauen, tristen DDR stammen noch aus den sechziger Jahren. Danach ist der Standard beträchtlich gestiegen. Kennst du den Begriff Ostalgie?«

»Nein, aber es klingt wie ein Witz auf Nostalgie. Ist es die Sehnsucht nach dem, was der Osten zu bieten hatte?«

Er nickte und trank Bier, und man konnte sehen, daß er jeden Schluck genoß. Hiller war ein zu spät geborener Renaissancemensch, der sich dennoch vom Leben nicht bestrafen ließ.

»Genau. Nur ganz wenige wollen die Kommunistenzeit zurück haben, höchstens ein paar Prozent, doch man erinnert sich sehr wohl an die guten Seiten des alte Systems. Zum Beispiel waren allen arbeitenden Frauen kostenlose Krippen- und Kindergartenplätze für ihre Kinder garantiert. So etwas fehlt heutzutage. Ebenso bekam jeder einen Arbeitsplatz – heute ist die Arbeitslosigkeit eine Geißel. Da man vom Westen abgeschnitten war, schuf man eine eigene Kultur, die nichts mit Politik zu tun hatte, auf die man stolz sein, für die man sich nicht schämen will. Ossis wollen sich nicht wie unmündige und dumme Kinder der Wessis fühlen. Es wird noch viele Jahre dauern, bis das gegenseitige Mißtrauen verschwindet, aber die Hauptsache ist, daß man zusammenleben kann – man muß sich ja nicht gleich lieben.«

Luther knurrte mißbilligend, als ich das halbe Bier in einem Zug austrank. Als Hiller sein Glas geleert und bezahlt hatte, machten wir uns auf einen spätabendlichen Spaziergang. Von der Hauptstraße bogen wir zuerst in die Thälmann- und dann in die Kaulsdorfer Straße. Die Wärme des Tages lag noch über den Gärten, aus denen mir Blütendüfte in die Nase stiegen. Im Schein der Straßenlaternen konnte ich sehen, daß viele Eigenheimbewohner Thuja favorisierten; die hellgrünen Sträucher wuchsen ineinander und glichen halb aufgespannten Sonnenschirmen.

Wir erreichten eine zweistöckige Villa, die von einem schwarzgestrichenen schmiedeeisernen Zaun mit lanzenähnlichen, nach außen gebogenen Spitzen umgeben war. Hiller blieb stehen, zog einen kleinen Kasten aus der Tasche, richtete ihn auf das Tor und drückte einen Knopf. Ich vermutete, daß er ein elektronisches Sicherheitssystem deaktivierte. Wahrscheinlich ertönte ein ohrenbetäubendes Tuten, wenn jemand einzudringen versuchte, oder ein angestellter Metzger kam mit dem Hackebeilchen herausgerannt.

»Hier wohne ich.«

»Allein?«

»Die Einsamkeit ist ein Geschenk, das man hüten muß. Was sagst du zu meinem Garten? Habe ich nicht ein grünes Händchen?«

»Das hast du bestimmt nicht.«

»Stimmt leider. Deshalb kommt einmal in der Woche ein Gärtner und kümmert sich um das ganze Grünzeug. Ich unterstütze ihn mit guten Ratschlägen, die er lieber überhört.«

Die Eingangstür war aus Stahl und wurde ebenfalls durch einen unsichtbaren Strahl aus dem kleinen Kasten entsichert.

»Das hier war früher ein Objekt der Stasi. Nach der Wende wurde es verkauft – an einen Mann, der eine Größe im Geschäft mit gefälschten Wertpapieren war. Er hatte Angst, von Konkurrenten erschossen zu werden, und verwandelte die Villa in einen Bunker. Uns paßte das ausgezeichnet.«

»Was wurde aus ihm?«

»Es erwischte ihn in Hamburg. Setz dich, ich koche inzwischen Kaffee.«

Der Raum war im traditionell britischen Stil möbliert, mit einem Sofa und zwei Sesseln in bordeauxrotem Leder, die unbequem genug aussahen, um den englischen Standardanforderungen zu entsprechen. Wenn man den Rücken ganz gerade durchdrückte und fest an Queen Victoria dachte, konnte man sogar eine Weile darauf sitzen. An den mit grünem Stoff bespannten Wänden hingen Bilder mit Jagdmotiven. Rotröckige Reiter verfolgten einen armen Fuchs über Stock und Stein, und in meiner Situation empfand ich tiefes Mitgefühl mit der gehetzten Kreatur. Schwere Schränke in Rotbuche, ein Couchtisch aus demselben Holz, dessen Platte nach einem sinnreichen System ausgeklappt werden konnten, eine Deckenlampe mit gläsernem Schirm, verziert mit Reliefs im Jugendstil, ein Bücherregal mit Unmengen an Folianten, die in diesem Jahrhundert garantiert noch keiner gelesen hatte, ein kleiner Tisch mit Stühlen und ein großer Teppich mit Persermuster vervollständigten die Einrichtung. Hiller kam mit einem Tablett und stellte Teller, Tassen, eine Schale mit Keksen, eine goldfarbene Thermoskanne und zwei Kristallgläser auf den Tisch.

»Warum sind die Fenster zum Garten so dunkel getönt?«

»Das sind Fenster zum Spionieren. Man kann hinaussehen, aber nicht herein. Was sagst du zu einem guten alten französischen Kognak?«

»Ich sage gar nichts, weil ich keinen trinke. Aber wenn du

trinken willst, bitte sehr, dann helfe ich dir gern, genüßlich zu schmatzen. Sind das deine Möbel?«

»Nein, nein, die stammen von dem Oberschurken, der meinte, sie seien ein Zeichen gutbürgerlicher Lebensart. Ich bin meistens im Büro unten im Keller.«

Da er offenbar der überkommenen Wahrheit anhing, daß Kaffee ohne Kognak ein ekelhaftes Gebräu sei, goß er sich ein großes, bauchiges Glas ein, atmete das Aroma und nahm einen kleinen Schluck, bevor er sich dem Kaffee widmete.

»Warum sollte Janzén sterben?« fragte ich. »Und warum Karl-Erik Tomasson, der nur zufällig mit im Wagen war?«

»Müssen wir Berufliches bequatschen, während ich den Kognak genieße?«

»Mußt du saufen, während wir Berufliches besprechen? Das war ein anstrengender Tag, und ich bin nicht in der Stimmung für belanglose Plaudereien, nicht einmal für belangvolle. Also, was zum Teufel passiert hier?«

»Ich weiß es wirklich nicht, Rolle. Großes Ehrenwort.«

»Es ist jetzt spät am Abend. Warum einen Beifahrer erschießen, der nicht unbedingt über Janzéns krumme Geschäfte im Bilde sein mußte? Sie hätten Eivar doch ohne Zeugen umbringen können, wenn ich nicht in der Nähe war. Ich bin ein Niemand und keine Bedrohung für sie. Sie wissen vermutlich, oder besser gesagt hundertprozentig, daß der total verängstigte Janzén es nicht wagt, mir irgend etwas zu erzählen. Es ist viel zu viel Tod und Blut und Angst in diesem Fall.«

»Nicht meine Schuld, Rolle. Es hat sich einfach so entwickelt.«

»Jemand versprach mir, daß es eine reine Vergnügungsreise werden würde, absolut ungefährlich.«

Der Kognak schien schlecht geworden zu sein, denn er verzog das Gesicht.

»Der Plan war in Ordnung. Du warst nahe daran, ihm Informationen zu entlocken.«

»Wußtest du wirklich nicht, daß es eine Reise mit Hindernissen werden würde? Neben Gott bist du doch der einzige, der alles weiß.«

»Ich will mich ja nicht beschweren, aber du nervst ein bißchen. Wollen wir nicht einfach versuchen herauszufinden, warum die Vergnügungsreise so endete? Morgen nachmittag treffen wir Hartmut wieder; am Vormittag begeben wir uns in die Gegend um die Oranienburger Straße, um den Schweden aufzuspüren, mit dem du am Mobiltelefon gesprochen hast.«

»Fein. Und wie gehen wir vor? Mieten wir einen Saal und laden die Bevölkerung zu einer Mach-mit-Sendung ein?«

»Ich habe eine Idee.«

»Oh, bestimmt eine neue Vergnügungsreise, diesmal in die Oranienburger Straße. Ich kann mich kaum halten vor Begeisterung. Gute Nacht. Ich finde allein ins Hotel zurück.«

»Was? Wir sind doch gerade erst hergekommen.«

»Ja, aber ich werde trotzdem gehen. Trink deinen feinen Kognak und leiste dir selbst Gesellschaft. Du kannst dir ja immer wieder versichern, daß du an allem völlig unschuldig bist. Vielleicht kannst du dich selbst überzeugen. Wenn nicht, dann zanke mit dir, aber fange keine Prügelei mit deinem anderen Ich an, denn dann könnte einer von euch Dresche beziehen.«

Er stellte sein Glas hart auf den Tisch und murmelte mit gesenktem Kopf:

»So also siehst du die Dinge.«

»Genau.«

»Also hole ich dich Punkt neun Uhr vom Hotel ab.«

»Ich erwarte dich, wer auch immer du dann sein magst.«

Ich ging, und er blieb sitzen. Irgendwie glich er dem Ritter von der traurigen Gestalt, aber ich vermutete, daß er nur wieder eine Maske aufgesetzt hatte. Wenn ich außer Sicht war, würde er zu seinem Kognak-Genießergesicht zurückfinden. Ich sehnte mich nach dem Bett, das ich vor kurzem erst verlassen hatte, und nach einem neuen Tag, an dem niemand auf mich schießen sollte. Das war doch wirklich nicht zuviel verlangt.

Diesmal fühlte ich mich ausgeschlafen, als ich gegen sieben Uhr morgens erwachte. Um acht saß ich am Frühstückstisch. Was serviert wurde, war zum Essen gedacht und nicht dazu, orientalischen Fürsten zu imponieren – gut, ordentlich zubereitet und reichlich. Ich dachte über mein Verhältnis zu Hiller nach. Wenn wir noch ein paar Tage miteinander auskommen wollten, mußte ich aufhören, die beleidigte Leberwurst zu spielen. Ich beschloß, edelmütig zu sein und ihm die Chance zu geben, zu zeigen und zu beweisen, daß mein Mißtrauen gegen ihn unberechtigt war. Wer ständig mißtrauisch ist und dem anderen keine Chance gibt, verzehrt sich innerlich selbst. Eifersucht heißt das andere mißratene Kind dieses Geistes, bei dem er oder sie nicht einmal den Mülleimer hinunterbringen kann, ohne wegen Untreue angeklagt zu werden.

Als wir uns an der Rezeption trafen, merkte ich, daß auch er unsicher war, wie er sich verhalten sollte. Ich begrüßte ihn lächelnd, bedankte mich für das wunderbare Abendessen und merkte an, daß sich das schöne Wetter wohl halten würde. Es war fast rührend, sein Gesicht aufleuchten zu sehen – falls er nicht seine Strahlemann-Maske aufgesetzt hatte. Hiller hatte eine Monatskarte, während ich mir am Automaten einen Fahrschein holte, der den ganzen Tag für alle öffentlichen Verkehrsmittel gültig war. Es gab keinen Schaffner; man konnte aus- und einsteigen, wo man wollte, aber ab und zu wurden die Fahrkarten kontrolliert und Schwarzfahrer zur Kasse gebeten.

»Die Oranienburger Straße liegt in einer Gegend, die ›Scheunenviertel‹ genannt wird. Dort wohnten früher die Berliner Juden. Heute leben sie wieder dort«, erklärte Hiller, während wir in die Stadt fuhren.

»Gibt es denn noch welche?«

»Nicht von den alten, aber Berlin hat eine neue jüdische Bevölkerung, und das macht Hoffnung. Im Scheunenviertel gibt es eine ganze Menge zu sehen; am besten, wir drehen eine Runde.«

»Was war deine Idee?«

»Es gibt dort einen Finnen, der mit skandinavischen Büchern handelt und ein Antiquariat betreibt. In seine Nordische Bücherstube kommen viele Skandinavier und andere, die Beziehungen zum Norden haben. Wenn du die schwedische Stimme, die du am Mobiltelefon gehört hast, imitieren könntest, würde er sie eventuell wiedererkennen. Ich gebe zu, daß es ein blind abgegebener Schuß ist, aber vielleicht trifft er ja doch ins Schwarze.«

Wir stiegen am Alexanderplatz aus, und Hiller schlug vor, zum Aussichtsgeschoß des Fernsehturms hinaufzufahren. So früh am Morgen waren die Touristen noch nicht unterwegs; von dort oben würden wir einen guten Überblick über die Struktur Berlins gewinnen können. Ich hatte die Fersehserie ›Berlin Alexanderplatz‹ gesehen. Sie handelte von allem menschlichen Elend, das sich aus einem Drehbuch herausholen läßt. Der Platz, auf dem wir uns nun befanden, war gewiß sehr groß, aber nicht ungemütlich; ein Springbrunnen, Straßencafés und die Weltzeituhr belebten das Bild. Viele hohe, moderne Häuser umrahmten den »Alex«, wie die Berliner ihr Zentrum nennen, und eine große Tafel zeigte, daß in Zukunft einige Wolkenkratzer dazukommen würden. Ich hatte in dieser Stadt schon so viele Baustellen gesehen, daß ich nicht daran zweifelte.

Wir legten die zweihundert Meter im Lift so schnell zurück, daß es in den Ohren drückte, und betraten eine kreisrunde, verglaste Plattform, ungefähr wie auf unserem – natürlich viel niedrigeren – Fernsehturm von Kaknäs. An jedem Fenster gab es eine Karte nebst einer Beschreibung dessen, was man sehen konnte. Bis dahin hatte ich den Eindruck, daß es Berlin an Gewässern fehlt, doch von oben konnte ich sehen, daß sich die blauen Bänder von Havel und Spree weich um und durch die Stadt schlängelten.

»Venedig hat ungefähr sechshundert Brücken«, verriet mein sprechendes Konversationslexikon, »doch in Berlin gibt es eintausendvierhundertdreißig.«

Wir schauten auf Straßen und Plätze, die als alt galten, wenn sie nach den Bombardierungen des Zweiten Weltkriegs bebaut, und als neu, wenn sie gestern oder vor wenigen Stunden angelegt worden waren. Überall reckten sich Kräne gen Himmel.

»Ja, Berlin brodelt vor Energie«, sagte Hiller. »Der ganze Potsdamer Platz wird neu bebaut; dort ist derzeit die größte Baustelle Europas, vielleicht sogar der ganzen Welt. Von diesem Fenster kannst du ihn sehen. Das Wasser der Spree macht den Betonierern ganz schön zu schaffen; zeitweise könnten sie zur Arbeit rudern.«

Er lächelte hintergründig:

»Man sagt, in Berlin sei die Baumafia die gierigste; Expolitiker würden mit lukrativen Posten in Aufsichtsräten versorgt, wenn ihr Mandat abgelaufen ist. Gerüchte. Was weiß ich schon über Dinge, die nicht in meine Branche gehören.«

Der Ausblick auf die Viertel im Norden und Osten war beklemmend. Die gewaltigen grauen Mietskasernen schienen noch aus der Gründerzeit zu stammen. Konnte man in solchen Bauten glücklich sein? Ansonsten fielen mir die wie mit dem Lineal gezogenen Paradestraßen auf, die Berlin durchschnitten und an die militaristischen Traditionen Deutschlands erinnerten.

Doch ein Gedanke nagte die ganze Zeit an meiner Großhirnrinde – wo in dieser Stadt lauerte mein Mörder auf mich? Und auch er mochte sich fragen, wo er sein Opfer, den Schweden Karl-Erik Tomasson, finden konnte. Was wußte er, was ich nicht wußte? Daß Tomasson und Hassel identisch waren? Daß er keinesfalls ein Phantom jagte, sondern einen Polizisten, der seinerseits hinter ihm her war, daß er also Jäger und Gejagter zugleich war, genau wie ich? Wir befanden uns also in derselben Lage, doch trachtete er danach, mich umzubringen, während ich ihn nur fangen wollte. Wenn ich nun bedroht wurde …

»Gibt es die Chance, eine Pistole zu bekommen?«

»Du weißt, daß das unmöglich ist.«

»Mit deinen Beziehungen? Nichts ist unmöglich für Carl Hiller. Ich brauche irgendeine Schußwaffe. Es reicht ja, wenn ich in die Luft schießen kann.«

»Wir werden sehen. Laß uns wieder hinunterfahren.«

Bei einem Pistolenduell ist der im Vorteil, der den ersten Schuß abfeuert. Der Gegner wird nervös, wenn die Kugel an ihm vorbeipfeift, und drückt in Panik ab, ohne richtig zu zielen. Der erste Schütze hat inzwischen Zeit, seinen Kontrahenten sorgfältig ins Visier zu nehmen, so daß sein zweiter Schuß trifft oder so nahe vorbeigeht, daß die Verwirrung des anderen weiter zunimmt. Die klassischen Revolverduelle in den Westernfilmen enthielten mehr als ein Körnchen Wahrheit; wer zuerst zog, der gewann, auch wenn der Schuß nicht tödlich war.

»Die Nordische Bücherstube öffnet erst in einer Dreiviertelstunde. Ich weiß, wo wir einen guten Morgenkaffee bekommen.«

Wir schlenderten ins Scheunenviertel und erreichten einen Gebäudekomplex, der »Hackesche Höfe« genannt wurde. Die neun miteinander verbundenen Hinterhöfe mit Galerien, Theaterwerkstätten und -schneidereien, einem Antiquariat, einem Kino und einer Bühne bildeten ein faszinierendes Kultur- und Gewerbezentrum. Mehrere Cafés und Restaurants hatten ihre Tische und Stühle auf das Hofpflaster gestellt; hier wollte Hiller seinen Cappuccino genießen.

»In Berlin gibt es verschiedene solcher Inseln mit einzigartiger Prägung. Ich komme oft hierher, wenn mir der Straßenlärm auf die Nerven geht.«

Als wir weitergingen, erkannte ich an verschiedenen Details, daß wir uns in einem ehemaligen jüdischen Viertel befanden, besonders in der Großen Hamburger Straße mit ihrer architektonischen Vielfalt. Eine Gedenktafel informierte, daß hier der älteste Begräbnisplatz der Jüdischen Gemeinde zu Berlin gelegen hatte, der bis 1827 benutzt und 1943 auf Befehl der Gestapo zerstört wurde. Ich stellte mir vor, daß man die Steine umgestürzt und die Särge ausgegraben und verbrannt hatte, wie es Barbaren zu tun pflegten.

Weiter unten auf der Straße beeindruckte mich ein weiteres Denkmal. In einer ehemaligen jüdischen Knabenschule waren in der Hitlerzeit die Juden zusammengetrieben worden; von hier aus ging es in die Konzentrationslager von Auschwitz und Theresienstadt. Ein einfacher Stein mit dem Davidsstern erinnerte an die sechsundfünfzigtausend deportierten Berliner Juden. Die Aufschrift mahnte: »Vergesst das nie. Wehret dem Krieg. Hütet den Frieden«.

»Neben so einem gigantischen Verbrechen verblaßt alles«, murmelte ich.

»Halten wir uns an das Faßbare. Die Untaten jener Zeit sind unbegreiflich.«

Daneben, in einem kleinen Park, stand eine Figurengruppe auf einer viereckigen Steinplatte. Sie stellte dreizehn Menschen aller Altersgruppen dar; Eltern hielten ihre Kinder an der Hand, erwachsene Männer und Frauen, in einem Augenblick erstarrt, schauten sich nicht an, sondern blickten auf den Betrachter. Man spürte den Gedanken durch die Jahrzehnte: »Wie konntet ihr das zulassen?« Umgeben von dem frischen Grün des Frühsommers wirkte die Gruppe noch pathetischer – dreizehn Menschen, die auf den Befehl warten, einen Lkw zu besteigen. Sie spüren die Gefühllosigkeit, die unverhüllte Brutalität, die Arroganz der totalen Macht; bald werden sie sich, von dem Brüllen der SS angetrieben, in Bewegung setzen. Dreizehn versteinerte Opfer, dreizehn – eine Unglückszahl …

Bedrückt ging ich neben Hiller her. Wir erreichten die Oranienburger Straße, wo an allen Ecken und Enden gebaut wurde, so daß man nur selten den Bürgersteig benutzen konnte. Da war die in den sechziger Jahren des neunzehnten Jahrhunderts errichtete Neue Synagoge, die heute als Museum dient. Auch hier gab es eine Gedenktafel, auf die Hiller mich aufmerksam machte. Sie erinnerte daran, daß in der berüchtigten »Kristallnacht« des 9. November 1938 der Reviervorsteher Wilhelm Krützfeld die Hauptsynagoge der Berliner Juden vor der Vernichtung bewahrte, indem er sich einer plündernden und brandschatzenden SA-Horde in den Weg stellte.

»Das nenne ich Zivilcourage«, meinte Hiller.

Ich nahm es als eine auf mich gemünzte Stichelei und erwiderte:

»Wahrscheinlich war er nicht verheiratet.«

»Oh, das sollte keine Anspielung auf dich und die Bad Black Boys sein.«

Zweifellos hatte der deutsche Polizist Krützfeld Mut bewiesen. Ich wäre der letzte, der das leugnete, und mußte auch bei einem Vergleich kein schlechtes Gewissen haben, aber ich fühlte mich trotzdem nicht wohl. Die Vergangenheit stellte mir die Frage, wie ich mich verhalten hätte, wenn ich vor der Synagoge auf eine zu allem bereite SA-Bande gestoßen wäre, mit den Gedanken an die Repressalien, die mich und meine Familie zu erwarten hätten ...

»Die Nordische Bücherstube hat geöffnet.«

In dem ziemlich kleinen Laden trafen wir einen älteren Herrn, der so höflich, würdevoll und gelassen auftrat, wie es für die gebildeten Finnen typisch ist. Die Regale waren voller nordischer Literatur, von aktuellen Neuerscheinungen bis zu antiquarischen Raritäten. Er und Hiller begrüßten sich mit der gedämpften Herzlichkeit, die ein Zeichen großer gegenseitiger Achtung ist. Ich wurde als Roland Hassel vorgestellt und war froh, eine Weile nicht Tomasson heißen zu müssen. Der Buchhändler hieß Lauri Aalto; Hiller informierte ihn schnell über die Situation. Kannte er einen Schweden, der so klang – ich imitierte – wenn er deutsch sprach?

»Ist es jemand, der im kulturellen Leben steht?« fragte Aalto.

»Möglicherweise, wir wissen es nicht. So ähnlich klingt er jedenfalls.«

Ich versuchte noch einmal, die Stimme vom Mobiltelefon nachzuahmen, und der Buchhändler lauschte mit zur Seite geneigtem Kopf.

»Tut mir leid«, sagte er, als ich das letzte Hilfsverb herausgepreßt hatte, »diese Stimme kann ich nicht identifizieren. Aber wir können Erik fragen; er ist Deutscher und übersetzt aus dem Schwedischen. Vielleicht kann er euch helfen.«

Der Mann war etwa fünfunddreißig Jahre alt und hatte ein offenes, sympathisches Aussehen. Er stand in einer Ecke, mit einem Buch in der Hand und der tief versunkenen Miene, die den wahren Literaturliebhaber auszeichnet. Offenbar genoß er es, in Antiquariate zu gehen und in den Regalen nach dem Unbekannten, Raren, Besonderen zu stöbern. Wurde er fündig, versenkte er sich in den Text, der ihm neue Gedanken und Perspektiven vermitteln oder einfach ein paar Stunden ästhetischen Genusses bringen würde. Lauri Aalto weckte ihn vorsichtig aus dem fast hypnotischen Zustand.

»Das ist mein Freund Erik Gloßmann – das sind mein Freund Carl Hiller und sein Kollege Roland Hassel.«

Wir teilten Erik Gloßmann mit, worum es ging, und ich wiederholte meine Vorstellung.

»Ja, den kenne ich«, sagte er. »Irrtum ausgeschlossen, diese Stimme ist sehr markant, und außerdem sprachen wir deutsch miteinander.«

Hiller und ich wechselten einen Polizistenblick. Jetzt galt es, die Leine vorsichtig einzuziehen, damit sich der Hecht nicht losriß.

»Weißt du auch, wie er heißt«, fragte Hiller fast beiläufig.

»Ja, Dixon. Schreibt sich mit ›x‹. Inge Dixon.«

12.

Was weißt du noch über diesen Dixon«, erkundigte sich Hiller weiter, und es fiel ihm spürbar schwer, den Plauderton beizubehalten. »Wo hast du ihn zuletzt getroffen?«

Erik Gloßmann wußte nicht, daß wir Polizisten waren; profane Figuren wie wir kamen in seiner literarischen Welt vermutlich nicht vor. Da Hiller den Buchhändler kannte, nahm er wohl an, wir wären Kinder vom selben Geiste. Sollten wir ihn einweihen? Er wirkte mit seinem Auftreten, seiner Stimme, seinem Blick und seiner Gestik wie ein Humanist und teilte vermutlich die Wertvorstellungen eines solchen. Wir mußten ihm wohl nicht unbedingt verraten, aus welchem Grund wir Dixon suchten.

»In der Staatsbibliothek hier in Berlin gab es vor einiger Zeit einen Vilhelm-Ekelund-Abend; dort las ich einige meiner Übersetzungen. Mögt ihr Vilhelm Ekelund?«

Ich hatte es auf der Zunge zu fragen, ob er steckbrieflich gesucht wurde, doch der wie immer belesene Hiller kam mir zuvor und antwortete:

»Ein großer Dichter. Seine Essaysammlung ›Deutsche Aussichten‹ sollten alle lesen, die mit Deutschland zu tun haben, obwohl sie vor dem Ersten Weltkrieg geschrieben wurde.«

»Ja, er war ein Genie. Deshalb haben wir in Berlin eine Ekelund-Gesellschaft gegründet. Sie ist nicht groß, dafür sind die Mitglieder um so engagierter. Nach der Lesung kam Dixon zu mir und schwärmte von Ekelund, in dem er den führenden Nietzscheaner Schwedens sah. Anschließend verriet er mir, daß er selbst Gedichte verfasse und fragte, ob ich ihm helfen könne, diese in einem deutschen Verlag unterzubringen. Obwohl er ein gutes Deutsch sprach, ist es doch eine andere Sache, in eine fremde Sprache zu übersetzen. Ich versprach ihm, die Texte zu begutachten.«

»Hast du sie in seiner Wohnung abgeholt?«

»Nein, wir trafen uns ein paar Tage darauf in der Bibliothek, und er überreichte mir ein Kuvert. Er wollte mich anrufen, tat es aber nicht.«

»Und seine Gedichte – waren sie gut?«

Erik Gloßmann zuckte die Schultern.

»Düstere Stimmungslyrik, als hätte er es schwergehabt im Leben, als hätte ihn etwas verletzt, vermischt mit Allmachtsphantasien und Gefasel vom Übermenschen, ganz im Geiste Nietzsches. Den Gedichten fehlte es einfach an Originalität und Rhythmus; die meisten waren gereimt – aber wie! Einem seriösen Verlag waren diese Manuskripte nicht zuzumuten.«

»Wann geschah das?«

»Oh, vor etwa einem halben Jahr. Ich hatte die ganze Sache schon fast vergessen.«

»Bei uns wollte er sich auch wieder melden, doch jetzt, wo wir wissen, daß er Inge Dixon heißt, finden wir ihn ja vielleicht. Seltsamer Name, übrigens.«

»Natürlich ein Pseudonym.«

»Ein Pseudonym?« fragte Hiller, und in seiner Stimme schwang Enttäuschung mit. Er hatte sich wohl schon am Ziel gewähnt.

»Die Mutter hieß beziehungsweise heißt Inge. In Schweden können ja Männer und Frauen diesen Namen tragen. Und Dixon steht für Dicks Sohn, er verwendet also den Vornamen des Vaters.«

»Hast du denn gar keinen Hinweis auf seinen richtigen Namen und seine Adresse?«

»Nein, tut mir leid. Obwohl ...«

Sein Blick schweifte über die Bücherregale, während er in seinem Gedächtnis kramte. Wir warteten gespannt, ließen uns aber nichts anmerken, ungefähr wie werdende Väter bei der Geburt des ersten Kindes.

»Ich glaube, da war eine Bleistiftnotiz, so eine Art provisorischer urheberrechtlicher Vermerk. Wollt ihr die Gedichte lesen? Es sind Kopien, so daß es ihm nicht schaden kann, und außerdem hat er sie ja ausdrücklich zur Veröffentlichung bestimmt.«

»Danke, sehr gern. Wie bekommen wir die Papiere?«

»Ich habe morgen früh hier in der Gegend zu tun und könnte das Kuvert bei Lauri Aalto abgeben. Aber glaubt mir, es lohnt sich nicht, diese Gedichte sind nicht druckreif.«

»Nun ja, wir sind auch mehr an seiner Prosa interessiert.«

Als wir die Nordische Bücherstube verließen, fühlten wir uns ein wenig aufgekratzt, etwa wie Buben, denen gerade ein Streich geglückt ist. Wir spürten, daß unsere Kreise um die Lösung des

Falls enger wurden; wir würden Dixon identifizieren, den Ohrenlosen finden, Klaus schnappen und die ganze Räuber- und Mörderbande einlochen. Dann würden wir uns Blumen ins Haar stecken und im Gefängnis für sie tanzen und singen. Nach unserem künstlerischen Auftritt für die Unglückskinder der Gesellschaft könnte ich endlich Berlin verlassen und den weißen Frack anprobieren, den ich am Tag von Elins Zeugnisausgabe tragen wollte. Ich hatte meinen Beitrag zu dieser Ermittlung geleistet und ein Recht darauf, in Ruhe gelassen zu werden. Andere Menschen im geliebten Vaterland brauchten und erwarteten mich.

Wir aßen in einem Straßenlokal unweit der Nikolaikirche, dem ältesten Bauwerk Berlins. Das Nikolaiviertel, das an den Alexanderplatz grenzt, bildet mit seinen niedrigen Fassaden und intimen Restaurants eine ruhige Oase inmitten der Metropole, zumal es nur Fußgängern zugänglich ist.

»So stelle ich mir das ursprüngliche Berlin vor«, sinnierte Hiller. »Wenn man im Lärm der Großstadt zur Besinnung kommen will, zieht man sich hierher zurück.«

Da konnte ich ihm nur beipflichten. Der Ort schien sogar einen wohltuenden Einfluß auf seine Trinksitten auszuüben.

»Reicht dir ein einziges Glas Wein zum Essen? Bist du krank?«

»Alles in Maßen, das ist schon immer mein Leitspruch gewesen.«

»Halleluja, Carl Hiller ist bekehrt!«

Es wurde Zeit, daß wir uns auf den Weg zum Kriminaloberkommissar des LKA 1 machten, der in der Keithstraße residierte. Hiller schaute auf die Karte und meinte, daß wir am besten mit der U-Bahn bis zum Wittenbergplatz fahren sollten. Berlin ist eine Stadt mit starken Kontrasten. Nur einen Steinwurf vom hektischen Verkehr des Kudamms entfernt liegt die Keithstraße mit vielen schmucken Villen; große Laubbäume verleihen ihr einen fast ländlichen Charakter. Doch von einer Fassade wehte uns erneut der kalte Hauch der Vergangenheit an. Eine Tafel am Haus Nummer 8 erinnerte an Erich Klausener, einen hohen

Polizeibeamten im Innenministerium. Er protestierte gegen die von Hitlers Regierung erlassenen neuen Gesetze. Am letzten Juni des Jahres 1934 kam ein SS-Mann in sein Büro und erschoß ihn.

»Der SS-Bursche hat bestimmt eine Medaille bekommen«, vermutete ich. »Was für ein Regime! Da geht so ein Verbrecher die Treppe hinauf und bringt einen Menschen um, und nichts passiert.«

»In deinem Lastwagen war sogar einer, der einen Doppelmord begehen wollte. Das damalige Regime verlieh den Mördern Medaillen; heutzutage werden sie für dasselbe Verbrechen lebenslänglich eingesperrt. Die Zeiten sind also für alle besser geworden – außer für Mörder. Und so soll es auch weiterhin sein.«

Die Nummer 30, in der die Mordkommission ihre Räume hatte, war ein imposantes, palastähnliches Gebäude mit reich dekorierter Fassade in grauem Sandstein. Kommissarien Ilona Scholtz empfing uns und kassierte einen weiteren Handkuß von Hiller. Wieder schien ihr diese Art der Höflichkeit ganz und gar nicht unangenehm zu sein. Da sie und Hartmut Heyden gemeinsam an diesem Fall arbeiteten, trafen wir ihn in einem operativen Arbeitsraum mit einem großen, viereckigen Schreibtisch und voller technischer Ausrüstung. Hiller berichtete von Inge Dixon; danach reichte mir Hartmut einen Stapel Porträtfotos.

»Hier sind die Jungs mit rumänischem Hintergrund. Schau sie dir genau an.«

Während ich aufmerksam die Bilder studierte, kam der obligatorische Kaffee. Ich vermutete, daß er aus einem Sonderfonds zur Bewirtung ausländischer Gäste stammte; vielleicht hatte jemand der armen, haushaltsgestoppten deutschen Polizei etwas gestiftet oder vererbt. Obwohl ich nicht mehr über den typisch polizeilichen Blechmagen verfügte, der zu literweisem Konsum von schlechtem Kaffee befähigt, konnte ich doch an der Koffeinprozedur teilnehmen. Mit halbem Ohr folgte ich

Hartmuts Auswertung einer aktuellen Statistik über die Entwicklung der Kriminalität in Europa.

»Die verschiedenen Mafiaorganisationen investieren nicht mehr schwerpunktmäßig in Italien, sondern in Deutschland. Sechzig Milliarden waren es im vergangenen Jahr. Wir wissen, daß eine Sparkasse in Düsseldorf übernommen wurde und weitere derartige Coups im Gange sind. In ihrer Heimat setzen die Italiener allerdings noch zehn Milliarden mehr um. Am schlimmsten sind natürlich die Russen mit dreihundertvierzig Milliarden Mark. Drogen bringen das meiste. Vierhundertvierzig Tonnen Morphium und vierhundert Tonnen Kokain. Nach und nach übernehmen sie das Geschäft mit der Prostitution, der Umsatz stieg auf hundertzwanzig Millionen Mark.«

»Wie war das mit dem Giftmüll der Italiener?« erkundigte sich Ilona.

»Ja richtig. Zehn Prozent ihrer Geschäfte entfallen auf den Handel mit radioaktivem und anderem hochgiftigen Abfall. Sie planen, das Teufelszeug im Mittelmeer zu versenken. Wahrscheinlich baden sie nie und bestellen Fisch grundsätzlich nur aus anderen Gewässern.«

Inzwischen blätterte ich weiter. Nein, der war es nicht, und der auch nicht.

»Die steigende Arbeitslosigkeit bringt es mit sich, daß die Mafia pro Auftrag Geld sparen kann. Die Preise für einen Auftragsmord sinken täglich. Als Massaker zählt ein Massenmord an vier Personen und mehr; so etwas kostet heutzutage an der offiziellen Börse in Palermo nicht mehr als fünfundzwanzigtausend Mark. Bewaffnete Killer stehen Schlange und betteln um Jobs.«

Der sah ihm ähnlich, aber nur ein bißchen, der konnte es vielleicht sein, doch er war es definitiv nicht …

»In Berlin haben wir heutzutage alle Arten von Verbrechen und Verbrechern. Das ist kein Wunder. Die DDR holte zum Beispiel Vietnamesen, damit sie in der Textilindustrie arbeiteten. Nach der Wende verloren sie ihre Arbeitsplätze und konnten sich nicht mehr ernähren. Einen Ausweg gab es – die Kriminalität. Sie übernahmen den gesamten illegalen Zigarettenmarkt. Der wurde inzwischen zerschlagen, doch der Konkurrenzkampf zwischen den Banden forderte zwanzig Menschenleben. Die Bosnier, die hier sind, hat der Krieg verdorben; sie gehören zu den rücksichtslosesten Gruppierungen. Doch das ganz große Geld verdienen die, von denen wir nie etwas sehen oder hören, die Spinnen im schmutzigen Netz, die Schatten, die die Technik beherrschen und die Gewinne außer Landes fließen lassen.«

Ilona löste ihn ab:

»Es ist beinahe ein Trost, daß der Durchschnittsbürger mit den meisten Schwerverbrechen für gewöhnlich nicht in Kontakt kommt, deshalb kümmert er sich wenig darum. Ihn interessiert vor allem, wie wir mit der alltäglichen Kriminalität klarkommen; daran mißt er uns.«

Mit düsterer Miene fuhr Hartmut fort:

»Meine Dame und meine Herren, es ist nicht mehr fünf vor zwölf, es ist zehn nach zwölf. Wir haben den Krieg gegen das Verbrechen verloren, doch solange wir die Trompeten nicht zur bedingungslosen Kapitulation blasen hören, machen wir weiter.«

Solche Gedanken kannte ich von der schwedischen Polizei. Obwohl wir mit unseren Ressourcen den ständig stärker werdenden Feinden unterlegen waren, gab es eine Art kollektiven polizeilichen Dickschädel: Wir wissen, daß wir dich und deinen Anhang nicht länger stoppen können, aber wir versuchen wenigstens, dir ein Bein zu stellen, und wenn wir schon nicht stechen können, dann versuchen wir wenigstens zu sticheln – ganz umsonst sollst du nicht davonkommen, verdammt noch mal!

Und dann starrte er mich plötzlich an. Mein Adrenalinspiegel stieg sofort, obwohl es nur ein Foto war. Ich erinnerte mich überdeutlich an seinen Schweißgeruch, der mir in die Nase gestiegen war, als wir uns auf Leben und Tod umklammert hielten.

»Hier haben wir ihn«, sagte ich leise. »Fragt nicht, ob ich sicher bin – ich bin es. Zu mehr als hundert Prozent.«

Hartmut warf einen flüchtigen Blick auf das Bild, drehte es um und las, was auf der Rückseite stand:

»Octavian Malesch. Der Name sagt mir nichts. Dir, Ilona? Vielleicht gehört er zu unserem eigenen nationalen Gesindel.«

»Der Name ist bekannt. Ich bin gleich wieder da.«

Sie nahm das Foto und verließ den Raum, um weitere Informationen einzuholen. Hartmut goß sich eine große Tasse schwarzen Kaffee ein und berichtete:

»Ein Unternehmen hat seine Fracht noch nicht identifiziert. Der für die Spedition Verantwortliche ist im Urlaub, doch man versucht, ihn im Schwarzwald zu finden. Angeblich ist er mit Kind und Kegel im Wohnwagen unterwegs. Die Firma sagt, daß sich niemand in seinen Unterlagen zurechtfindet, so daß keiner weiß, was für eine Sendung da erwartet wurde. Sein Chef ist heilfroh, weil er endlich einen Grund hat, den Betreffenden zu entlassen, ohne daß die Gewerkschaft ihr Veto einlegen kann.«

»Worin bestand denn die Ladung?«

»Stückgut für vier weitere Kunden. Elektronische Ausrüstungen, Bauelemente für Computer und so weiter. Auf ein Unternehmen, die GA-Werke, entfallen allein elf Tonnen, die anderen Empfänger teilen sich zehn Tonnen. Nach Auskunft der ASG in Schweden war für die Rückfahrt eine Ladung von zwanzig Tonnen Lebensmittel vorgesehen, abzuholen in ...«

Er unterbrach sich, als Ilona hereinkam. Sie trug eine dicke Dokumentenmappe, die sie auf den Tisch legte und aufschlug. Als sie uns über den Inhalt informierte, klang sie nicht wie eine Polizistin, sondern wie eine Schauspielerin mit Sinn für Betonung und dramatische Effekte.

»Octavians Vater Georgesco Malek kam mit seiner Ehefrau Elena 1960 nach Deutschland; 1967 erhielten sie die deutsche Staatsbürgerschaft. Gleichzeitig änderte er seinen Namen in Malesch. Er wohnte in Westberlin und arbeitete in verschiedenen Berufen; meistens waren es Gelegenheitsjobs. 1963 wurde der Sohn Mihail geboren, zwei Jahre später Octavian. 1973 folgte noch ein Sohn namens Paul. Das waren die nackten Fakten. Schauen wir uns nun die Accessoires an.«

Mit schlanken, flinken Fingern breitete sie eine Anzahl Schwarzweißfotos auf dem Tisch aus.

»Georgesco begann 1970, für einen rumänischen Gangsterboß namens Dinu Lupu zu arbeiten. Einbrüche, Hehlerei, bewaffnete Raubüberfälle auf Läden; außerdem kümmerte sich Lupu um Leute, die nicht zahlen wollten. Auch Georgesco gehörte zu dieser Inkassoabteilung. So sah er damals aus.«

Das Foto zeigte einen Mann mit breitem Gesicht, dunklen, halbgeschlossenen Augen und einem gewaltigen Schnurrbart, der den Mund verdeckte.

»Im Jahre 1980 wurde Lupu von einer konkurrierenden Bande in eine Falle gelockt und erschossen, doch Gerüchten zufolge soll Malesch die Waffe gehalten haben. Der Sohn Mihail übernahm die Gang und zeigte sich trotz seiner Jugend noch rücksichtsloser als der Vater. Dreimal wurde er zu je einem Jahr Gefängnis verurteilt, jedesmal für simple Einbrüche, die man ihm nachweisen konnte, doch obwohl er in der Zelle saß, behielt er die Kontrolle über seine Leute. 1989 war er dann an der Reihe; er wurde bei einem Überfall auf seine Wohnung getötet. Mit ihm starben seine Frau und seine beiden kleinen Kinder. Seine bewaffnete Leibwache nutzte ihm gar nichts; in dieser Branche kann man jeden kaufen, wenn man ausreichend bezahlt. Das hier ist ein Bild von ihm nach dem Blutbad.«

Auf dem Fußboden in einer Wohnung lag ein Mann, bis zum Hals mit einem Laken bedeckt. Das Gesicht wirkte bemerkenswert friedlich, obwohl es von Kugeln zerfetzt war.

»Kommen wir zu Octavian.«

Sie präsentierte ein weiteres Foto, das meinen Bekannten zeigte, dem ich ein Stück vom Ohr abgebissen hatte.

»Er war und ist ein einsamer Wolf, mit der Betonung auf Wolf. Leben ist für ihn eine Ware, die man kauft oder verkauft.«

»Diese Einstellung vertreten heute viele«, brummte Hartmut. »Nimm es nicht persönlich, aber ich muß dich leider totschlagen. Ich tue nur meinen Job; es ist nicht böse gemeint.«

»Sogar seine Mitgefangenen im Knast hatten Angst vor ihm. Einer berichtete, daß es schien, als würde sich eine Haut über Octavians Augen schieben, wenn man ihn reizte. Dann wußte niemand, was geschehen konnte. Einen Mann stach er wegen einer Bagatelle nieder, einem anderen drückte er ein Auge aus, weil er es an Respekt fehlen ließ. Keiner der Gefangenen sagte gegen ihn aus, so daß er nicht bestraft werden konnte, aber keiner zweifelte daran, wer der Täter war. Er soll wendig wie ein Tiger und stark wie ein Bär sein.«

Hiller klopfte mir leicht auf die Schulter, und die Geste tat mir psychisch wohl. In einem Kampf auf Leben und Tod hatte ich eine Kombination aus Tiger und Bär besiegt, verletzt und in die Flucht geschlagen. »Da flüchtete, was nicht niedergestreckt wurde vom zornigen Hasselson …«, frei nach Tegnér über Karl XII., aber der Heldenkönig hatte Schwert, Pistole und eine ganze Armee bei sich gehabt. Was für eine Lappalie!

»Vor sieben Monaten floh er aus einer Strafvollzugsanstalt in Hamburg, wo er wegen dreifachen Mordes lebenslänglich sitzen sollte. Wir fassen jetzt alle Informationen über ihn zusammen und schauen, ob dabei ein Klaus auftaucht. Was den Schweden angeht …«

Das Telefon klingelte; sie lauschte ohne Kommentar und legte den Hörer wieder auf.

»Was den Schweden Inge Dixon angeht, so haben wir den Namen nicht im Register. Diese Auskunft bekam ich gerade. Wir können nur hoffen, daß uns die Gedichte morgen weiterbringen.«

»Und was ist mit dem jüngsten Bruder?« erkundigte sich Hiller. »Was wissen wir über Paul Malesch?«

Sie legte das Bild eines jungen Mannes auf den Tisch, ein ziemlich unscharfes Foto, das offenbar heimlich gemacht worden war.

»Paul ist nur in unserer Kartei, weil er Malesch heißt. Ansonsten weicht er vom Rest der Familie völlig ab; er ist ein sensibler Träumer und verabscheut Gewalt. Nach der Schule nahm er ein Studium der Betriebswirtschaft auf, das er mit einem mittelmäßigen Examen beendete. Wie man hört, soll er sanftmütig und nett bis zur Gutmütigkeit sein. Dem widerspricht die Tatsache, daß er Anarchist ist.«

»Der Anarchismus ist ein Traum«, murmelte Hiller.

»Mag sein. Er wohnt in einer kleinen Wohnung in Kreuzberg, die seiner Mutter gehört hat, bevor sie am Tag nach der lebenslänglichen Verurteilung Octavians den Kopf in den Gasherd steckte und sich das Leben nahm.«

Er lächelte müde; damit war fast die gesamte Familie ausgelöscht.

»Da wir glauben, daß sein Bruder nach der Flucht aus dem Gefängnis versucht hat, Kontakt zu ihm aufzunehmen, haben wir immer wieder Razzien in seiner Wohnung durchgeführt. Doch seit einem Monat ist er spurlos verschwunden. Von seinem Arbeitgeber hört man nur, er sei krankgeschrieben, und wir haben keine Machtmittel, andere Informationen herauszupressen. Er steht schließlich nicht unter Verdacht, ein Verbrechen begangen zu haben.«

»Die Polizei hat diese Mittel nicht, aber vielleicht kann Interpol helfen«, sagte Hiller nachdenklich. »Wo arbeitet er?«

Ilona schaute in die Akte und fuhr mit dem Zeigefinger über die Zeilen.

»Gleich hab ich's … Belicht GmbH in Ketzin.«

»Mhm, eine Kleinstadt zwanzig Kilometer westlich von Berlin. Ist dort nicht die große Mülldeponie?«

»Ich glaube ja, aber ich bin nicht ganz sicher. Richtig, dort kam es ja zu einigen Demonstrationen gegen die Abfallgesellschaft. Aber irgendwie muß eine Großstadt ihren Müll ja loswerden.«

Hiller schaute auf seine Armbanduhr und dachte laut:

»Heute wird das wohl nichts mehr. Gib mir Namen und Telefonnummer des Personalchefs, dann rede ich mit ihm.«

Ilona notierte die Angaben, und Hiller murmelte etwas ins Telefon. Ich hörte, daß er jene autoritäre Stimme verwendete, die zu einer weltumspannenden Polizeiorganisation paßt. Als er auflegte, sah er zufrieden aus.

»Personalchef Martin Lange bleibt im Betrieb, bis wir kommen. Da ich erst meinen Wagen aus der Garage in Hönow holen muß, wird er wohl ein Weilchen warten müssen. Ketzin … ist es dort nicht zu kriminellen Ausschreitungen gekommen?«

»Nun ja, kriminell … Umweltschützer haben, wie gesagt, vor der Deponie demonstriert, es kam zu einigen Zusammenstößen mit den Sicherheitskräften und anschließend zu diversen Geldstrafen, aber ich finde es normal, wenn Umweltschützer gegen etwas protestieren, was sie für Wahnsinn halten; da betrachtet man Geldstrafen als geplante Ausgaben.«

Hartmut fügte hinzu:

»Ich habe irgendwo gehört oder gelesen, daß es in einem Ort nahe Ketzin zu verschiedenen mysteriösen Todesfällen gekommen sein soll. Es sollen unerklärliche Erkrankungen gewesen sein, die zu einem schnellen Tod führten, doch der Verdacht, es könnte ein Verbrechen vorliegen, ist nicht aufgekommen. Können wir uns morgen nachmittag wieder hier zur Abstimmung treffen? Bei der Gelegenheit würde ich gern Dixons Poesie kennenlernen.«

»Darf ich ein Fax absenden, bevor wir gehen?« fragte Hiller.

»Bitte, gern. Nimm mein Gerät, zweite Tür rechts.«

»Drück nicht zu sehr auf die Knöpfe«, mahnte Hartmut. »Für Reparaturen fehlen uns die Mittel.«

Er sagte es in einem scherzhaften Ton, doch wir merkten, daß er es durchaus ernst meinte.

In der Garage der Villa in Hönow bekam ich endlich Hillers Mercedes zu sehen – natürlich ein Modell der allerobersten Kategorie. Von außen wirkte er exklusiv diskret, sonst hätte man vermuten können, er gehöre einem Rockstar. Die Fenster waren getönt, doch von innen konnte man problemlos hinaussehen, falls man nicht vom Anblick der dunkelroten Lederbezüge, der Edelholzverkleidung und anderer Extras gefesselt wurde, die der Herr in seiner Weisheit durch Mercedes an Unternehmen oder Menschen mit superdicken Brieftaschen verkaufen läßt.

»Ich glaube langsam wirklich, daß du Bestechungsgelder kassierst«, sagte ich mit meiner grünen Neidstimme.

»Ja, in wichtigen Dingen lüge ich selten. Fahr du, ich sage dir, wo es langgeht.«

Zärtlich umfaßten meine Hände das Lenkrad, mein Hosenboden genoß den Kontakt mit dem Ledersitz, und mein rechter Fuß schloß verliebt Bekanntschaft mit dem Gaspedal – das war kein Auto, das war ein Traum; dafür zahlte man sicher Vergnügungssteuer! Sorgfältig studierte Hiller eine Umgebungskarte von Berlin.

»Ketzin liegt am Trebelsee. Das Wassersystem ist mit der Havel verbunden; die wiederum mündet in die Elbe. Die Gegend ist wegen der Deponie nicht sehr bevölkert. Wenn der Wind aus der falschen Richtung kommt, riecht es nicht gerade nach Honig und Sahne. Übrigens, du mußt nicht auf der Mittellinie fahren; so breit ist der Wagen nun auch wieder nicht.«

Ein Schnarren war zu hören; daraufhin öffnete er ein Fach unterm Armaturenbrett. Dort stand ein Faxgerät, das gerade Papier spuckte. Hiller riß drei A4-Seiten ab, las und grunzte unverständliche Kommentare. Ich erkundigte mich, worum es ging.

»Interpol hat ein Register über verschiedene Unternehmen angelegt, die gefährlich für die Umwelt sind oder werden können. Da die Belicht GmbH offenbar chemische Produkte herstellt, ist sie erfaßt. Die Angaben scheinen nicht taufrisch zu sein, was mich nicht wundert, denn gegen das Unternehmen liegt ja nichts vor.«

»Wem gehört die Firma?«

»Das ist unklar, steht hier. Früher war sie ein Staatsbetrieb der DDR. Als die Freiheit kam, wurde die Fabrik geschlossen. Erst nach einigen Jahren kam die Produktion wieder in Gang, und viele der ehemaligen Angestellten bekamen ihre Jobs zurück. Insgesamt sind es siebenundsiebzig. Der Umsatz betrug achtundvierzig Millionen Mark. Das ist im großen und ganzen alles.«

»Mehr steht nicht auf den drei Seiten?«

»Noch eine Menge bedeutungsloser Worte. Erinnert mich an moderne Literatur.«

Über den Berliner Ring dauerte es eine gute Stunde bis Ketzin. Der Verkehr war dicht, dafür entschädigte uns die abwechslungsreiche Landschaft mit viel frischem Grün. Nachdem wir die Autobahn verlassen hatten, fuhren wir in westlicher Richtung weiter. An einer Straßengabelung wies uns ein Schild den Weg; bald darauf mahnte uns eine Tafel: »Nur für Besucher der Belicht GmbH«. Das Gelände war hügelig und unübersichtlich, so daß wir überrascht waren, als urplötzlich ein großes Eisentor vor uns auftauchte. Der Doppelzaun zu beiden Seiten war mehr als mannshoch; Leitungen und Isolatoren verrieten, daß er elektrisch geladen war. Ich fuhr zu einem Wachhäuschen; zwei Uniformierte saßen hinter kugelsicherem Glas. Aus einem Lautsprecher erklang die Stimme des einen:

»Zu wem wollen Sie?«

»Zu Herrn Martin Lange«, antwortete Hiller, der die Scheibe auf der Beifahrerseite heruntergelassen hatte. »Er erwartet uns.«

Wir sahen, daß der Wächter auf eine Liste schaute.

»Ihre Namen?«

»Carl Hiller und Ro... Karl-Erik Tomasson.«

»Legen Sie Ihre Ausweise in das Fach unter dem Fenster.«

Das Fach war eine Art Stahlbox, die sich nach innen ziehen ließ. Die beiden Uniformierten studierten unsere Papiere mit Röntgenaugen und warfen uns prüfende Blicke zu, als wollten sie nicht glauben, daß wir unseren Paßbildern ähnlich sahen. Es fiel mir schwer, mich im Zaum zu halten; ich hatte Lust, mit den Augen zu rollen, die Zunge herauszustrecken und Grimassen zu schneiden. Die Stahlbox wurde wieder herausgeschoben; darin lagen neben unseren Ausweisen zwei Plastikkarten mit den Nummern 34 und 35.

»Herr Lange sitzt eine Treppe hoch, zweite Tür links. Die Nummern müssen Sie die ganze Zeit tragen und hier wieder abgeben, wenn sie das Objekt verlassen.«

Lautlos öffnete sich das Tor. Das ziegelrote Fabrikgebäude war dreigeschossig und lag in einer Senke mit Rasenflächen und Blumenrabatten. Deutliche Markierungen an dem Gebäude wiesen darauf hin, daß man an mehreren Stellen angebaut hatte. Vor dem verglasten Eingang stand etwa ein Dutzend Autos; offenbar leuchtete die Lampe des Fleißes noch, obwohl es nach achtzehn Uhr war. Drinnen saß ein älterer Mann hinter einem Tisch; sein Gesicht war scharf geschnitten wie das eines Indianers, sein Blick forschend. Er konstatierte, daß wir 34 und 35 waren, die sich vielleicht mit 36 und 37 treffen wollten, um Karten zu spielen. Gnädig nickte er in Richtung Treppe, und wir stiegen zur nächsten Ebene hinauf. Das dunkel paneelierte und ansonsten schmucklose Treppenhaus wirkte konservativ und sachlich.

Am Pfosten der zweiten Tür links hing ein Kasten mit drei Lampen in den Ampelfarben Rot, Gelb und Grün sowie einem Klingelknopf. Ich hatte nicht geglaubt, daß es so etwas noch gab; es mußte sich um das Überbleibsel einer älteren Bürokultur handeln. Wenn die rote Lampe leuchtete, bedeutete das: »Wagst du es einzutreten, schlage ich dich tot!«; die gelbe bedeutete: »Du kannst warten, bis du schwarz wirst!«, und die grüne: »Komm in Gottes Namen herein, aber fasse dich kurz!«. Wir bekamen grünes Licht und betraten einen mittelgroßen Raum. Wohin man auch schaute, herrschte preußische Ordnung; die Aktenordner standen in Reih und Glied in den dunklen Regalen. Auch hier gab es keinen Luxus; es war ein Arbeits- und kein Statusplatz.

Hinter dem Schreibtisch erhob sich ein hochgewachsener Mann in mittleren Jahren, reichte uns die Hand und bat uns, auf den beiden Besucherstühlen Platz zu nehmen. Er hatte ein glattes, absolut ausdrucksloses Gesicht mit Augen, die zwei Nullen glichen. Sein Haar war dunkelbraun und stark gelichtet; bald würde er eine Glatze bekommen. Natürlich trug er einen dunklen Anzug und ein weißes Hemd. Möglicherweise konnte man eine in absolut embryonalem Zustand befindliche Neigung zur Rebellion ahnen, denn der braune Schlips wies gelbe Punkte auf.

»Sie sind hier besser gesichert als Fort Knox«, meinte Hiller mit einem gewinnenden Lächeln.

»In Fort Knox kenne ich mich nicht aus. Was ist Ihr Anliegen?«

»Am Telefon erwähnte ich einen Ihrer Angestellten, Paul Malesch.«

»Richtig, ich erinnere mich.«

»Was können Sie mir über ihn erzählen?«

Die Doppelnull zwinkerte ein paarmal, aber das bedeutete wohl nur, daß die Hornhaut befeuchtet werden mußte.

»Nicht viel. Er hat acht Monate bei uns in der Poststelle gearbeitet. Eine unbedeutende Tätigkeit, die er meines Wissens ordnungsgemäß erledigte. Jetzt ist er krankgeschrieben.«

»Wie lief das ab? Seine Krankschreibung meine ich.«

»Vor einem Monat rief er an und sagte, daß er nicht kommen könne, weil er krank sei. Dann legte er auf. Wir haben versucht, ihn unter seiner Privatnummer zu erreichen, aber niemand meldete sich.«

»Ist das die normale Art einer Krankmeldung?«

Er schüttelte den Kopf und gestattete es sich sogar, den dünnlippigen Mund ein wenig zu verziehen.

»Ganz und gar nicht. Er wird sicher entlassen. Wir fordern eine andere Disziplin und Einsatzbereitschaft.«

»Wie bekam er den Job?«

»Das weiß ich nicht. Eingestellt hat ihn Herr Roll, aber der ist im Urlaub. Herr Roll ist für die weniger qualifizierten Angestellten verantwortlich. Vermutlich kam Malesch von einer Vermittlung.«

»Wie wird seine Arbeit eingeschätzt?«

»Soweit ich weiß, gibt es weder Negatives noch Positives zu sagen. Er verteilte die Post an die einzelnen Abteilungen, kümmerte sich um Büromaterial und so weiter. Aus welchem Grund stellen Sie eigentlich diese Fragen?«

»Wir brauchen ihn für eine Identifizierung. Was produziert Ihr Unternehmen?«

Ohne zu antworten, reichte er jedem von uns eine Reklamebroschüre, die sich an die Käufer von Bekämpfungsmitteln gegen schädliche Insekten und Pilze richtete. Es handelte sich um über zwanzig verschiedene Produkte. Unter den Abbildungen wurde idiotensicher beschrieben, wie die Chemikalien wirkten.

»Stellen Sie noch andere Produkte her?«

»Ja.«

»Welche zum Beispiel?«

Die Nullen zeigten einen leicht mißbilligenden Ausdruck, bis etwa Null Komma drei.

»Leider kann ich Ihnen zu unserer Produktentwicklung keine Auskunft geben. Die Frage ist nicht relevant.«

Da Tomasson Hiller unterstellt war, schwieg ich und begnügte mich damit, grimmig auszusehen; dafür habe ich Talent.

»Beschäftigen Sie sich mit Genmanipulierung?«

»Ich habe Ihnen alle relevanten Fragen beantwortet. Meine Zeit ist kostbar.«

Hiller ließ sich nicht beirren, und ich vermutete, daß er mit seinen Fragen ein bestimmtes Ziel verfolgte. Um ihn zu unterstützen, setzte ich eine noch grimmigere Miene auf. Was sollten die Dummheiten; warum versuchte Lange auszuweichen?

»Genmanipulation ist nichts, wofür man sich schämen müßte. Wenn man ein günstiges Patent bekommt, kann man viel Geld verdienen.«

»Kein Kommentar, und nun ...«

»Was meinen Sie denn zu der Bedrohung?«

Plötzlich verlor Lange die Fassung. Er hielt sich krampfhaft an der Tischplatte fest, als fiele er sonst um. Keuchend stieß er hervor:

»Was zur ... was um Himmels Willen wissen Sie darüber?«

13.

Hiller zog die Augenbrauen hoch; das konnte bedeuten, daß er unendlich viel wußte und die Antwort nur zur Bestätigung einforderte. Ruhig wiederholte er:

»Was meinen Sie zu der Bedrohung?«

Erregt klopfte Lange mit der Faust auf den Tisch und stammelte:

»Woher wissen Sie ... was haben Sie ... Reden Sie! Sofort!«

»Aber Herr Lange, was ist denn? Ich will doch nur wissen, was Sie zu der Bedrohung sagen, die von der Konkurrenz auf dem Weltmarkt ausgeht?«

Es dauerte eine halbe Minute, bis er begriff; also mußte sein Gehirn mächtig blockiert gewesen sein. Doch langsam gewann er die Fassung wieder, und seine Augen verwandelten sich in Nullen zurück.

»Oh, Sie meinen die Bedrohung durch die Konkurrenz? Auf dem Weltmarkt? Wir sehen keine Bedrohung. Unsere Produkte sind patentiert und denen der Mitbewerber überlegen.«

»Haben Sie schon ein Patent für eine neue Genkombination erhalten?«

»Kein Kommentar. Ich fordere Sie auf zu gehen.«

»Sagen Sie, Herr Lange, wem gehört eigentlich die Belicht GmbH?«

»Auf Wiedersehen, meine Herren. Wir sind ein seriöses Unternehmen und halten uns an die geltenden Gesetze.«

Hiller erhob sich, und der grimmige Tomasson ebenfalls.

Lange sah nicht gerade glücklich aus, als wir ihn verließen; eigentlich sah er überhaupt nicht aus. Ich fragte mich, was ihm wohl durch den Kopf ging. Vielleicht dachte er auch nur an sein verspätetes Abendessen – ich tippte auf Schweinekotelett mit Sauerkraut.

Auf der Heimfahrt war Hiller schweigsam und nachdenklich, und ich bedauerte das nicht, denn auch mir gingen verschiedene Gedanken durch den Kopf. Ob in der Belicht GmbH etwas faul war, ließ sich noch nicht sagen, aber daß mit Lange etwas nicht stimmte, lag auf der Hand. Er war ja total aus seiner Rolle als verbindlich abwimmelnder leitender Angestellter gefallen. Aber was stimmte nicht? War er persönlich bedroht worden? Hatte er etwas getan, was das Tageslicht scheute? Oder galt die Bedrohung der Belicht GmbH, und das Unternehmen würde Schaden nehmen, wenn etwas herauskäme? Würde Lange in diesem Falle die Schuld bekommen? War er in einer Position, die ihm Einblick in die wichtigen Geheimnisse der Firma ermöglichte? Und das allerwichtigste – hatten wir damit zu tun? Wir suchten Paul Malesch, damit er uns half, seinen Bruder zu finden. Fast bei jeder größeren Ermittlung bekommt man Unmengen zweitrangiger Informationen, die einen in die Irre führen können. Man muß auf der Hauptstraße bleiben und darf keine Zeit damit verschwenden, unbekannte Nebenwege abzulaufen.

»Können wir bei mir zu Hause essen?« fragte Hiller. »Ohne daß du nach dem ersten Bissen hinausrennst?«

»Kommt darauf an, was du zu bieten hast. Ich bin wählerisch.«

In der Villa entschuldigte sich Hiller damit, ein paar Faxe absenden zu müssen, und plazierte mich auf dem Sofa. Als er mir einen Drink anbot, wählte ich einen leichten Moselwein. Nach einer Viertelstunde steckte er den Kopf zur Tür herein und teilte mit, daß es bald etwas zu essen geben würde. Auf dem Kopf trug er eine hohe weiße Kochmütze; auf seiner Plastikschürze stand: »You may kiss the Cook.« Ich hoffte, daß er sie geschenkt bekommen und nicht selbst gekauft hatte.

Der Küchentisch war von der robusten Sorte; Hiller hatte ein hellblaues Tuch mit deutlichen Bügelfalten darübergedeckt. In einem durchsichtigen Kühler stand eine entkorkte Flasche Wein. Aus länglichen weißen Tellern mit Rosenmotiven stieg ein würziger Kräuterduft auf – kulinarische Zeitschriften hätten ihn wohl als verführerisch bezeichnet –, wie es sich für ein zünftiges Fischgericht auf Reis gehörte. Hiller goß Wein in die Kristallgläser, wir stießen an, und nach der ersten Gabel erkundigte er sich ängstlich, wie es mir schmecke.

»Richtig gut«, lobte ich.

»Ja, kochen macht mir Spaß, und allmählich hat man den Bogen raus.«

»Gib nicht so an, du hast Tiefgefrorenes aufgetaut.«

»Okay, okay, ich hasse es, lange am Herd zu stehen. Im KaDeWe kann man meisterhaft zubereitete Sachen kaufen und auftauen. So haben meine Kochkünste schon vielen imponiert.«

Ich verzichtete auf das Dessert, und er packte die Teller und das Besteck schnell in den Geschirrspülautomaten. Dann machte er Kaffee, und ich fand es bemerkenswert, daß er ihn nicht in einer Thermoskanne aus dem Kaufhaus mitgebracht hatte. Wir tranken im Wohnzimmer; er nahm seinen obligatorischen Kognak dazu, während ich mich mit einem Rest des Weines begnügte. Seit ich wieder Kaffee trinken konnte, verdünnte ich ihn mit viel Milch – eigentlich trank ich Milch mit einer braunen Flüssigkeit darin.

»Paul ist Anarchist und wohnt in dem Stadtteil Kreuzberg«, sagte Hiller, während er den Kognak schwenkte und andächtig Remy Martins flüssiges Testament einatmete. »Da kommt mir eine Idee. Vielleicht hat er in seiner Freizeit eines der bekannten Szenelokale besucht. Wir könnten morgen dorthin gehen und nach ihm fragen. Kannst du auch anarchistisch aussehen?«

»Du meinst den Eigentum-ist-Diebstahl-Look? Klar, ich spiele dir jede Rolle.«

»Weißt du, eigentlich habe ich gar nichts gegen den Anarchismus. Irgendwie sprechen mich die Ideen von Freiheit an. Als Grundgedanken könnte man ja formulieren, daß der Mensch zwar ein soziales Wesen ist, aber daß man ihn nicht in ein Kollektiv zwingen, sondern ihm die Möglichkeit geben sollte, frei und spontan die Beziehungen herzustellen, die seinen Zielen und seinem Entwicklungsstand am dienlichsten sind. Eine starke Moral also, die das einfache und freie Leben unter persönlicher Verantwortung in den Vordergrund stellt. Der Mensch darf kein Rädchen im Getriebe werden; die Gesellschaft sollte eine geistige Dimension haben, die eine Freiheit garantiert, die nicht definiert werden muß, weil sie selbstverständlich ist.«

»Willst du behaupten, daß du Anarchist bist?«

»Nein, nein, absolut nicht, alle Anarchisten werfen Bomben auf Könige und Prinzen, das ist ja bekannt, und man sollte sie allesamt verhaften und öffentlich auspeitschen, bevor man sie an den Laternenmasten aufhängt.«

Empfand ich selbst Sympathien für diese Lebenshaltung? Sicher, wenn ich mich auf Herz und Nieren prüfte. Jedes Muß und jeglicher Zwang hingen mir zum Halse heraus; die Pflicht konnte zur würgenden Schlinge werden. Und den Glauben, daß Politiker vielleicht zu ein paar Prozent in der Lage wären, ein ideales Gemeinwesen zu schaffen, hatte ich lange verloren. Dagegen war ich inzwischen fest davon überzeugt, daß sie Prügel verdienten.

»Die Trendsetter behaupten, Kognak wäre out; statt dessen sei Calvados in. Traurig, daß der Genuß so wenig Einfluß auf den Geschmack hat. Es geht doch nichts über einen guten alten Kognak, und deshalb trinke ich jetzt noch einen. Was hältst du von James Bond und der Lizenz zum Töten?«

»Die Bücher kenne ich nicht, aber einige Filme habe ich gesehen. Die ersten waren ganz unterhaltsam; Märchen für Erwachsene und so übertrieben, daß das Töten wie ein Augenzwinkern ins Publikum wirkte – er stirbt ja gar nicht, er tut nur so für die Gage. Aber dann ...«

»Ja? Was dann?«

Ich hatte schon lange darüber nachgedacht. Wenn man der Vater einer siebenjährigen Tochter und nicht aus Stein gemacht ist, muß man Stellung nehmen zu dem, was in der Welt geschieht.

»Die Anbetung der Gewalt geht mir gegen den Strich. Jetzt werden keine Märchen mehr erzählt; jetzt sterben die Menschen wie die Fliegen und auf möglichst bestialische Art und Weise. Oder auch ganz nebenbei, nur wegen des Effekts. Das soll die Wirklichkeit vorstellen, behauptet man. Doch jeder Mensch, der an äußerer Gewalt stirbt, löst eine Tragödie aus, die weite Kreise zieht. Im Film sieht man nur die Gewalt, aber nie das Leid und den Schmerz. Ich mag Spannung in Büchern und Filmen, doch ich hasse gefühlloses Hinschlachten. Übrigens, hast du mal einen von den computeranimierten Filmen gesehen, die man den Kindern im Fernsehen serviert?«

»Da bin ich der falsche Kundenkreis.«

»Schau dir das mal an. Du kriegst das Kotzen! Die nächste Generation wird an ständigen Alpträumen leiden und sich von Valium ernähren. Ich halte diese Gewaltorgien nicht mehr aus!«

Er vollführte mit dem Glas eine schwer zu deutende Geste und sagte leer:

»Vielleicht taugst du nicht mehr zum Polizisten.«

»Da irrst du dich. Es ist gerade umgekehrt; die nicht so denken, taugen nicht mehr zum Polizisten.«

Am folgenden Tag fuhren wir mit dem Wagen nach Berlin hinein. Als wir in die Nordische Bücherstube kamen, war Erik Gloßmann schon dagewesen und hatte einen dünnen Umschlag abgegeben. Wir setzten uns ins Auto und untersuchten den Inhalt. Es handelte sich um etwa fünfzig Seiten Gedichte, die mit so verschmierten Buchstaben getippt waren, daß man sie kaum lesen konnte. Offenbar hatte der Herr Poet eine alte mechanische Schreibmaschine benutzt, vielleicht eine klassische grüne Halda, und danach getrachtet, möglichst viele Kopien auf einmal herzustellen. Die uns vorliegende mußte zu den letzten gehört haben. Daraus konnte man schließen, daß die Gedichte vor einiger Zeit verfaßt wurden und der Autor zu faul gewesen war, sie noch einmal in einen modernen Computer einzugeben. Das letzte Blatt interessierte uns am meisten. Sehr undeutlich erkannten wir einen Text, der mit Bleistift oder Kugelschreiber auf das Original geschrieben worden war. Er war so schwach, daß er verschiedene Deutungen zuließ.

»Retsel … oder Rätsel? Was meint er damit?« fragte Hiller rhetorisch.

»Retour soll das heißen. Retour an … Ove? Arne? Es scheinen zwei Vornamen zu sein. Der andere könnte … Peter … oder Rune lauten.«

»Der Nachname beginnt mit W. Könnte natürlich auch ein A sein, bei dem der Anstrich fehlt.«

»Für mich ist es ein N. Oder sonstwas.«

»Am besten, ich faxe den Text an Ilona. Sie kennt sicher Schriftexperten, die das Rätsel lösen können.«

Aus der Tasche zog er sein elektronisches Gedächtnis, ließ sich ihre Faxnummer anzeigen und sendete die Seite mit einem eigenen Kommentar unter dem Namenszug ab. Die Vorteile dieser sogenannten Organizer sind mir nie richtig klargeworden. Warum rennen manche mit so einem Kasten in der Jacke herum und beulen den Stoff aus? Man muß die Informationen sowieso erst eingeben – warum schreibt man da nicht in ein dünnes Notizbuch? Aber so ist es immer, wenn irgendein Plunder auf den Markt kommt, findet sich stets ein williger Käufer.

Während er nach Kreuzberg fuhr, las ich die Gedichte. Viele waren nur wenige Zeilen lang und meiner Meinung nach parodistisch schlecht. Aber es fänden sich bestimmt Rezensenten mit alternativem Bart oder runder Brille, die wegen der »scheinbar einfachen Sprache, die Hekatomben intertextueller postmodern-euphemistischer Bezüge enthält«, in Verzückung geraten würden.

»Hör mal zu: ›Die schlagende Hand, sie tat mir weh/so daß

ich floh aus ihrer Näh./Der Körper schmerzte und das Blut, es rann./Bald merkte ich, daß man nicht schreien kann./Still sollte ich sein, sonst käme der Tod./Ich gehöre zu einer Schar, die lebte in Not.‹ Was sagst du dazu?«

»Es klingt, als wolle er seine Kindheit beschreiben.«

»Am Willen hat es ihm nicht gefehlt, wohl aber am Können.«

»Tja, der Kerl scheint die Poesie zu lieben, doch wird seine Zuneigung offenbar nicht erwidert.«

Wie kam es, daß ein Mann, der sich für anspruchsvolle Literatur interessierte, gleichzeitig Morde befahl? War er schizophren? Rezitierte er Goethe, während er die Messer wetzte? Der Mensch war ein unlösbares Rätsel, und ich hatte nicht vor, es zu lösen; ich war ganz und gar damit beschäftigt, mich selbst zu begreifen.

»Besorg mir ein Flugticket nach Schweden«, erinnerte ich ihn.

»Für dich? Willst du jetzt nach Hause?«

»Selbstverständlich. Meine Aufgaben hier habe ich erfüllt. Falls ich vor Gericht aussagen soll, kann ich in wenigen Stunden wieder in Berlin sein.«

Er schob die Unterlippe vor, wie er es immer zu tun pflegte, wenn er überlegte.

»Ist das der einzige Grund für deine Abreise?«

Er sah mich die Schultern zucken, doch mein zweiter Grund war eigentlich nichts, worüber man mit einem Schulterzucken hinwegging.

»Nein. Jemand in Berlin will mich töten. Ich bin nicht unsichtbar; ich existiere, auch wenn wir uns einbilden, alle Spuren hinter mir verwischt zu haben. Weißt du, daß ein Hai einen Blutstropfen im Wasser aus vielen Meilen Entfernung wittert? Einen einzigen Tropfen! Ich habe viele Tropfen Blut im Körper, und die Menschenhaie nehmen bereits Witterung auf.«

»Hast du … Angst?«

»Blöde Frage – natürlich habe ich Angst. Buchstäblich Todesangst. Und drittens sehne ich mich krank nach Frau und Kind.

Und wenn du dir einen karierten Schlips umbindest – meine Damen kannst du mir nicht ersetzen.«

»Das wohl nicht. Ich dachte aber ... Sicher hast du recht. Ich bin nicht mehr so attraktiv wie früher. Laß uns heute abend noch einmal darüber reden.«

»Besorg einfach das Ticket. Für morgen, so daß ich zum Abendessen zu Hause bin.«

Nun war es an ihm, die Schultern zu zucken. Zugleich wechselte er das Thema:

»Ich parke den Wagen lieber ein Stück von dem Café entfernt. Für einen Mercedes ist das nicht die richtige Gegend.«

Während wir durch die Straßen liefen, erzählte mir Hiller einiges über den Stadtteil Kreuzberg. Er hätte gut als Touristenführer arbeiten können; er hatte das Talent, Informationen unterschiedlichster Art aufzunehmen, in eine Stadt zu versinken und ein Teil von ihr zu werden. Hiller kannte die Geschichte und die gegenwärtige Situation Berlins; deshalb konnte er Schlüsse ziehen, was die Zukunft betraf.

»Man kann sagen, daß Kreuzberg immer noch zweigeteilt ist. Es gibt den etwas feineren nordwestlichen Teil, der nach der ehemaligen Postleitzahl Einundsechzig genannt wird, und den Südwesten, der Sechsunddreißig heißt. Als die Mauer noch stand, war das grenznahe Kreuzberg 36 ein Einwandererstadtteil; seitdem wohnen hier vor allem Türken. Doch der Fall der Mauer hat die Gegend für Bau- und Immobilienunternehmen interessant gemacht; Kreuzberg ändert sein Gesicht. Für viele ist es jetzt lukrativ, hier zu wohnen.«

Die türkischen Einwanderer beziehungsweise »Gastarbeiter« dominierten das Straßenbild. Hiller wies auf ein großes Gebäude auf einem parkähnlichen Platz.

»Das ehemalige Bethanienkrankenhaus ist heute ein Kulturzentrum mit Ausstellungen, Konzerten, Vorträgen und einer Bibliothek. Das Gebäude gehörte Anfang der siebziger Jahre zu den ersten besetzten Häusern in Westberlin. An warmen Sommertagen findet auf den Rasenflächen eine wahre Völkerverbrüderung statt; deutsche und türkische Familien grillen, trinken, musizieren und feiern miteinander. Ich war selbst an einem Sonntag dabei.«

»Mit Kaviar im Picknickkorb und einer Flasche Champagner?«

»Mit einem Freund aus Anatolien. Die türkische Küche gehört übrigens zu den besten der Welt.«

Wir kamen durch schmalere Straßen, und ich sah, daß auch andere Ethnien präsent waren. Es gab eine ganze Reihe indischer, pakistanischer, griechischer und italienischer Restaurants und viele bunte Läden mit Obst, Gemüse, Teppichen und Importwaren aus fernen Ländern. Aus geöffneten Fenstern drang Musik, die eintönig klang, aber das mochte an meinen Hörgewohnheiten liegen. Hiller wies auf eine kleine Buchhandlung:

»›Hammett‹ hat sich nach dem amerikanischen Altmeister des Detektivromans benannt und ist auf Krimis spezialisiert. Hier hole ich mir immer Nachschub.«

»Was, du liest Kriminalromane?«

»Selbstverständlich, das tun alle zivilisierten Menschen.«

»Ich dachte, du wärst beruflich völlig ausgelastet.«

»Richtig, die wahren Verbrechen stehen mir bis zur Oberkante der Unterlippe und werden mir bald ganz zum Halse heraushängen. Aber an einer spannenden und meisterhaft komponierten fiktiven Geschichte habe ich immer noch meine Freude. Ein guter Roman sagt mehr über die Menschen und ihr Zusammenleben aus als mehrere Jahrgänge einer Tageszeitung. Du solltest dich mehr mit Literatur beschäftigen, Rolle, dann würdest du unsere Gesellschaft besser begreifen. Übrigens sind wir gleich da. Jetzt tu so, als wärest du bereit, alles zu geben – du weißt, Eigentum ist Diebstahl!«

Nahe der Kreuzung Gneisenaustraße/Mehringdamm bogen wir in eine Tordurchfahrt und durchquerten einen verwinkelten Hinterhof. Plakate und Graffitis unterschiedlicher Größe zierten die Wände und Mauern; neben Hinweisen auf Musikgruppen und Theaterveranstaltungen gab es Aufrufe zu internationaler Solidarität mit unterdrückten Minderheiten.

Oberhalb der ersten Etage vermittelten die Fassaden mit Balkons, Markisen und Blumenkästen den Eindruck bürgerlicher Sicherheit, doch darunter herrschten andere Kräfte. Auf einer Ziegelwand prangte ein bekümmert aussehender Teufel und markierte den Eingang zum Mehringhof-Theater.

Die Tür zu dem Café war schwarz grundiert; eine Schrift verriet, daß das Lokal »Ex« genannt wurde. Das Gebäude war wohl früher eine Fabrik oder ein Lager gewesen. Auf Verschönerungen der rohen, von Leitungen und Rohren überzogenen Wände hatte man verzichtet; gerade dadurch gewann der Raum eine besondere Atmosphäre. Die Tische und Stühle waren einfach und rustikal; vorwiegend junge Leute saßen da, unterhielten sich oder aßen mit gutem Appetit. Einige hatten ihre Kinder dabei, die schliefen oder umhertollten und überall neue Freunde fanden. Eine Schmalseite wurde von einem riesigen Graffitibild dominiert, auf dem sich ein junger Mann durch die Buchstaben E und X drängte. Im Hintergrund sah man eine Großstadt, die zerfiel, und die Allegorie war nicht schwer zu verstehen. An der Decke liefen dicke Aluminiumrohre entlang, und jeder Pfeiler war mit Zetteln und Plakaten vollgekleistert. Darunter entdeckte ich die erste Seite der Zeitung »Gesichter der Anarchie« aus dem Jahre 1927, Parteiprogramme, Fotos von Rockgruppen, die im »Ex« aufgetreten waren, und Porträts von mir unbekannten Personen. Natürlich durfte ein riesiger Che-Guevara-Kopf mit der schiefen Baskenmütze nicht fehlen. Hiller ging zum Tresen. Die Flaschenbatterien in den Regalen dahinter signalisierten, daß Nüchternheit hier nicht zu den wichtigen Tugenden gezählt wurde. Durch eine Tür konnte man in eine winzige Küche blicken, in der einige junge Männer das Essen zubereiteten. Hiller studierte die Tafel, auf der mit Kreide die Gerichte des Tages angeschrieben waren.

»Wir nehmen gekochten Fenchel mit Roquefortkäse«, entschied er. »Und zwei Berliner Pilsner.«

Der Mann hinterm Tresen kassierte, und die Preise unterschieden sich sehr von denen, die Hiller sonst in seinen Lieblingsrestaurants bezahlte.

»Sag mal, weißt du, wo ich Paul Malesch finden kann?« fragte Hiller in beiläufigem Ton. »Sonst trifft man ihn doch meistens hier.«

»Worum geht es denn?« erkundigte sich der Mann und reichte uns die Bierflaschen.

»Wir sind von einer neuen Zeitung der europäischen Syndikalisten und Anarchisten. Paul hat ein paar Gedichte geschrieben, die wir gern publizieren würden, aber wir müssen erst einen Vertrag mit ihm machen. Das ist natürlich ärgerlich; die Nummer geht bald in den Druck, und wir brauchen seine Zustimmung.«

»Wieso? Er wird wohl nichts dagegen haben, wenn seine Gedichte veröffentlicht werden.«

»Das stimmt, aber wir waren gezwungen, einige Zeilen zu ändern. Die Metrik erfordert es, meinen wir, aber wir würden so etwas niemals tun, ohne vorher mit Paul zu reden – schließlich geht es um seine autonomen künstlerischen Ausdrucksmöglichkeiten.«

»Ich habe Paul eine Weile nicht mehr gesehen.«

»Wir setzen uns an den Tisch am Pfeiler. Frag ein bißchen herum. Vielleicht wissen andere, wo er sich aufhält, Freunde von ihm oder so. Es wäre ja auch wichtig für Pauls Zukunft.«

Das klang so überzeugend, daß ich beinahe selber daran geglaubt hätte. Wir setzten uns und tranken von dem herrlich herben Pils. Bald kam einer der jungen Männer aus der Küche mit Tellern und Besteck. Wir kosteten von der Speise und schauten uns an. So gut hatte ich lange nicht mehr gegessen! Als wir die Teller abgeleckt hatten, machten wir uns an den Rest des Bieres.

Der Mann vom Tresen war herumgelaufen und hatte verschiedene Leute gefragt, denn ab und zu schaute jemand zu uns herüber. Nach einer Viertelstunde näherte sich ein junges Paar unserem Tisch. Der Mann trug in einem Tuch ein Baby vor dem Bauch. Zögernd nahmen sie Platz, und ihre ganze Körpersprache verriet, daß sie uns mißtrauten. Ich lächelte aufmunternd und hoffte, daß es nicht wie ein fieses Bullengrinsen aussah. Hiller trug einen einfachen Anzug und darunter ein kariertes Hemd, das am Hals offen stand. Seine goldene Rolex hatte er gegen eine Swatch mit Plastikarmband eingetauscht.

»Hej«, sagte Hiller. »Ich heiße Carl, und das ist Roland. Kennt ihr Paul?«

»Seid ihr Polizisten?« fragte das Mädchen.

Hiller lachte, und ich stimmte ein. Sein Lachen klang natürlich.

»Man hat mir im Leben schon alles mögliche an den Kopf geworfen, aber Polizist hat mich noch keiner genannt.«

Er wiederholte die Geschichte von den Gedichten und der neuen Zeitung, und das Paar wurde etwas zugänglicher. Ganz überzeugt hatten wir es aber noch nicht.

»Wie sind Pauls Gedichte denn so?« wollte der junge Mann wissen. »Ich schreibe nämlich selbst, Lisa auch.«

Hiller lehnte sich zurück und begann zu rezitieren. Auf deutsch klang es kraftvoll und rhythmisch. Im stillen übersetzte ich simultan:

»Am Tag, an dem die Glocken klingen/in aller Welt die Glocken klingen/weil keine Stiefel mehr marschieren/ der letzte Soldat den Abschied bekam/der lange Kampf vorüber ist/unsere Kinder heranwachsen/mit dem Freiheitssiegel auf der Stirn/und Knechtschaft nur Erinnerung ist/dann treten die Glöckner/jeder an seine Glocke/und läuten ein die neue Zeit/die ewige Zeit der Freiheit.«

Die jungen Leute lauschten, dann rief das Mädchen:

»Das ist gut, das ist toll!«

»Ja, Paul kann ein großer Poet werden, und wir wollen ihn von Anfang an fördern. Leider ist er weder bei sich zu Hause noch hier zu finden. Wißt ihr nicht, wo er steckt?«

Das Mädchen schüttelte bedauernd den Kopf.

»Er rief uns an, vor … wann kann das gewesen sein, Jürgen? … vor einem Monat?«

»Ungefähr. Vielleicht sind es inzwischen auch fünf Wochen. Es ging ihm nicht gut, und er sollte ins Krankenhaus.«

»Ja, er klang wirklich elend«, bestätigte Lisa. »Der Ärmste! Er ist so empfindlich; manchmal benimmt er sich wie ein Kind.«

»Hat er den Namen des Krankenhauses erwähnt?«

Jürgen rieb sich nachdenklich das Kinn.

»Ich glaube ja. Erinnerst du dich, Lisa?«

»Er sagte wohl ›Griesinger‹. Keine Ahnung, wo das liegt. Ich mag keine Krankenhäuser; die meisten sind zu groß, und die Patienten werden entmündigt.«

»Da hast du recht. Vielen Dank für eure Hilfe.«

Hiller erhob sich, und das Mädchen fragte:

»Wie heißt denn die Zeitung, und wann erscheint sie?«

»Wir nennen sie ›Stimmen‹, was symbolisieren soll, daß jeder gehört wird. Wir schicken einen Stapel Exemplare her – in ein paar Monaten, wenn wir das letzte Geld zusammen haben …«

Der junge Mann nickte, als habe er eine alte und wohlbekannte Wahrheit vernommen:

»Ja ja, immer fehlt es an Geld, wenn man etwas richtig Gutes starten will!«

Hiller hatte es so eilig, zum Auto zurückzukommen, daß ich fast rennen mußte, um Schritt zu halten. Da man sich schlecht unterhalten kann, wenn man keuchend nebeneinander her rennt, mußte ich mir meine Frage nach dem Krankenhaus verkneifen, bis wir im Mercedes saßen.

»Das Wilhelm-Griesinger-Krankenhaus ist eine Nervenklinik; von meinem Haus ist es gar nicht weit dorthin. Ich laß mir die Nummer geben und rufe dort an. Schau inzwischen nach, ob ein Fax angekommen ist.«

Er rief bei der Auskunft an, und ich öffnete das Fach mit dem Faxgerät. Natürlich hatten wir eine Nachricht bekommen. Als ich vor vielen Jahrzehnten meinen Führerschein machte, waren wir überglücklich gewesen, wenn wir dem auf Mittelwelle eingestellten Autoradio überhaupt Töne entlockten. Dieser Mercedes dagegen hatte einen eingebauten Computer, der jede Menge Informationen lieferte, und per Telefon und Fax konnten wir mit der ganzen Welt kommunizieren. Ich nahm an, daß dies ein Fortschritt war.

»Von Hartmut Heyden«, berichtete ich ihm. »Alle Waren aus dem Trailer sind jetzt identifiziert. Es geht um vier große Holzkisten. Wir treffen uns halb vier in der Keithstraße und fahren von dort aus weiter. Wohin, steht nicht hier.«

»Gut. Dann schaffen wir es noch, vorher das Krankenhaus zu besuchen.«

Er mußte seine autoritärste Interpolstimme aufbieten, um einem renitenten Oberarzt namens Hirche zu einem Gespräch über den Patienten Paul Malesch zu bewegen. Als wir die Nervenklinik eine halbe Stunde später erreichten, erwartete uns der Arzt am Eingang. Er sah absolut nicht zufrieden aus, aber seine Laune war nicht unser Problem. Hirche war ein älterer, silberhaariger Mann mit einer väterlichen Ausstrahlung, die entweder Ergebnis seines Berufes war oder einst zur Ergreifung desselben beigetragen hatte. Er gab uns die Hand und schlug einen kleinen Spaziergang durch die Anlagen vor.

»Was für ein herrlicher Park!«, lobte ich und meinte es ehrlich.

Hirche lächelte und wurde zugänglicher. Er trug seinen weißen Arztkittel mit selbstverständlicher Würde und legte beim Gehen die Hände auf den Rücken, der etwas gekrümmt war; vermutlich von der Verantwortung, an der er trug.

»Die Parkanlagen sind über hundert Jahre alt und bestehen aus etwa dreitausend Bäumen. Jedes Jahr kommen viele dendrologisch interessierte Besucher zu uns. Die Bäume sind natürlich nicht willkürlich gepflanzt, sondern in verschiedenen Gruppen und Kombinationen angeordnet und sollen den Kranken Ruhe spenden. Wenn man hier spazierengeht, kann man zu sich selbst finden. Ein tief humanistischer Gedanke, meine ich.«

Sogar ein Großstadtkind wie ich wurde von dem gepflanzten Frieden ergriffen. Die vielen Gebäuden waren wie in Laub gebettet; Sandwege schlängelten sich zwischen den hohen Stämmen hindurch. Es war fast windstill, und das leise Rauschen klang, als wären die Bäumen eingeschlafen und atmeten tief und gleichmäßig.

»Doktor Hirche, was können Sie uns über Paul Malesch sagen?« begann Hiller das Gespräch.

»Ja, Malesch. Ein besonderer Fall. Er rief an und bestand darauf, in unsere Abteilung für akute Fälle eingewiesen zu werden. Wir bestellten ihn zu einem Gespräch, und da ich diese Abteilung leite, landete er bei mir. Er war in einer sehr schlechten psychischen Verfassung und weinte fast die ganze Zeit. Ich nahm ihn auf und unterhielt mich später noch mehrmals mit ihm.«

»Konnten Sie ihn heilen?«

Hirche schüttelte betrübt den Kopf.

»Nein. Sein Lebensüberdruß nahm zu, und schließlich verfiel er in ein Schweigen, in das wir nicht mehr eindringen konnten.«

»Trotzdem möchte ich mit ihm sprechen.«

Der Arzt sah aus, als hätte er etwas Bitteres im Mund und brummte:

»Geht nicht.«

»Aber vielleicht kann ich …«

»Nein, Sie können nicht. Der junge Malesch ist tot. Vor einer Woche hat er sich das Leben genommen. Bitte geben Sie nicht dem Personal die Schuld. Wer sich umbringen will, schafft es früher oder später; das hier ist ein Krankenhaus und kein Gefängnis. Wir tun, was wir können, doch die Seele geht ihre eigenen Wege, und die Psychiatrie ist keine exakte Wissenschaft.«

»Wir machen niemandem Vorwürfe«, versicherte Hiller. »Wir sind überzeugt, daß Sie ihr Bestes getan haben. Nicht jede Krankheit läßt sich heilen.«

Hirche holte tief Atem, als würde ihn Hillers verständnisvolle Haltung erleichtern. Ich fühlte mich die ganze Zeit wie eine Wand, die da ist, von der aber keiner Notiz nimmt. Das war mir nur recht, schließlich hatte ich meine große Klappe jahrelang allzu weit aufgerissen.

»Was hat er Ihnen erzählt?« fuhr Hiller fort zu fragen.

»Ich bin an meinen Eid gebunden.«

»Gewiß, und das respektieren wir. Was also hat er Ihnen erzählt?«

»Herr Kommissar … im Grunde genommen fällt alles, was er gesagt hat, unter die Schweigepflicht. Doch eine Sache will ich erwähnen.«

Langsam spazierten wir durch den schönen Park; Blut und Tod schienen so wenig hierher zu passen wie Schnee in die Sahara.

»Paul Malesch muß an etwas so Furchtbarem beteiligt gewesen sein, daß es seine Psyche geprägt hat. Er hatte Dinge erlebt, die er nie für möglich gehalten hätte. Mich schaudert, wenn ich mir vorstelle, was das gewesen sein könnte. Er wollte nicht in einer Welt leben, wo das, was er gesehen und gehört hatte, geschehen konnte!«

Wir fuhren in die Keithstraße und nahmen Hartmut und Ilona mit. Sie wiesen uns den Weg in ein Industriegebiet am Stadtrand von Berlin. Das Gebäude stand auf einem umzäunten Gelände. Hartmut erzählte uns, daß es sich um einen ehemaligen Getreidespeicher handelte.

»Wir haben das Objekt für zwei Jahre gemietet, und es ist ein Experiment. Wahrscheinlich werden wir es danach aufgeben müssen, denn die Mittel dafür wurden gestrichen.«

Drinnen gab es einen Gang rund um den großen Raum, der als Lager gedient hatte. Die Wände bestanden größtenteils aus einem Spezialglas, das große Belastungen aushalten konnte. Wir stellten uns an ein Fenster nahe der Stahltür, und Heyden sprach per Walkie-talkie mit einem Kollegen, der sich mit fünf

Mann im Innenraum aufhielt. Auf dem Boden standen die Holzkisten. Wegen der Explosionsgefahr trugen alle Schutzkleidung. In der entgegengesetzten Ecke arbeiteten weitere Polizisten an einer anderen Aufgabe; sie waren nur durch einen Stahlschirm geschützt.

»Wir haben die Kisten geröntgt, konnten jedoch nichts Verdächtiges entdecken. Ich glaube nicht, daß sie Sprengmittel enthalten, aber wir dürfen kein Risiko eingehen.«

Er gab den Männern im Innenraum die Anwesung anzufangen, und die Polizisten brachen die Deckel mit Brechstangen auf. Darunter wurde Holzwolle sichtbar, die sie vorsichtig entfernten. Dann hoben sie verschiedene Gegenstände aus den Kisten: Destillationsgefäße, Glaskolben, Röhren und große Aluminiumdosen. Durch das Walkie-talkie hörten wir:

»Sieht aus wie ein Drogenlabor.«

Die Polizisten nahmen ihre unbequemen Helme ab.

»Ich öffne eine der Dosen.«

Wir beobachteten, wie er den Deckel abschraubte, der offenbar sehr fest saß, denn er mußte sich anstrengen. Verwundert schaute er hinein:

»Was zum Teufel ist das?«

Plötzlich riß er die Arme hoch, und die Dose flog im hohen Bogen durch die Luft. Er tat einen Schritt vorwärts, griff sich mit beiden Händen an den Hals, taumelte und schlug lang hin. Auch die anderen Polizisten schwankten und sanken zu Boden. Die Kollegen hinter dem Stahlschirm merkten, daß Gefahr drohte, und versuchten, durch eine Tür zu entkommen, doch bald lagen auch sie gekrümmt da. Es war wie im Film, ganz und gar unwirklich.

»Gas!«, schrie Hartmut. »Das ist Giftgas!«

14.

Instinktiv wollte Ilona den Männern zu Hilfe eilen und rannte auf die Tür zu. Hartmut riß sie zurück.

»Nicht öffnen! Die Luft strömt aus.«

»Sie sterben …«

»Laß die Tür zu!«

Aus beiden Richtungen kamen Polizisten gerannt, und Hartmut wiederholte seine Warnung:

»Zulassen! Auf keinen Fall aufmachen!«

Mit ein paar schnellen Schritten war er an der Tür und stellte sich mit dem Rücken davor, bereit, jeden Versuch, sie zu öffnen, abzuwehren. Ilona begann, hysterisch zu schluchzen. Sie war eine gut ausgebildete und erfahrene Polizistin, aber das hier übertraf jedes normale Maß. Wir standen alle unter Schock, und auch mich hatte es erwischt; wie paralysiert starrte ich durch die Scheibe auf die reglosen Körper. Hiller war der einzige, der einigermaßen die Fassung behielt. Schweiß perlte von seiner Stirn, doch er sprach ohne zu schreien:

»Gibt es keine Belüftung?«

»Die Belüftung … ja, klar«, keuchte Hartmut. »Die Belüftung!«

Er eilte davon, nachdem er noch einmal vor dem Betreten des Raumes gewarnt hatte. Kurz darauf war das Rauschen starker Lüfter zu hören, die die Luft absaugten. Ich hoffte, daß die Giftpartikel im Filter hängenblieben. Hartmut kam zurück; über seinem linken Unterarm hingen Gasmasken. Ilona riß eine an sich, und ich sah auch mich den Arm ausstrecken.

»Oh nein«, sagte Hartmut. »Du bist kein deutscher Polizist. Das ist unser Job. Los, Waxmann und Ledel, Masken auf, wir gehen zusammen rein. Hiller, mach hinter uns sofort wieder zu. Keiner weiß, wieviel Gas noch in der Luft ist.«

Die vier stellten sich dicht an die Tür. Durch die runden Gläser sahen ihre Augen grotesk aus.

»Jetzt!«, kommandierte Hartmut.

Tür auf, sie sprangen hinein; Luft angehalten und Tür wieder zu. Hiller wischte sich über die Stirn wie nach einer großen körperlichen Leistung. Dann schauten wir gemeinsam durch die Sicherheitsverglasung in den Innenraum. Drinnen prüften die Polizisten Puls und Herzschlag ihrer am Boden liegendenden Kollegen. An ihrer Körpersprache, dem unbewußten Schütteln des Kopfes, den gekrümmten Rücken, den immer schleppenderen Bewegungen konnte man die tragische Wahrheit ablesen. Wie viele Tote hatten wir zu beklagen? Vier an den Kisten, weitere vier hinter dem Stahlschutz – nein fünf, ich sah noch einen beschuhten Fuß hervorragen. Neun Opfer!

Die Gasmasken verwandelten die Polizisten in schreckliche, unmenschliche Wesen; sie sahen aus wie eine Gruppe urzeitlicher Reptilien und wirkten irgendwie ratlos. Sie konnten nicht wissen, ob die Luft schon gasfrei war und mußten die Vermummung beibehalten. Leise sagte Hiller:

»Eigentlich sollten hier doppelte Wände mit einer Luftschleuse dazwischen sein. Die Ausrüstung dazu wurde noch nicht geliefert.«

Ich kannte das von Schweden. Selten reichten die Mittel. Endlich entschied Hartmut, daß es nun genug sei. Sie sammelten sich an der Innenseite der Tür und verließen den Raum genauso zügig, wie sie ihn betreten hatten. Eine Weile standen sie still, dann nahmen sie langsam die Masken ab. Einer der Polizisten, ein älterer Mann, weinte offen.

»Mein Neffe war dabei ... wir zogen ihn immer auf ... Max Waxmann ... nannten ihn Max Wax ... vor einem Monat wurde sein zweites Kind geboren ...«

Ilona versuchte, ihn zu trösten, aber sie war selbst viel zu verstört. Eigentlich hätten wir alle Trost gebraucht. Hartmut Heyden fuhr sich mit zitternder Hand durchs Haar und sagte mit fremd klingender Stimme:

»Das ist ein Massaker! Ein richtiges Massaker!«

Hiller schaute mich an, und ich verstand seinen Blick. Noch konnte ich nicht damit rechnen, nach Hause fahren zu dürfen.

Statt im Flugzeug nach Stockholm zu sitzen, wurde ich vom frühen Morgen bis zum späten Abend neuen Verhören ausgesetzt. Man jagte nach eventuell vergessenen Details aus früheren Vernehmungen und setzte mich so unter Druck, daß ich ordentliche Ruhepausen forderte. Ich befürchtete, daß mein Gedächtnis sonst in die gewöhnliche Falle gehen und Einzelheiten erfinden würde, nur um die Befrager zufriedenzustellen. Man wird so allmählich müde, daß man nicht mehr klar denken kann, und aus dem Nebel der Erinnerung steigen Phantasieszenen auf, während die Wirklichkeit verblaßt.

Wie ich den Massenmedien entnehmen konnte, erregte das Massaker an den neun Polizisten, wie zu erwarten, enormes Aufsehen, doch mir war nicht danach, mich mit den verschiedenen Theorien zu beschäftigen. Carl ließ mich in Frieden, und ich vermutete, daß selbst er vorübergehend den Appetit verloren hatte und auf seiner Strecke ebenso hart wie die anderen arbeitete, um die Ermittlungen voranzutreiben. Wie sehr mich das Ganze mitnahm, zeigte sich bei einem Telefonat, das ich spätabends mit Virena führte und in dem ich ihr mitteilte, daß ich noch eine Weile Berliner Luft schnuppern mußte:

»Ich habe es satt, doch es geht nicht; ich muß bleiben.«

Ich kannte diese beredte, vorwurfsvolle Pause vor dem nächsten Satz.

»Elins Schulabschluß …«

»Ich weiß. Dir ist doch klar, wie sehr ich mich darauf gefreut habe. Aber es ist hoffnungslos.«

»Ach ja? Hoffnungslos?«

Ich atmete tief.

»Vielleicht hast du auch aus den schwedischen Zeitungen und dem Fernsehen erfahren, daß in Berlin neun Polizisten während einer Ermittlung starben?«

Ihre Stimme klang reserviert, und ich verstand es nicht.

»Die Überschriften waren groß genug.«

»Virena, ich war dabei, als sie ums Leben kamen. Man kann

auch sagen, als sie ermordet wurden. Ich sah, wie neun tüchtige Männer aufhörten zu atmen. Kannst du das begreifen?«

»Das kann ich nicht begreifen, weil ich nicht dabeigewesen bin. Aber ich erinnere mich daran, daß du versprachst, es würde nur eine kurze und ganz harmlose Reise nach Berlin und zurück werden. Dann habe ich versucht, dich im Hotel zu erreichen, aber die kannten nur einen Schweden namens Karl-Erik Tomasson. Roland, ich fühle mich ... belogen. Richtig betrogen.«

Wieder holte ich tief Atem und hielt ihn in der Lunge, bis es vor meinen Augen zu flimmern begann; ich fühlte mich fieberheiß, und im Magen krampften sich die Nerven zusammen.

»Hörst du, diese Reise sollte wirklich kurz und völlig harmlos werden, aber dann geschahen Dinge, auf die ich keinen Einfluß hatte. Alles ging schief, aber das war nicht meine Schuld.«

Wieder dieses Schweigen, das Tadel, Mißfallen, Vorwurf bedeutete. Ich bekam Lust, in den Hörer zu beißen.

»Nein, du bist ja nie schuld! Es sind immer die Umstände. Roland, es hat in unserer Ehe zu viele solcher Umstände gegeben.«

Plötzlich platzte ich längs und quer, und aus den Rissen in der Haut strömten giftige Dämpfe.

»Verdammt noch mal, dann such dir doch einen anderen Kerl!« schrie ich. »Einen, der von neun bis fünf arbeitet, damit du ihn voll unter Kontrolle hast. Du begreifst nicht, daß ich mich wie verrückt nach euch sehne; du glaubst wohl, es macht mir Spaß zuzusehen, wenn Leute wie die Fliegen sterben. Ich saß neben dem Fahrer, der in dem Fernlaster ermordet wurde, und ich habe mich in seinem Blut gewälzt. So, nun weißt du das auch!«

»Roland, ich ...«

»Ja, zum Teufel, ich habe dich belogen! Wenn du es so eng siehst, dann fühl dich doch betrogen! Ich habe es satt mit dir. Laß mich zufrieden, dann lasse ich dich auch in Ruhe.«

Ich knallte den Hörer hin, warf mich aufs Bett und starrte

mit geschwollenen Augen an die Decke. Sollte sie doch machen, was sie wollte. Mit ihrer strengen Lehrerinnenstimme konnte sie anderen auf die Nerven gehen. Ich würde nicht mehr ihr Hampelmann sein. Langsam legte sich der Ausbruch, und der harte Klumpen im Magen löste sich auf. Wie oft in unserer Ehe hatte ich sie verflucht? Nicht oft. Nur in starken Krisensituationen. Mein Job in der Krise, ich in der Krise, wir in der Krise. Niemals sie; sie ließ es nie soweit kommen. Ich war neidisch auf sie, weil sie kein Krisenbewußtsein hatte.

Neun Männer waren einfach gestorben. Ein Mann mit einem kleinen Kind, auf das er sich gefreut hatte, mit dem er am Abend spielen wollte. Väter, verheiratete Männer, Verlobte, Liebhaber, Söhne, Freunde ihrer Freunde ... Neun Männer waren ums Leben gekommen, doch ihr Tod wirkte sich auf hunderte von Menschen aus, millionenmal weniger wurde gelacht, Milliarden von Umarmungen und Küssen niemals verteilt, Billiarden lichter Träume blieben in ewiger Dunkelheit. Dunkel ... in meinen eigenen finsteren Träumen kam der Kapitän aus dem Gefängnis von Lagos auf mich zu, mit seinem bösen Lächeln und seiner Peitsche, und ich streckte die Hand aus und bat darum, geschlagen zu werden. Ich bettelte um Bestrafung, damit er mit mir zufrieden wäre; ich leckte Wassertropfen vom Boden ... Das Telefon vertrieb den Kapitän und seine schreckliche Peitsche, und ich setzte mich auf. Ich fühlte mich erschöpft und klebrig vor Schweiß.

Wieder klingelte es. Es konnte nur Hiller sein. Er sollte wissen, was er angestellt hatte. Vergnügungsreise! Ich rappelte mich auf. Daß man in so kurzer Zeit einen steifen Rücken bekommen konnte! Nachdem ich Salzsäure über meine Stimmbänder gegossen hatte, knurrte ich:

»Ja?«

Virenas Stimme war leiser, und sie klang nicht mehr kühl und feindlich:

»Du hast es schwer, nicht wahr?«

Meine Bitterkeit verschwand wie ein Stein im Wasser versinkt, und ich hörte mich flüstern:

»Ja ... ich habe es ... verdammt schwer.«

Das war eine Beschreibung und kein Fluch. Sie verstand mich.

»Roland, mir ist klar, daß du so lange bleiben mußt, wie es notwendig ist. Wann du auch kommst, du bist immer willkommen bei uns.«

Der Klumpen aus meinem Magen stieg in den Hals hinauf; ich mußte schlucken und schlucken, so daß ich nur herausbrachte:

»Danke.«

Sie lachte leise, wie sie es sonst nur tat, wenn wir bei einem Glas Wein, Kerzenschein und geöffneter Schlafzimmertür zusammensaßen.

»Das wollte ich dir nur sagen. Gute Nacht. Und träum von uns.«

Sie legte den Hörer so zärtlich auf, daß ich es geradezu spürte, und mir wurde so warm, daß sich die fest angezogenen Fesseln lockerten. Ich legte mich wieder hin; diesmal deckte ich mich zu. Mehr brauchte ich nicht, um glücklich zu sein: zu wissen, daß sie mich zu Hause erwarteten. Nun konnte ich versuchen, meinen Job zu tun, meine Rolle zu spielen, als hätte es den Kapitän mit der Peitsche nie gegeben.

In dem Besprechungsraum des großen Komplexes, in dem die Kripo residierte, war die Stimmung so gedrückt, daß man sie mit einem Säbel hätte zerschneiden können. Erfahrene, ranghohe Polizisten, die geglaubt hatten, alles gesehen und gehört zu haben, konnten das Unfaßbare nicht fassen. Obwohl alle Stühle besetzt waren, hatte man das Gefühl, daß neun Plätze leer geblieben waren.

Kriminaloberkommissar Hartmut Heyden hatte sich erholt und war wieder der ruhige und effektiv arbeitende Beamte, als den ihn alle kannten. Wir saßen in Stuhlreihen nebeneinander wie im Theater. Ganz vorn war auf der einen Seite der

Bühne ein Podium, und in der Mitte standen ein Sofa und Stühle. Die technische Ausrüstung war komplett. Hartmut stellte sich auf die Bühne; seine Stimme war so kräftig, daß er kein Mikrophon benötigte. Er kam sofort zur Sache:

»Unmittelbar, nachdem unsere neun Kollegen getötet wurden, haben wir eine Ermittlungskommission gebildet. Ich übernahm die polizeiliche Seite; für die speziellen Seiten dieses Falles steht uns Doktor Wolfgang Lühr von Interpol zur Verfügung, einer der weltweit führenden Experten für biologische und chemische Waffen, natürlich auch allgemein für Viren und Bakterien. Das eine hat ja mit dem anderen zu tun. Bitte, Doktor Lühr.«

Der Doktor sah aus, wie viele Doktoren aussehen; er war mager und ging etwas gebeugt; die stahlgefaßte Brille war die halbe Habichtsnase hinuntergerutscht und dort hängengeblieben; zu beiden Seiten der glänzenden Glatze standen Haarbüschel in die Höhe; die Augenbrauen hielt er wie in ständiger Verwunderung gehoben. Dennoch verfügte er über die natürliche Autorität eines Fachmannes; er forderte Respekt und bekam ihn. Man spürte, daß er ein typischer Workaholic war, für den die Welt außerhalb von Labor und Arbeitszimmer keine große Bedeutung hatte.

»Wenn es um chemische Kampfgase geht, sind wir von Lügen umgeben. Nur Amerika und Rußland haben zugegeben, daß sie über Kampfgase verfügen. Der Irak wurde dazu gezwungen, es zuzugeben. Andere Staaten leugnen es. Lügen über Lügen; viele andere Staaten haben solche Gase. Die USA und Rußland behaupten, daß jeder etwa hundertfünfzigtausend Tonnen eingelagert habe. Lügen. Wenn man die Menge verdoppelt, kommt man der Wahrheit schon näher. Sie haben versprochen, bis zur Jahrtausendwende auf fünftausend Tonnen zu reduzieren. Lügen; trotz Verbots produzieren sie jedes Jahr mehr als das Zehnfache. Lügen schon allein deshalb, weil Kampfgase sich nicht so schnell beseitigen lassen. Es handelt sich um stabile chemische Verbindungen, die äußerst schwer abzubauen sind. Wer stellt Kampfgase her? Da gibt es eine allgemeine Antwort: der Teufel!«

Er lächelte nicht, denn seine Bemerkung war keinesfalls scherzhaft gemeint, eher symbolisch.

»Es gibt vier Sorten von Kampfgasen. Zuerst die allgemein vergiftenden Gase, die das Opfer von innen ersticken, indem sie die Energieproduktion der Zellen blockieren. Das Gehirn wird angegriffen und hört auf zu funktionieren, es stirbt ab. Fünfzehn Sekunden nach dem Einatmen des Giftes treten Herz- und Atemstillstand ein. Mit anderen Worten: fünfzehn Sekunden qualvoller Todeskampf. Dann gibt es die Nervengase. Der Betroffene sieht zunächst alles wie im Nebel, da die Linse des Auges verändert wird. Die Muskelnerven werden gelähmt, ebenso Herz und Lunge. Man erstickt ganz einfach. Wer Glück hat, stirbt nach etwa einer halben Minute; wer Pech hat, quält sich ein bis zwei Minuten.«

Für gewöhnlich pflegen sich Polizisten bei solchen Anlässen Notizen zu machen, doch hier schrieb niemand mit; alle lauschten Lührs prägnanter Stimme. Er sprach in einem leichten Ton, als redete er über Backrezepte; um so größer war die Wirkung auf die Zuhörer.

»Die lungenschädigenden Gase brauchen länger, so daß man noch viel Blut, Schleim und Schaum husten kann, bevor man stirbt. Die hautschädigenden Gase greifen nicht nur die Haut, sondern vor allem auch die Schleimhäute sowie die Hornhaut der Augen an. Wenn jemand überlebt, erkrankt der Betreffende in den allermeisten Fällen an Lungenkrebs. Im Ersten Weltkrieg verreckten neunzigtausend Menschen an Kampfgasen; über eine Million wurden zu Vollinvaliden. Aus dem Zweiten Weltkrieg sind keine Zahlen bekannt, weil es aus Angst vor Repressalien keine Seite wagte, mit Gas anzugreifen. Lassen Sie uns ein Bild betrachten.«

Rasch wurde eine Leinwand ausgerollt und ein Overheadprojektor eingeschaltet. Eine große Anzahl Menschen, über hundert, lag ausgestreckt auf einem Platz oder einer breiten

Straße; sie sahen aus, als wären sie mitten in der Bewegung gestorben. Das Bild wurde vergrößert, so daß man die Gesichter von Kindern, Frauen und Männern erkennen konnte – alle von Krämpfen und Schmerzen verzerrt und im Tode erstarrt. Dann weitete sich der Blickwinkel, wie von einem Helikopter aufgenommen. Überall lagen Leichen, vor Häusern, auf Höfen, in Parkanlagen.

»An einem Vormittag im März war Halabaja eine lebendige Stadt im Norden Irans. Dort wohnten Kurden. Ein paar irakische Flugzeuge kreisten am Himmel, dann ließen sie unsichtbares und geruchloses Gas ab. Innerhalb von vierzig Sekunden waren alle Einwohner der Stadt, über fünftausend Personen, tot. Entschuldigen Sie, ich möchte mich korrigieren: fünftausend Menschen! Ein Befehl Saddam Husseins. Wer hat sich darum gekümmert? Saddam ist Saddam, und Kurden ... haben kein Öl.«

Das Bild verlosch, doch die fünftausend Opfer hatten sich in unsere Netzhäute eingebrannt.

»Herr Hussein verwendete das Nervengas Sarin für seinen Massenmord. Mit Sarin wurden auch Ihre neun Kollegen getötet. Sarin? Klingt das nicht bekannt?«

Er ließ den Blick über die Anwesenden schweifen und zog die Augenbrauen hoch, so daß sein Gesicht ein fast asiatisches Aussehen bekam.

»Natürlich – Japan. Sie erinnern sich alle; der Fall hat große Aufmerksamkeit erregt. Der Sektenführer Shoko Asahara schuf eine enorme Terrororganisation mit Spezialisten in Chemie und Biologie und einer Armee, die ihm blind gehorchte. Zehntausend in Japan. Dreißigtausend in Rußland. Viele tausend weitere Anhänger auf vier Kontinenten. Wer begriff, was vorging, und aussteigen wollte, wurde gefoltert und in gigantischen Elektroöfen zu Asche verbrannt. Er hatte zuerst sich selbst und dann seine Anhänger davon überzeugt, daß er die Weltherrschaft übernehmen würde. Sarin war die perfekte Methode, alle Außenstehenden zu beseitigen. In einem Ferienort namens

Matsumoto wurde ein Versuch gestartet. Es lief nicht schlecht; über sechshundert Menschen wurden schwer verletzt, sieben starben. Nun war es Zeit, der Welt zu zeigen, mit wem sie es zu tun hatte. Also bringt er, in einer Zeitung getarnt, flüssiges Sarin in einen U-Bahnzug in Tokio. Zwölf Menschen ersticken, etwa fünftausend werden schwer geschädigt. Der Führer ist äußerst unzufrieden; seiner Meinung nach hätte das Ergebnis umgekehrt ausfallen müssen, er hat mit mindestens fünftausend Toten gerechnet. Soviel zum Thema Sarin. Wieviel von dem Teufelszeug hat seine Organisation noch übrig?«

Ich sah, wie ein Schauder Ilona überlief. Lühr fuhr fort, eine amoklaufende Welt vorzustellen:

»Wissen Sie, warum ich nachts nicht schlafen kann? Weil die Wahnsinnigen nur auf Silvester 1999 warten. Dieses Datum hat eine symbolische Bedeutung erlangt. Mit dem Jahr 2000 beginnt ein neues Millennium – Zeit für den Tag des Gerichts, für die Apokalypse, für Ragnarök. Und aus der Asche steigt der Sektenführer empor, um sein ausgestorbenes Königreich zu übernehmen. Wollen Sie das nicht glauben? Weigern Sie sich, die Wahrheit zu erkennen? Ziehen Sie es vor, die Tatsachen zu verdrängen? Ich verstehe Sie. Am liebsten würde auch ich Sie mit meinen Fakten verschonen. Aber Sie müssen wissen, was vor sich geht.«

Ein Stuhl scharrte, jemand seufzte – er gab uns keine Chance.

»Fast tausend intelligente, allerdings einer Gehirnwäsche unterzogene Individuen begehen in einem südamerikanischen Dschungel kollektiven Selbstmord. Pseudoreligionen und gewissenlose Politiker finden Anhänger, weil sie versprechen, wonach sich viele sehnen. Für Macht, Einfluß und das Gefühl, bedeutend zu sein, ist man bereit, seine Seele zu opfern. Der Mann, der in Oklahoma das Einkaufszentrum mit einhundertachtundsechzig Menschen in die Luft sprengte, gehörte zu einer neonazistischen Gruppe und handelte im Auftrag. Ich weiß, wir wissen, daß es Massen – und ich meine Massen – von organisierten Gruppen gibt, deren Mitglieder nur Haß im Hirn haben, und diesen Haß wissen clevere Führer auszunutzen. Nehmen wir zum Beispiel den Ku Klux Clan. Man haßt Schwarze – also schickt man ein kleines Flugzeug über die Stadtviertel, in denen die Farbigen leben. Dieses Flugzeug könnte beispielsweise Sarin verspritzen – unsichtbar, riecht nicht. Wenn die Aktion gelingt, hat man Millionen Schwarze in kürzester Zeit getötet. Oder Juden, oder Chinesen. Ein schneller, sicherer Tod. Aber das reicht nicht. Nicht auf lange Sicht.«

Ich war dankbar, daß er auf weitere Bilder mit Leichenbergen verzichtete. Den Tod betreffend, gibt es eine Grenze des Erträglichen, jedenfalls bei mir.

»Diese gigantischen Massenmorde sind trotz allem räumlich begrenzt. Shoko Asahara erkannte das und reagierte darauf. In seinen vielen Laboratorien, jedenfalls in denen, die entdeckt wurden, züchtete man Bakterien und Viren, die weltweite Epidemien auslösen sollten. Ihr werdet einwenden, so etwas sei heutzutage nicht möglich; schließlich verfügen wir über wirksame Antibiotika. Aber Bakterien lassen sich weiterentwickeln; sie übertragen die neuen Eigenschaften auf ihre in Milliarden zählende Nachkommenschaft. Sie sind resistent gegen Penizillin. Die alten Krankheiten, die wir für so gut wie ausgerottet hielten, kehren zurück, und wir haben ihnen nichts entgegenzusetzen. Tuberkulose zum Beispiel rast wie ein Präriebrand über die Welt. Staphylokokken bereiten den Krankenhäusern Probleme, und der sogenannte Hospitalismus bringt hunderttausenden operierten Patienten unermeßliche Leiden. Es gibt ein Antibiotikum, das Vancomycin heißt und der letzte Ausweg war, wenn alles andere fehlschlug. Jetzt hilft auch dieses Mittel nicht mehr; es wurde von den Mikroben besiegt. Die Superbakterien, die Mörderbakterien, sind auf dem Vormarsch. Die Viren sind noch eine andere Klasse, da helfen Antibiotika sowieso nicht. Im besten Fall können wir gegen bestimmte Krankheiten Vaccin einsetzen, doch jede Krankheit hat viele Gesichter; denken Sie nur an die vielen Arten von Grippe.«

Ein Polizist nieste, und Gelächter flackerte auf. Eine solche

Entladung war nötig gewesen; das Lachen vibrierte vor Nervosität. Lühr ließ sich Zeit und wartete, bis sich alle beruhigt hatten.

»Meine Herren und leider allzu wenigen Damen, ist es nun eigentlich schwer, biologische Waffen herzustellen? Keineswegs, ein bescheidenes Wissen in Biologie genügt bereits. Das Grundmaterial kann man über einen Strohmann problemlos und in jeder Menge von kommerziellen Laboratorien kaufen. Über das Internet, die Spielwiese von Verrückten, Sadisten und Chaoten, erhält man Anleitungen, wie die Produktion abläuft. Vielfach bildet einfacher Senf die Hauptzutat. Allzu viele Geisteskranke meinen, es sei das Recht eines jeden, eine persönliche biologische Bombe zu basteln. Wenn der Massenmord allerdings im ganz großen Stil erfolgen soll, benötigt man perfekte Labors mit erfahrenen Experten, die die Methoden weiterentwickeln können. Nicht alle, aber viele hervorragende Biologen lassen sich durch Geld oder Macht oder Gehirnwäsche kaufen.

Shoko Asahara hat gezeigt, daß es nicht nur möglich, sondern auch leicht ist, begabte Forscher zu finden, die meinen, daß ihr Talent nicht ausreichend belohnt werde. Sie waren verletzt, frustriert und rachelüstern und mußten nicht lange überredet werden, um die Seiten zu wechseln.

Was war nun in den Kisten, die Ihre Kollegen geöffnet haben? Gas, das wissen Sie, und nicht nur Sarin, sondern auch mehrere andere Nervengase. Erreger von Milzbrand, einer Krankheit, die Tiere tötet, aber auch auf den Menschen übertragbar ist und oft zu einer schweren Lungenentzündung führt.«

Ich erinnerte mich an meinen Scherz über diverse Milzkrankheiten in Stockholm, und mir war gar nicht zum Lachen zumute.

»Botulismus, verursacht durch eines der stärksten Nervengifte, die wir kennen. Cholera. Dysenterie. Und was sagen Sie, meine Herren und allzu wenigen Damen, zur Pest? Zur Beulenpest, die im vierzehnten Jahrhundert zwei Drittel der europäischen Bevölkerung umbrachte? Den Biologen, die uns die Probe in der Holzkiste hinterlassen haben, ist es gelungen, eine bedeutend höhere Bakterienkonzentration zu erreichen als Mütterchen Natur sie vor über sechshundert Jahren zustande gebracht hatte. Stellen Sie sich vor – immer neue Wellen von Beulenpest verheeren die Großstädte. Und gleichzeitig regnet es Sarin. Können Sie das Jüngste Gericht vor sich sehen?«

Es war nicht schwer. Ein unbekannter Feind schlug zu, und es gab keine Verteidigung.

»Eine Züchtung hat mich verblüfft, eine Blutfieberkrankheit vom Typ Ebola. Die Sorte ist mit Aids verwandt, doch während der Aidsvirus langsam arbeitet, hat Ebola einen sehr schnellen Verlauf. Wir kennen kein Mittel dagegen. Über die Herkunft und das Verbreitungsvermögen der Blutfieberkrankheiten wird noch gestritten, aber man glaubt, daß der Virus von einem Wirtstier kommt und die Ansteckung über das Blut oder andere Körperflüssigkeiten erfolgt. Einige meinen, sie könnte auf dem Luftweg passieren, aber das ist nicht bewiesen. Die meisten Forscher sind der Überzeugung, daß die Ansteckung an Kraft verliert, wenn sie von Mensch zu Mensch erfolgt. Das könnte erklären, warum sich Epidemien rasend schnell ausbreiten, dann jedoch ebenso schnell wieder verschwinden. Wir hatten einen Fall in Düsseldorf vor ein paar Jahren und in Amerika und ein paar anderen Gegenden außerhalb vom Ursprungskontinent Afrika. Möglicherweise zielt diese Züchtung darauf ab, die Leute zu erschrecken, denn die Blutfieberkrankheiten sind mit so schrecklichen Symptomen verbunden, daß man sie seinem ärgsten Feind nicht wünschen würde. Vielleicht haben die beauftragten Forscher sogar ein Bakterium gefunden, das nicht nachläßt und sich außerdem über die Luft verbreiten kann. Gegen eine Ebola-Epidemie würde sich Aids geradezu harmlos ausnehmen. Stellen Sie sich vor, Millionen und Abermillionen Menschen liegen da und bluten aus allen Körperöffnungen, bevor der Tod, der einzige Erlöser, kommt.«

Er machte eine Pause, und wieder ließ er den Blick über sein aufmerksames Publikum, die wie gebannt lauschenden Polizisten, wandern.

»Mehr will ich jetzt nicht sagen, aber ich hoffe, daß Sie verstehen, warum ich nicht schlafen kann und sogar am Tage von Alpträumen geplagt werde. Wer die todbringenden Kisten verladen hat und wer der Empfänger sein sollte, muß erst noch ermittelt werden. Wie viele solcher Terrororganisationen mag es derzeit geben, werden Sie fragen. Niemand weiß es, auch eine Schätzung fällt schwer. Da beträchtliche Mittel erforderlich sind, würde ich auf zehn tippen. Jede von ihnen könnte die Erdbevölkerung mehrfach ausrotten. Ich weiß, daß ich tauben Ohren predige, wenn ich davon berichte, denn die Politiker scheuen vor diesem Thema zurück. Es ist zu komplex und zu schrecklich; mit teuflischen Wahrheiten gewinnt man keine Stimmen. Aber Sie sind Polizisten, und es ist Ihre Aufgabe, gegen die Feinde des Volkes zu kämpfen. Ich wünsche Ihnen, daß Sie in diesem Streit siegen mögen, auch wenn mein kleiner Wunsch nicht so viel bedeutet. Das Jahr Zweitausend ist nahe. Gott helfe uns allen!«

Bedrückt und erschreckt erhoben wir uns. Früher fürchtete man sich vor der Atombombe, doch als niemand auf den Knopf drückte, schöpften wir wieder Mut; offenbar wagten nicht einmal die Diktatoren Kräfte freizusetzen, die in der Konsequenz auch sie selbst vernichten würden. Doch hier gab es keine solchen Hemmungen; hier ging es um total geistesgestörte Personen mit kochenden Gehirnen und tausenden von blind gehorchenden und ebenso irren Anhängern, die vor Massenmord nicht zurückschreckten. Ich sah Hartmut in sein Mobiltelefon sprechen, und als er fertig war, winkte er mich zu sich.

»Wir haben den Schweden ausfindig gemacht, in einem Haus westlich von Berlin.«

»Den Schweden? Ach so, den Schweden, unseren Dichter und mumaßlichen Mörder. Wie heißt er?«

»Karl-Evert Nildenman. Willst du mit? Wir könnten dich als

Dolmetscher gebrauchen, aber vor allem wollen wir, daß du seine Stimme identifizierst.«

Seine Frage war natürlich rhetorisch. Hartmut verbarg nicht, daß ihn der Vortrag erregt hatte und daß er darauf brannte, einer Bande das Handwerk zu legen, die in das von Lühr beschriebene Muster einer Terrororganisation paßte. Er beorderte Mannschaften und Ausrüstungen herbei, und eine halbe Stunde später saß ich neben Hiller auf dem Rücksitz des Führungsfahrzeugs. Obwohl die Operation kurzfristig angesetzt worden war, folgten uns sieben Wagen in lockerer Kolonne. Hartmut saß auf dem Beifahrersitz und studierte die Karte.

»Wie gehen wir vor?« wollte Hiller wissen.

»Ohne Blutvergießen. Ich will ihn lebend haben. Das ist immer mein Prinzip, aber diesmal ganz besonders. Wir müssen ihn dazu bringen, daß er sich freiwillig ergibt.«

»Und wie?«

»Eine gute Regel ist, keinen festen Regeln zu folgen. Wir entscheiden je nach Situation, schießen jedoch unter keinen Umständen zuerst. Tränengas haben wir dabei.«

Hillers Mobiltelefon surrte. Er lauschte und teilte mir dann auf schwedisch mit:

»Ein Karl-Evert Nildenman ist nicht registriert, weder bei uns noch in Schweden. Der Name ist überhaupt noch nie aufgetaucht. Vielleicht ein falscher Paß. Wahrscheinlich. Bestimmt.«

»Auch mir sagt der Name nichts, absolute Fehlanzeige.«

Hartmut bat den Fahrer, an einem Waldstück zu halten. Ein Schild an einem schmalen Sandweg verkündete: »Privat. Durchfahrt verboten.« Leise gab er den folgenden Fahrzeugen Anweisungen; dann bogen wir ab und setzten die Fahrt in noch langgezogenerer Kolonne fort. Die unbefestigte Privatstraße schlängelte sich zwischen Bäumen und üppigem Buschwerk hindurch. Hiller schaute durch das Seitenfenster und runzelte die Stirn, sagte aber nicht warum. Wieder ließ Hartmut den Wagen halten, schlich einen Hang hinauf und spähte, hinter einem Strauch versteckt, durch sein Fernglas. Dann winkte er uns zu, wir sollten zu ihm kommen.

Wir legten uns ins Gras und observierten das Gelände vor uns. Von der Kuppe des Hügels ging es einen Abhang hinunter; das Tal wirkte wie ein natürlicher Wallgraben für das dahinter gelegene Plateau. Darauf stand ein viereckiges, zweigeschossiges Gebäude. Das Haus erinnerte an eine Festung. Die Fenster hatten schwarze Eisengitter, dahinter schienen dunkle Metallscheiben zu sitzen.

»Das Tränengas können wir wohl vergessen«, murmelte Hartmut. »Hier scheint niemand zu wohnen. Bei diesen verbarrikadierten Fenstern gibt es kein Licht im Haus.«

»Unterwegs an den Bäumen sind mir Drähte und kleine Dosen aufgefallen«, sagte Hiller nachdenklich. »Vielleicht handelt es sich um ein elektronisches Frühwarnsystem. Dann wissen er oder sie seit zehn Minuten, daß wir kommen. Darf ich mal das Fernglas haben?«

Er stellte die Schärfe ein und betrachtete die Fassade.

»Ganz oben am Dachfirst läuft ein Kabel entlang. Wenn man genau hinschaut, sieht man ein paar Überwachungskameras. Falls dort jemand ist, haben wir keine Chance, unbeobachtet heranzukommen. Vom Dach aus können sie uns mit Kanonen beschießen, und wir sind machtlos dagegen. Falls wir nicht selbst über schwere Waffen verfügen.«

»Ich werde über Lautsprecher bekanntgeben, daß das Haus umstellt ist und er sich ergeben soll.«

»Meinst du wirklich, daß du damit Erfolg hast?«

»Was können wir sonst tun? Wenn er sich nicht freiwillig ergibt, fordere ich Verstärkung von unserer Spezialeinheit an.«

»Ich glaube, daß der Halunke viele Asse im Ärmel hat. Dieses Haus ist nicht gebaut, um es kampflos zu übergeben. Statt über den Lautsprecher sollten wir es mit einem Gespräch von Mann zu Mann versuchen. Wir brauchen jemanden, der seine Sprache spricht und deshalb nicht wie ein gewöhnlicher Polizist wirkt, einen, der die Ruhe bewahrt und geschickt verhandeln kann. Also schlage ich mich selbst vor.«

»In diesem Falle – warum denn nicht … Tomasson?«

Hartmut zögerte ein wenig, bevor er den Namen nannte, und ich ahnte, daß er wußte, wie ich eigentlich hieß. Ich hielt natürlich gar nichts von diesem Vorschlag; einen schlimmeren hatte ich noch nie gehört. Ich rechnete damit, daß Hiller darauf bestehen würde, selbst zu gehen, doch statt dessen warf er mir einen aufmunternden Blick zu.

»Keine schlechte Idee. Er kennt ja die Stimme und könnte den Mann unmittelbar identifizieren. Oder hast du etwas dagegen, Karl-Erik?«

»Wenn ich allein da hinübergehe, werden die mich so voll Blei pumpen, daß ihr mich als Altmetall für drei Mark das Kilo verkaufen könnt«, antwortete ich mürrisch.

Hiller legte den Kopf ein wenig schief und sagte in einem Tonfall, als spräche er zu einem Kind:

»Er oder die wissen, daß wir hier sind; außerdem wird Hartmut per Lautsprecher ankündigen, daß sich ein unbewaffneter Unterhändler dem Gebäude nähert. Es gibt keinen Grund zu schießen, wenn jemand als Parlamentär mit einer weißen Fahne kommt. Man handelt nicht gegen seine Interessen, in welchem Lager man auch ist. Aber selbstverständlich übernehme ich den Auftrag. Man kann nicht verhandeln, wenn man zuviel Angst hat.«

Ich empfand sein Auftreten als schmierig. Vor allem dieses ewige: Hast du Angst?, mit dem man uns Männer von der Wiege bis ins Grab begleitet, ging mir auf die Nerven. Diese aufreizenden Ermahnungen, diese Appelle an unsere niedrigsten Instinkte verfolgten doch nur ein Ziel, nämlich uns sagen zu lassen: Nun gerade, jetzt werde ich es euch zeigen! Diese Bürde des Maskulinen, die auf den Schultern lastet, diese Angst, sich als Feigling zu erweisen, die wir ein Leben lang mit uns herumschleppen, dieser ewige Zeigefinger: Schaut, er traut sich nicht, der Schlappschwanz, der Waschlappen! Das sitzt in den

Genen, das gehört zu unserer Natur, der gesunde Menschenverstand setzt aus, wir werden zu Hampelmännern, zu Marionetten, verlieren die Kontrolle. So kam es, daß irgendein Idiot Hiller antwortete, und leider merkte ich zu spät, daß ich selbst dieser Volltrottel war:

»Du, ich gehe!«

»Wenn du meinst – dann sollst du natürlich gehen«, sagte Hiller schnell. »Zieh deine Jacke aus, damit er sieht, daß du keine Waffe trägst. Wir geben dir Deckung.«

Wir schlichen zum Wagen zurück, und Hartmut gab neue Instruktionen. Die Polizisten verließen ihre Fahrzeuge, teilten sich auf und rannten geduckt los. Sie waren schwer bewaffnet und nutzten jede Deckung, die das Gelände bot, um das Haus zu umzingeln. Hartmut nahm das Megaphon mit zu dem Platz, an dem wir gelegen hatten, und rief mit fester Stimme:

»Karl-Evert Nildenman! Hier spricht Oberkommissar Hartmut Heyden. Wir müssen miteinander reden. Ich schicke einen Mann zu Ihnen. Er spricht schwedisch und ist unbewaffnet.«

Keine Antwort; die Festung bewahrte ihre dunklen Geheimnisse. Ich zog mir das Jacket aus, und Hiller nahm es mit einem schwachen Lächeln, das offenbar aufmunternd wirken sollte, entgegen. Ich verzog keine Miene. Langsam lief ich zum Weg hinunter und stieg dann zu dem Plateau hinauf. Mein Herz hämmerte in der Brust, so daß ich glaubte, die Rippen würden mir zerspringen. Es war ganz still, nur meine Schritte im Sand waren zu hören.

Ich hatte keinen Schutz gegen Kugeln, die vielleicht vom Haus her auf mich herabprasseln würden, keine schützende Weste, nur das Hemd. Die Schüsse würden gegen meinen Körper peitschen, die Haut zerfetzen, in die Brust eindringen und ... Plötzlich blieb ich stehen und erstarrte.

Woher kamen die großen, schwarzen Hunde, die sabberten und mordgierig die Zähne fletschten?

15.

Hartmut brüllte in den Lautsprecher:
»Pfeif die Hunde zurück! Sonst erschießen wir sie!«

Die großen Monster waren schwarze Blitze und hatten antrainierte Mordlust in den schmalen Augen. Ich hatte keine Chance, nicht einmal gegen einen einzigen von ihnen. Die drei zusammen würden mich in wenigen Sekunden zerfetzen. Ich spannte alle Muskeln und brachte die Hände in Fechtstellung. Ein scharfer, kurzer Befehl von irgendwo aus dem Haus stoppte die Hunde; einer stand genau vor mir, die anderen zu beiden Seiten. Sie waren mir so nahe, daß ich ihr Hecheln hören konnte; die Zungen hingen weit über die Kiefer mit den Fleischbeißerzähnen. Ihre glimmenden Augen wirkten geradezu unheimlich, denn sie blinzelten nicht. Der nächste Befehl konnte lauten, mir an die Kehle zu springen, und dazu waren sie bereit; Tiere denken nicht, sie gehorchen. Darin glichen sie Schlägertypen, wie sie von Gangsterbossen angemietet werden, oder Soldaten.

Vorsichtig umrundete ich die schwarze Gruppe und beeilte mich, ins Haus zu kommen. Die Bestien folgten mir wie stille schwarze Schatten, und ich bezwang den Drang, mich umzudrehen. Ich hatte gehört, daß Hunde aggressiv auf ängstliche Menschen reagieren, denn wer Angst hat, sondert einen besonderen Geruch ab. Wenn das stimmte, mußte ich die reinste Stinkbombe gewesen sein, denn ich fühlte mich doppelt bedroht, von vorn und von hinten. Plötzlich schien ich mich selbst von außen zu betrachten, und ich fragte mich, was er, oder besser gesagt ich, da zu suchen hatte.

Die massive Eingangstür des Hauses schien aus Holz zu sein, doch eine Scharte zeigte, daß sich unter dem Furnier Stahl befand. Ich konnte keine Klingel oder ähnliches entdecken, doch ich machte mir deswegen keine Gedanken; man wußte, daß ich da war. Ich hatte nur zu warten. Worauf? Auf wen? Ich stand auf der Treppe und starrte die Tür an, und die schwarzen

Todesmaschinen starrten mich an. Ich sah es nicht, aber ich spürte ihre Blicke im Rücken. Der Schweiß rann mir von der Stirn, und ich leckte die Perlen von der Oberlippe; sie schmeckten nach Salz und nach Angst. Warum öffnete niemand? Die Videokamera hatte mich eingefangen, doch ich kümmerte mich nicht darum, ob ich ich eine gute Figur machte. Da es keine Klinke gab, nahm ich an, daß die Tür ausschließlich von innen geöffnet werden konnte. Ich trat ein paar kurze, unsichere Schritte vor, bis ich mit der Nase fast gegen die holzverkleidete Stahlplatte stieß. Irgend etwas mußte geschehen, bevor ich in meinem eigenen Schweiß ertrank.

Die Umwelt begann zu flimmern, verdunkelte sich und verschwand. Wurde ich ohnmächtig? Wie konnte ich dann noch auf den Beinen stehen? Es dauerte einige Sekunden, bis ich begriff, daß die Eingangstür lautlos zur Seite geglitten war und ein Loch freigegeben hatte, das so schwarz war wie die Hunde. Es stellte eine Art Vorraum dar. Meine Aufgabe war es hineinzugehen, also ging ich hinein. Zu meiner Erleichterung schloß sich die Tür wieder hinter mir, so daß die Hunde keine Bedrohung mehr darstellten, jedenfalls nicht im Moment. Um mich herum war Stille, eine Stille, die sich in die Ohren fraß und an den Trommelfellen nagte. Ich bekam Platzangst. Keine Wände, keine Decke, nur diese Dunkelheit, die in den Körper kroch und ihn kleiner machte, denn ich meinte zu spüren, daß sich etwas Unsichtbares von allen Seiten gegen mich preßte. Mit dem Handrücken strich ich mir über die Stirn und hoffte, der verdammte, ekelhafte Schweiß würde aufhören zu strömen; ich fühlte mich völlig durchweicht und in Auflösung begriffen.

Endlich geschah etwas. In einer Ecke zeigte sich ein Lichtstreifen, der sich rasch verbreiterte, denn wieder glitt eine Wand lautlos weg. Der Raum dahinter war leer und geradezu klinisch weiß, mit einer Tür an der Schmalseite. Zögernd verließ ich den schwarzen Bereich und betrat den weißen. Sollte ich geradewegs durch die nächste Tür gehen? Ich zog es vor, anderen die Initiative zu überlassen.

Die Tür öffnete sich abrupt, und zwei Männer kamen herein. Der erste war etwa so groß wie ich, trug einen üppigen Bart und lange Haare und hatte brennende, intensive Augen. Der andere war ein typischer Handlanger; er hielt eine Maschinenpistole auf mich gerichtet. Der Bärtige und ich schauten uns an. Er kam mir definitiv bekannt vor. Im Bartdschungel verzogen sich Lippen zu einem sarkastischen Lächeln.

»Hassel! Das ist ja zu schön, um wahr zu sein.«

»Ich heiße Karl-Erik Tomasson, und ich ...«

»Halt's Maul! Du bist kein Tomasson und ich kein Nildenman.«

Dazu konnte ich nichts sagen. Fieberhaft kramte ich in meinem Gedächtnis nach seiner Identität. Wir kannten uns also, und er mochte mich nicht. Ich versuchte, den Bart wegzudenken, und mit dem Blick zog ich die Kinnpartie nach. Diese Augen ... Ein schiefer Schneidezahn brachte mich auf die richtige Spur, und ich sagte ausdruckslos:

»Das weiß ich wohl.«

»Glaube ich nicht.«

»Krister Amunsell pflegt sich zu rasieren.«

»Ein Geheimnis, das mit dir stirbt. Sehr bald.«

Das klang glaubhaft. Bedenken, einen Menschen zu töten, kannte er nicht. Vor zwölf Jahren hatte ich ihn in einem Hotelzimmer verhaftet. Wir waren zu zweit gewesen, aber ihm war es gelungen, meinen Kollegen bewußtlos zu schlagen, so daß ich ihm allein gegenüberstand. Es wurde ein Kampf auf Leben und Tod. Als er über eine Teppichkante stolperte, schmetterte ich seinen Kopf gegen die Wand. Wir hatten ihn gesucht, weil er im Verdacht stand, mehrere Morde begangen zu haben; außerdem hatte er eine Bande gegründet, die von kleineren, etwas lichtscheuen Unternehmern Schutzgelder erpreßte. Trotz eines geschickten Anwalts verurteilte man ihn für einen der Morde, doch auf dem Weg in den Strafvollzug wurde der Gefängniswagen in einer regelrechten Militäraktion angegriffen und Amunsell befreit. Rein zufällig traf ich ihn eines Abends auf der Straße. Er hatte sein Aussehen verändert, doch die Augen verrieten ihn, genau wie jetzt. Er flüchtete, und nachdem ich ihn dreimal gewarnt hatte, gab ich einen Warnschuß in die Luft ab. Der zweite Schuß pfiff nahe an ihm vorbei, der dritte erwischte ihn am Unterschenkel. Ich hatte ganz nach Vorschrift gehandelt; trotzdem versuchte sein neuer und gutbezahlter Jurist, mir einen Mordversuch anzuhängen. Etwas mußte er ja sagen, um sein Honorar einstreichen zu können. Drei Jahre später nutzte Amunsell einen bewachten Freigang zur Flucht. Die genaueren Umstände wurden nie geklärt.

»Los, da rein. Und keine Tricks, mein Mann hier versteht keinen Spaß.«

Er nickte in Richtung Tür, und ich trottete gehorsam in den nächsten Raum, länglich und schmal, fast wie ein möblierter Korridor, ohne Fenster, nur mit einem Lichteinlaß an der Decke. Er kommandierte »stopp«, und ich blieb stehen. Die alte Regel lautete, in verzwickten Situationen wie dieser nichts Überraschendes zu unternehmen. Er wollte mich mit Sicherheit töten, doch solange er es nicht getan hatte, war ich am Leben. Eine idiotische Feststellung? Vielleicht, aber solange man lebt, ist da auch Hoffnung.

»Nimm die Hände hoch und stell dich in der Ecke an die Wand«, kommandierte er weiter.

Ich befolgte seine Anweisungen und sah, daß sich der schmale Raum im Winkel fortsetzte. Es schien, als liefe er wie eine Art Korridor rund um das Haus. Es gab ein paar einfache Möbelstücke, jedoch nichts fürs Auge, kein Bild, keinen Schmuckgegenstand, keine Vase. Das war keine Wohnung, sondern ein Bunker, ein geschützter Platz, an den man sich zurückziehen konnte.

Amunsell, der von seinen Marionetten Krille genannt wurde – ich wußte aus eigenem Erleben, daß er seinen Spitznamen verabscheute und es in seiner Nähe keiner wagte, ihn laut auszusprechen – setzte sich auf einen Holzstuhl. Auf einem kleinen Tisch lag ein Mobiltelefon, und ich begriff, daß er einen

Anruf erwartete. In welcher Angelegenheit? Meinetwegen? Das Haus war ja umzingelt; um zu entkommen, hätte er sämtliche Polizisten erschießen müssen, und das konnte er nicht schaffen, auch wenn er wollte. Der Mann mit der Maschinenpistole stand wie eine Statue da, den Lauf auf mich gerichtet, den Finger am Abzug. Ich rührte mich nicht, wagte nicht einmal zu blinzeln.

Mir fielen immer mehr Details der Ermittlungen gegen Amunsell ein. Er war der Sohn eines Professors der Literaturwissenschaft und hatte eine behütete, gutbürgerliche Kindheit gehabt. Irgendwann, als er in den Zwanzigern war, geriet er auf die schiefe Bahn, und er wählte das Verbrechen anstatt der sicheren Zukunft, zu der ihn seine guten Studienergebnisse berechtigt hätten. Bei einer Rauferei stach ihm einer ein Messer in die Seite, so daß er ins Krankenhaus gebracht werden mußte. Dort verhärtete er anscheinend völlig, denn als er entlassen wurde, kannte er keine Rücksicht mehr. Die poetischen Versuche und seine Bewunderung Vilhelm Ekelunds zeugten davon, daß er sich die Liebe zur Literatur bewahrt hatte; ein paar Züge des Doktor Jekyll hatten in der Fratze des amoralischen Mister Hyde überlebt.

Aber Moment mal ... galt er nicht für tot? Wir hatten den Tip bekommen, es habe eine blutige Auseinandersetzung gegeben, und fanden die Leichen zweier Männer in einem See. Einer war erstochen worden, dem anderen hatte man das Gesicht zerschossen. Sie wurden als Gotthard Thulin, ein bekannter Konkurrent im Schutzgeldgeschäft, und Krille identifiziert. Sie hatten bereits so lange im Wasser gelegen, daß die Körper aufgeschwemmt waren, aber es waren Krilles Uhr, ein Ring und die Brieftasche mit seinem Ausweis gefunden worden.

»Für einen, der angeblich erschossen und ertränkt wurde, wirkst du sehr lebendig«, konstatierte ich mit leiser Stimme, denn ich wollte den MPi-Mann nicht reizen.

»Ich mußte untertauchen. In Deutschland läßt man mich in Ruhe.«

»Wollen wir ein bißchen plaudern?«

»Und worüber?«

»Über deine nächste Zukunft. Ich bin als Parlamentär gekommen.«

Irgendwo im Bartdickicht glimmte ein maliziöses Lächeln.

»Ach ja? Und was ist deine Botschaft?«

»Wir schlagen vor, daß du dich ergibst. Dadurch könnten wir ein Blutvergießen vermeiden.«

»Meinst du? Und was geschieht dann?«

»Ermittlungen, Gerichtsverhandlung. Du hast sicher so viel Geld beiseite gebracht, daß deine Handlanger die besten Anwälte Deutschlands bezahlen können.«

Er schien nicht einmal interessiert, sondern fingerte am Telefon herum. Aber er *mußte* interessiert werden, deshalb fuhr ich fort:

»Draußen sind so viele Polizisten, daß sie eine Armee besiegen können. Spezialeinheiten stehen bereit und können in einigen Minuten hier sein.«

Gleichgültig, wie um sich im Warten auf wichtigere Dinge zu zerstreuen, antwortete er:

»Wie schön für sie. Und du willst, daß ich kapituliere, oder?«

»So könnte man es nennen.«

»Wer mich kennt weiß, daß ich noch nie aufgegeben habe, also werde ich es auch diesmal nicht tun. Wie habt ihr mich gefunden?«

Der zweite Satz ließ einen Riß in seinem Schild ahnen. Er hatte geglaubt, unsichtbar zu sein, aber wir hatten ihn doch entdeckt. Personen, denen er Rechenschaft schuldete, waren vielleicht nicht besonders davon angetan, daß die Polizei ihn aufgespürt hatte, denn in einer Verbrecherkette muß jedes Glied gleich stark sein. Also war er an dieser Information interessiert. Mich einfach zu töten war für ihn keine Lösung der Probleme, denn er mußte davon ausgehen, daß die ganze deutsche Polizei genausoviel wußte wie ich. Vielleicht konnte ich ihn zu anderen

Dummheiten provozieren, als den Befehl zum Mord an mir zu geben.

»Wir wußten ja, daß du lebst«, antwortete ich nonchalant. »Daraufhin mußten wir dich nur noch finden.«

»Woher wußtet ihr … ?«

»DNA natürlich. Dein Blutplasma stand zur Verfügung, seit du im Krankenhaus gelegen hattest; wir mußten der Wasserleiche nur noch Gewebeproben zum Vergleich entnehmen. Seit wir über eine eigene DNA-Apparatur verfügen, haben wir viele solcher Fälle überprüft. Der Mann im See war nicht mit dem identisch, den man im Krankenhaus behandelt hatte.«

Er war kein Arzt, genausowenig wie ich, und die so bejubelten Fortschritte der Medizin lassen ja alles glaubhaft erscheinen, besonders, wenn man mit vielen Schlagwörtern und Fachbegriffen um sich wirft. Wütend schob er den Unterkiefer vor. Von draußen war Hartmuts Megaphonstimme zu hören:

»Wir geben dir noch fünf Minuten!«

Die Drohung schien Krister nichts anzugehen. Nachdenklich fuhr er sich durch den Bart.

»Ach so? Aber brüllte dieser Schreihals nicht vorhin Nildenman durch den Lautsprecher?«

»Wir wollten nicht, daß du Selbstmord begehst.«

»Was? Bist du verrückt?«

»Nildenman könnte ja vor Gericht glimpflich davonkommen, während Amunsell von vornherein schlechte Karten hätte. Deutsche Kommissare sind so empfindsam; der Leiter dieser Aktion wollte dir eine Chance geben.«

Er schüttelte den Kopf, als hätte er gerade die dümmsten Sätze seines Lebens gehört. Wahrscheinlich stimmte das auch, aber etwas Besseres war mir in der Eile nicht eingefallen. Auf alle Fälle konnte er mir nicht das Gegenteil beweisen.

»Hassel, wie habt ihr mich gefunden? Sag die Wahrheit, sonst lasse ich dich voll Blei pumpen.«

»Du schreibst beschissene Gedichte.«

Er erstarrte, als hätte ich ihm einen nassen Lappen um den Kopf gehauen.

»Gedichte?«

»Genau. Ich schreibe ja selber viel bessere. Zum Beispiel dieses hier: ›Hört das Lied vom kleinen Krille/in seinem großen Haus/ein Dichter wollt' er werden/er hatte zuviel Promille/es wurde nichts daraus.‹«

War ich zu weit gegangen? Ich bewegte mich über extrem dünnes Eis, darunter gab es nur die ewige Kälte. Er hatte es immer gehaßt, verhöhnt zu werden, doch wenn es um den Traum seines Lebens ging, mußte er besonders empfindlich reagieren. In einem Spiel muß man seine Chancen nutzen, und ich spekulierte darauf, daß er über soviel Selbstbeherrschung verfügte, sich nicht von spontanen Impulsen leiten zu lassen, doch bei Menschen weiß man nie. Er stand auf, schaute den Mann mit der Maschinenpistole an und öffnete den Mund, um etwas zu sagen. Falls es mein Todesurteil war, so wurde ich durch das Signal des Mobiltelefons gerettet. Unbewußt bekam Krister etwas Unterwürfiges, und er antwortete so leise, daß ich nichts verstehen konnte. Dann lauschte er, wobei er seinem Gesprächspartner ab und zu durch ein Brummen bestätigte, daß er noch am Apparat war. Nachdem er sich verabschiedet hatte, steckte er das Gerät in die Jackentasche.

»Zur Hölle mit dir, Hassel!«

Er ging zu dem bewaffneten Mann und flüsterte ihm Instruktionen zu. Der Killer verzog dabei keine Miene; wahrscheinlich werden solche Typen heutzutage mit steinernen Gesichtern geboren. Dann eilte Krister den Korridor hinunter und verschwand hinter einer Ecke. Ich hörte, wie eine Tür geöffnet und wieder zugeschlagen wurde. Dann vernahm ich ein seltsames Gebrabbel. Die Lippen des MPi-Trägers bewegten sich, und ich glaubte zu verstehen, was er sagte: »Zähle bis zehn und erschieße ihn dann. Mhm ... eins ... zwei ... drei ...« Krister hatte etwas vor und wollte Zeit gewinnen. Wenn die Polizei Schüsse hörte, würde sie das Haus stürmen, denn das einzige mögliche Opfer war ich.

Der Mann war knapp drei Meter von mir entfernt und fixierte mich mit seinen blanken Knopfaugen. Ich mußte mir etwas einfallen lassen, wenn ich dem Tod noch von der Schippe springen wollte. Wenn ich nun starb, bevor er schoß ... Ich preßte die Hand aufs Herz und stöhnte schwer. Auf deutsch röchelte ich:

»Mein Herz ... ein Anfall ...«

Ich schwankte und ließ mich auf die Knie fallen. Der Mann mit der Maschinenpistole wirkte unschlüssig; als gedungener Killer hatte er Befehle ohne zu zögern auszuführen, doch wie er in dieser neuen Situation reagieren sollte, hatte ihm keiner gesagt, und selbst zu denken gilt in diesen Kreisen als achte Todsünde. Wieder ein Stöhnen, und ich fiel zur Seite, das Bein halb angezogen. Nun lag ich ihm zu Füßen, und alles, was ich brauchte, waren ein paar armselige, winzige Sekunden. Seine Lippen waren immer noch beim Zählen. Unter halb geschlossenen Lidern belauerte ich ihn. Er brauchte neue Anweisungen und schaute unwillkürlich in die Ecke, hinter der Krister verschwunden war. Dabei bewegte sich der Lauf der MPi ein wenig zur Seite. Da war die armselige, winzige Sekunde, die ich brauchte! Ich nahm alle Kraft zusammen und trat mit dem rechten Fuß nach der Waffe, so daß sie noch mehr aus meiner Richtung geriet. Automatisch krümmte er den Zeigefinger, und das trockene, scharfe Knattern einer MPi-Garbe betäubte vorübergehend das Gehör. Die Kugeln schmetterten gegen den Steinboden und die Wand und pfiffen quer durch den Raum. Ein weiterer Tritt traf ihn genau unter dem Knie, wo es am meisten weh tut. Er schrie vor Schmerz, und sein Körper krümmte sich instinktiv. Wenn man auf dem Boden liegt, hat man in seinen Füßen gute Waffen, und ich trat und trat. Die Maschinenpistole fiel zu Boden; ich schnappte sie mir und sprang auf. Er lehnte an der Wand, weil er auf dem einen Bein nicht mehr stehen konnte, hielt den Atem an und wartete auf den Schuß, den ich zweifellos auf ihn abgeben würde, denn so waren die Regeln in seiner eiskalten Welt. Doch diese Welt hatte ich zu hassen gelernt.

Ohne ihn weiter zu beachten, rannte ich den Korridor hinunter und um die Ecke. Da war die Tür; ich riß sie mit der rechten Hand auf, während ich die Waffe in die linke nahm. Unverhofft stand ich in einem viereckigen Hof, der mit dickem, gelbem, ekelhaftem Rauch gefüllt war, so daß ich kaum irgendwelche Konturen erkennen konnte. Der Rauch drang aus großen Behältern, die auf der Erde standen; er wallte zum Himmel auf und bildete dichte Wolken. Krille schrie aus dem Nebel:

»Beeil dich, Ulrich, wir müssen weg!«

Ich näherte mich der Stimme – und plötzlich sah ich den Helikopter, der mitten auf dem Hof stand. Jemand saß hinterm Knüppel, die Türen zu den Sitzplätzen standen offen. Krister hatte ein Kuvert in der Hand und wirkte äußerst ungeduldig. Der Pilot startete den Motor, und Krister wandte sich zum Einsteigen. Der Nebel war so dicht, daß er mich erst erkannte, als ich mich unmittelbar neben ihm befand. Er heulte:

»Verdammt, Hassel!«

»Hände hoch und keine falsche Bewegung!« brüllte ich zurück.

Meine Augen brannten, und ich mußte husten. Er kümmerte sich nicht um mich, sondern kletterte in den Helikopter. Zur Warnung zielte ich knapp unter seine Füße, doch ich kannte mich mit der Waffe nicht aus. Der Rückstoß riß die Maschinenpistole nach oben, und ein oder zwei Schüsse erwischten ihn am Bein. Er schrie auf und ruderte mit den Armen; seine Finger griffen in die Luft. Der Pilot beugte sich heraus, packte ihn an der Schulter und zerrte ihn in die Kabine. Dann hob die Maschine ab, und der Rauch mischte sich mit dem aufgewirbelten Staub und Sand vom Hof. Das Kuvert hatte Krister verloren; ich hob es auf und spürte, wie darin etwas Dünnes hin und her rutschte.

Hinter mir ertönte ein dumpfer Knall, und die Druckwelle

einer Explosion schleuderte mich nach vorn. Teile des Daches und des Mauerwerks flogen mir um die Ohren, und ich versuchte, mit den Armen meinen Kopf zu schützen. Im nächsten Augenblick erfolgte eine zweite Detonation, die mir fast das Trommelfell platzen ließ. Steine, kleine und große, schwirrten durch die Luft und krachten zu Boden; einige trafen meinen Körper, so daß ich vor Schmerzen brüllte.

Himmel und Hölle, es wurde immer schlimmer. Die Angst würde zurückkehren und meinen Körper schrumpfen lassen, aber die letzten Ereignisse waren so schnell abgelaufen, daß ich rein instinktiv reagiert hatte, wie man es tut, wenn es um Leben und Tod geht. Die Tür, ich mußte fort von hier, Himmel und Hölle, so schnell wie möglich fort; offenbar war das ganze verdammte Haus voller Minen und Sprengsätze, die nacheinander hochgingen. Erneut ein Knall, der etwas anders klang; dann loderten Flammen empor. Brandbomben! Ein erstickender Geruch drang mir in die Nase und schien sich in die Schleimhäute einzufressen. Phosphor! Auf die Sprengbomben folgten Brand- und Phosphorbomben. Der giftige Phosphor vereinte sich mit dem beißenden, dicken, gelben Rauch. Innerhalb von dreißig Sekunden war ich in einem flammenden Inferno gelandet.

Ich tastete mich an der Wand entlang in die Richtung, in der ich die Tür vermutete. Tränen rannen mir aus den Augen, und ich zwinkerte und zwinkerte. Da, die Klinke, ich riß daran, doch es half nichts; die Tür war verschlossen, vielleicht durch eine Automatik. Ich trat mit dem Fuß dagegen, doch da die Tür nach außen öffnete, war es sinnlos.

Eine gewaltige Explosion ganz in meiner Nähe warf mich um. Ich rollte mich wie ein Igel zusammen. Jetzt kam der Steinregen und traf sowohl die weichen als auch die harten Teile des Körpers. Dann folgten weitere Phosphorbomben. Ein lodernder Klumpen flog vorbei, und ich zuckte zusammen. Wenn der gelbe Phosphor in Kontakt zur Haut käme, würde sich eine Kombination aus Verbrennungen dritten Grades und chemischen Schäden einstellen. Phosphor muß unter Wasser entfernt werden, da er von selbst zündet und nicht auf gewöhnliche Art zu löschen ist. Ich würde Arme bekommen, die noch lange geisterhaft leuchteten, und brandig riechende Wunden.

Mein ganzer Körper war ausgetrocknet, die Haut war wie Pergament, die Augen tränten nicht mehr, weil es keine Flüssigkeit mehr gab, der Hals war eine Wüste und in den Lungen schien sich nur noch heißer Sand zu befinden. Teufel noch mal, wie konnte ich so dämlich sein, mich als Unterhändler zu melden? Erneut eine Detonation, wieder ein Steinregen, und diesmal segelten auch Stücke vom Blechdach durch die vergiftete Luft, wie fliegende Guillotinen. Und wieder Phosphor. Ich wackelte, doch schließlich stand ich auf zitternden Beinen und wehrte mich wie ein Stierkämpfer mit meinem halb verbrannten Hemd gegen die Flammen.

All die Explosionen hatten zwar den Innenhof in ein Trümmerfeld verwandelt, doch die Außenwand war unversehrt geblieben. Alles, was ich sah, war gelb gelb gelb, eklig gelb, giftig gelb. Wieder detonierte eine Bombe, doch ich war so betäubt, daß ich sie kaum noch hörte. Ich konnte nichts tun, um von hier zu entkommen; ich hatte keine Chance!

16.

Noch ein Geist im Nebel … Ich starrte aus schmalen Augenschlitzen ins Ungewisse, und jedesmal, wenn ich blinzeln mußte, schmerzten meine staubtrockenen Bindehäute. Ganz sicher, da bewegte sich einer in den Rauchschwaden … einer mit Armen und Beinen … einem Kopf … Aber hier konnte niemand sein! Nicht in diesem Phosphorinferno. Ich wankte, schwankte, stolperte in die Richtung des Geistes. Er sah mich nicht – wie auch? Gerade als ich ihn erreichte, drehte sich der Geist um, und wir schauten uns an.

Der Mann mit der Maschinenpistole, den Krister Ulrich genannt hatte! Ich wandte mich zur Tür und meinte zu erkennen, daß sie offen stand. Um den Helikopter noch zu erreichen, war Ulrich auf den Hof gehumpelt. Uns kam beiden derselbe Gedanke. Fort von hier! Ich war ihm einen schmerzenden Schritt voraus, er hinkte einen hinterher.

Wir erreichten die Tür fast gleichzeitig, und er packte mich von hinten. Ohne nachzudenken wirbelte ich herum und schlug mit der Faust zu. Ich traf ihn am Kehlkopf. Er gab einen quiekenden Laut von sich und griff sich in panischer Angst, keine Luft mehr zu bekommen, an den Hals. Eine Bombe detonierte; er stolperte über lose Steine und fiel hin. Ganz in seiner Nähe zündete eine Phosphorbombe, und ich sah, wie brennende Fetzen auf ihn flogen. Ich kam in den schmalen Raum; hier standen die Wände noch. Ich hörte mich selbst wie einen verletzten Hund winseln, als ich mich um die Ecke herum dem Ausgang entgegenschleppte. Die Tür mußte ja noch offen sein.

Verdammt, ich hatte die automatische Schiebetür vergessen. Verzweifelt kratzte ich an der glatten Metallplatte. War ich hoffnungslos eingeschlossen? Wenn es eine Möglichkeit gab, die Tür zu öffnen, dann sicher an der Seite. Meine Finger tasteten nach Knöpfen und fanden eine kleine Schalttafel. Fieberhaft drückte ich auf alle Tasten, und die Metallplatte glitt lautlos zur Seite. Bei der nächsten Tür dieselbe Prozedur, und plötzlich taumelte ich auf die Treppe hinaus. Polizisten kamen von allen Seiten herbeigeeilt, allen voran Hartmut Heyden. Durch den gelben Nebel, der immer noch wie eine Haut über meinen Augen lag, konnte ich sein äußerst besorgtes Gesicht erkennen.

»Hassel, wir wagten nicht …«

»Ja, ja, später. Ein Mann ist noch auf dem Hof. Ruft einen Krankenwagen, er hat Phosphor abbekommen. Aber beeilt euch, das ganze verdammte Haus steckt voller Bomben und Minen.«

Hartmut wählte eine Nummer an seinem Mobiltelefon und gab eine Reihe von Befehlen durch. Endlich kam auch Hiller herangetrottet und setzte sich neben mich auf die unterste Treppenstufe. Ich blinzelte ihn an und hatte ihm viel zu sagen, doch ich brachte kein Wort heraus.

»Ja du, Rolle …«

»Halt die Fresse!« hustete ich aus sandiger Kehle. »Bring mich von hier weg! Alle anderen auch. Die Bude wird gleich in die Luft fliegen!«

Hiller nickte ruhig und streckte die Hand vor.

»Kannst du allein gehen.«

»Nein, ich brauche Hilfe. Aber nicht deine!«

Alle waren in voller Fahrt. Vier Polizisten, die Gasmasken, Handschuhe und fußlange Ledermäntel trugen, stürmten ins Haus, doch ich wollte nur weg. Ich rief einen der umherhastenden Polizisten an und bat ihn, mich zu stützen. Er führte mich zu den Fahrzeugen, und ich sagte ihm, daß ich am liebsten ein paar Badewannen kalten Wassers austrinken würde. Dann glitt ich auf den Rücksitz eines Streifenwagens und empfand die weichen Polster wie ein Himmelbett. Die Tür durfte der Belüftung wegen offen bleiben, denn mit dem, was ich ausatmete, hätte man sicher Heringe räuchern können.

Das Heulen der Sirenen von Feuerwehren, Polizeifahrzeugen und Krankenwagen vermischte sich zu einer ohrenbetäubenden Kakophonie; mir jedoch fielen fast die Augen zu. Ich hatte nur noch den Wunsch zu schlafen, aber nur im Paradies hat ein später Adam das Recht auf Ruhe nach Wunsch. Ich registrierte, daß Hiller mit einer großen Blechbüchse voll Wasser zu mir kam und etwas sagte, doch seine Worte rauschten an mir vorbei. Ich trank und trank und spürte, daß mir das Leben durch die Kehle rann. Die leere Büchse ließ ich zu Boden fallen. Hiller kletterte neben mich auf den Rücksitz, doch ich fauchte ihn an:

»Raus aus dem Auto!«

»Was? Warum soll ich …«

»Raus! Ich will allein sein.«

Er gehorchte langsam, aber ich konnte sehen, daß ihm die

Situation mißfiel. Was ging mich das an. Gegen einen Baumstamm gelehnt, erkundigte er sich:

»Bist du verletzt?«

»Das wird die Obduktion zeigen.«

»Deinen Galgenhumor hast du jedenfalls nicht eingebüßt.«

»Wenn ich noch einmal davongekommen bin, ist das sicher nicht dein Verdienst.«

»Mensch Rolle, willst du etwa mich für dieses Desaster hier verantwortlich machen?«

»Ich mache verantwortlich, wen ich will!«

Ohne ein weiteres Wort schnappte er sich die Büchse und ging davon. Wieder fühlte ich mich wie in einem Himmelbett, und ich beschloß, bis Weihnachten zu schlafen, doch da kehrte Hiller mit seinem verdammten Blechbehälter zurück. Er stellte ihn neben mich und reichte mir einen sauberen Lappen.

»Ich dachte mir, daß du dir gern das Gesicht waschen würdest.«

»Ich würde vor allem gern meine Ruhe haben.«

Mürrisch tauchte ich das Stück Stoff in das kalte Wasser und wischte mir übers Zifferblatt. Im stillen mußte ich mir eingestehen, daß das Gefühl angenehmer war, als ich gedacht hatte.

»Ich möchte darauf hinweisen, daß ich mich zuerst angeboten habe, mit dem Schweden Nildenman zu sprechen, und daß es Hartmut war, der dich vorschlug. Und dann habe ich mich noch einmal bereit erklärt. Du hast dich selbst und freiwillig gemeldet. Schieb es also nicht auf mich.«

Wenn ich gerecht sein wollte, mußte ich ihm recht geben, aber ich wollte nicht. Das war überhaupt nicht meine starke Seite; dagegen war ich landesweit dafür bekannt, die Schuld gern auf andere zu schieben und nie für meine Handlungen einzustehen. Wenn ich mich richtig erinnerte, hatten sie mich deshalb bei den Pfadfindern rausgeworfen, oder wollten es zumindest tun. Ich hatte also nicht die geringste Lust, ihm Abbitte zu tun, deshalb hielt ich lieber die Klappe und schloß die Augen, um zu zeigen, daß ich ungestört sein wollte.

»Als ich Wasser holen war, hörte ich zufällig den Bericht eines Technikers über den Rauch«, störte Hiller meinen Frieden. »War alles nur zur Tarnung. Theaterrauch, völlig harmlos. Na ja, sagen wir: relativ ungefährlich.«

Das sagte er, der das Zeug nicht eingeatmet hatte. Hartmut Heyden kam mit zwei Sanitätern, die mich durchchecken wollten, und ich genoß es, auf die Bahre gelegt und durch die Gegend getragen zu werden. Der Oberkommissar lief neben mir her und hielt sein Telefon in der Hand.

»Roland, ich komme, sobald ich kann, ins Krankenhaus, um deinen Bericht zu hören. Willst du, daß Carl Hiller dich begleitet?«

»Du bekommst meinen Bericht und ich deinen. Und ich verzichte darauf, daß Hiller wie ein Pflaster am Krankenwagen klebt.«

Das Krankenhaus war die mir bereits bekannte Privatklinik. Ich wurde geduscht, abgehört, Glied für Glied und Organ für Organ untersucht, in einen Pyjama gesteckt und in mein Stammbett gelegt. Dann löschte man das Licht. Ob der Service so weit ging, mir auch noch ein Schlaflied zu singen, bekam ich nicht mehr mit, denn mein schmerzender, blaugeprügelter und mißhandelter Körper sank so schnell und so tief in den Schlaf, als wollte er tatsächlich bis Weihnachten ruhen. Vielleicht sogar bis Ostern nächsten Jahres.

Aber es war weder Ostern noch Weihnachten, ja nicht einmal Christi Himmelfahrt, als ich durch ein Kneifen am Oberarm geweckt wurde. Hartmut stand vor dem Bett und rüttelte meinen Ellenbogen. Hinter ihm entdeckte ich den ewigen Schatten meines späteren polizeilichen Lebens, Carl Hiller. Schnell machte ich die Augen wieder zu.

»Bleib wach«, forderte mich Hartmut auf. »Es ist wichtig.«

»Mein Freund Morpheus ruft mich; das ist viel wichtiger«, murmelte ich.

»Setz dich auf, Hassel!«

»Warum nennst du mich nicht Tomasson?«

»Bäh! Willst du starken Kaffee?«

»Lieber starken Tee.«

Hartmut öffnete die Tür, um die Bestellung weiterzugeben, und setzte sich dann ans Bett. Hiller nahm neben ihm Platz. Ich kam mir vor wie in einem Herrenklub.

»Es ist nichts gebrochen. Du hast eine Menge Quetschungen davongetragen, aber das geht vorüber. Der Rauch war nicht gefährlich, du hast keinen Phosphor auf der Haut. Der Mann, der Ulrich genannt wurde, ist bedeutend schlimmer dran und liegt im Koma.«

»Mein Herz blutet.«

»Irgendwann wird er aufwachen, doch wir werden ihn so neugierig ausfragen, daß er sich gleich in sein Koma zurückwünschen wird.«

»Das kann ich gut verstehen.«

»Also bitte, reiß dich zusammen. Wir würden gern deinen Bericht hören.«

Und schon waren wir mitten in der guten alten Polizeiarbeit, die uns Bullen im Rückenmark sitzt; konzentrierte Fragen, zunächst die Tatsachen und dann erst, säuberlich getrennt, die Vermutungen. Kurze Fragen, knappe Antworten. Als sie mich ausgequetscht hatten, trank ich meinen starken Tee, und Hartmut faßte die mir bekannten Fakten sowie ein paar neue zusammen:

»Das Haus gehört einem Banker, Ernst Kramer, der unter Zwangsvorstellungen litt. Er glaubte, die Russen würden ganz Deutschland okkupieren, und wollte sein Heim uneinnehmbar machen. Er ist Witwer, kinderlos. Nach der Pensionierung verkalkte er völlig. Er vermietete das Haus an einen Verein. Seine Haushälterin hat uns das mitgeteilt; sie wußte aber nicht, an welchen, und er ist nicht mehr in der Lage, Fragen zu beantworten. Übrigens vergöttert sie ihn immer noch und umsorgt ihn wie ein Kind. Auch sie glaubt, daß die Russen kommen werden. Die Miete wurde monatlich an das luxuriöse Pflegeheim überwiesen, in dem er jetzt lebt.«

»Und was stand auf den Zahlungsanweisungen?«

»Nur ›laut Mietvertrag‹.«

»Über welche Bank?«

»Verschiedene Postämter in Berlin.«

»Die Avise?«

»Gingen über das örtliche Amt an unseren Freund Nildenman. Er holte sie immer persönlich ab. So haben wir ihn ja gefunden. Dreimal wöchentlich tauchte er frühmorgens dort auf und holte seine Post.«

»Vielleicht wartet gerade eine Sendung auf ihn?«

Hartmut schüttelte den Kopf und lächelte verzeihend. Offenbar hatte ich ihn in seiner Berufsehre gekränkt, denn eine so elementare Sache konnte ein alter Hase wie er einfach nicht vergessen.

»So war es tatsächlich. Leider tauchte zwei Stunden nach seinem Verschwinden ein Mann mit einer beglaubigten Vollmacht auf und holte die beiden Briefe ab. Es gibt eine Beschreibung, die wahrscheinlich wertlos ist, weil der Mann verkleidet war.«

»Was ist mit dem Helikopter?«

Der Oberkommissar seufzte.

»Da tappen wir völlig im dunkeln. Der tauchte so plötzlich auf, daß wir keinen Alarm mehr schlagen konnten. Der Haushälterin zufolge hatte der Banker den Helikopter als Fluchtmöglichkeit vor den Russen eingeplant; der Landeplatz war bereits im Bauplan eingezeichnet. Auch die Minen und Phosporbomben waren Kramers Idee, wegen der Russen natürlich. Die entsprechenden Angaben auf den Plänen sind ausführlich und stammen von Kramers Hand. Der Schwede und sein Anhang fanden die Idee sicher brillant, ebenso den Tarnnebel. Der Helikopter war schon weit aufgestiegen, ehe wir ihn entdecken und unter Beschuß nehmen konnten.«

»Ist von dem Haus überhaupt etwas übrig geblieben?«

»Asche. Die Idee wurde perfekt umgesetzt. Das Ganze muß

furchtbar teuer gewesen sein. Nun, meine Herren, wer hat das bezahlt? Für wen hat der Schwede Amunsell gearbeitet? Wie kommen wir weiter? Ich und viele andere haben das unangenehme Gefühl, daß die Büchse der Pandora über uns schwebt und jederzeit geöffnet werden kann.«

Ich versuchte, aus meinem unsortierten Wissen herauszukramen, was ich über die Pandora der griechischen Mythologie wußte. War es nicht die, welche eine versiegelte Schachtel oder Dose geschenkt bekam, diese jedoch nicht öffnen durfte? Und die es doch tat, worauf sich Unglück und Leid über die ganze Welt verbreiteten? Vielleicht war das Gleichnis richtungweisend.

»Als wir die Belicht GmbH in Ketzin besuchten, trafen wir den Personalchef Martin Lange«, erinnerte ich. »Am Ende des Gesprächs wurde er äußerst nervös. In der Nähe des Trebelsees waren einige Menschen an einer mysteriösen, noch nicht diagnostizierten Krankheit gestorben. Wie du selbst sagtest. Belicht beschäftigt sich mit Chemie und Biologie. Gibt es einen Zusammenhang zwischen den Todesfällen und Belicht und dem Gas und den gefährlichen Bakterienkulturen, die wir in den Kisten aus dem Lkw fanden? War Belicht der geplante Empfänger dieser Kisten?«

Hiller und Heyden schauten sich vielsagend an, und ich begriff, daß ihnen der Gedanke längst gekommen war.

»Wir haben bereits die Genehmigung für eine Hausdurchsuchung bei Belicht eingeholt«, sagte Hartmut. »Im Normalfall hätten die Indizien nicht ausgereicht, doch mit dem Hinweis auf neun tote Polizisten und Bakterienkulturen, die ausreichen würden, um ganz Deutschland auszurotten, ließen sich alle formellen Hindernisse aus dem Weg räumen. Viele Politiker auf kommunaler wie auch auf Landesebene haben den Ernst der Lage verstanden. Sarin über Berlin ... die Beulenpest in Leipzig ... die Cholera in Bonn ...«

»Wann geht es los?«

»Morgen früh schlagen wir zu.«

»Okay, ich bin dabei.«

Er protestierte nicht, schließlich hatte er mir selbst erklärt, daß ich außer ein paar Quetschungen nichts abbekommen hatte, sondern sagte nur in neutralem Ton:

»Wie du willst. Halte dich Punkt neun bereit; wir holen dich hier ab. Ich muß jetzt gehen; heute nacht ist an Schlaf nicht zu denken.«

Er nickte zum Abschied, und ich glaubte, daß sich Hiller ihm anschließen würde, doch der machte es sich statt dessen auf der Bettkante bequem.

»Bist du überzeugt, daß das, was in dem Haus geschah, nicht mein Fehler war?« fragte er mit seiner angenehmsten Stimme.

»Gewiß«, brummte ich.

»Wirklich? Rolle, ich höre da nach wie vor einen gewissen Zweifel in deiner Stimme. Du sagst das eine, aber du meinst das andere.«

»Mein Leben ...«

»Ja, ja, dein Leben! Es hätte meines sein können, denn ich hatte mich zuerst freiwillig gemeldet, doch ich wäre da nicht lebend herausgekommen. Rolle, du warst als gut ausgebildeter Soldat in einem Krieg, und du bist ein Sieger. Physisch gesehen zähle ich zu den Verlierern. Ich wäre an Ulrich und Amunsell gescheitert; ich hätte die Explosionen nicht überlebt. Du agierst, ohne die Situation zuvor zu analysieren, du handelst instinktiv – das macht dich zum Sieger. Ich muß erst lange nachdenken und planen; deshalb verliere ich stets, wenn es zu einer direkten Konfrontation kommt. Im Prinzip hast du mir das Leben gerettet, weil du statt meiner ins Haus gegangen bist. Ich bedanke mich herzlich im Namen der Familie Hiller.«

Da war er wieder in Höchstform, der redegewandte alte Schmeichler, so daß ich einmal mehr nicht wußte, woran ich an ihm war. Er hatte recht; was ich überlebt hatte, war ein Stück Krieg gewesen, ein Ausschnitt aus der Wirklichkeit. Richtige Soldaten sind mit solchen Situationen vertraut; ich dachte an die Weltkriege, an Vietnam, an den blutigen Bruderstreit der

Jugoslawen. Und es stimmte, daß ich schnell reagierte; ich nutzte Fehler meiner Gegner gnadenlos aus oder provozierte sie zu solchen. Ich war ein Soldat – doch einer, den man nicht wieder an die Front rufen würde. Bald würde ich in einem Bett liegen und ein herrliches Essen serviert bekommen. Dann würde ich nach der Schwester klingeln und mir eine wunderbare Duke-Ellington-CD auflegen lassen. Die vielen richtigen Soldaten in den real stattfindenden Kriegen konnten davon nur träumen, und wenigstens Duke Ellington hätte ich ihnen gegönnt.

»Es war nicht dein Fehler, und damit ist die Diskussion für mich erledigt«, erklärte ich. »Im Unterschied zu Hartmut werde ich heute nacht schlafen. Mein Körper schreit danach, und ich werde ihm gehorchen, als wäre er Gottvater persönlich.«

Er strahlte mich so glücklich an, daß ich sein Lächeln erwidern mußte. Es war hoffnungslos; diesem Mann konnte man einfach nicht böse sein, selbst wenn man es sich ganz fest vornahm.

»Dann fahre ich jetzt heim nach Hönow und schaue nach, was das Faxgerät zu bieten hat. Ich werde ganz Interpol auf die Beine bringen, sogar die Schreibtischhengste in Lyon.«

Am folgenden Tag war ich Viertel vor neun rasiert, gewaschen, angekleidet, vom Frühstück satt und zur Abfahrt bereit. Im Spiegel hatte ich gesehen, wie sich anstelle der alten blauen Flecke neue bildeten, daß neben vernarbten Wunden neue Pflaster klebten. Ich bot nicht gerade einen attraktiven Anblick, aber ich war ja bereits verheiratet.

Hartmut Heyden holte mich ab, bedankte sich nochmals bei mir und hoffte, es sei meine letzte Übernachtung in diesem Bett gewesen. Wie am Tag zuvor saß er neben dem Fahrer, während Hiller und ich uns die Rückbank teilten. Diesmal fuhren außer uns noch drei Wagen nach Ketzin, und der Oberkommissar informierte mich, daß sie zum größten Teil mit Biologen und Chemikern besetzt waren, die zwar keine Polizisten waren, jedoch oft mit der Justiz zusammenarbeiteten. Die nächtliche

Arbeit hatte dicke Ringe um Hartmuts Augen gelegt, doch er wirkte so wach, als wäre er früh zu Bett gegangen und spät aufgestanden. Auch Hiller hatte nachts gearbeitet; er gähnte fast ununterbrochen, hielt sich aber jedesmal distinguiert die Hand vor den Mund.

»Ich habe alle möglichen Register checken lassen«, berichtete er. »Interpol hat jetzt einen neuen EDV-Chef, der ein wirklich genialer Programmierer ist. Die Belicht GmbH ist formal im Besitz einer Schweizer Firma, Altos Hochner; die wiederum gehört sieben anderen Unternehmen mit Sitz auf Gibraltar, Malta, den Cayman Islands – ihr wißt, Länder, die keinen Einblick gewähren. Doch es gibt ein deutsches Finanzunternehmen, das elf Prozent der Aktien innehat. Es heißt Rax Holding.«

»Nie gehört«, meinte Hartmut.

»Das Unternehmen hat einen Geschäftsführer und einen Aufsichtsrat, dessen Mitglieder Interpol zufolge ehrbare Leute sein sollen. Sie sind jedenfalls keines Verbrechens verdächtig; mehr kann man heutzutage von Managern und Bankiers nicht erwarten. Rax Holding scheint selbständig zu agieren, gehört aber wiederum einer Stiftung in Dublin. Diese wiederum gehört vermutlich einer anderen Stiftung in irgendeiner Bananenrepublik … aber nun kommt etwas Interessantes.«

Er blätterte in seinen Faxpapieren, die sich immer wieder zusammenrollten, obwohl er sie zu glätten versuchte.

»Wir haben sämtliche deutsche Firmen untersucht, die sich mit chemischen und biologischen Präparaten beschäftigen; Rax hält Minderheitsbeteiligungen an über der Hälfte der größeren Unternehmen, zwischen acht und fünfzehn Prozent.«

Er schaute uns abwechselnd an und sah aus wie ein Zauberkünstler, der auf den Applaus wartet. Doch Hartmut wandte ein:

»Die Branche ist expansiv und kann gute Gewinne abwerfen. Es ist also nichts Besonderes, wenn ein Finanzunternehmen in einen Betrieb dieses Sektors investiert. Was meinst du, Roland?«

»Als ich jung war, gab es ein Rattenbekämpfungsmittel, das

Rax hieß«, sagte ich. »Feind Nummer eins aller Nager. Wenn es einen Zusammenhang zwischen dem Ausrotten von Ratten und dem Kauf von Aktien gibt, dann seht ihr klarer als ich.«

Hiller war noch nicht fertig mit seinen Faxzetteln. Wieder rollte er ein Blatt auseinander und fuhr fort:

»Ich gab nicht auf und ließ die EDV-Leute Überstunden machen – sie haben absolut nichts dagegen, denn sie werden bestens bezahlt. Ist diese Rax Holding auch anderswo aktiv? Tatsächlich, allein in Europa agiert sie in sechzehn Staaten, in Schweden, Norwegen, Dänemark, Frankreich, England, Holland und anderen Ländern mit chemischer sowie biologischer Industrie beziehungsweise Forschung! Die anderen Kontinente haben wir noch nicht geschafft.«

»Beweist gar nichts und reicht nicht einmal für einen Verdacht«, bremste Hartmut.

»Habe ich auch gar nicht gehauptet. Aber du mußt zugeben, daß die Informationen interessant sind.«

»Das gebe ich zu. Natürlich sind sie interessant.«

Auf Hillers Vorschlag hielten sich die anderen Fahrzeuge außer Sichtweite, während wir allein vor dem verglasten Wachhäuschen hielten. Hiller, der Fahrer und ich gingen darauf zu, als könnten wir kein Wässerchen trüben. Die beiden Wachtposten starrten uns an. Hartmut drückte seinen Dienstausweis gegen die Scheibe und wedelte mit der Haussuchungsgenehmigung.

»Kriminalpolizei«, sagte er mit fester Stimme. »Sie dürfen weder telefonieren noch irgendeinen Schalter betätigen außer dem, mit dem das Tor bedient wird. Und jetzt – sofort öffnen!«

»Hände weg!« schrie plötzlich der Fahrer und erklärte uns erregt: »Er hat mit dem rechten kleinen Finger auf einen Knopf gedrückt.«

»Öffnen Sie das Tor und kommen Sie heraus«, befahl Hartmut scharf. »Wenn Sie meiner Forderung nicht unverzüglich nachkommen, machen Sie sich strafbar.«

Die Wächter gaben auf. Das Tor ging auf; gleichzeitig fuhren die anderen Autos heran. Polizisten und Experten stiegen aus und sammelten sich, während Hartmut den Fahrer anwies, die Wächter zu bewachen. Dann eilte er auf das Fabrikgebäude zu, und wir rannten ihm hinterher.

Angestellte aller Art zeigten sich mit fragenden Gesichtern, und Martin Lange sah geradezu verwirrt aus. Er bemühte sich um seine verbindliche Würde, erlangte sie aber nicht; offenbar hatte sie sich an diesem Tag freigenommen. Er las sich die Hausdurchsuchungsgenehmigung mit krankem Blick durch; er las und las und mußte sie schließlich auswendig kennen.

»Was wollen Sie denn?« murmelte er schließlich.

»Was in dem Schreiben steht: die Firma vom Keller bis zum Dach unter die Lupe nehmen.«

»Was ... was wollen Sie denn untersuchen? Ich meine ... was glauben Sie, was Sie finden werden?«

»Wir werden sehen. Geben Sie mir jetzt alle Angaben über das Unternehmen, alle Dokumente über den Aufbau der Firma und die Kompetenzen. Wer sind die Chefs, wer die Eigentümer?«

»Ich ... ich weiß nicht so genau ...«

»Sie wissen, was Sie wissen müssen. Oder haben Sie Gründe, die Antwort zu verweigern?«

Lange wurde immer kränker. Sein Hemdkragen war zu eng, und sogar der noble Schlips hing traurig herab.

»Nein, nein ... natürlich werde ich ... das Wenige, was ich weiß ...«

Zögernd holte er Aktenordner und Dokumente heran, und Hartmut ließ kopieren, was von Interesse war. Er beschlagnahmte ganze Korrespondenzen, und Lange wagte es nicht, etwas dagegen zu haben. Das Material wurde in Plastiksäcken verstaut und zu den Fahrzeugen getragen. Ein kleiner Mann mit spitzem Gesicht stürmte aufgeregt ins Zimmer; mit sich schleppte er eine Frau im weißen Kittel, die die Lippen zusammenkniff und ihn mit zornigen Blicken durchbohrte.

»Herr Kommissar, ich erwischte diese Frau, wie sie den Inhalt großer Glasbehälter in den Abfluß goß. Sie hörte nicht einmal damit auf, als ich es ihr nachdrücklich befahl. Sie bedrohte mich sogar mit einem Messer! Drei Gläser hat sie ausgegossen, bevor wir sie überwältigen konnten.«

»Untersuchen Sie alles an ihrem Arbeitsplatz, Doktor Hahn!«

»Jawoll, Herr Kommissar. Mit dem Messer! Mit dem Messer!«

Wie eine wütende kleine Biene sauste er wieder davon. Der bleiche, verschwitzte Lange warf der Frau einen vorwurfsvollen Blick zu:

»Aber Fräulein Tauber …«

Die Frau reckte sich; sie war groß und hatte die breiten Schultern einer trainierten Kugelstoßerin. Mit einem seltsamen Klang in der Stimme rechtfertigte sie sich:

»Ich glaubte, unsere Konkurrenten wären bei uns eingedrungen; ich tat nur meine Pflicht!«

Hartmut übernahm das improvisierte Verhör:

»Was haben Sie in den Abfluß gegossen, Fräulein Tauber?«

»Das geht Sie nichts an.«

»Hat Ihnen Herr Hahn nicht mitgeteilt, daß er von der Polizei ist?«

»Ich wurde angewiesen, niemandem zu trauen. Für mich stehen die Interessen des Unternehmens an erster Stelle.«

Sie warf Lange einen auffordernden Blick zu, als erwartete sie, für eine so vorbildliche Haltung belobigt zu werden, doch der hatte andere Sorgen.

»Sie müssen uns sagen, was Sie ausgegossen haben!« drängte Hartmut.

»Nein!«

»Dann müssen wir Sie zu einem offiziellen Verhör ins Präsidium mitnehmen.«

Einen Augenblick zögerte sie, doch dann schob sie das Kinn vor und erwiderte trotzig:

»Ich lasse meine Auftraggeber nicht im Stich.«

»Wie Sie wollen.«

Hartmut rief einen Polizisten.

»Führ sie zu einem Wagen. Sie ist festgenommen und kommt mit zum Verhör; sie darf mit niemandem sprechen.«

Der Polizist packte sie am Oberarm, doch sie riß sich verbittert los und marschierte hinaus, das Kinn wie ein Banner hochgereckt.

»Also, Herr Lange, was hat sie in den Abfluß gegossen?« fragte Hartmut, wobei er den Personalchef mit dem strengen Blick eines deutschen Oberkommissars musterte.

Lange zog ein weißes Taschentuch hervor und wischte sich über Stirn und Hals. Ich konnte ihn verstehen; so hatte ich mich kürzlich auch gefühlt. Doch dieses Verständnis bedeutete keinesfalls, daß wir Seelenverwandte waren.

»Ich bin nur Personalchef ...«

»Für welche besonderen Aufgaben ist Fräulein Tauber zuständig?«

»Sie ... sie arbeitet in der Forschung.«

»Was erforscht sie?«

»Soweit ich weiß ...«

»Sie wissen sehr wohl, Herr Lange! Also?«

»Ich ... ich glaube, es geht um das Klonen von Genen. Aber die Forschungsabteilung ist tabu, sogar für mich. Glauben Sie mir, ich lüge nicht.«

Hartmut machte eine Kopfbewegung, die wohl ausdrücken sollte, daß er ihm diese Aussage abnahm, ansonsten aber Zweifel an seiner Glaubwürdigkeit hegte.

»Hier in der Nähe sind fünf Menschen an einer geheimnisvollen Krankheit gestorben. Heute nacht erfuhr ich, um welche Krankheit es sich handelt: Botulismus. Wissen Sie, was das ist, Herr Lange?«

»Wieso? Ja ... ein starkes Gift ...«

»Die Bakterie Clostridium botulinum bildet das stärkste Gift, das wir kennen. Im Duden steht unter Botulismus die harmlos wirkende Erklärung ›bakterielle Lebensmittelvergiftung‹, doch keiner der Betroffenen hatte Fleisch aus verdorbenen Konserven gegessen, was als die häufigste Todesursache angegeben wird. Ein milliontel Gramm reicht, um einen Menschen zu töten. Zweiundachtzig Gramm genügen also, um die ganze deutsche Bevölkerung auszurotten. Gelangt eine konzentrierte Lösung in den Trebelsee, kann es zur Katastrophe kommen, denn der See ist über die Havel mit der Elbe verbunden, so daß Millionen Menschen betroffen wären. Also noch einmal – was hat Fräulein Tauber in den Abfluß gegossen?«

Lange ließ sich auf einen Stuhl fallen und starrte leer vor sich hin.

»Wenn ich nur wüßte …«

»Hier in der Nähe wird Trinkwasser entnommen. Die Bakterien können schon in der Leitung sein. Weitere vier, fünf oder sechs Menschen sind bereits erkrankt, Herr Lange. Der Kranke wird nach ein paar Tagen schrecklich müde, dann folgen Kopfschmerzen und ein fürchterlicher Durst, er muß erbrechen, ihm wird schwindlig, er sieht doppelt, kann nicht mehr schlucken und schließlich nicht mehr atmen; der Tod tritt ein. Er oder sie. Eines der Opfer war eine junge Mutter von drei Kindern. Botulismus kann nicht geheilt werden. Ich fordere Sie ein letztes Mal auf, endlich zu reden! Sagen Sie uns, womit wir rechnen müssen!«

Lange wand sich und rieb sich den Hals. Dann räusperte er sich und sagte mit rauher Stimme:

»Ja, ich werde Ihnen mitteilen, was ich weiß!«

17.

Er stand auf und trottete zu seinem Schreibtisch. Die ganze Belicht GmbH schien auf seinen Schultern zu lasten. Er setzte sich in seinen Bürosessel, warf uns einen vielsagenden Blick zu und drückte einen Knopf. Ein Schubfach öffnete sich, in dem ein Bündel Schriftstücke sichtbar wurde. Er reichte Hartmut ein Blatt, und wir lasen gemeinsam.

Es war ein Papier, wie es für Computerausdrucke benutzt wird, und auch die steile Schrift war typisch für die EDV-Branche: »Bezahlen Sie 15 Millionen Mark, sonst verbreiten wir epidemische Krankheiten rund um den Trebelsee. Wir streuen Gerüchte, Menschen sterben, Sie bekommen die Schuld. Setzen Sie eine Annonce in die Berliner Morgenpost: ›Wir bezahlen‹. Unterzeichnen Sie mit ›B‹.«

»Das klingt wie aus einem Handbuch für Erpresser von der Jahrhundertwende«, kommentierte Hiller.

»An wen war das Schreiben gerichtet? Wann kam es? Wo ist das Kuvert?« wollte Hartmut wissen.

Lange schien ein allgemeines Problem damit zu haben, auf konkrete Fragen zu antworten. Vielleicht hatte man ihn gerade deshalb eingestellt.

»Ja, also, es kam … Moment mal … könnte vor einem Monat gewesen sein. Ungefähr. Auf dem Kuvert stand nur ›An den Chef der Belicht GmbH‹ und natürlich die Adresse. Direktor Müller übergab mir das Schreiben, und ich … warf das Kuvert weg.«

»War die Adresse mit der Hand geschrieben?«

Lange nickte zerknirscht und erntete einen grimmigen Blick.

»Und? Gaben Sie die Annonce auf? Haben Sie das Geld gezahlt?«

»Nein, nein, absolut nicht. So geht es doch nicht!«

»Ist das Ihre Meinung oder die von Direktor Müller?«

»Er … er war dieser Auffassung … und ich natürlich auch.«

»Bekam er Instruktionen von den Haupteigentümern der Firma, wie er sich verhalten sollte?«

»Ich weiß nicht. Ich gehöre nicht zu dem Führungskreis, der solche Informationen erhält.«

»Wie kam es dann, daß gerade Ihnen dieses Schreiben anvertraut wurde? Und warum hat man es überhaupt aufgehoben?«

»Es gehört zu meinen Aufgaben, solche … besonderen Schriftstücke zu registrieren.«

»Zu registrieren? Sehr interessant. Bitte zeigen Sie uns dieses besondere Register.«

»Äh ... ja, was heißt registrieren ... ich meine, nicht so formell ... ich sammle die Sachen einfach in einer Schublade. Ja, in dieser Schublade.«

Er hatte ein Problem; er wußte nicht wohin mit seinen sorgfältig manikürten Händen. Mal steckte er sie in die Hosentaschen, mal verschränkte er sie vor der Brust; er kratzte sich am Hals und am Kinn, zupfte an den Jackettärmeln und faltete sie, als wolle er beten.

»Ah ja. Dann geben Sie mir bitte alles, was seitdem gekommen ist.«

»Wie bitte? Gekommen? Wie kommen Sie darauf, daß ...«

»Werter Herr Lange, glauben Sie mir, ich bin kein Neuling in meinem Beruf. Wenn man auf die erste Forderung nicht eingeht, meldet sich der Erpresser in der Regel ein zweites Mal, und zwar in bedeutend schärferem Ton. Gibt es einen Grund, warum Sie mir das Material nicht geben wollen?«

»Nein, nein, absolut nicht, es kam nur ... so plötzlich.«

Bei dieser Klischeeantwort mußte ich an eine errötende Jungfrau denken, die sich vor einem Freier ziert, und konnte mein Kichern gerade noch in ein drohendes Grunzen verwandeln. Lange kramte ein weiteres Blatt und eine Broschüre hervor. Das Schreiben war auf demselben Papier in derselben Schrift abgefaßt: »Der Preis beträgt jetzt 20 Millionen Mark. Setzen Sie die Annonce unter die Rubrik Persönliches in die Berliner Morgenpost: ›Wir bezahlen‹. Unterzeichnen Sie mit ›B‹. Wenn Sie unserer Forderung nicht innerhalb von vier Tagen nachkommen, verteilen wir die beiliegende Broschüre in der ganzen Gegend. Das wird Ihr Untergang!«

Es handelte sich um ein schwarzweiß gedrucktes Heft im A4-Format, offenbar am Computer hergestellt. Die Titelseite zeigte eine Anzahl Kisten mit Kreuz darauf. Ein gesichtsloser Sensenmann in schwarzer Kutte schnitt auf einen Streich Dutzenden Menschen die Köpfe ab. Darunter stand: »Wie viele müssen noch für Belichts Experimente sterben? Sie verbreiten Gift, und wir krepieren. Zeigt sie an! Klagt sie an! Zerrt sie vor Gericht!«

»Wann kam das hier?«

»Vor vier Tagen ... oder sind es jetzt fünf?«

»Wieder an Direktor Müller adressiert?«

»An den Chef, wie auch beim ersten Mal. Am selben Tag reiste er ab. Also ... das eine hat aber nichts mit dem anderen zu tun. Die Reise war lange geplant. In die Schweiz.«

»Bitte geben Sie mir seine dortige Adresse nebst Telefon- und Faxnummer.«

»Tut mir leid, damit kann ich nicht dienen. Er, der Produktionsleiter Winkel und der stellvertretende Geschäftsführer Behncke sind zu einem geheimen Treffen in die Schweiz gefahren. Ich weiß nicht wohin, aber Direktor Müller ruft mich jeden Morgen an.«

»Hier ist meine Karte. Er soll mich sofort anrufen, wenn er morgen früh mit Ihnen gesprochen hat. Nicht eine Stunde später, sondern unmittelbar danach. Haben wir uns verstanden?«

Lange nickte übertrieben eifrig und unterstrich seine Kooperationsbereitschaft mit einem wiederholten »Ja, gewiß«. Er hatte sich in einen Hund verwandelt, der Pfötchen gab und mit dem Schweif wedelte, wenn er uns sah.

»Kann ich sonst noch etwas für Sie tun, Herr Kommissar?«

»Ja. Dieses Schreiben hier verwirrt mich etwas. Im großen und ganzen ist es mit dem ersten identisch, und ich würde ... Na ja, wir werden sehen. Wenn keine Annonce in die Zeitung gesetzt wurde, müßte diese Broschüre in der Gegend verteilt worden sein, nicht wahr?«

»Das befürchte ich.«

»Kannte Direktor Müller dieses Risiko?«

»Er hat ja das Schreiben gelesen.«

»Was war sein Kommentar?«

Ein ehrfürchtiger Ton schlich sich in Langes gepreßte Stimme.

»Daß man Erpressern niemals nachgeben darf.«

»War diese Entscheidung mit den Haupteigentümern abgestimmt?«

»Ich nehme es an, doch ich weiß es nicht genau.«

»Wenn Sie die Hauptgesellschafter in der Schweiz anrufen, mit wem sprechen Sie dann?«

»Dort anzurufen gehört nicht zu meinen Aufgaben.«

»Wer würde antworten, falls Sie anriefen?«

»Keine Ahnung.«

Vielleicht spürte er die Zweifel des Oberkommissars, denn er fügte hinzu:

»Wirklich nicht.«

»Herr Lange, lassen Sie uns zum Kernpunkt kommen. Sie und Direktor Müller sagen, daß man Erpressern niemals nachgeben darf, aber Sie haben kein Wort darüber verloren, ob die Behauptungen in der Broschüre oder Flugschrift oder wie man diese Blätter bezeichnen soll, der Wahrheit entsprechen. Stimmt es, daß durch die Belicht GmbH hier in der Gegend Bakterien freigesetzt wurden?«

Lange antwortete nicht sofort mit Nein, sondern dachte erst lange über die Frage nach. Es war ihm anzusehen, daß er sich nach Rückendeckung durch seinen Chef sehnte. Er riskierte es, später von einem verbitterten Direktor fertiggemacht zu werden: »Wie konntest du so unverbesserlich dumm sein ... hast du nur Stroh im Kopf ... wenn du dir einen neuen Job suchen willst, werde ich dir nicht im Wege stehen ... übrigens kannst du genausogut sofort verschwinden ... in zehn Minuten lieferst du sämtliche Schlüssel ab ... wenn ich es recht überlege, dann hau am besten gleich ab, bevor ich dich rausschmeiße ...« Schon viele leitende Angestellte haben für ihr loses Mundwerk bitter bezahlt, wenn ihre Chefs der Meinung waren, sie hätten ihre große Klappe besser gehalten.

»Das kann ich mir nicht vorstellen«, sagte er endlich.

»Aber Sie halten es nicht für unwahrscheinlich?«

»Ich bin nicht dazu befugt, mich zu diesem Thema zu äußern.«

»Wollen Sie behaupten, daß sie keine Ahnung haben, was in Ihrer Firma hergestellt wird?«

»Natürlich weiß ich im großen und ganzen Bescheid. Unsere Bekämpfungsmittel gegen Unkraut und Ungeziefer sind ausgezeichnet und genießen überall ein hohes Ansehen.«

»Aber?«

Der Personalchef machte eine Geste, die alles Mögliche bedeuten konnte und seine Gemütsstimmung widerspiegelte.

»Jedes Unternehmen unseres Typs muß versuchen, immer wieder neue Produkte zu entwickeln. Wir verfügen über ein gut ausgerüstetes Labor mit fähigen Forschern. Das ist natürlich geheim, auch für mich. Die Konkurrenz ist mörderisch … ähem … und Spionage gehört zum Geschäft. Traurig, aber nur allzu wahr, Herr Kommissar!«

»Und Botulismus? Warum züchten Sie Bakterien, die eine so schreckliche Krankheit verbreiten können?«

Langes Gesicht leuchtete plötzlich auf, als habe er ein Ei des Kolumbus gefunden, das den Geschmack des abwesenden Herrn Direktors treffen konnte.

»Vielleicht ist es umgekehrt – wir versuchen, ein Mittel gegen Botulismus zu entwickeln, und dazu brauchen wir zu Versuchszwecken die entsprechenden Bakterien. Irgendein feindlich gesinnter Angestellter könnte den Stoff herausgeschmuggelt haben; wenn ich richtig verstanden habe, reichen ja sehr kleine Mengen.«

»Warum sollte jemand so etwas tun?«

»Geld. Vielleicht kam ihm die Idee mit der Erpressung, und er glaubte, das Unternehmen würde bezahlen. Es könnte sich auch um einen Racheakt handeln. Manchmal muß man Leute entlassen. Wir können hier nur erstklassige Mitarbeiter gebrauchen. Oder ein Konkurrent kauft einen unserer Kollegen, um unseren guten Ruf und Namen zu zerstören. Diese schrecklichen Konkurrenten …«

Er beendete den Satz mit einem tiefen Seufzer.

Hartmut ließ sich nicht beeindrucken:

»Mag sein. Ich brauche eine Liste sämtlicher Angestellter des Unternehmens mit ihren Funktionen im Betrieb, wie lange sie bei Belicht arbeiten, Alter, Adressen und so weiter. Verstehen Sie?«

»Na ja ... ich kann nicht ... viele Forscher ... Spezialisten ... auf eigene Faust ... Aber, Herr Kommissar, ich werde Herrn Müller morgen früh um Erlaubnis bitten. Dann erstelle ich die Liste und faxe sie Ihnen zu.«

»Gut, morgen vormittag also.«

Ein Polizist kam herein und meldete, daß die Spezialisten ihre Arbeit beendet hätten. Hartmut überflog die Aufstellung, was beschlagnahmt worden war, und nickte zufrieden. Zu Langes gewaltiger Erleichterung gab er dann den Befehl, die Rückfahrt nach Berlin anzutreten. Im Wagen wirkte er nachdenklich, und als wir uns dem Polizeigebäude näherten, meinte er ein wenig selbstkritisch:

»Wir hätten zu Beginn der Aktion etwas entschiedener vorgehen können. Offenbar gelang es einem der Wächter, auf den Knopf zu drücken. Was ist da drinnen eigentlich geschehen? Was und welche Menge wurde in den Abfluß gegossen? Die Existenz eines solchen Warnknopfes weist darauf hin, daß es für den Fall einer Gefährdung ein festes Handlungsschema gibt. Oder sehe ich Geister und Phantome, wo nur Elfen tanzen? Ich werde nicht schlau aus diesem Unternehmen; ist es nun ein schwimmender Fisch oder ein fliegender Vogel?«

»Die Todesfälle in Ketzin sind wirklich schrecklich«, erinnerte Hiller leise. »Wann wird die Presse informiert?«

»Ich weiß es nicht, und es ist auch nicht meine Aufgabe. Wir haben das Wasserwerk schließen lassen und Tankwagen mit Trinkwasser hinbeordert. Die Mitteilung, daß das Wasser verunreinigt sein kann, ist an die Radio- und Fernsehsender gegangen und wird morgen in den Zeitungen veröffentlicht. Wenn diese Broschüre an die Haushalte geht ... Was für eine Situation! Die Leute könnten zu Belicht ziehen und die Firmenleitung lynchen! Wenn ich einen Angehörigen durch so ein Unternehmen verloren hätte, würde ich nicht anders handeln, den Mob vielleicht sogar anführen!«

»Wir müssen sehr schnell arbeiten«, stimmte Hiller zu. »Meiner Meinung nach sind die Eigentümerverhältnisse am interessantesten. Die Rax Holding ist in Reichweite; dort können wir ansetzen.«

»Ich habe Leute damit beauftragt, dieses Unternehmen unter die Lupe zu nehmen, Inhaber und Angestellte.«

Hiller hatte eine Menge Faxmitteilungen zu verschicken und zu empfangen. Später fuhren wir gemeinsam nach Hönow; er in seine Villa und ich ins Hotel, um mich auszuruhen und meine Batterien aufzuladen, denn er drohte mit einer Nachtschicht, bei der wir das gesamte Material durchgehen wollten. Aber zuerst würden wir gemeinsam zu Abend essen – natürlich. Ich rief zu Hause in Stockholm an – oh, wie ich diese Stadt vermißte – und sprach mit Virena – oh, wie ich mich nach ihr sehnte. Ich erzählte ihr von meiner Sehnsucht, und alles war in Ordnung.

»Noch ein paar Tage, und ich bin bei euch«, versprach ich.

»Die Tür steht offen.«

Das klang ermutigend, und wir plauderten eine Weile über dieses und jenes. Da Elin nicht zu Hause war, konnten wir ein bißchen intimer werden. Es wurde ein Gespräch, von dem ein Mann noch lange zehrt und an das er sich mit einem dummen und zufriedenen Grinsen erinnert. Danach konnte ich nicht einschlafen, sondern schaute mir im Fernsehen einen alten Western an. Die Deutschen haben die komische Angewohnheit, fast alle Filme zu synchronisieren, und so lachte ich mich halb tot, als John Wayne mit dem Colt in die Bar stürmte und auf deutsch »Hände hoch!« schrie.

Nach ein paar Stunden fielen mir doch die Augen zu. Ich machte den Apparat aus und räkelte mich auf dem bequemen Bett. Ich hörte, wie sich in meine tiefen und ruhigen Atemzüge die ersten Schnarchlaute mischten; gleich würde ich in Morpheus' Armen ruhen. Doch ein Klopfen an der Tür brachte mich in das Reich der Wachen zurück. Es war ein einfaches Klopfen, das weder von einem Hammer noch von einem zarten Kinderfinger herrührte; es klang ganz uns gar unpersönlich – so klopft zum Beispiel der Zimmerservice, wenn er frische Handtücher bringen oder das Bett machen will. Ich grunzte ein »Herein!« und wartete, denn das Personal hat für gewöhnlich einen eigenen Schlüssel. Vielleicht hatte ich zu leise gegrunzt, denn das Klopfen wiederholte sich.

Träge erhob ich mich von der weichen Matraze und öffnete. Vor der Tür stand ein Mann, den ich nie zuvor gesehen hatte. Er war etwa fünfzig und hatte ein rundes Mondgesicht, volle Lippen, dünne Augenbrauen, eine dicke Nase, dunkle, in der Mitte gescheitelte Haare und schmale Augen. Er trug einen teuren Anzug, ein vermutlich maßgeschneidertes italienisches Hemd und eine elegante Krawatte. Seine Hände waren weiß und sorgfältig manikürt; die Rolex am Handgelenk verriet, daß er sich zu jenen zählte, die in dieser Welt das Sagen haben. In der rechten Hand hielt er einen Diplomatenkoffer aus hellem Kalbsleder.

»Ja?« eröffnete ich das Gespräch.

»Mein Name könnte Schmidt sein«, sagte er auf deutsch und mit überkorrekter Aussprache.

»Warum oder vielmehr, warum nicht?«

»Meine Phantasie ist so begrenzt. Ich würde es sehr schätzen, eintreten zu dürfen, denn ich unterhalte mich nicht gern auf dem Korridor. Es ist so ein komisches Gefühl.«

»Nenne Sie mir einen guten Grund, warum ich Sie hereinlassen sollte. Ein komisches Gefühl allein genügt nicht.«

»Wir haben gemeinsame Bekannte.«

»So? Nennen Sie mir einen.«

»Auch er könnte Schmidt heißen.«

War ich wach oder träumte ich? Lief hier ein absurdes Theaterstück? Wer war der Kerl? Was wollte er? Resolut schloß ich die Tür, legte mich wieder aufs Bett und starrte zur Decke.

Erneut klopfte es. Ich ließ ihn ein wenig zappeln, bevor ich einen Spalt öffnete.

»Oh, ist das nicht der Mann, der Schmidt heißen könnte?« grinste ich ihn an.

Er verbeugte sich kurz.

»Genau der. Ich möchte ein Gesprächsthema vorschlagen, über das sich Menschen schnell näherzukommen pflegen.«

»Das Insektenleben im Kornfeld?«

»Nein – Geld. Viel Geld, wahnsinnig viel Geld.«

»Sie klingen, als wollten Sie mir Diamanten verkaufen, die in einem Tresor liegen, aber sie würden mir natürlich Fotos der Edelsteine und ein Zertifikat überreichen. Nein, bester Herr Könnte-Schmidt-heißen, die Zeiten sind vorbei.«

»Ich würde niemals versuchen, etwas zu verkaufen; dafür bin ich viel zu nervös. Ich habe Mitleid mit Leuten, die sich davon ernähren müssen; viele werden mürbe dabei.«

»Verdammt, was wollen Sie von mir?«

»Ich will Ihnen viel Geld geben; ich will Sie mit Geld überhäufen.«

»Aha, Sie sind der Weihnachtsmann, der Schmidt heißen könnte. Danke, ich habe mein Auskommen. Und jetzt möchte ich ein wenig ruhen. Guten Abend, Herr Könnte-Schmidt-heißen, geben Sie Ihr Geld den Bedürftigen.«

Er schaffte es nicht mehr, den Fuß in die Tür zu stellen, und ich ließ mich erneut auf die weiche Matratze sinken. Die Hände im Nacken verschränkt, grübelte ich über die seltsame Begegnung. Der Mann war wohl ein Hönower Original, doch meine Zeit war zu kostbar, um sie mit lokalen Witzbolden zu vergeuden. Kostbar hin, kostbar her … aber ich bestimmte selbst den Preis der Minuten meines Lebens. Er klopfte und klopfte, so daß ich mich wie unter der chinesischen Wassertropfenfolter fühlte. Man sollte ihm John Wayne auf den Hals schicken.

»Einen Augenblick«, bettelte er und hielt abwehrend die Hand hoch. »Sie sind irritiert, und ich verstehe Sie sehr gut.

Manchmal kann ich mich selbst nicht ausstehen, aber ich habe ja nur mich. Herr Hassel, ich ...«

»Hassel? Mein Name ist Tomasson.«

»Oh nein. Hätten Sie gesagt, sie könnten Tomasson heißen, würden wir in derselben Liga spielen, doch ich weiß, daß Sie auf den schönen schwedischen Namen Hassel hören. Und ich will Sie vergolden, so daß Sie sich Gold-Hassel nennen könnten.«

Jetzt wurde es langsam ungemütlich, doch er kannte meinen richtigen Namen, und das war ein interessanter Gesichtspunkt für mich, den Kriminalisten. Ich ließ ihn ein, und er bedankte sich herzlich, endlich der Akustik des Korridors entronnen zu sein. Ich legte mich zum vierten Mal aufs Bett, während er es sich auf dem Stuhl am Schreibtisch bequem machte.

»Häufen Sie«, forderte ich ihn auf.

»Wie bitte? Jetzt kann ich Ihnen nicht richtig folgen, aber ich gelte auch als nicht besonders intelligent.«

»Sie wollten mich doch mit Geld überhäufen? Oder habe ich mich verhört?«

»Ah, jetzt verstehe ich. Sie sind ein Scherzkeks, Herr Hassel. Sehr witzig, wirklich. So komische Repliken fallen mir nie ein. Bemerkenswert, wie ungerecht die Natur die Talente verteilt. Ja, Geld – wieviel wollen Sie?«

»Wenn man einen Wunsch freihat, soll man die Gelegenheit nützen. Hunderttausend Millionen Milliarden Mark, in bar natürlich.«

Er grinste und schaute auf seine Rolex. Wahrscheinlich zeigte sie ihm auch die Hundertstelsekunden an.

»Sie werden immer witziger, Herr Hassel. Würden Ihnen hunderttausend Mark reichen?«

»Was soll ich dazu sagen?«

»Klingt das nicht akzeptabel?«

»Meinetwegen. Legen Sie die Scheine auf den Tisch und schließen Sie dic Tür leise, wenn Sie gehen.«

»Hunderttausend Mark sind viel, wenn man den Betrag in

schwedische Kronen umrechnet. Noch bin ich nicht in Ihrem schönen Land gewesen, doch man hört sehr viel Gutes darüber. Helle Nächte. Kaltes Wasser zum Baden, das einen gesund erhält. Noch einmal, ich biete auf Rechnung unserer gemeinsamen Freunde hunderttausend gute deutsche Mark.«

Ich hatte keine Ahnung, was er eigentlich von mir wollte. Trotz seiner Späßchen verfolgte er eine feste Linie und schien vorauszusetzen, daß ich ihn verstand. Sollte ich mitspielen und versuchen, auf diesem Weg Genaueres zu erfahren? Wenn er begriff, daß ich nicht wußte, worauf er hinauswollte, könnte er die seltsame Verhandlung abbrechen und wirklich gehen. Er ging davon aus, daß ich etwas sehr Wertvolles zu veräußern hatte. Oder sollte mein Schweigen erkauft werden? Aber – in welcher Angelegenheit? Er kannte meinen Namen und wußte, daß ich Polizist war; also hatte es etwas mit meinem Beruf zu tun. Da ich mich in Deutschland befand, mußte es mit meinem hiesigen Auftrag zusammenhängen. Aber womit genau? Mit den gestohlenen Fernlastzügen? In diesem Falle konnte der Mörder, dem ich ins Ohr gebissen hatte, unser gemeinsamer Freund sein. Mit dem geheimen Transport von Gasen und Bakterienkulturen? Dann konnte sonstwer dahinterstecken. Was hatte ich gesehen oder gehört? Oder im Besitz? Was es auch war, ich hatte nichts gemerkt, aber das war nicht das erste Mal. Ich beschloß, den Mittelweg zu gehen, mich weder allzu interessiert noch gänzlich abweisend zu zeigen. Solange wir miteinander redeten, konnte ich Informationen aufschnappen, die mir vielleicht auf die Sprünge halfen.

»Zweihunderttausend klingt noch besser, weil es nämlich, mathematisch gesehen, mehr ist.«

»Da haben Sie recht, Herr Hassel, sogar das Doppelte; da haben Sie eine tiefe Wahrheit gelassen ausgesprochen. Lassen Sie mich aber in aller Bescheidenheit darauf hinweisen, daß das Angebot, wie das Leben auch, klare Grenzen hat.«

»Dann sagen Sie mir doch, Herr Könnte-Schmidt-heißen, wo die Schmerzgrenze liegt.«

»Können wir uns darauf einigen, daß sie genau da liegt?«

»Wir reden aneinander vorbei. Ich schlage vor, daß Sie mit unserem gemeinsamen Bekannten, der auch Schmidt heißen könnte, noch einmal darüber diskutieren, wie das allerhöchste Angebot lautet. Dann werden wir sehen.«

»Ein ausgezeichneter Vorschlag, Herr Hassel. Ihr Schweden seid Schnelldenker. Kann am Klima liegen. Wenn es so kalt ist, wie mir meine Freunde erzählt haben, muß man schlau und schnell sein, um zu überleben. Nun will unser gemeinsamer Bekannter sicher Garantien haben, daß das Geschäft zum gegenseitigen Vorteil abläuft. Er haßt unangenehme Überraschungen. Ehrlich gesagt, wer liebt sie schon? Also, gerade heraus gefragt, was geben Sie für Garantien?«

Ich lächelte vieldeutig – ich hoffte es jedenfalls; vielleicht sah ich auch nur einfältig aus.

»Ganz einfach – daß alles so bleibt, wie es ist. Nicht besser und nicht schlechter.«

Er dachte eine Weile über mein Angebot nach, und ich tat desgleichen. Was hatte ich eigentlich gemeint? Vieldeutig war es jedenfalls.

»Ihr wacher Intellekt ehrt Sie; ich bewundere Sie. Dennoch kann ich den Eindruck nicht loswerden, daß Sie einer Entscheidung ausweichen. Soll das eine Auktion werden?«

Diese Äußerung wies darauf hin, daß es eine weitere Partei gab, die am Kauf interessiert sein konnte, was es auch war. Eine konkurrierende Macht oder ein Rivale innerhalb derselben Organisation?

»Ich bin völlig aufrichtig. So ehrlich und unschuldig wie der, der nicht Schmidt heißt.«

»Das klingt irgendwie beruhigend. Auf einen Schweden kann man sich natürlich immer verlassen. Ein Volk ohne Falschheit, hat man mir gesagt. Lassen Sie mich nachschauen, was ich in meiner Tasche habe. Ein Präsent zu einem Feiertag.«

Ich war schon im voraus dankbar, obwohl ich gar kein Geschenk verdient hatte.

Sorgfältig öffnete er die beiden Verschlüsse seines Diplomatenkoffers. Aus meiner liegenden Stellung konnte ich ein paar Dokumentenmappen und eine Plastiktüte mit dem Reklameaufdruck einer Herrenboutique erkennen. Er raufte sich die Haare.

»Wo habe ich es denn nur? Ich werde langsam vergeßlich; das muß mit dem Alter zusammenhängen. Ach, jetzt fällt es mir wieder ein. Ein paar graue Zellen arbeiten noch.«

Er faltete die Tüte auseinander, schaute hinein und ließ einen zufriedenen Ausruf ertönen. Dann steckte er die Hand hinein und zog sie wieder heraus. Darin lag eine großkalibrige Pistole mit aufgeschraubtem Schalldämpfer.

»Seien Sie so freundlich und legen Sie sich auf den Bauch, die Hände auf den Rücken. Falls ich Sie erschießen muß, bitte ich vorab um Entschuldigung!«

18.

Ich gehorchte augenblicklich, und er fesselte mich mit Handschellen. Ich ließ mich von seinem Auftreten nicht täuschen; das waren nur Äußerlichkeiten. Viele brutale Verbrecher glauben heutzutage, daß sie weltmännischer wirken, wenn sie sich einen pseudointellektuellen Jargon zulegen. Sie bilden sich ein, dadurch gesellschaftsfähig zu werden, daß sie das Auftreten gewisser Geschäftsleute kopieren. Doch unter der Oberfläche sind sie hart und rücksichtslos; Morde und grausame Verstümmelungen gehören zu ihren täglichen Routinen. Er war mit mir allein und trug eine Waffe, die lautlos töten konnte. Ich hütete mich, ihn zu reizen.

Gleichzeitig hatte ich mich in eine brenzlige Situation gebracht, denn ich hatte ja nichts zu versteigern. Mir blieb nur eines übrig – ich mußte weiterspielen, durfte keine Furcht zeigen. Wenn ich auf seinen Ton einging, akzeptierte er mich vielleicht weiterhin als Gesprächspartner. Er hatte eine Pistole, doch ich besaß etwas, was er unbedingt haben wollte. Es ist immer der Ängstliche, der ein Geschäft verliert, ein Mädchen verliert, mißhandelt wird, erschossen wird.

»Ist die Pistole nicht eine Nummer zu groß für Sie, Herr Könnte-Schmidt-heißen? Ein Damenrevolver würde doch reichen.«

»Das ist eines meiner großen Probleme. Stellen Sie sich mit dem Gesicht zur Wand. Ich bin mit kleinen Händen geboren. Kopf nach vorn, Beine auseinander. Danke, so ist es gut. Ich muß mir immer Kinderhandschuhe kaufen. Ärgerlich sowas. Und jetzt keine Bewegung mehr. Ihr Schweden seid ja so impulsiv, trotz der Kälte. Vielleicht ist es eine Methode, sich warm zu halten.«

Er zog sich ein paar dünne Handschuhe über und begann mich mit geübten Griffen abzutasten, wobei er die Waffe nicht weglegte. Ich trug nur Hemd und Hose, aber er betastete gewissenhaft jeden Quadratzentimeter Stoff. Also ging es um einen Gegenstand, der so flach war wie eine Kreditkarte.

»Bleiben Sie so stehen. Es ist sicher unbequem, aber alles geht vorüber, wenn man gesund und am Leben ist.«

Im Spiegel konnte ich sehen, wie er das Bett auseinandernahm und akribisch untersuchte. Er schüttelte die Wäsche kräftig aus und warf sie auf den Boden. Dann zerrte er die Matratzen heraus, kippte das schwere Gestell ohne große Anstrengung um und nahm die Unterseite in Augenschein.

»Okay. Legen Sie sich neben das Bett auf den Bauch. Der Teppich ist verhältnismäßig weich und besser als ein Grab.«

»Was wird auf Ihrem Grabstein stehen? Er hieß nicht Schmidt?«

»Darüber wäre nachzudenken.«

Er zerrte mich von der Wand weg. Als ich auf dem Weg zu der angegebenen Stelle war, stolperte ich über ein Kissen und taumelte einige Schritte vorwärts. Er schoß sofort, und die

Kugel schlug neben meinem rechten Fuß ein. Ich blieb ruhig – scheinbar!

»Spar dir die Kugeln; sie sind teuer. Unser gemeinsamer Nix-Schmidt scheint ein knauseriger Typ zu sein.«

»Wie alle vermögenden Menschen denkt er stets ökonomisch. Ich habe vor unerlaubten Bewegungen gewarnt.«

»Gilt es als unerlaubte Bewegung, wenn ich über ein Kissen stolpere, das du selbst auf den Boden geworfen hast? Jetzt übertreibst du aber.«

»Legen Sie sich hin und halten Sie den Mund. Ihr Schweden seid viel zu geschwätzig. Damit verwirrt ihr uns Mitteleuropäer.«

Ich tat, wie er befohlen, und er prüfte noch einmal, ob die Handschellen intakt waren. Dann durchstöberte er das ganze Zimmer sowie meine Taschen und Sachen so gründlich, daß ihm nicht einmal ein Körnchen Puderzucker entgangen wäre. Er schwieg und ich schwieg; Worte soll man nur verlieren, wenn es notwendig ist. Schließlich warf der Mann einen letzten Blick auf all das Durchwühlte, Auseinandergerissene, Hin- und Hergezerrte und Aufgeschlitzte; mehr war nicht zu machen. Er kam zu mir, beugte sich über mich und preßte die Mündung des Schalldämpfers gegen mein Knie.

»Leider bin ich gezwungen, Sie zum Krüppel zu schießen, wenn Sie mir nicht sofort die richtige Information geben. Wenn Sie so klug sind wie alle Schweden, wissen Sie sicher, daß ich es ernst meine.«

Ich hätte ihn anspucken können! Immer diese Drohungen, diese Schläge und Foltern, diese teuflische Gier nach Geld! Es war nicht nur gespielt, als ich mir gestattete, wütend zu werden. Ich schrie ihn an:

»Schieß doch, verdammt! Aber dann guckt dein Auftraggeber in den Mond und bekommt nie, was er haben will.«

Der Finger am Abzug krümmte sich leicht, doch noch fehlten einige Millimeter, um mich für immer in den Rollstuhl zu schicken, wie sicher viele andere seiner Opfer. Er ließ sich durch meinen Ton nicht beeindrucken.

»Mit Zwang kommt man für gewöhnlich weiter. Der Friedensfürst Jesus Christus hat bekanntermaßen eine andere Einstellung, aber man kann ja nicht in allem einer Meinung sein. Na, wie ist es?«

»Sag dem anderen Idioten, der nicht Schmidt heißt, daß ich einen guten Preis fordere, der durchaus nicht unverschämt ist. Ich habe etwas anzubieten, und er kauft. Ein ganz normales, gesundes Geschäft. Ich bin es nicht gewöhnt, daß mir jemand ins Knie schießen will.«

Zu meiner Erleichterung – die so groß war, daß ich spürte, wie alle Muskeln in meinem Körper erschlafften – steckte er die Waffe ein und nickte wie zu einem gefaßten Beschluß.

»Ein guter Preis, nicht unverschämt? Nun ja. Lassen Sie mich mit meinem Auftraggeber reden. Sie kennen jetzt die Bedingungen. Einigen wir uns nicht, ist Ihr Knie in Gefahr. Ihr Schweden seid ja so besorgt um eure Knie; ihr habt ja auch einige Geher von Weltrang hervorgebracht, wenn ich richtig informiert bin. Sie haben eine Stunde Zeit.«

Aus der Tasche holte er ein breites Tesaband und verklebte mir den Mund, so hoch, daß auch die Nasenlöcher zum Teil verschlossen waren. Es schmeckte eklig, und das Atmen fiel mir schwer. Er befahl mir, ins Bad zu gehen. Dort holte er weitere Handschellen aus seinem inhaltsreichen Diplomatenkoffer, legte sie um das Wasserrohr und ließ sie dann an meinen Handgelenken zuschnappen. Dann entfernte er das erste Paar Handschellen.

»Ich schließe jetzt die Tür ab und teile der Rezeption mit, daß Sie schlafen und nicht gestört werden wollen. Wie gesagt, in einer Stunde sehen wir uns wieder. Für mich ist es immer ein Vergnügen, einen Schweden zu treffen. Es plaudert sich so angenehm und kultiviert.«

Er verließ das Hotelzimmer, und ich stand eingesperrt im Bad, die Hände auf dem Rücken gefesselt und mit der Wasserleitung innigst verbunden. Eine Stunde Frist, eine jämmerliche Stunde. Das Tesaband bewirkte, daß ich mit meinen Kräften haushalten mußte, denn die wenige Luft, die ich durch die Nase bekam, reichte gerade, um mich bei Besinnung zu halten. Herr Könnte-Schmidt-heißen war ein Profi und wußte, was er tat. Keiner würde hereinkommen, und ich konnte mich nicht bemerkbar machen. Ich saß so fest, als wäre ich in einem Verließ angeschmiedet, obwohl ich beide Beine frei hatte; doch was nutzte das, von den Zehenspitzen fehlte immer noch ein halber Meter bis zur Türklinke.

Wieviel Zeit war vergangen? Fünf Minuten? Zehn? Eine halbe Stunde? Ich hatte keine Ahnung. Wenn man nicht frei atmen kann, stellt sich nach kurzer Zeit Panik ein, und man bekommt noch weniger Luft. Ich spürte, wie sich auf meiner Stirn Schweißperlen bildeten – wie oft hatte ich in diesem Fall schon Blut und Wasser geschwitzt?

Ich ließ mich zu Boden gleiten und versuchte, die Hände vor den Körper zu bekommen, aber das hätte wohl nicht einmal ein Schlangenmensch geschafft. Schließlich packte ich die Wasserleitung und rüttelte mit aller Kraft daran, doch auch zehn Männer hätten es nicht vermocht, sie von der Wand zu reißen. Kostbare Sekunden verstrichen, bis ich wieder zu Atem kam. Es flimmerte mir vor Augen, und der herunterrinnende Schweiß brannte auf den Hornhäuten. Das Haupt an die Fliesen gelehnt schaute ich zur Dusche hinauf, die wie eine Schlange an der Wand hinaufkroch und mir ihren flachen Kopf zuwandte. Die Öffnungen wirkten wie tausend kleine Augen, die mich anstarrten. Die Dusche … Wasser …

Wenn ich die Dusche anstellen könnte, so daß das Wasser unter der Tür hindurch durch das Zimmer auf den Korridor rann … Wenn ich den Strahl auf die Tür richten könnte … Unmöglich. Aber dennoch, irgend etwas mußte ich unternehmen. Bald wurde Herr Könnte-Schmidt-heißen zurück sein, und da ich ihm kein Angebot machen konnte, würde er mit dem Revolver verhandeln. Erst das eine Knie, dann das andere … Ruhig, ruhig, vorsichtig atmen, nicht aufregen. Langsam drückte ich den Rücken gegen die Leitung und schob mich aus der sitzenden Stellung hinauf. Dann beugte ich den Oberkörper vor und versuchte, meine in Handschellen steckenden Hände so weit wie möglich am Rohr hinaufzuschieben. Mit zitternden Fingern tastete ich nach der Mischbatterie.

Gerade, als ich befürchtete, einen Krampf zu bekommen, erreichten meine Fingerspitzen einen der beiden Hähne. Es gelang mir, ihn ein wenig aufzudrehen. Aus der Dusche begann es zu tropfen. Das reichte nicht, doch ich mußte erst wieder hinunter, um mich auszuruhen. Das Klebeband war ein übel schmeckender, feuchtwarmer Umschlag. Zweiter Versuch! Wie ein Ballettänzer stieg ich auf die Zehenspitzen. Klettert, Finger, klettert ... streckt euch ... Diesmal war der Griff etwas fester, doch das Rinnsal hätte gerade ausgereicht, um den letzten Seifenschaum vom Körper zu spülen.

Ein weiterer Versuch, der meine Muskeln betäubte, doch der Wasserstrahl wurde stärker, warmes Wasser, aber jedenfalls Wasser, das mir übers Gesicht rann. Nun kam der zweite Schritt; ich mußte den Kopf der Dusche aus der Halterung lösen. Ich starrte in die tausend Schlangenaugen, hielt mich an dem inzwischen heißen Rohr fest und versuchte es mit einem Kopfstoß, doch es war zwecklos. Die Anstrengung ließ meine Lungen wie einen Blasebalg arbeiten, und ich rang nach Luft.

Völlig erschöpft glitt ich am Rohr hinab und hockte auf dem Boden, dessen Gefälle verhindert, daß das Wasser aus dem Raum dringen konnte. Nun konnte ich nur noch auf den Unterhändler mit der Pistole warten. »Zweihunderttausend Mark – her damit – sonst ...« würde er sagen. Her – womit? Der schreckliche Gedanke an einen Schuß ins Knie ließ mich schaudern. Das Knie ist mittlerweile zum beliebtesten Angriffspunkt jener Typen geworden, die mittels physischer Gewalt etwas erpressen wollen. Die Schmerzen sind unbeschreiblich, und mit den Folgen quält man sich das ganze Leben. Schüsse sind akzeptabel, doch aus der Sicht eines Gewalttäters ist ein Baseballschläger sinnvoller, weil er eine mehrmalige aktive Handlung ermöglicht.

»Ich halte das nicht mehr aus«, hörte ich mich stöhnen.

Das Wasser aus der Dusche empfand ich inzwischen als unerträglich heiß, und mir war klar, daß ich erneut aufstehen mußte, um den Hahn zu schließen. In diesem Augenblick verließen mich die Kräfte. Ich legte den Kopf auf die angezogenen Knie, um das Gesicht zu schützen, doch statt dessen verbrühte ich mir den Nacken. Ich weinte und wimmerte; solche Schmerzen hält niemand lange aus, es gibt keine Helden. Das Wasser drang mir in Nase und Mund und … ich erstarrte. Nase und Mund? Plötzlich merkte ich, daß sich nicht meine Haut, sondern zuerst das Klebeband ablöste; gegen heiße Duschen war der Leim nicht lange resistent.

Wie ein Verrückter schnitt ich Grimassen, um den Prozeß zu beschleunigen; ich duckte mich nicht mehr vor dem Wasser, sondern hielt mein Gesicht voll in den Strahl. Das Klebeband gab nach, ich bekam es in den Mund und spuckte es aus. Jetzt konnte ich schreien, und ich schrie aus voller Kehle:

»Hilfe! Hiiilfe! Hiiiillffee!«

Nach meinem achtzehnten Ruf vernahm ich, wie das Zimmer geöffnet wurde, und ich schrie noch lauter. Endlich ging die Badezimmertür auf, und ein ängstliches Frauengesicht zeigte sich. Sie zuckte erschrocken zusammen und stellte sofort das heiße Wasser ab, ohne daß ich sie darum bitten mußte.

»Danke. Holen Sie jemanden mit Werkzeug, einem großen Seitenschneider, einer Zange, einer Eisensäge, was weiß ich. Zuvor geben Sie mir bitte ein Mobiltelefon. Lassen sie alle Türen auf!«

Sie eilte zur Rezeption. Ich merkte, daß mich die Angst immer noch gepackt hielt – schließlich war ich allein, und der Mann mit der Pistole konnte kommen, hinter sich abschließen und mir ins Knie schießen, aus Rache, weil ich kein braver Junge gewesen war. Doch die Frau war schnell zurück, teilte mir mit, daß Hilfe unterwegs sei und wollte mir das Telefon reichen. Ich nickte in Richtung meiner gefesselten Hände und bat sie,

Hillers Nummer zu wählen. Sie hielt den Apparat, während ich kurz berichtete, was geschehen war und geschehen würde.

»In fünf Minuten bin ich bei dir. Unterwegs rufe ich die deutschen Kollegen an.«

»Bring eine große Zange mit, falls die hier keine finden. Und eine Pistole. Er kommt bestimmt zurück.«

Einen Moment konnte ich mich ausruhen, doch die Haut brannte und ich ahnte, daß es Blasen geben würde. Der Mann, der abends an der Bar stand, kam mit einer Zange, die mir auf den ersten Blick zu klein erschien, aber er durfte es trotzdem versuchen.

»Zieh mich hoch«, instruierte ich ihn. »Und dreh den kalten Hahn auf.«

Er half mir aufzustehen, und während er an den Handschellen herumwerkelte, ließ ich eiskaltes Wasser über meinen Körper rinnen. Früher galt die Regel, daß man Böses mit Bösem austreiben sollte, doch neuere Erkenntnisse behaupten das Gegenteil. Virena, die ausgebildete Krankenschwester, hatte Elin beigebracht, verbrannte Stellen immer unter fließendes kaltes Wasser zu halten, und ich hatte es von meiner Tochter gelernt. Hiller stürmte herein und hatte das geeignete Werkzeug dabei, mich von meinen Fesseln zu befreien. Er wurde genauso naß wie ich, doch er kümmerte sich nicht darum.

»Hände frei!« meldete er stolz.

Er richtete sich auf, und die Nässe troff aus seinem sonst so eleganten, aber nun völlig zerknautschten Anzug.

»Du mußt mir sofort alles erzählen, Rolle. Wie fühlst du dich?«

»Abgebrüht und wassergekühlt.«

»Mein Wagen steht vor der Tür. Zum Arzt oder zu mir?«

»In deine Bude. Von Ärzten habe ich bis auf weiteres genug. Ich muß mich aber erst einmal abtrocknen und die Sachen wechseln. Er wird gleich zurückkommen, und wir sollten …«

»Wir dürfen das Personal keiner Gefahr aussetzen. Laß uns vor dem Hotel warten.«

Da es um Minuten ging, rannten wir den Korridor entlang,

so daß unsere nassen Schuhe quietschten. Gleichzeitig betrat Herr Könnte-Schmidt-heißen das Hotel. Als er uns sah, blieb er stehen. Er hatte den ledernen Diplomatenkoffer bei sich und öffnete rasch die beiden Verschlüsse, doch Hiller war einige Sekunden schneller. Routiniert zog er die Pistole aus dem Schulterholster. Der Mann drehte sich um und stürzte hinaus. Mit Rücksicht auf die Angestellten durfte Hiller nicht schießen, deshalb eilten wir hinterher, doch als wir auf die Straße kamen, sahen wir nur noch einen schwarzen Audi um die Ecke verschwinden. Hiller suchte in der nassen Hose nach den Autoschlüsseln und fand sie schließlich, doch dann rutschten sie ihm aus den Fingern und fielen zu Boden. Als wir endlich die Verfolgung aufnehmen konnten, war der Audi längst verschwunden.

Hiller gab die Beschreibung an die deutsche Polizei weiter, während wir aufs Geratewohl durch die Straßen fuhren. Nach einer Weile kehrten wir ins Hotel zurück. In meinen durchnäßten Kleidern fror ich, daß mir die Zähne klapperten, aber lieber erfroren als verbrüht. Das Personal war vollauf damit beschäftigt, mein Zimmer in Ordnung zu bringen, und es blieb noch viel zu tun. Hiller beruhigte die Damen an der Rezeption; natürlich würde Interpol die Kosten übernehmen. Dann wandte er sich an mich:

»Zieh dich um, ich warte im Auto. Aber beeil dich, denn auch ich habe lieber Sachen an, die nicht tropfen.«

Für diesen Tag hatte ich ausreichend geduscht, so daß ich mich auf das Abfrottieren beschränken konnte. Ich genoß es, frische, trockene Kleider auf den Leib zu bekommen. Per Handschlag bedankte ich mich bei den Damen von der Rezeption und dem sympathischen Barkeeper für die schnelle Hilfe. Sie bekamen Hillers Telefonnummer, falls jemand nach mir fragen sollte, und ich erkundigte mich, wie heiß das Duschwasser gewesen sei.

»Um diese Tageszeit duschen nicht so viele, so daß wir die Temperatur niedrig halten, also unter fünfzig Grad. Entschuldigen Sie … wie sollen wir Sie anreden?«

»Mit Tomasson. Hassel ist mein Künstlername.«

Während wir die kurze Strecke zu seiner Villa zurücklegten, berichtete Hiller, daß er einen Zeichner bestellt hatte, der nach meinen Angaben ein Phantombild erstellen sollte. Da Herr Könnte-Schmidt-heißen bei der Durchsuchung meines Zimmers die ganze Zeit über Handschuhe getragen hatte, konnten wir nicht mit Fingerabdrücken rechnen. Als wir angekommen waren, zog sich Hiller zum Umkleiden in seine Gemächer zurück und rief mir zu, ich könne trinken, was ich wolle; ich wisse ja, wo sich die Bar befinde.

Doch ich hatte keine Lust, irgend etwas zu trinken; erschöpft ließ ich mich in den weichsten Sessel fallen. Erst jetzt stellte sich die Reaktion auf das Erlebte ein, und wie in einem alten Schwarzweißfilm wiederholten sich die Situationen vor meinem geistigen Auge. Ich zitterte und bebte; mein Magen zog sich zu einem Klumpen zusammen. Es dauerte eine Weile, bis Hiller zurück war, so daß mir genügend Zeit blieb, mich richtig schlecht zu fühlen. Als er, leger gekleidet, eintrat, schien er zu spüren, was mit mir los war, denn er sagte leise:

»Ich habe etwas Einfaches zubereitet.«

Für ihn war es etwas Einfaches, doch bestand das Menü immer noch aus drei Gängen, einer Suppe, gebratenem Fisch und Ziegenkäse zum Nachtisch. Er trank nur ein paar Gläser Wein, und ich begnügte mich mit Wasser, obwohl ich darauf eigentlich hätte allergisch reagieren müssen.

»Nun haben sie mich erkannt, enttarnt und aufgespürt«, sagte ich. »Hier habe ich nichts mehr verloren.«

»Du hast recht. Morgen vormittag fliegst du nach Hause. Das Ticket ist schon bestellt; ich fahre dich nach Tegel. Heute schläfst du hier in der Villa, und du wirst in Deutschland keine Minute mehr allein sein. Berichte jetzt im Detail, was passiert ist.«

Ich erzählte ihm die Geschichte von Anfang bis Ende, und er nickte oder schüttelte den Kopf, je nach Situation. Wortlos ließ er mich wissen, daß ich sein Mitgefühl hatte. Zum Kaffee kam der Zeichner, und in einigen Stunden Arbeit entstand ein

Porträt, das ich für sehr gelungen hielt; schließlich hatte ich ausgiebig Gelegenheit gehabt, das Mondgesicht mit den dicken Lippen und den schmalen Augen zu studieren. Als der Kollege gegangen war, analysierten wir noch einmal Wort für Wort, was der bewaffnete Unterhändler gesagt hatte.

»Gerade kam mir eine Idee, was der Auftraggeber eigentlich gewollt haben könnte«, verkündete ich schließlich. »Als ich in diesem befestigten Haus war, sah ich, daß Amunsell ein Kuvert in der Hand hielt. Später nahm ich den Umschlag an mich; das könnte vom Helikopter aus beobachtet worden sein. Ich habe darin etwas Dünnes, Flaches, Festes gespürt. Daß ich das Kuvert später wieder verloren habe, kann er nicht wissen. Vielleicht glaubt er, daß ich es in die Tasche gesteckt habe.«

Hiller spitzte die Lippen, doch den Pfiff ersparte er uns.

»Ja – eine Diskette!«

»Möglich. Vielleicht enthielt sie geheime Informationen über die Organisation, eventuell hochwichtige, die nicht zu rekonstruieren sind. Die Computer hat er zerstört und die Festplatten vernichtet, aber die Diskette nahm er natürlich mit.«

»Wir können in der Asche suchen, aber sicherlich ist sie ebenfalls verbrannt.«

»Amunsell wartete auf einen Anruf. Als dieser erfolgte, sprach er sehr unterwürfig. Wahrscheinlich war es sein Chef, der das Signal zur Flucht gab. Wenn nun sein Chef glaubt, daß ein Polizist im Besitz der Diskette ist, sieht es für Amunsell nicht gut aus. Also handelt Amunsell entweder auf eigene Faust, um die Diskette zurückzubekommen, bevor sein Chef von der Panne erfährt, oder der Chef selbst hat die Jagd übernommen.«

»Vielleicht hat dieser Chef wiederum Probleme mit seinem Chef. Hinter dem Ganzen ahne ich eine große, komplizierte Bewegung. Ich schlage vor, daß wir ...«

Er wurde vom Klingeln des Telefons unterbrochen. Ich sah, wie er die Stirn runzelte; dann reichte er mir den Hörer.

»Das ist offenbar für dich. Ich begreife nur nicht ...«

Ich nannte meinen Namen und hörte ein schreckliches Husten, dazwischen ein paar gequälte Laute.

»Wer ist da?« fragte ich.

»Vi...rena...«

»Virena! Was ist los?«

Ich umkrampfte den Hörer und preßte ihn gegen das Ohr. Sie hustete sich fast die Lunge aus dem Leib und keuchte:

»Gas ... wir haben Gas in der Wohnung ...«

19.

Ich rufe Hilfe ... öffne das Fenster!«

»Roland, ich ... wir ... geht nicht.«

Ich legte den Hörer hin, schnappte mir Hillers Mobiltelefon und wählte Sundgrens Nummer in Stockholm; die Hand zitterte, so daß ich kaum die Ziffern wählen konnte. Gas, was für ein Gas, warum zur Hölle antwortete er nicht. Endlich, nach zehn oder zwanzig Sekunden, meldete er sich.

»Hier Hassel, Virena hat angerufen, sie hat Gas in der Wohnung; ich glaube, sie und Elin sterben. Türcode 2293.«

»Leg auf, ich kümmere mich darum.«

Danach rief ich Simon an, der sofort abnahm, und erzählte ihm dasselbe.

»Ich gebe Alarm und fahre gleich hin.«

Zurück zu dem anderen Apparat. Ich weinte, ich bat und bettelte, ihre Stimme hören zu dürfen, doch sie brachte kein Wort mehr heraus, nur schwere, keuchende Atemzüge. Im Hintergrund jammerte Elin, daß es mir das Herz zerschnitt. Ich fühlte mich völlig hilflos, war hunderte Kilometer von dem Ort entfernt, an dem meine Lieben starben. Jedes Husten, jedes Röcheln Virenas brannte auch mir in der Lunge. Ich redete und redete mit ihr, obwohl ich nicht wußte, ob sie mich noch verstehen konnte; vielleicht war ihr der Hörer aus der Hand gefallen, denn die Geräusche klangen leiser. Nach einer höllischen Minute rief ich erneut bei Sundgren an.

»Der erste Funkwagen muß gleich da sein. Der Befehl lautet, die Wohnungstür aufzubrechen, falls nach fünf Sekunden niemand öffnet. Spezialfahrzeuge sind ebenfalls unterwegs. Sobald ich etwas erfahre, rufe ich an.«

Ich gab ihm die Nummer von Hillers Mobiltelefon und merkte, daß meine Stimme ins Falsett wechselte. Ich versuchte, über den gewöhnlichen Apparat noch einmal Kontakt zu Virena aufzunehmen, doch sie schien nicht mehr ansprechbar zu sein. Mit ihr und Elin ging es zu Ende, und ich starb mit ihnen. Hiller schwieg; er stand nur hinter mir und hatte mir die Hand auf die Schulter gelegt. Ich stammelte etwas in den Hörer und wußte im nächsten Moment nicht mehr, was ich gesagt hatte; Erinnerungen, Wünsche und Liebeserklärungen strömten aus mir heraus, dazu hilflose Ratschläge, ruhig zu bleiben und auf Hilfe zu warten. Verlaßt mich nicht … ich habe doch nur euch …

Ich sah das Inferno vor mir, das sich in meiner Wohnung abspielte, ich sah, wie ihre Kräfte nachließen, wie Elins schmaler Mädchenkörper vom Husten geschüttelt wurde. Das war Folter, das waren Höllenqualen. Ich war so weggetreten, daß ich das Surren des Mobiltelefons erst nach dem zweiten Signal wahrnahm. Es war Åke Sundgren.

»Wir mußten die Tür aufbrechen. Die Wohnung war voller Tränengas oder etwas Ähnlichem, vielleicht ein Gemisch. Deine Frau und die Kleine werden jetzt ins Krankenhaus gebracht.«

»Sind sie … am Leben?«

»Ja. In welchem Zustand, kann ich allerdings nicht sagen.«

Hillers Hand streichelte meine Schulter. Jedenfalls lebten sie! Leben ist Hoffnung und Hoffnung ist Leben. Langsam legte Hiller den Telefonhörer auf und führte mich zum Sofa, auf das ich wie eine Marionette niedersank. Mit einer Serviette wischte er mir die Stirn ab und reichte mir ein Glas Wasser. Dann ließ er sich in einen Sessel fallen, und wir saßen eine Weile schweigend beieinander. Jeder hing seinen Gedanken nach. Anderthalb Stunden später rief Simon an, und es war schön, seine Honigstimme zu hören. Er war schließlich der älteste und beste Freund der Familie, der einzige Erwachsene, dem Virena unbedingt vertraute. Jedenfalls mehr als mir.

»Virena und Elin liegen in einem separaten Zimmer im Karolinska-Krankenhaus. Es geht ihnen den Umständen entsprechend gut, obwohl es sie schwer erwischt hat. Sie haben die Augen voller Salbe und tragen dunkle Sonnenbrillen. Doch die Augen sind nicht dauerhaft geschädigt, auch die Atemwege nicht.«

»Ist Virena bei Bewußtsein? Was hat sie gesagt?«

»Das Sprechen fällt ihr schwer, doch sie hat erzählt, was passiert ist. Sie saß vor dem Fernseher, Elin lag in ihrem Zimmer, mit offener Tür. Plötzlich gab es einen Knall, und die Wohnung füllte sich mit Gas und Rauch. Sie ...«

»Einen Knall? Woher kam das Gas?«

»Ich habe gerade von Kommissar Strand, der die Untersuchung leitet, erfahren, daß vermutlich vom gegenüberliegenden Gebäude eine Granate gezielt auf deine Wohnung abgefeuert wurde. Es gibt zwei Zeugen, die ein paar Männer durch das Dachfenster klettern sahen.«

»Elin ...«

»Sie schläft. Hat eine Spritze bekommen, aber Kinder erholen sich ja schnell. Das Gas war nicht ätzend.«

»Sagte Virena etwas ... über mich?«

Simon schwieg eine Weile, und ich spürte, wie sich die Beinmuskeln spannten – ein Zeichen, daß ich eine bedeutungsvolle Nachricht erwartete.

»Virena steht unter Schock. Sie will nicht mehr nach Hause.«

»Meint sie ... nie wieder?«

»Sicher nicht, aber du mußt sie auch verstehen; sie hat viel durchgemacht. Wir sprachen nicht über dich, Rolle, sie war viel zu müde. Bald kannst du ja selbst mit ihr reden – ich nehme an, daß du bald heimkommst?«

»Mit dem ersten Flug morgen früh.«

»Ruf mich an, wenn du losfliegst, dann hole ich dich von Arlanda ab.«

Für mich war der Abend zu Ende, die Arbeit getan. Hiller reichte mir ein neues Glas Wasser. Es hatte einen leichten Beigeschmack, doch erst, als mir die Beine bleischwer wurden, merkte ich, daß er ein Schlafmittel hineingetan hatte. Warum nicht? So konnte ich erst einmal alles vergessen. Er führte mich zum Gästebett, ich fiel hinein, ohne mich zu entkleiden, und er deckte mich zu.

Sie wollte nicht mit mir sprechen. War zu geschockt. Wollte nicht mehr nach Hause. Simon hatte mich belogen; sie konnte durchaus nie wieder gemeint haben. Was hatte sie in unserer Ehe schon alles erleben müssen! Reichte es ihr jetzt endgültig? Wir hatten neulich ein so wunderbares Gespräch gehabt, doch gerade das feine, dünne Glas geht am schnellsten zu Bruch. Aber es war doch nicht meine Schuld! Herrgott, was konnte ich dafür, daß …

Als Hiller mich wachrüttelte, wollte ich gern noch ein Jahr schlafen, aber er ließ sich nicht erweichen, sondern schob mich ins Bad. Dort gab es alles, was ich brauchte, doch nicht einmal die Dusche konnte die Müdigkeit verjagen. Die Dusche … aber das war vorbei. Auf dem Bett lagen frische Unterwäsche und Sachen, die ich noch nie gesehen hatte. Ich zog sie an; sie paßten wie angegossen. Zum Frühstück goß ich literweise Kaffee in mich hinein, um meine Lebensgeister wieder zu wecken, doch das Koffein hatte offenbar keine Lust zu wirken. Konnte ich verstehen. Hiller saß mir gegenüber, und wir kommunizierten über kleine Grunzlaute. Mit schweren Gliedern, immer wieder zufallenden Augenlidern und einem Kopf, den jemand über Nacht mit dem Gummihammer bearbeitet haben mußte, war ich kein angenehmer Gesprächspartner.

Schweigend und gähnend trottete ich zum Auto, das er aus der Garage gefahren hatte. Er teilte mir mit, daß meine Taschen gepackt in meinem Zimmer stünden und er sie holen würde, und ich murmelte ein bestätigendes Okay. Als er vor dem Hotel hielt, geriet ich in Panik; ich meinte, in allen in der Nähe geparkten Wagen bewaffnete Mörder zu entdecken. Hiller sah ein wenig verwundert aus, als ich gebückt ins Hotel gerannt kam, sagte aber nichts. Die netten Damen von der Rezeption waren rührend um mich besorgt und erkundigten sich immer wieder nach meinem Befinden. Hiller kam mit den Taschen, und ich bedankte mich noch einmal für den guten Service. Wieder duckte ich mich vor eingebildeten Kugeln, als ich zum Wagen lief. Hiller startete, und ich starrte durch die Rückscheibe, um eventuelle Verfolger auszumachen.

»Du mußt ein phantastisches Zahlengedächtnis haben«, meinte er.

»Wovon redest du?«

»Daß du die Privatnummer deines Freundes Simon im Kopf hast, ist nicht weiter verwunderlich, aber daß du auch noch Åke Sundgrens Nummer auswendig konntest, hat mich erstaunt. Mit ihm telefonierst du doch sicher nicht jeden Abend.«

Es stimmte, ich erinnerte mich wie ein mentales Telefonbuch an alle Nummern, die ich einmal gehört hatte, doch ich war auf dieses Talent nicht besonders stolz, denn immerhin gibt es ja Notizbücher.

»Als ich meinen Wehrdienst ableistete, hatten wir einmal eine Gasmaskenübung«, erzählte ich. »Wir wurden in eine Art Erdbunker gebracht und erhielten den Befehl, die Masken aufzusetzen. Dann warfen sie eine Tränengasgranate zu uns herein. Meine Maske war undicht, ich bekam keine Luft und riß das verdammte Ding herunter. Ich werde nie die Angst vergessen, die ich hatte, als ich von innen an die Tür hämmerte und keiner öffnete.«

»Ich bekam heute morgen eine E-Mail, es ging um die Granate, die auf deine Wohnung abgefeuert wurde. Die gefundenen Teile werden noch analysiert, aber das kann dauern. Du kennst dich mit Tränengas aus. Heutzutage verwendet man es ja meistens in Form eines konzentrierten Pulvers, das Chloracetophenon genannt wird. Bis ein Milligramm pro Kubikmeter bewirkt es nur – nur in Anführungszeichen – eine starke Reizung der Atemwege. Ab ein Gramm pro Kubikmeter kommt es zu unheilbaren Schädigungen. Doch wie alle Gase kann man es kombinieren. Aus dem Auftreten deiner Frau geht hervor, daß ihm ein anderes, muskellähmendes Gas beigemischt war.«

»Woraus schließt du das?«

»Sie ist Mutter und liebt ihr Kind. Wäre es nur gewöhnliches Tränengas gewesen, hätte sie versucht, ihre Tochter zu retten; sie hätte sie zur Tür oder in ein anderes Zimmer gebracht und die Fenster geöffnet. Doch bis auf den Anruf bei dir war sie völlig passiv – im wahrsten Sinne des Wortes wie gelähmt. Die Herstellung von Gasen ist heutzutage eine Wissenschaft für Spezialisten.«

»Verdammt, wozu sollte das dienen?« rief ich aufgebracht. »Ich begreife es nicht.«

»Doch, du begreifst sehr wohl. Die Aktion war eine nachdrückliche Warnung an dich. Weil du gestern Verhandlungsbereitschaft vorgetäuscht hast, glauben sie, daß sich die Diskette immer noch in deinem Besitz befindet. Du hast dich aus deiner mißlichen Situation befreien können, also müssen sie dich unter Druck setzen und ihre Macht demonstrieren. Sie wollen die Diskette und dein Schweigen erkaufen, doch sie gehen nicht so weit, andere ernsthaft zu schädigen. Sie werden sich bald wieder bei dir melden.«

»Sie, ich höre immer sie. Wer steckt dahinter, verdammt noch mal?«

»Rolle, wir rücken ihnen immer mehr auf den Pelz, wir schnappen sie, einen nach dem anderen. Jeder kleine Fisch führt uns näher an die Gewässer heran, in denen sich die Haie tummeln. Sie müssen über gewaltige Mittel verfügen, doch sie sind nervös geworden; sie fühlen sich gejagt.«

»Vielleicht töten sie den Rest der Erdbevölkerung, damit sie sich völlig sicher fühlen können.«

Hiller nickte besorgt.

»Sogar damit müssen wir rechnen, und das vor allem macht mir angst.«

Ich checkte auf dem internationalen Flugplatz Berlin-Tegel ein, wo alles schnell und sicher ablief. Schließlich saß ich in einer der kleinen Transithallen und wartete auf den direkten Einstieg ins Flugzeug. So bequem hat man es in Arlanda nicht, von Kastrup ganz zu schweigen, wo man die Kondition eines Marathonläufers benötigt, um über endlose Gänge den Anschlußflug zu erreichen. Tegel ist ein sehr menschlicher Flughafen und sollte unseren nordischen Verkehrsexperimenten als Vorbild dienen.

Den Lufthansaflug verbrachte ich in schwarze Gedanken versunken, die Landung erfolgte pünktlich auf die Minute. Durch die Paßkontrolle, die Taschen holen, am Zoll vorbei, der keiner mehr ist, und dann sah ich schon den gewaltigen Simon dastehen und winken. Er lächelte, aber nicht so breit wie sonst, sondern mehr wie ein Kumpel, der sich freut, einen anderen Kumpel zu treffen. Wir gingen zu seinem Wagen, und eine neue Prüfung stand mir bevor – eine Fahrt mit Simon am Steuer. Wenn es eine im Besitz eines Führerscheins befindliche Person gab, die noch schlechter Auto fuhr als Simon, sollte man die betreffende ausstopfen und auf Jahrmärkten zeigen. Diesmal kümmerte ich mich nicht um seine rasanten Spurwechsel, sein Fahren auf der Mittellinie, die knirschend eingelegten Gänge, ruckartiges Gasgeben und unmotiviertes Bremsen. Auch wenn ich wie eine Puppe vor- und zurückgeschleudert wurde; ich merkte es kaum.

»Hast du heute schon mit ihr gesprochen?« erkundigte ich mich ängstlich.

»Ich war ganz früh bei ihr. Sie steht immer noch unter Schock.«

Irgendwie war diesmal alles anders. Ich kam aus dem Ausland, und er wollte nicht wissen, ob ich zollfreien Wodka für ihn gekauft hatte. Ich verzichtete auf die witzige Replik, daß sicher jede Frau bei seinem Anblick geschockt sein würde. Die Sorge um Virena und Elin beherrschte uns, die Befürchtung, daß ein Lebensabschnitt zu Ende ging, daß etwas auf Dauer kaputtgegangen war.

»Aber was sagte sie?«

»Daß sie nicht wieder nach Hause will. Das war die Hauptbotschaft. Es gibt eine Lösung für das Problem, Rolle. Euer übliches Sommerhaus in Grisslehamn durftest du ja nicht mieten, oder?«

»Nein, aber ich will wissen ...«

»Was sagst du zum Mälarsee? Ein wunderbarer See mit feinen Schäreninseln. Ihr könnt ein sagenhaftes Haus mit Wassergrundstück in der Nähe von Västerås haben. Es gehört einer Stiftung, die von einem reichen Fabrikanten, der etwas für die Polizei tun wollte, gegründet wurde. Er starb ohne Nachkommen, so daß sein Wohnsitz auf Empfehlung der Polizeiführung von jeweils einer Polizistenfamilie genutzt werden kann. Virena und Elin könnten sich dort erholen, und du besuchst sie am Wochenende und an anderen freien Tagen. Dort kann sie keiner finden.«

»Ist das ein Vorschlag, oder stellst du mich vor vollendete Tatsachen?«

»Vollendete Tatsachen.«

Wenn Virena darauf einging, waren unsere unmittelbarsten Probleme erst einmal gelöst. Da sie nicht nach Hause wollte, mußten sie und Elin anderswo unterkommen, und ich wollte sie nicht wieder zu Virenas Schwester nach Ångermanland fahren lassen. Wenn sie wollte ... wenn sie noch mit mir zusammensein wollte ... wenn sie noch nicht genug hatte von dem Mann, mit dem sie verheiratet war ...

»Herrgott, Simon, wie steht sie zu mir? Du kennst sie doch, als wäre sie deine Schwester. Du mußt doch merken, was los ist.«

Wenn er weiter so mit dem Getriebe umging, brauchte er bald ein neues Auto – auch eine Methode, Arbeitsplätze in der Industrie zu erhalten.

»Deine Probleme mit Virena mußt du schon selbst lösen. Das

ist einfach so. Ich möchte mich gerade jetzt nicht einmischen. Ich hoffe, daß sich alles klärt, so daß wir Ende August wie immer bei einem zünftigen Fest mit Krebsen, Wein und Wodka zusammensitzen. Ohne ihren Sopran würden die Trinklieder nicht richtig klingen.«

Er parkte seinen geplagten Wagen vor dem Eingang zum Karolinska-Krankenhaus und nannte mir Abteilung und Zimmernummer. Mit zitternden Knien stieg ich in den Lift und fuhr hinauf. Ich holte tief Luft und öffnete die Tür.

Virena lag auf dem Rücken, ihre Arme ruhten zu beiden Seiten auf der Decke. Ihr Kopf war bis über die Augen bandagiert. Das andere Bett war leer, aber ein paar Kuscheltiere zeigten mir, daß Elin darin geschlafen hatte. Virena hörte, daß jemand eintrat und fragte:

»Ist es schon Essenszeit?«

»Nein ... ich bin es ... nur ...«

»Oh, Roland. Setz dich.«

Klang ihre Stimme freundlich oder frostig? Sie rührte keinen Finger, und als ich ihre Hand drückte, erwiderte sie die Begrüßung nicht. Ich räusperte mich:

»Wo ist Elin?«

»Zur Untersuchung.«

»Was für eine ...«

»Die Augen.«

»Ist es ... ist es ...«

»Ist es – was?«

»Etwas Gefährliches? Ernstes, meine ich?«

»Der Arzt hat gesagt, daß es nichts Gefährliches ist. Unsere Augen brauchen nur Ruhe. Morgen werden die Verbände abgenommen. Was werden wir dann sehen?«

»Was willst du sehen?«

Plötzlich fühlte ich, wie sie ihre Hand aus meiner zog und meinen Arm streichelte. Gleichzeitig lächelte sie schwach.

»Ich würde gern meinen aus Deutschland heimgekehrten Roland sehen.«

Tränen rannen mir übers Gesicht, und da ich keinen Kopfverband trug, konnte ich sie abwischen. Ja, ich weinte, und eine Journalistin vom Damenmagazin ›Amelie‹ würde wohl schreiben, daß ich gerade die weibliche Seite meines Wesens bejahte. Ich beugte mich über meine Frau, und sie ahnte es, denn sie spitzte ihre frischen, roten Lippen. Es war einer unserer zärtlichsten Küsse. Sie legte die Arme um mich, und ich glaubte zu träumen. Lag ich vielleicht noch in Hillers Hönower Gästebett und wartete darauf, geweckt zu werden?

»Setz dich neben mich auf die Bettkante. Wie ist es dir ergangen, seit wir zuletzt miteinander telefoniert haben?«

»Schlimm, aber das ist jetzt vergessen.«

»Du mußt es mir später erzählen, aber denk daran, daß ich alles über deinen Job und deine Probleme wissen will. Verstehst du, ich habe über uns nachgedacht. Erst wollte ich mich von dir scheiden lassen – es war so schrecklich, was passiert ist. Ich wollte in Zukunft nur Ruhe und Frieden. Aber allein? Oft ist es schwer mir dir gewesen, aber es war auch schön. Als du mich am Telefon angeschrien hast, gab mir das zu denken. Hätten wir uns gegenübergestanden, hättest du mich vielleicht geschlagen, obwohl du nicht der Typ bist, der eine Frau schlägt. Ich bin, wie ich bin … nordisch, würde ich sagen. Nicht gerade spontan, ich mag keine lärmenden Feste, wo gegrölt und auf dem Tisch getanzt wird. Plötzlich wurde mir klar, daß du viel Explosives in dir trägst, daß du deine inneren Spannungen und Konflikte aus Rücksicht mir gegenüber unterdrückst und verschließt. Doch wir sind zwei. Ich muß auch meinen Teil dazu beitragen, daß unsere Ehe Bestand hat.«

Ich bekam keinen vernünftigen Satz heraus, weil mir die Worte im Hals steckenblieben. Nachdenklich fuhr sie fort:

»Du und ich und Elin, wir werden zusammenbleiben. Wenn du nicht mehr von mir erwartest, als ich geben kann, werden wir sicher wieder glücklich sein. Elin glaubt, daß ein Heizkörper explodiert ist, und sie brennt darauf, ihren Freundinnen davon zu erzählen. Aber ich will noch nicht nach Hause.«

Ich erzählte ihr von dem Haus am Mälarsee, und sie nickte.

»Dann machen wir in diesem Jahr eben einen Süßwasserurlaub. Elin und ich fahren hin, und ich habe ihr vor einiger Zeit versprochen, daß ihre beste Freundin Johanna mitdarf. Du kommst uns sicher einmal besuchen?«

»So oft wie möglich, und nichts kann mich davon abhalten.«

Sie sollte anschließend ebenfalls zu einer Augen- und Lungenuntersuchung. Ich nahm mir ein Taxi und ließ mich für ein paar Stunden nach Hause fahren. Auf dem Rücksitz summte ich vor mich hin. Noch einmal war es mir gelungen, bei neun auf die Füße zu kommen, bevor ich ausgezählt wurde. In der Wohnung wartete Simon; er hatte meine Taschen gebracht. Handwerker waren dabei, die Schäden zu reparieren; eine neue Sicherheitstür und Doppelscheiben wurden eingesetzt. Trotz der intensiven Lüftung roch es noch schwach nach Tränengas. Simon berichtete stolz, daß er abgewaschen und Staub gesaugt hatte, und erwartete ein Lob dafür. Das bekam er natürlich; ich hatte so gute Laune, daß ich einen Kater dafür gerühmt hätte, daß er sich die Barthaare putzt.

»Da oben rechts hinter dem Schornstein hat er gestanden«, erklärte Simon und zeigte auf das Haus auf der anderen Straßenseite. »Es haben sich weitere Zeugen gemeldet; wir haben sogar die Nummer des Fluchtwagens. Ein Golf, der vor einer Woche als gestohlen gemeldet wurde. Was läuft hier, Rolle?«

»Ehrlich gesagt, weiß ich nur eines – daß es für mich eine Nummer zu groß ist. Irgendwie bin ich in die Sache hineingeraten; vermutlich durch meine eigene Dummheit.«

»Also wie immer. Du siehst ja so zufrieden aus?«

»Wir haben uns geeinigt. Virena gibt mir noch eine Chance.«

Simon hieb mir begeistert seine Pranke auf den Rücken, und jetzt war auch sein altes Grinsen wieder da, breit und herzlich.

»Junge, dann lade ich dich zum Essen ein! Ich dachte, es würde den großen Knall geben. Herrgott, ich frage mich, was Nadja gesagt hätte, wenn bei uns eine Granate durchs Fenster gesegelt wäre. Ohne Virena würdest du verkommen, und wir müßten dich zwischen den städtischen Mülltonnen auflesen.«

Dazu wollte ich keinen Kommentar abgeben. Ich trat ans Fenster, wo die Glaser den Kitt verschmierten. Sie ließen sich durch mich nicht stören. Die Techniker hatten natürlich den Einschlag der Granate mit dem Loch in der Scheibe verglichen und die exakte Flugbahn ermittelt. Während ich das gegenüberliegende Dach beobachtete, führte Simon einige Telefonate, wobei er so leise sprach, daß ich nichts mitbekam. Es mußte ein guter Schütze gewesen sein; der Abstand zwischen dem Balkongeländer und der Fensteroberkante war nicht sehr groß. Eine nachdrückliche Warnung? Deutlicher hätte sie nicht ausfallen können. Die Aktion zeigte auch, daß sie über große Ressourcen verfügten. Man, wer auch immer, hatte Kontakt zu einer schwedischen Abteilung aufgenommen, die in wenigen Stunden eine Gasgranate, eine geeignete Schußwaffe und einen sicheren Schützen bereitstellen konnte. Weiterhin hatte sich der Täter wie ein professioneller Dieb Eintritt in das Haus und zum Dachboden verschafft. Dazu kam, daß man – dahinter konnten mehrere stecken – unsere Wohnung unter vielen genau lokalisiert hatte.

Man – wie ich dieses »Man« haßte! – würde sich wieder bei mir melden. Ich mußte den Feind irgendwie überzeugen, daß ich die begehrte Diskette nicht besaß, sondern nur geblufft hatte. Wenn ich nichts wußte, war ich uninteressant, ein gewöhnlicher Bulle, auf dem man nicht herumtrampeln mußte. Wenn man – sollte doch der Teufel dieses »Man« holen – mir aber nicht glaubte …

»Wußtest du, daß Tränengas bei Tieren nicht wirkt?« fragte Simon. »Während des Krieges stellte man Versuche mit Hunden, Katzen und Pferden an, doch sie bellten, miauten und wieherten ganz normal weiter. Keine Träne trat in ihre Augen. Hast du eine Erklärung dafür?«

»Nein.«

»Ich auch nicht, aber ich werde mich mal bei einem Pferd

erkundigen, wenn ich daran denke. Jetzt gehen wir uns erst mal was in die Futterluke stopfen. Du hast heute frei, aber Åke möchte, daß du gegen Abend eine Weile raufkommst, falls dich dein Schätzchen läßt. Du mußt ja sowieso die neuen Wohnungsschlüssel abholen. Oder hast du etwas dagegen, hier zu wohnen?«

»Nein, das ist mein Winkel auf Erden. Und ein Sommerhaus am Mälarsee, in der Gegend von Västerås.«

Im Fahrstuhl erzählte mir Simon, daß meine Nachbarn wenig von der ganzen Aktion mitbekommen hätten. In den angrenzenden Wohnungen waren die Leute kurzfristig verreist oder bereits im Urlaub; ein Rentner pflegte so starke Schlafmittel zu nehmen, daß ihn nicht einmal die Posaunen von Jericho wecken konnten. Weiter unten hatte man den Knall und das Trappeln von Schritten im Treppenhaus gehört, doch war der Fernseher zu laut gewesen. Erst als Polizei- und Krankenwagen heranjagten, um Virena und Elin abzuholen, hatten einige reagiert und aus dem Fenster geschaut. Ein Mann, der erst vor kurzem eingezogen war, hatte in seiner Verwirrung die Polizei angerufen und sich über die vielen Streifenwagen mit Sirene und Blaulicht beschwert. Das Aufbrechen der Tür hatte also keiner direkt miterlebt, und das war gut so. Die Verfolgung der Täter gehörte nicht zu meinem Aufgabenbereich, und ich hatte nicht vor, freiwillig daran teilzunehmen.

Da Simon eingeladen hatte, würden wir in kein Nobelrestaurant gehen, wo man auf vergoldeten Tellern zwei gekreuzte Porreestreifen serviert bekam, sondern an einen Ort, wo deftige Hausmannskost aufgetragen wurde. Wir landeten in einem großen Lokal mit vielen Tischen am Sveavägen. Drinnen wartete die nächste hübsche Überraschung in Form von Myrna Clavebo, meiner ehemaligen Kollegin von der Fahndung. Umarmungen und Küsse und ein kleiner, scherzhafter Biß ins Ohrläppchen, dann zog uns Simon zu einem Tisch für vier Personen, der weit entfernt von den Fenstern fast im Dunkeln lag. Ich ahnte, daß er an meine Sicherheit dachte.

»Da sitzt die alte Bande ja mal wieder zusammen«, schmunzelte Simon. »Teufel noch mal, man wird beinahe sentimental. Ich habe auch Pelle Pettersson gefragt, aber er konnte nicht. Läßt aber herzlich grüßen.«

»Hah, Gullan hat ihn wohl nicht aus dem Schlafzimmer gelassen«, spottete Myrna und grinste. »Wahrscheinlich hatten sie heute beide frei, und man weiß ja, wie sie solche Gelegenheiten zu nutzen pflegen.«

Ein Mann in mittleren Jahren kam mit den Speisekarten und verteilte sie.

»Ich kann als Vorspeise Parmaschinken empfehlen«, sagte er und ließ uns zum Studium des Menüs allein.

Die Speisekarte lag gefaltet in einer Mappe; auf der ersten Seite standen die Vorspeisen. Die Auswahl war groß, doch Simon rief:

»Welcher verdammte Parmaschinken?«

Das Gericht war wirklich nicht aufgeführt, aber Myrna meinte gelassen:

»War wohl gestern. Für mich Krebse und doppelt starkes Mineralwasser; es soll richtig gluckern im Bauch.«

Ein Kellner trat an den Tisch; auch er trug Mappen unter dem Arm.

»Oh, Sie haben ja bereits Speisekarten? Wollen die Herrschaften bestellen?«

»Gleich«, grunzte Simon. »Ich brauche erst einmal ein großes starkes Bier, damit ich besser nachdenken kann.«

Da keiner sonst einen Aperitif wünschte, ging der Kellner los, und Myrna bemerkte vorwurfsvoll:

»Willst du wirklich Alkohol in dich hineinschütten, wenn du noch Auto fahren mußt?«

»Muß ich ja gar nicht. Nachher kommt einer von der Werkstatt und holt den Wagen ab. An der Zündung ist irgend etwas nicht in Ordnung – also Bier frei! Ich nehme eine Suppe. Rolle?«

»Ich schließe mich Myrna an.«

Wir blätterten um, und Simon rief entzückt:

»Hacksteak mit Senf! Dazu brauche ich natürlich extra viele Zwiebeln. Am besten, ich nehme eine doppelte Portion.«

Auf meiner Karte war dieses Gericht gestrichen, dafür stand das Wort Senf in dicken, handgeschriebenen Buchstaben am Rand. Ich hielt den Atem an, als ich las: »Beim nächsten Mal wird es SENFgas sein!«

20.

Ich sprang auf und rannte zu dem Kellner, der gerade an einem anderen Tisch bediente.

»Wer hat uns die Karten gegeben? Wo ist er?«

»Bitte?«

»Der Mann, der uns die Speisekarten gebracht hat – wo ist er? Schnell!«

»Welcher Mann? Das ist meine Aufgabe. Wir bedienen heute nur zu zweit; von uns kann es keiner gewesen sein.«

Ich ließ ihn stehen, eilte auf die Straße und spähte in alle Richtungen, doch der falsche Kellner hatte einige Minuten Vorsprung. Diese Zeit reicht in Stockholm aus, um ein ganzes Regiment zu verstecken; also war es sinnlos, wie ein Kaninchen in verschiedene Richtungen zu hoppeln. Der Mann hatte seinen Auftrag ausgeführt und war verschwunden – eine erneute Machtdemonstration. Ich sollte wissen, daß ich unter ständiger Bewachung stand, und ich mußte daran denken, was ein amerikanischer Polizist über die Möglichkeit, der Mafia zu entgehen, gesagt hatte: Es geht nicht. Die Mafia hat ihre Augen überall, und man kann niemandem trauen. Ein Schuhputzer, ein Zimmermädchen, ein Würstchenverkäufer, ein harmloser Passant, ein Fahrkartenverkäufer – alle stehen im Sold der Mafia. Wohin sich der Flüchtling auch bewegt – er wird stets von scheinbar ganz normalen Leuten verraten.

Vermutlich war ich von Hillers Villa oder besser gesagt vom

Hotel aus bis zum Flugplatz beschattet worden. Der Verfolger hatte festgestellt, wann und wohin ich flog, und es jemandem berichtet, der wiederum die Organisation in Schweden anrief. Dann beobachteten sie, wie mich Simon von Arlanda abholte und ins Krankenhaus kutschierte, wie ich mich von einem Taxi zu meiner Wohnung fahren ließ, und folgten uns in dieses Lokal. Ich sollte begreifen, daß ich ihnen nicht entkommen konnte, wo ich mich auch befand. Das Gefühl war mehr als unangenehm; wie in Berlin war ich kein freier Mann, sondern ihr Gefangener, auf Gnade und Ungnade ausgeliefert. Vielleicht hatte mein Schatten eine spontane Idee gehabt; als wir uns an den Tisch setzten, war er hereingekommen, hatte sich drei Speisekarten vom Personaltisch am Eingang zur Küche geschnappt, seine höhnische Bemerkung hineingeschrieben und für ein paar Minuten Kellner gespielt. Die Botschaft war ganz einfach: »Wenn du nicht machst, was wir sagen, wird es für deine Familie schlimm ausgehen.«

Selbstverständlich wurde ich auch jetzt von jemandem überwacht. Unter den über hundert Personen auf dem Sveavägen und den angrenzenden Straßen waren zwei, drei oder zehn, die mich nicht aus den Augen ließen. Ich erlebte diese Situation nicht zum ersten Mal, aber diesmal war es besonders schlimm. Sie verfügten über so weitreichende Mittel, daß ich mich chancenlos fühlte. Wenn sie mir eine Bibel hingelegt hätten, damit ich beschwor, daß ich keine Diskette besaß – ich hätte nicht zwei Finger daraufgelegt, sondern beide Hände und einen Fuß dazu. Doch ihr Gott hieß Mammon, und in seiner Heiligen Schrift stand nur eine Botschaft: Sei gierig! Da gab es nicht viel zu beschwören.

Zögernd ging ich wieder hinein und bemühte mich, ein sorgloses Lächeln in mein Gesicht zu zaubern. Verdammt, ich ließ mir doch das schöne Essen mit meinen Freunden nicht verderben! Myrna und Simon saßen betroffen da; mein alter Freund hatte nicht einmal von seinem Bier gekostet. Die Nachricht auf der Speisekarte hatten sie natürlich gelesen. Ich faltete sie und steckte sie nonchalant in die Tasche.

»Was habt ihr als Hauptgericht bestellt?« fragte ich leichthin.

»Ratte«, murmelte Myrna. »Was war das für eine miese Ratte, hinter der du hergerannt bist?«

»Ein Schmierfink mit schwarzem Humor. Vergessen wir ihn. Fisch? Darf ich mal in deine Karte schauen? Steinbutt, ja, nehme ich auch. Und Simon bekommt ein Hacksteak mit Senfgas. Entschuldigt, jetzt ist mein schwarzer Humor mit mir durchgegangen. Ein kleines Bier, heute soll gefeiert werden.«

Ich versuchte so offensichtlich, die Angelegenheit zu bagatellisieren, daß sie nichts dazu sagten, aber eine richtige Unterhaltung kam nicht in Gang. Ich mußte mich zurückhalten, um nicht ständig faule Witze und zynische Bemerkungen von mir zu geben. Der Mechaniker kam und erhielt die Schlüssel zu Simons Auto. Simon feierte das Ereignis mit einem frischen großen Bier, doch die Stimmung blieb gedrückt. Wir verabschiedeten uns mit dem Versprechen, uns bald wieder zum Essen zu verabreden; dabei klang mit, daß es dann sicher lustiger werden würde.

Simon und ich teilten uns ein Taxi. Auf meinen Wunsch fuhren wir durch die St. Eriksgatan und hielten vor Nummer 15; das Gebäude war bestens geeignet, eventuelle Verfolger abzuschütteln. Simon nahm sein Handy und telefonierte, dann nannte er mir zwei Türcodes. Ich schüttelte ihm übertrieben herzlich die Hand, öffnete die Eingangstür, lief durch den Flur zum Hinterausgang, überquerte den Hof, verschaffte mir Einlaß zum Nachbarhaus und tauchte in der Karlsviksgatan wieder auf. Über die Mitisgatan gelangte ich zum Fridhemsplatz, wo es leicht war, ein Taxi zu finden. Ich ließ mich zum Karolinska-Krankenhaus fahren. Vielleicht hatte ich meine Schatten vorübergehend abgeschüttelt. Ich kümmerte mich nicht darum, wie sie aussahen; jetzt fühlte ich mich wie ein Kind kurz vor der weihnachtlichen Bescherung.

Elin steckte voller Neuigkeiten für ihren lieben Papa. Virenas

Untersuchungsergebnisse waren so gut gewesen, daß sie die Augenbinde ablegen durfte, und die kleine Familie Hassel verbrachte ein paar wunderbare Stunden mit ungenierten, zärtlichen Küssen zwischen Mama und Papa, die gerade frisch verliebt waren. Von dem Telefon an Virenas Bett rief ich Åke Sundgren an, und er versprach, auf mich zu warten, wenn es nicht allzu spät werden würde.

»Morgen bekomme ich eine Packliste von dir, und übermorgen geht es an den Mälarsee. Eine Sache nur ... es muß ein wenig heimlich geschehen.«

Virena lächelte mich an und küßte mich lange und innig. Wenn alles klappte und es mir gelang, mich aus dem Spinnennetz zu befreien, konnte es ein unvergeßlicher Sommer werden. Ich habe schon immer das Talent besessen, Unangenehmes vor mir her zu schieben, Risiken zu verdrängen und Gefahren zu negieren – der Vogel Strauß und ich, wir waren Brüder beim Kopf-in-den-Sand-stecken. Oft spielte ich den Kurzsichtigen. Wenn man mich am Dienstag hängen wollte, machte ich mir noch einen vergnügten Montag in der Hoffnung, alles würde sich noch klären – in letzter Minute könnte ja noch ein reitender Bote mit einer Begnadigung eintreffen oder der Strick reißen. Ich konnte Angst so intensiv fühlen, daß es in meinem Kopf hämmerte, doch wenn sie vorüber war, vergaß ich sie sofort. Gewiß, ich war ein oberflächlicher Mensch ohne das ausgeprägte Vermögen, Lehren zu ziehen oder Analysen anzustellen, die mich zu seelischer Reife führten, doch wenn es um mich ging, waren meine Gefühle ehrlich, unkompliziert und so tief wie eine Erdölbohrung in der Nordsee. Ein Freund war ein Freund, und die ich liebte, liebte ich aus vollem Herzen. Gleichzeitig haßte ich alle, die anderen Leid zufügten, die Gierigen, die für den eigenen Gewinn über Leichen gingen. Damit war ich ein ganz unmoderner Typ, aber sagt man nicht, daß früher alles besser war?

Jetzt, da Virena zu erkennen gab, daß sie zu mir und ich zu ihr gehörte, verblaßten die Erpresser, Gewalttäter und Mörder.

Hillers Worte waren die rettende Strickleiter, um aus der Löwengrube zu klettern: Wir schnappen sie, einen nach dem anderen. Genau, und dann war es mit ihrer Macht vorbei. Man mußte nur glauben und hoffen und sich darauf verlassen, daß die Schicksalsberichte in den Illustrierten die gesellschaftliche Wahrheit widerspiegelten.

Mußte ich mich aus dem Krankenhaus schleichen? Warum eigentlich? Sie wußten ja, daß meine Damen hier lagen; es spielte also keine Rolle. Mit erhobenem Kopf verließ ich das Gebäude durch den Haupteingang, rief mir ein Taxi und fuhr zu Kommissar Åke Sundgren, dem beliebten und respektierten Chef der Informationsabteilung. Viele Polizisten wissen nicht, womit sich die Abteilung beschäftigt, weil sie ganz neu gegründet wurde und nach anderen Methoden arbeitet.

Wir ermitteln nicht direkt, sondern versuchen herauszufinden, was hinter kriminellen Erscheinungen steckt. Wenn sich jemand mit schlechtem Ruf plötzlich Fünfhundertdollarzigarren mit Tausendkronenscheinen anzündet, interessiert uns, woher er das Geld dazu hat. Unser Job hat drei Zweige, das Führen von Dateien und Registern, den strategischen Informationsdienst und die operative Seite. Zu letzterer gehörte ich, doch ging es dabei nicht um das Aufspüren von Verbrechern in Stadt und Land, sondern um das Sammeln von Informationen für die beiden anderen Zweige. Unsere Arbeit besteht darin herauszufinden, was gewisse Verdächtige für Menschen sind, womit sie sich beschäftigen, mit wem sie sich treffen und wie sie ihr zum Teil kostspieliges Privatleben bestreiten.

Unsere einheimischen Schurken gehören, was die Intelligenz betrifft, im Durchschnitt nicht zu Einsteins Erben. Im Gegenteil, wir haben es vor allem mit rauhbeinigen Draufgängern zu tun, die noch fest an das Recht des Stärkeren glauben. Gleichzeitig wollen sie leben wie die Grafen in alten Filmen, doch wie sie das Adelsleben finanzieren, soll keiner wissen. Dieses Wissen versuchen – neben vielem anderen – die wenigen Mitarbeiter unserer Abteilung, insgesamt nur einunddreißig

Männer und Frauen, zu erwerben. Auch die Internationalisierung der Kriminalität gibt uns – neben vielem anderen – neue Rätsel auf. Herrliche Schreibtischarbeit, spannende Telefonate, wunderbare Erlebnisse am Computer. Und was ebenso wichtig war – ein pünktlicher Feierabend!

Als ehemaliger Interpol-Mitarbeiter in Lyon hatte Sundgren engen Kontakt zu Hiller und wußte sicher mehr über diesen Fall als ich. Er unterließ es, seinen in Deutschland beinahe verlorengegangenen Sohn zu umarmen, doch ich merkte trotzdem, daß er betroffen war. Er reichte mir ein Handy und bat um eine Unterschrift.

»Die Nummer ist gesperrt und wird von keiner Auskunft genannt. Hier sind deine Wohnungsschlüssel. Unsere Leute stehen im Haus und auf der anderen Sraßenseite. Ach ja, ich habe ein ausführliches Dossier von Carl Hiller bekommen. Ich möchte, daß du seine Angaben komplettierst, aber das hat noch Zeit. Übrigens wird Carl in Stockholm erwartet. Es geht wohl ...«

Er hustete und warf mir einen forschenden, besorgten Blick zu.

»... um eine Art Verbrechen, die wir in Schweden noch nicht kennen?«

»Stimmt, Åke. Und wenn wir es nach Schweden bekommen, wird es Schweden nicht mehr lange geben. Wenn die Bevölkerung aus acht Millionen Toten besteht, kann man nicht mehr von einer Nation sprechen.«

»Ich verstehe. Das würde meine Familie nicht gut finden. Na ja, Carl Hiller hält uns auf dem laufenden. Wie ich erfahren habe, bist du durch eine kleine Hölle gegangen?«

»Eine mittlere, würde ich sagen. Du bist ja gut informiert.«

»Ich kenne die Berichte. Aber die Wirklichkeit ist ja immer ein bißchen anders. Wir müssen uns bald einmal ausführlich unterhalten, über den Rapport hinaus.«

Ich war beschützt, bewacht, umsorgt. Die Wohnung hatte man gründlich inspiziert, rundherum wimmelte es von Polizisten in Zivil oder Uniform, und auch das gegenüberliegende Haus war fest in unserer Hand. Ich fühlte mich so behütet wie ein Tennissternchen, das gerade ein Grand Slam-Achtelfinale erreicht hat.

Die Wohnung war gereinigt und gelüftet; ich fühlte die altbekannte Zufriedenheit, mir den wöchentlichen Hausputz sparen zu können. Es machte mir nichts aus, in einer Wohnung zu schlafen, in der beinahe etwas Schreckliches passiert wäre. Meine Familie war auf dem Weg der Besserung, im doppelten Sinne. Ich stellte die Dusche auf eine Temperatur ein, die meinem hitze- und kältegeplagten Körper behagte, und betrachtete mich in dem großen Spiegel. Als Frau hätte ich diesem Mannsbild eine lange Nase gedreht, aber wer versteht schon die Frauenzimmer? Ich zog mir Schlafanzug und Morgenrock über, setzte mich auf den Balkon und genoß die Aussicht über das Stück Stockholm, das ich schon so oft betrachtet hatte – mein kleiner Winkel in meiner kleinen Großstadt, begrenzt von den Fassaden der Nachbarhäuser. Jede Begrenzung regt unsere Phantasie an – was verbirgt sich dahinter, was geschieht dort, in welchem Verhältnis steht es zu dem, was in dem Ausschnitt von Wirklichkeit sichtbar wird?

Was nun? Ich konnte nicht einfach auf dem Balkon sitzen und die Vögel beobachten, die jemand aufgescheucht hatte; ich mußte damit rechnen, daß ich selbst bald wieder aufgescheucht werden würde. Zum tausendsten Mal stellte ich fest, daß es zwei Möglichkeiten gab, der Bedrohung zu entkommen. Ich mußte meinen Verfolgern entweder begreiflich machen, daß ich die gesuchte Diskette nie besessen, nie gelesen, nicht einmal von ihrer Existenz gewußte hatte, daß es also sinnlos war, jemanden zu vergasen, um mich zum Reden zu bringen. Ich würde natürlich ihr Feind bleiben, weil ich Polizist war, aber ich wäre nur noch einer von vielen. Oder ich mußte sie für alle Zukunft unschädlich machen. Wenn ich bedachte, welche

Mittel sie bis dahin eingesetzt hatten, benötigte ich dazu vermutlich die gesamten Streitkräfte der NATO.

Ausweg drei war, daß ich mich in Luft auflöste, wie ein Dschinn in einer Wunderlampe verschwand und mich nur noch von Virena herausrufen ließ.

Wenn meine Gegner mich für eine relativ intelligente Person hielten und nicht für einen Plattfuß mit dem Hirn im Gummiknüppel, mußten sie vermuten, daß ich die Diskette bei jemandem gelassen hatte, der sie sofort veröffentlichen würde, falls mir ein »Unglück« zustieße. In diesem Fall war ich kein selbstverständliches Opfer, sondern »sie« hatten allen Grund, mich am Leben zu erhalten, bis wir uns über die Bedingungen geeinigt hatten.

Im Telefonbuch fand ich die schwedische Rax Holding. Sie hatte ihren Sitz erstaunlicherweise nicht in Östermalm, wo fast alle Geldinstitute sitzen. Aber ich konnte nicht einfach hinspazieren und herumschnüffeln wie ein Superbulle oder Privatdetektiv aus einem amerikanischen Actionfilm. Ich gehörte zu einem Kollektiv mit bestimmten Regeln und Gesetzen; ich war ein Beamter in einer geregelten Hierarchie. Meine Aktivitäten mußten vorab genehmigt werden; anschließend hatte ich zu berichten.

Rax unter die Lupe zu nehmen, würde durchaus in das Aufgabengebiet unserer Abteilung passen, Informationen über die internationale Kriminalität zu sammeln, und Åke Sundgren hatte sicher nichts dagegen. Der Punkt war, daß er dann alle Details erfahren mußte und entscheiden konnte, ob ich auch wirklich der richtige Mann für den Auftrag war. Mit Hiller in Stockholm wäre es leichter; dann hätte ich Interpol im Rücken.

Bevor ich fertig gegähnt hatte, machte ich den Fernseher an, um die Spätnachrichten zu gucken. Ein großer Beitrag handelte von den Botulismus-Opfern in Ketzin; es hatte vier weitere Tote gegeben. Experten beschrieben die Krankheit und deren schnellen und tödlichen Verlauf. Dann präsentierte man den schwitzenden Herrn Lange von der Belicht GmbH, der nur immer wieder versicherte, seine Firma habe nichts mit den Todesfällen zu tun und er könne ansonsten keinen Kommentar abgeben; so hatten es ihm seine Bosse wohl eingebleut. War ich wirklich dort gewesen; hatte ich mit diesem Mann geredet? War ich überhaupt an der Sache beteiligt? Hatte ich gesehen, wie Menschen vor meinen Augen starben? Es war noch gar nicht lange her und doch schon weit entfernt.

Ein Hirnforscher hat behauptet, daß wir nur jeweils auf eine Katastrophe reagieren können; durch ein neues Ereignis wird das alte verdrängt. Vulkanausbruch auf Sumatra – die Zeitungen berichten über Flüchtlinge und weinende Kinder, im Fersehen sieht man all das Elend, es wird zu Spenden aufgerufen, und man diskutiert das Schicksal der armen Menschen auf Sumatra. Eine Woche später bebt die Erde in der Türkei, und wieder kommen Bilder von bedauernswerten Menschen … Geld wird gesammelt … das Herz blutet … Sumatra ist vergessen. Dann Überschwemmung in Bangladesh, hunderttausende Notleidende … fort mit den Erdbebentürken, her mit den Opfern des Wassers. Kinder halten die Sammelbüchse hin, und denk auch an das Rote Kreuz! Aber dann – Hunger in Afrika, aufgeblähte Bäuche, Spaghettiarme … große, vorwurfsvolle Augen … und wieder Spenden, und denk auch an Rettet die Kinder! Und die Menschen in Bangladesh müssen allein klarkommen, denn wir haben sie bereits wieder vergessen. Besser sind wir eben nicht. Die Opfer von gestern haben denselben Status wie die Zeitungen von gestern, in die man nur noch Fisch einwickeln kann. Laut ist das Mediengetöse, doch unsere Gehirne weigern sich, in großen Zusammenhängen zu denken. Deutschland war Deutschland, aber nun, zu Hause, konnte ich mir wieder einbilden, daß die Welt aus meiner kleinen, geschützten Nische bestand. Ich wußte, daß es nicht so war, doch ich wählte Herz statt Hirn, wie fast alle Menschen, ein paar gefühlskalte ausgenommen. Also gute Nacht, Herr Lange. Gewiß leide ich mit dir, aber jetzt schmiere ich mir erst mal eine dicke Käsesemmel, und dann lausche ich am Kopfkissen.

Am frühen Morgen fuhr ein Krankenwagen in die Notaufnahme des Karolinska-Krankenhauses. Als er nach einer Weile wieder abfuhr, saßen Virena und Elin darin. In der Notaufnahme des Söder-Krankenhauses stiegen sie in einen anderen Wagen um, in dem sich ihre Sachen für den Rest des Sommers befanden. In einer großen Garage einige Kilometer außerhalb der Stadt wechselten sie noch einmal das Fahrzeug; ein ganz normaler Volvo brachte sie nun direkt in das Sommerhaus am Mälarsee.

Gegen Mittag betrat ich das Karolinska-Krankenhaus, fuhr mit dem Fahrstuhl hinauf und ging in das Zimmer, in dem Virena und Elin gelegen hatten. Dort blieb ich drei Stunden und las in einem schlechten, aber spannenden Buch. Danach verließ ich das Krankenhaus mit dem zufriedenen Lächeln eines glücklichen Familienvaters. Sicher folgten mir viele Augen, doch durch die Wände in das Krankenzimmer hatten sie nicht schauen können.

Åke Sundgren empfing mich, erzählte mir aber gleich, daß Carl Hiller in Kürze erwartet würde und wir den Fall bis dahin ruhen lassen sollten. Er würde sich inzwischen um Informationen kümmern, die Hiller gewünscht hatte. Ich hätte wohl auch zu tun? Danke der Nachfrage, ich würde den Tag schon nutzen. Ich wählte die Nummer des Sommerhauses; natürlich benutzte ich nicht meinen Apparat. Virena erzählte mir mit weicher, glücklicher Stimme, daß sie gut angekommen wären; das Grundstück sei ein Garten Eden, und Elin habe bereits mit einem gleichaltrigen Mädchen vom Nachbarhaus Freundschaft geschlossen. Sogar ein Kleinwagen gehöre zu dem Grundstück, so daß sie zum Einkaufen nach Västerås fahren konnten. Alles sei wunderbar und Spitze, und zum Paradies fehle nur noch die Schlange, also ich, die ruhig ein Kilo Äpfel mitbringen dürfe.

Auf dem Weg in mein Büro traf ich Simon, und es wurde eine gemeinsame Pause daraus, mit Kaffee, Tee, einem Berg belegter Brote für ihn und einem Stück Apfelkuchen für mich. Er berichtete von bekannten Figuren, die geschnappt wurden, unbekannten, die entkommen waren, und verkannten, die man wieder laufen lassen mußte. Ich hörte ihm brav zu, doch eigentlich ging mich das Einfangen von Spitzbuben nicht mehr viel an.

»Ich warte auf eine Zuarbeit von Sune«, sagte Simon, »doch er ist wegen einer Ermittlung für ein paar Tage in Söderhamn. Wer weiß, ob er mir überhaupt geholfen hätte. Du weißt ja, wie er jetzt ist, und wir alle wünschen, er wäre sonstwo, nur nicht bei uns. Essen wir heute abend zusammen? Du bist ja wieder Strohwitwer, und jemand muß dich von den Dummheiten abhalten.«

»Wir werden sehen. Ich laß von mir hören. Sollte mich aber so eine rothaarige Schönheit anrufen, gebe ich natürlich lieber der Versuchung nach.«

»Ha, gerade du! Apropos rothaarig ... ich erinnere mich an ein Mädel aus Kopenhagen, das ich einmal in Schonen traf. Die hatte auch so einen Feuerkopf. Zufällig landeten wir im selben Taxi. Dann fuhren wir zu ihr, und es gab keinen Grund, sie vor einer Woche wieder zu verlassen. Kopenhagen kannte ich ja schon.«

»So einfach war das?« brummte ich.

»So einfach ist es immer. Wenn man will, sagt man es dem Mädchen, und erstaunlich oft will sie auch. Damals war es jedenfalls so; die mit dem Feuerkopf könnte heute auch schon Großmutter sein.«

Wir trennten uns, und jeder trabte in seine Richtung. Simon prahlte keinesfalls mit seinen Frauengeschichten, wie es andere Männer tun, wenn sie in die mittleren Jahre kommen; er war der lebende Beweis, daß sich Schönheit oft vom Monströsen angezogen fühlt. Ich erinnerte mich, daß ... Plötzlich stand ich vor Sune Bengtssons Tür. Er war also in Norrland und konnte nichts dagegen unternehmen, daß ich mich in seinem Zimmer einmal umschaute. Die Tür war natürlich verschlossen, doch da wir alle Polizisten waren, gab es nur ein einfaches Schloß, das aufzufummeln ein Kinderspiel war. Ich beschloß, ein Kind zu sein, und fummelte.

Eine gewisse Nervosität fühlte ich schon, schließlich war ich unerlaubt in das Büro eines Kollegen eingedrungen. Die interne Untersuchung hatte ihn von den durch mich erhobenen Anschuldigungen freigesprochen – wer gab mir das Recht, in seinen Sachen herumzuschnüffeln? Ich nahm es mir einfach. Aufgrund seines enormen Tabakkonsums hatte er ein eigenes Büro. Früher hatten wir uns einen Raum geteilt, doch da ich mich nach kurzer Zeit wie ein Räucheraal fühlte, hatte ich einen Arbeitsplatz mit atembarer Luft gefordert und bekommen. Seitdem war er solo. Er vermißte sicher keinen Kollegen, und keiner vermißte ihn. Ich setzte mich auf seinen Stuhl hinter dem Schreibtisch. Ich hatte kein Recht, dort zu sitzen, doch ich tat es. Zog an einem Schubfach, doch es war verschlossen. Hatte ich A gesagt, konnte ich auch B sagen. Beim Einkauf unserer Büromöbel hatte der billigste Anbieter den Zuschlag erhalten. Es war also keine Kunst, einen Schreibtisch zu knacken, vor allem, wenn man einen vom selben Modell besaß. Tatsächlich mußte ich meinen eigenen Schlüssel nur ein wenig hin und her drehen, und das Fach ließ sich öffnen. Nun hatte ich eine moralische und juristische Grenze überschritten. Wurde ich erwischt, konnte ich nur darauf hinweisen, daß ich Sune verabscheute und er mich haßte, aber dadurch wurde die Tat natürlich nicht entschuldigt. Also war ich moralisch verkommen, aber das war nichts Neues für mich. Ab in die Mottenkiste mit Ethik und Gesetzestreue!

Schnell ging ich den Inhalt durch. Nichts Verdächtiges. Die Papiere lagen in mustergültiger Ordnung nach dem Bengtssonschen Alphabetsystem geschichtet. Das zweite Fach war genauso unergiebig, obwohl ich mir Zeit nahm und die Akten und Dokumente genau studierte. Hinter der Tür des Seitenteils gab es weitere Schubfächer und ganz unten ein Hängearchiv. Im obersten Fach lag lediglich eine Blechdose, die Zigaretten einer mir unbekannten Marke enthielt. Die Sargnägel dufteten süßlich nach orientalischem Tabak und ruhten unschuldsvoll auf einem Bett aus Stanniolpapier.

Plötzlich griff jemand nach der Türklinke. Vor Schreck sprang ich zur Seite und ließ die Dose fallen. Sie landete glücklicherweise auf dem abgetretenen Teppich, so daß es kein Geräusch gab. Der überraschende Besucher überlegte es sich und ging wieder. Schnell sammelte ich die Zigaretten auf und suchte weiter nach kompromittierendem Material. Offenbar bewahrte er nichts Verdächtiges mehr an seinem Arbeitsplatz auf, seit ich damals zufällig ein Kuvert geöffnet hatte, das an ihn adressiert war und neonazistische Bilder enthielt. Er glaubte meinen Beteuerungen nicht, daß ich den Umschlag aus Versehen geöffnet hatte, nachdem er durch einen Fehler der Hauspost auf meinem Schreibtisch gelandet war.

Nichts in den Fächern. Nun widmete ich mich, mit A beginnend, der Registratur. Schnell und dennoch effektiv ging ich einen Buchstaben nach dem anderen durch, B und C und D … Alle verzeichneten Personen gehörten meines Erachtens hierher; sie hatten mit früheren Fällen zu tun. Ich saß eine Dreiviertelstunde vor dem Schreibtisch und konstatierte mit einer Mischung aus Erleichterung und Nervosität, daß ich immer noch kein Resultat aufzuweisen hatte. Sune durfte nicht merken, daß jemand in seinen Sachen gewühlt hatte, deshalb mußte ich die exakte Ordnung wieder herstellen. Ohne zu begreifen warum, war ich unzufrieden. Irgendwo mußte es den Beweis geben, daß er der Schurke war, für den ich ihn hielt. Ich war überzeugt, daß er nach vielen Jahren im Polizeidienst irgendwann die Seite gewechselt hatte und nun einem anderen Herrn diente. Früher oder später würden wir ihn kriegen, obwohl er so erfahren war, daß er sich gegen fast jede Anklage behaupten konnte.

Nun ja, hier konnte ich nicht sitzen bleiben. Ich erhob mich, ging zur Tür und war damit aus der Gefahrenzone. Wurde ich jetzt erwischt, konnte ich einfach behaupten, ich habe ihn gesucht, und da ich so gründlich sei, auch im Aschenbecher nachgesehen, ob er sich vielleicht in Rauch aufgelöst habe. Moment mal … Ich stand mit der Hand an der Türklinke, und in meinem Kopf surrten die Rädchen. Was hatte ich wahrgenommen und doch nicht verstanden? Etwas unter A oder B oder Q? Nein, es war kein Name auf irgendeinem Papier ...

Papier? Kein richtiges Papier ... Was zur Hölle ... Ich schloß die Augen und versuchte, das Bild zu rekonstruieren. Papier und doch kein Papier ... metallisch glänzend ... Stanniolpapier! So hieß es jedenfalls in meiner Jugend, vielleicht sagt man heute Folie dazu. Zögernd ging ich zum Schreibtisch zurück und brach das Schloß erneut auf; ein weiterer Schritt in meiner Karriere, immerhin war ich jetzt ein Wiederholungstäter. Dann klappte ich die Blechdose auf. Die Zigaretten lagen längs in Doppelreihe, wie ich sie einsortiert hatte.

In der Höhe gab es nur eine Reihe, die bis zur Oberkante reichte. Die Dose war aber hoch genug, um eine doppelte Lage aufzunehmen! Ich schüttete die Zigaretten auf den Tisch und hob das Stanniolpapier vorsichtig an. Darunter lagen dünne, dicht beschriebene Blätter, die ich nicht entziffern konnte. Dafür waren einige primitiv ausgeführte Zeichnungen um so deutlicher zu verstehen. Sie stellten verschiedene Arten von zumeist grausamen Hinrichtungen dar; die Figuren trugen Initialen.

Eine der Abbildungen zeigte eine Person, die fürchterlich zu husten oder zu erbrechen schien. Darüber hing eine Art Mündung, die mit einem Behälter verbunden war und aus der, durch geschwungene Linien angedeutet, Rauch quoll. Oder ... Gas! Ich schwitzte plötzlich, und mein Herz begann zu rasen. Die Buchstaben auf dem Strichmännchen waren schlecht zu lesen; ich mußte das Papier näher vor die Augen halten. Kalte Schauer liefen mir über den Rücken. RH stand da, in unbeholfener Druckschrift. Nun gab es keinen Zweifel mehr, wer da vergast werden sollte!

21.

Die Blätter waren dünn wie trockenes Laub, und es gab keinen Grund, sitzen zu bleiben und zu versuchen, den Text zu dechiffrieren. Ohne Eile verließ ich den Raum und begab mich zum nächsten Kopierer. Wenn man in geheimer Mission unterwegs ist, muß man sicher auftreten. Also pfiff ich hocherhobenen Hauptes vor mich hin, und die vielen Kollegen, denen ich begegnete, merkten nicht, was ich vorhatte. Ich breitete die Zettel auf dem Apparat aus und begann zu kopieren. Es wurden zwölf Seiten, die ich in der Reihenfolge beschriftete. Dann kehrte ich in Sunes Raum zurück, legte die Blätter wieder in die Dose zurück, deckte das Stanniolpapier darüber und legte zuletzt die Zigaretten darauf. Dann schloß ich den Schreibtisch wieder ab.

Åke Sundgren schaute sich die messerscharfen Kopien eine nach der anderen an und untersuchte dann Schrift und Zeichnungen unter dem Vergrößerungsglas. Lange betrachtete er den sterbenden Roland Hassel.

»Gas«, murmelte er nachdenklich.

»Genau, Gas. Ist das nicht ein seltsamer Zufall?«

»Wir müssen den Text dechiffrieren.«

»RH bedeutet Roland Hassel, und den kennen wir.«

Er legte die Kopien hin und seufzte tief.

»Man kann nur hoffen, daß diese Papiere lediglich Sunes finstere Träume widerspiegeln und nichts mit der Wirklichkeit zu tun haben. Es wäre schrecklich, wenn sich einer unserer Kollegen an internationalen Verbrechen der schlimmsten Sorte beteiligt hätte.«

»Ist dir aufgefallen, daß die Buchstaben in verschiedenen Handschriften geschrieben sind? Schau dir beispielsweise das große S an. Ich kann mindestens drei eindeutig verschiedene Varianten erkennen. Das würde bedeuten, daß hier mehrere Personen ihre finsteren Träume festgehalten haben.«

»Ja, vielleicht. Das werden die Experten feststellen.«

»Und da, schau mal, ist ein kompletter Satz. ›Samstag ist kein geeigneter Tag‹ steht da, und das ist definitiv nicht Sunes Schrift.«

»Ja, das Ganze hier ist sehr, sehr unangenehm. Ich werde sofort die Techniker rufen. Es gibt Computerchiffren, die wir nicht lösen können, weil sie mit dem Zufallsgenerator erstellt wurden, aber wir hoffen, daß die Verfasser nicht so clever waren. Carl Hiller kommt morgen früh. Sei halb neun hier. Wir haben ein schweres Joch zu tragen.«

Wieder hatte Simon Myrna mitgebracht, und wir aßen und unterhielten uns prächtig. Wie um zu zeigen, daß wir noch wie früher miteinander konnten, strengten wir uns nicht an, und so stellte sich die gute Laune ganz von selbst ein. Gegen neun trennten wir uns. Simon und ich teilten uns wieder ein Taxi. Er begleitete mich noch hinauf, vergewisserte sich, daß die Kollegen auf ihrem Posten standen und inspizierte die Wohnung, wobei er sogar den Deckel des Wäschekorbes anhob.

»Jetzt fahre ich heim zur Familie«, sagte er.

»Stolpere nicht über den Fernseher, sonst wacht die ganze Bande auf.«

»Ich kann schleichen wie eine Katze.«

»Aber nicht bei deinem Alkoholspiegel.«

»Vier armselige kleine Wodka! Für einen großen Kerl wie mich!«

»Plus fünf große Gläser Starkbier. Aber das ist okay. Hauptsache, du fällst nicht wieder über den Fernseher.«

Er verabschiedete sich kichernd und grinsend und wäre fast über die Schwelle gestolpert. Es wurde noch ein ruhiger Abend mit einem anderen schlechten, aber spannenden Buch. Unglaublich – solche Abende gab es eigentlich nicht. Wahrscheinlich träumte ich, während ich etwas anderes tat.

Hiller hatte sich bereits Kopien der Kopien angesehen, und wir begrüßten uns ohne große Formalitäten, als hätten wir uns erst am Abend zuvor getrennt. Er wirkte abgespannt, nicht nur müde, sondern auch mitgenommen, wie nach einer langen, aber dennoch viel zu kurzen Konvaleszenz. So dunkle Augenringe hatte ich noch nie an ihm gesehen, die vollen Wangen waren in der kurzen Zeit ausgehöhlt, und zarte Fältchen überzogen seine Haut. Sundgren verwöhnte uns mit eigenhändig gepreßtem Juice und Kaffee, der nicht aus dem Magengeschwürautomaten stammte. Er teilte mit, daß ihm gestattet worden war, in jeder erforderlichen Form mit Interpol zusammenzuarbeiten. Bevor ich etwas sagen konnte, schüttelte Hiller traurig den Kopf, als käme er einer selbstverständlichen Frage zuvor.

»In Deutschland ist der Teufel los. Es ist, als wäre unverhofft eine Atombombe explodiert. Belicht wird vom Militär bewacht, doch die Demonstrationen gegen das Unternehmen sind so stark, daß extra Zäune gezogen sowie Hunde und berittene Ordnungskräfte eingesetzt werden mußten, um das Gelände zu schützen. Zwei weitere Personen sind an Botulismus gestorben. Es ist so traurig ... ich weiß gar nicht, womit ich die Situation vergleichen soll. Vier andere Unternehmen in der Branche behaupten, Drohungen erhalten zu haben, können jedoch keine Beweise vorlegen. Was noch keiner weiß ... aber bald kommt Atombombe Nummer zwei ... im Krankenhaus liegen derzeit ein paar Dutzend Cholerakranke ... sie wohnen in der Nähe der Unternehmen, die behaupten, bedroht worden zu sein, aber auch unweit von fünf anderen einschlägigen Betrieben. Mindestens zwei davon beschäftigen sich mit Genmanipulation, um gewinnträchtige Patente zu erringen.«

»Experimente mit Bakterien und Viren?« fragte Sundgren ungläubig.

»Das wissen wir nicht. Vermutlich ja. Meiner Meinung nach kann die Genforschung die Erde retten, wenn sie richtig betrieben wird. Doch die Leute reagieren mit dem Rückenmark, wenn sie das Wort Genmanipulation hören, und glauben, daß der Untergang droht.«

»Stimmt das etwa nicht?« murmelte ich.

»Ja, vielleicht. Mit der Cholera werden die deutschen Krankenhäuser fertig, und es gibt einen schwedischen Impfstoff, der die Ansteckung stoppen kann, doch wenn es zu einer Epidemie kommt, werden trotzdem Menschen sterben, weil ihre Körper den Anstrengungen nicht gewachsen sind. Zugleich wird die Krankenversorgung zusammenbrechen. Die letzte große Epidemie war erst 1970 in Süditalien, und damals läuteten viele Totenglocken. Absichtlich verbreitete Cholerabakterien ...«

Es klopfte. Ein älterer, magerer Mann mit zerfurchtem Gesicht, zivil mit einem graumelierten Anzug bekleidet, trat ein und schaute Sundgren fragend an.

»Meine Herren, ich darf den Graphologen Agnar Tillgren vorstellen.«

Tillgren verbeugte sich kurz.

»Ich hoffe, daß ihr die graphologische Wissenschaft nicht verachtet, wie es unwissende Menschen, die sich für Realisten halten, manchmal tun.«

»Keinesfalls«, erwiderte Hiller. »Die Handschrift ist ein Teil der Körpersprache und kann sehr viel über die betreffende Person aussagen. Jeder Buchstabe, jede Ziffer kann als Symbol für eine Eigenschaft angesehen werden und ist deutbar. Kinder zum Beispiel, die nicht lesen können, sagen oft von einem Buchstaben, er sähe fröhlich oder traurig oder dumm aus, abhängig davon, wie er geformt ist. Uns mußt du nicht überzeugen.«

Mich fragte keiner, doch da Hiller vorauszusetzen schien, daß auch ich ein überzeugter Anhänger der Schriftdeutung war, hielt ich die Klappe. Die Krakel, die ich mit gutem Willen meine Handschrift nannte, wollte ich jedoch nicht gedeutet haben. Was ich über mich selbst wußte, reichte mir, und was mir über mein Innerstes unbekannt war, wollte ich gar nicht wissen.

»Ein einzelner Satz ist zu kurz, um eine gültige Analyse der Person vornehmen zu können, aber einige Hinweise kann ich euch geben. Ich habe nicht die geringste Ahnung, in welchem Zusammenhang der Satz steht. So ist es mir auch lieber – ohne Beeinflussungen zu arbeiten, die einen fehlleiten können.«

Aus einem Diplomatenkoffer nahm er eine Vergrößerung von ›Samstag ist kein geeigneter Tag‹.

»Auch wenn ich meinen Beruf mag und leicht einen langen und hochinteressanten Vortrag halten könnte, will ich versuchen, mich kurz zu fassen. Eine Handschrift ist durch viele Merkmale gekennzeichnet, unter anderem durch Regelmäßigkeit, Größe, Schreibtempo, Schärfe, Druck, füllig oder nicht füllig, Neigungswinkel, Weite, Richtung der Bewegung, Verteilung, Bindungsform und Verbindungen, schnörkelige oder asketische Schrift, nachlässig oder pedantisch, Rhythmus, Betonung am Anfang, Längenunterschied, Unterzonen und Überzonen. Jedes Element der Schrift weist darüber hinaus weitere Charakteristika auf. Schaut zum Beispiel auf das Grad der Ausformung.«

Er unterstrich seine Erläuterungen, indem er mit einem schmalen Lineal auf die Buchstaben wies.

»Die Worte enden abrupt. So schreibt eine gefühllose Person. Sie pflegt ihre Absichten brutal durchzusetzen. Die winklige Bindungsform deutet auf Willensstärke und extremes Zielbewußtsein. Die Schrift ist eng und mit einigen Ausnahmen anschwellend. Hier ist etwas Interessantes.«

Das Lineal wanderte die Zeile entlang.

»In der Vergrößerung sehen wir, daß er an drei Stellen versucht hat, seine Schrift zu verbessern. Man könnte also vermuten, daß ihm das zur Angewohnheit geworden ist, doch es soll nicht zu sehen sein. Die Person leidet an einer Selbstkontrolle, die als krankhaft gesteigert angesehen werden kann. Falls sie nicht von Geburt an psychisch krank ist, hat sie die Grenze zur Psychopathie offenbar jetzt überschritten. Beachtet bitte die Anfangsbetonung des großen S. Ihr seht Ehrgeiz und Hochmut und möglicherweise einen Hang zum Größenwahn. Schaut, wie gering der Neigungswinkel ist. Der Schreiber ist herzlos, egoistisch und gefühlskalt. Weiterhin …«

Er unterbrach sich und lächelte.

»Eigentlich wollte ich mich ja kurz fassen. Nur noch ein Beispiel. Beachtet bitte die Richtung der Schreibbewegung in

Hinblick auf die gekrümmten Linien. Alle meine Hinweise können auch positiv gedeutet werden, daher muß man die Entscheidung anhand von Detailstudien fällen. Die Krümmungen deuten auf einen Mangel an Anteilnahme und Mitleid; dagegen offenbaren sie ein großes Maß an Eigennutz und Gier. Laßt mich nun zusammenfassen, was ich diesem Satz entnommen habe.«

Er legte das Lineal wie ein kleines Gewehr über die Schulter und machte eine kurze Pause.

»Wir haben in unserem Land verschiedene Schriftreformen gehabt, so daß man an der Schreibschrift erkennen kann, wann die betreffende Person zur Schule gegangen ist. Der Schreiber dieser Zeile ist etwas über sechzig Jahre alt und mit an Sicherheit grenzender Wahrscheinlichkeit ein Mann. Es kann nicht ganz ausgeschlossen werden, daß es sich um eine Frau handelt, aber ich will beim ›Er‹ bleiben. Ein Psychopath. Davon gibt es viele in der Gesellschaft, und viele werden nicht entdeckt, weil sie so erfolgreich und charmant sind. Sie treten besonders in Branchen und Bereichen in Erscheinung, wo es um Macht, Geld, Einfluß und Aufmerksamkeit geht; in der Geschäftswelt zum Beispiel oder in der Politik. Oft werden sie für ihre Resultate bewundert, doch sie gehen dafür ohne weiteres über Leichen, sowohl bildlich also auch buchstäblich. Dieser Mann hat eine gute Position, die ihm etwas von dem Ersehnten zu geben vermag. Aber das reicht nicht. Er ist Gott; alles ist ihm erlaubt. Alle sind seine Feinde, auch die, die glauben, seine Freunde zu sein. Er ist ein Meister der Verstellungskunst. Er kann unerhört brutal sein, auch wenn es gar nicht nötig ist, nur weil es sein Selbstbewußtsein stärkt. Er ist absolut unzuverlässig. Aus ihm hätte einer der schlimmsten Diktatoren werden können – die waren und sind übrigens alle Psychopathen.«

Er verbeugte sich kurz:

»Ich hoffe sehr, daß ihr ihn schnappt, falls er sich eines Verbrechens schuldig gemacht hat. Er ist eine äußerst gefährliche Person!«

Tillgren verließ den Raum und ließ die Vergrößerung auf dem Tisch liegen. Wir starrten darauf, als könnten wir noch mehr herauslesen, doch eigentlich reichte uns, was wir erfahren hatten. Sundgren räusperte sich und sagte trocken:

»Dann müssen wir nur noch herausfinden, um wen es sich handelt, und den Betreffenden festnehmen. Einfacher geht es doch gar nicht. Also, wer ist es und wo steckt er? Und wenn wir ihn haben – wofür klagen wir ihn an? Weil er eine verdächtige Handschrift hat? Alles was wir wissen ist, daß er einen Satz in einer Sammlung chiffrierter Botschaften geschrieben hat, die in Sunes Zigarettendose gefunden wurde. Nun ja. Wir wissen wohl mehr, wenn unsere Leute den Code geknackt haben. Bis dahin darf keiner etwas merken, vor allem Sune nicht. Was tun wir zuerst?«

»Wir nehmen ein Taxi in die Sysslomansgatan«, schlug Hiller vor. »Ich erwarte eine Menge Informationen. Und dann …«

»Kein Taxi«, unterbrach ich ihn. »Ich schleiche mich in einem anderen Wagen dort hin. Um einen Filmtitel von Fritz Lang zu zitieren: ›Der Tag hat tausend Augen‹. Ich werde von vielen beobachtet.«

»Der Film hieß ›Die Nacht hat tausend Augen‹«, korrigierte Hiller.

»Meint ihr vielleicht ›Die tausend Augen des Doktor Mabuse‹?« fragte Åke Sundgren.

»Ist doch ganz egal. Jedenfalls war es ein toller Film.«

»Trotzdem muß man korrekt zitieren«, rügte Hiller. »Also – in fünfzehn Minuten bei mir im Büro. Du hast den Türcode. Wir halten dich auf dem laufenden, Åke.«

Ich stieg hinunter in die Garage und ließ mich, unter einer Decke versteckt auf dem Boden eines Polizeiwagens liegend, zum Interpol-Büro in die Sysslomansgatan fahren. Ich fühlte mich ein wenig wie Salman Rushdie, als ich, wie zuvor in Deutschland, gebückt zum Hauseingang rannte.

»Sechzehn Minuten«, maulte Hiller. »Du mußt lernen, pünktlich zu sein. Setz dich. Wir gehen später essen. Sune Bengtsson – was hältst du von ihm? Ich meine, in diesem speziellen Fall?«

Ich mußte mich zu einer objektiven Analyse zwingen, obwohl ich Blasen auf der Zunge bekam, wenn ich über ihn sprach.

»Sune hat Verbrechen aller Art immer gehaßt. Einen Fahrradfahrer, der bei Rot über die Kreuzung fuhr, hätte er am liebsten drei Sonntage hintereinander öffentlich auspeitschen lassen. Er hat nie begriffen, daß Verbrechen auch durch Verführungen ausgelöst werden können, denen man nicht widerstehen kann, durch Eifersucht, weil man ausgenutzt wird oder weil man seinen Kindern nicht ebenso feine Sachen kaufen kann wie andere Eltern. Es gibt tausend Anlässe, straffällig zu werden, oft gründen sie in Verzweiflung. Leute seines Schlages ändern ihre grundsätzliche Einstellung nie. Das kommt, weil sie sich mit der Staatsmacht gegen die Untertanen verbunden fühlen. Sune hat sich nun aber mit einer anderen Macht beziehungsweise Autorität verbündet. Dabei veränderte sich aber auch die Perspektive und damit die Gruppe derer, die als Gegner angesehen werden. Sein Idealbild ist verzerrt. Die Gegner der neuen Obrigkeit – in Anführungszeichen – betrachtet er als potentielle Verbrecher, die mit allen Mitteln bekämpft werden müssen. Falls er je ein Gehirn besessen hat, wurde es ihm kräftig gewaschen. Erst sah er in den Neonazis und deren Überlegenheitsgestus eine neue Autorität; jetzt scheint er neue Kameraden mit noch kühneren Visionen als die Hitleranbeter gefunden zu haben. Was nicht ausschließt, daß er immer noch Kontakt zu faschistischen Kreisen hat. Wie auch immer – der Kerl muß raus aus dem Polizeikorps!«

Hiller nickte zustimmend, jedoch ohne den Eifer, den ich erwartet hatte.

»Mhm. Ich denke, man könnte ihn auch irgendwo kaltstellen, wo er keinen Schaden anrichten kann. Er verfügt weder über Intelligenz und Phantasie noch über irgendwelche Führungsqualitäten, also stellt er den typischen Handlanger dar und hilft auf seine Weise. Laut Bericht ist er am falschen Ort mit den falschen Personen gesehen worden, falls du dich erinnerst. Übrigens habe ich Åke gebeten, Sunes Chiffretexte an die Spezialisten von Interpol zu faxen. Hundert Reichstaler winken dem, der den Code als erster knackt.«

Er lächelte schwach, verwandelte sich aber gleich wieder in einen blutarmen Hiller.

»Es wird mir langsam zuviel, Rolle.«

»Ich dachte immer, du steckst alles weg, wenn du nur einen guten Burgunder bekommst.«

»Manchmal wird mehr als das erwartet. Wenn die Beulenpest erneut auf die Menschheit losgelassen wird ...«

»Dann laß uns daran arbeiten, daß sie nicht ausbricht. Los, reiß dich zusammen. Was haben eigentlich all die Proben, die wir bei Belicht genommen haben, für Resultate gebracht?«

Resigniert hob er seine weißen Hände.

»Nichts Gefährliches. Die Proben entsprachen dem, was die Firmenleitung angegeben hatte. Müller kam, und wir verhörten ihn. Seine Aussagen wurden bestätigt, das Bild war eindeutig. Die Belicht GmbH ist ein Unternehmen, das in der biologischen und chemischen Forschung weit vorn liegt. Auch die Wirtschaftsprüfer bestätigten, daß alles mit rechten Dingen zugeht; die Bilanzen stimmten auf den Pfennig. Die Leute in der Umgebung glauben allerdings nicht daran. Auch die Zeitungen und das Fernsehen nicht. Viele von uns sind ebenfalls mißtrauisch. Aber so ist es.«

»Und die Rax Holding?«

»Tja – dort konnte man nachweisen, daß man in die Belicht GmbH investiert hat, weil man an die Nische glaubte. Die Beteiligung besteht seit drei Jahren.«

»Es gibt auch eine schwedische Rax Holding.«

»Ja, mit diesen Herren werden wir auch reden, doch wir beginnen mit der Efros Laboratorien AG. Das ist ein ziemlich großes Unternehmen, das angeblich von der amerikanischen Du Pont-Gruppe gekauft werden soll. Chemische Produktion natürlich; Laboratorien für geheime Forschung. Komplette hochmoderne Ausrüstung zum Erwerb internationaler Patente.«

»Warum Efros? Woher kommt der Name? Von einem griechischen Gott der Gesundheit?«

»Den Namen gibt es seit den dreißiger Jahren; wahrscheinlich ist er aus den Initialen der Firmengründer gebildet worden. Ein Gerücht geht um, daß das Unternehmen erpreßt wird. Einer der Inhaber ist gleichzeitig Geschäftsführer und heißt Dan-Axel Wantzell. Ich habe ihn angerufen, bevor du kamst. Er klang wie ein Mann, der auf großem Fuß lebt. Wir treffen ihn Punkt zwei Uhr im Opernkeller.«

»Werden wir dort essen?«

»Irgendwie ist mir der Appetit vergangen. Such du etwas aus; du kennst die Suppenküchen der Stadt.«

»Ist das alles, Carl? Haben wir nicht mehr in der Hand? Was ist mit all den Informationen, auf die du gewartet hast?«

»Wir wissen eine Menge, aber eigentlich wissen wir nichts. Es fehlen die Querverbindungen – wo greift das eine in das andere?«

Er musterte den Computer wie einen Studenten, der die Prüfung vermasselt hat.

»Das blinde Vertrauen in die Technik tötet die intelligenten Lösungen. Die Maschine hat keinen Grips, aber viele bilden sich ein, daß man nur lange genug auf den Monitor starren und Knöpfe drücken muß, damit sie relevante Fakten ausspuckt. Dabei werden die entscheidenden Details in der richtigen Kombination nach wie vor von denen entdeckt, die nach der guten alten Methode arbeiten, die jede Zeugenaussage dreimal lesen, hin und her drehen, vergleichen und es verstehen, Wichtiges von Unwichtigem zu trennen. Leider sterben sie bald aus. König IBM und Prinz Macintosh haben das Sagen und überschütten die Computergläubigen mit Informationen, aber die können groß und klein, Wesentliches und Bagatellen nicht unterscheiden. Für so eine Maschine ist alles gleich wichtig. Ein Computer sollte ein Hilfsmittel sein, ein Freund, ein Diener, wird jedoch von vielen als ein Gott betrachtet. In der Bibel steht, daß Gott den Menschen nach seinem Bilde schuf. Von Festplatten steht nichts darin.«

»Du klingst zynisch, und das steht dir gar nicht.«

»Ja, ich habe alle meine Illusionen verloren, und es macht mir überhaupt nichts aus, wenn mir der Anzug nicht paßt!«

Offenbar gab es einen dunklen Fleck auf seiner Seele, den ich bis dahin nicht wahrgenommen hatte und der auf seine Lebenseinstellung abfärbte. Meine Aufgabe war es nicht, ihn zu trösten, aber ich sah es als meine Pflicht an, den früheren Genießer in ihm wieder zu wecken. Deshalb führte ich ihn in eine einfache Kneipe. Das Essen war nicht schlecht, aber er stocherte lustlos darin herum und nippte ab und zu von seinem Mineralwasser. Die Geschmackszellen auf seiner Zunge mußten nachdrücklich protestieren, aber er merkte es nicht. Wenn ich ihm bisher nicht geglaubt hatte – jetzt tat ich es. Er sprach nicht viel, machte nicht einen Scherz und hing Gedanken nach, die mir fremde Wege gingen.

Kurz vor zwei fuhren wir zum Opernkeller. Als Hiller den Genußtempel sah, wurde er wieder lebendig. Natürlich mußte er seinen Kommentar zu dem Etablissement abgeben, das er mit heißem Herzen liebte.

»Junge, der Opernkeller zählt zu den besten Restaurants der Welt! Wie oft hast du hier gegessen?«

»Vielleicht nicht jeden Tag«, antwortete ich mit leichter Übertreibung.

»Wenn ich in Stockholm bin und sich die Gelegenheit bietet, esse ich hier gern zu Abend. Leider kann man keinen Lunch mehr bekommen, weil Schweden zu klein ist, um ein solches Luxuslokal ganztägig zu beschäftigen – die Geschäftsleute von heute essen ja kaum noch zu Mittag.«

»Wenn es mehr von deiner Sorte gäbe, könnten sie schon zum Frühstück öffnen.«

»Das Restaurant hat alles. Es ist nicht zu alt und muß nicht mit dem Ballast der Jahrhunderte in den Mauern leben, aber es hat seit 1895 genügend Jahre auf dem Buckel, um ein Traditionsbewußtsein zu entwickeln. Der Speisesaal ist unglaublich schön und weist eine perfekte Harmonie von Form und Farbe auf. Wo andere Luxuslokale spießig wirken, zeigt sich der Opernkeller stilvoll und geschmackvoll. Apropos Geschmack – nirgendwo in der Stadt ißt man besser. Oder?«

»Ja, ja«, stimmte ich ihm zu.

»Man kann gastronomische Träume bestellen, aber auch schwedische Hausmannskost der allerbesten Schule für einen wirklich angemessenen Preis.«

»Du ißt doch niemals Hausmannskost!«

»Da hast du recht. Aber wenn ich Hausmannskost essen würde – immer hier!«

Es war zehn Minuten vor zwei, als wir das Entré des Schlemmertempels betraten. Als Stammkunde fühlte ich mich natürlich sofort wie zu Hause. Ich erinnerte mich ganz genau, daß mich 1974 jemand hierher eingeladen hatte. Oder war es nur ein Wunschtraum?

»Die Treppe rechts führt zum Nobiskeller. Vorsicht, sie ist steil!«

Die schwarze Eisentür stand halb offen. Ein junger Mann vom Personal kam gerade heraus und sagte entschuldigend:

»Wir öffnen erst um sechs und sind noch beim Aufräumen.«

»Danke, ich weiß, aber wir wollen hier jemanden treffen.«

»Ach so? Gut, aber schließen Sie bitte die Tür, wenn Sie gehen.«

Hiller erklärte mir, daß ausgewählte Stammgäste einen eigenen goldenen Schlüssel zum Nobiskeller besitzen. So weit würde ich es nie bringen.

»Was bedeutet ›Nobis‹?« erkundigte ich mich, damit ich später in Gesellschaft richtig angeben konnte.

»Das ist ein altes griechisches Wort für Schlund, Abgrund. Katholische Priester haben dann die Hölle mit ›Nobis‹ bezeichnet. Natürlich ging es um Leute, die gern guten Wein tranken. Ich bin hier unten viele Male zu Gast gewesen.«

Wir waren allein, und Hiller übernahm es ohne Aufforderung, den begeisterten Fremdenführer zu spielen. Hier war das Weinlager mit über zwanzigtausend Flaschen von über vierhundert Marken. Man konnte Wein in jeder Preislage bestellen; wenn man die richtige Brieftasche hatte, gab es auch eine Pulle für 25 000 Kronen. So einen Tropfen trank man natürlich nicht alle Tage, jedenfalls nicht montags. Die Bar war an der Vorderseite mit Holzdeckeln verkleidet, hinter denen die feinen Weine in Regalen und Gestellen lagerten. Wie jede gute Bar lag der Raum ein wenig im Dunkeln. Die Wände und Kreuzgewölbe waren aus dunklen Ziegeln, die Tische mit Ausnahme eines einzigen sehr schlicht.

»Weißt du, was das für ein Tisch ist?« fragte Hiller.

Er war rund und hatte eine fein gedrechselte Kante. Auffällig waren in die Platte eingelassene numerierte Scheiben.

»Ein Spieltisch?«

»Das glauben die meisten, doch es handelt sich um einen alten deutschen Spezialtisch für Weinproben. Indem man sein Glas auf eine bestimmte Nummer stellt, behält man die Übersicht. Franzosen zeigen daran immer ein besonderes Interesse. Schau dir mal diesen Vitrinenschrank an.«

Hinter den Scheiben lagen Flaschen, die nicht so aussahen, als wären sie gestern gekauft worden. Sie waren so verstaubt, daß sie die Phantasie kitzelten, und ich glaubte aufs Wort, daß die älteste von 1859 stammte. Ich nahm an, daß der Wein wie schwarze Tinte schmecken müsse, aber nicht einmal mein Jahresgehalt würde ausreichen, um das nachzuprüfen.

»Hier befand sich früher die Küche des Opernkellers«, fuhr mein Lokalführer fort. »Aber als Tore Wretman das Restaurant in den fünfziger Jahren übernahm, wollte er hier den Weinkeller haben. Es war ja auch idiotisch, daß die Küche in einer anderen Etage lag als der Speisesaal. Um die richtige Weinatmosphäre zu schaffen, ließ er die Wände mittels einer Feuerwehrspritze ein paar Wochen lang mit Wein besprühen. Einem Profi fällt eben immer etwas ein! Weiterhin …«

Ein Mann trat ein und unterbrach unseren Rundgang.

»Sind Sie diese Polizisten?« erkundigte er sich ein wenig hochnäsig.

»Ja«, antwortete Hiller weich. »Sind Sie dieser Wantzell?«

Es mißfiel ihm, daß er nicht mit seinem phantastischen Titel angesprochen wurde, aber keiner von uns war wohl in formeller Laune. Direktor Dan-Axel Wantzell hatte seinen Schneider sicher wohlhabend, seinen Schuhhändler vermögend, seine Maniküre glücklich, seinen Friseur unabhängig und sein Fitneßstudio reich gemacht, doch da er trotz hoher Absätze nur etwa einen Meter fünfundsechzig maß, litt er am Napoleonkomplex; die Arroganz sprühte unter den halbgeschlossenen Lidern hervor, und der Schwung seiner Lippen verriet Verachtung gegenüber allen, die nicht täglich Rinderfilet aßen. Seine Stimme würde ein alteingesessener proletarischer Einwohner von Söder als typisch östermalmisch-hochmütig bezeichnen. Er betonte gewisse Silben, um seine eingebildete Überlegenheit besonders zu unterstreichen. Wer darauf hereinfallen sollte, war mir ein Rätsel, doch ich hatte nicht die Zeit, es zu lösen.

»Die Herren haben zehn Minuten und keine Sekunde mehr.«

»Ja gut, mein Name ist Carl Hiller und …«

»Wie Sie heißen, interessiert mich nicht. Also?«

Wenn man von einem Flegel mit einem »Also« angetrieben wird, ist es, als würde einem Pfeffer in eine offene Wunde gestreut, doch Hiller kümmerte sich nicht darum; also verkniff auch ich es mir, Wantzell in die Wade zu beißen.

»Ist Ihr Unternehmen erpreßt worden?« kam Hiller direkt zur Sache.

»Was meinen die Herren mit ›erpreßt‹?«

»Ist das so schwer zu verstehen? Hat jemand Ihnen oder Ihrem Unternehmen damit gedroht, Ihnen zu schaden, falls Sie nicht eine bestimmte Summe zahlen?«

Als geistig minderbemittelt angesprochen zu werden, reizte den kleinen Direktor, und er wurde knallrot im Gesicht.

»Ich antworte nicht auf Unverschämtheiten!«

»Meine Frage war klar formuliert. Sind Sie von Erpressern bedroht worden?«

»Ich sehe keinen Grund, warum ich Ihnen dazu Auskunft geben sollte.«

Hiller und ich seufzten um die Wette über die Stupidität des Mannes. Wem versuchte er zu imponieren? Hatte er wirklich kein Gefühl für die Regeln und Konventionen der Gesellschaft? Er trat auf wie die Reinkarnation einer Hofschranze von Anno dunnemals.

»Wir fragen, und das ist Grund genug. Sind Sie erpreßt worden oder nicht?«

»Hören Sie, Herr Polizist, ich bestimme selbst, auf welche Fragen ich antworten will! Sie können mich nicht zwingen.«

»Wie Sie wollen. Da es um eine ernste Angelegenheit geht, bei der enorme Werte auf dem Spiel stehen, lasse ich jetzt einen Streifenwagen mit Alarmsignal vorfahren und Sie zur Kriminalpolizei bringen. Sie werden wegen Widerstands gegen die Staatsgewalt festgenommen und solange in einer Zelle sitzen, bis der Staatsanwalt eventuell Anklage erhebt.«

»Der Haftbefehl kann übrigens alle vierzehn Tage erneuert werden, und das über Jahre hinweg«, gab ich noch eins drauf. »Aber es ist recht abwechslungsreich im Kronobergsgefängnis. Zum Beispiel die Gewürze im Essen.«

Hiller nahm sein Handy heraus, wählte die Nummer des Diensthabenden und sprach, ohne Wantzell anzusehen, in die Muschel:

»Hej, hier ist Kommissar Hiller. Bitte einen Streifenwagen zum Opernkeller schicken; es geht um eine Festnahme. Die Kollegen sollen runter in den …«

»Stopp!« schrie der abgebrochene Riese. »Sie werden Ihre Antworten bekommen!«

Natürlich konnte es auf andere Weise nicht gehen. Er war ein Korken, der seine Schwimmfähigkeit verloren hatte. Wer über so viel Geld verfügte wie er, war es nicht gewöhnt, auf Widerstand zu stoßen, besonders in Zeiten, da sichere Arbeitsplätze ein Witz ohne Pointe waren. Seine pathetische Burg, die abschreckend wirken sollte, hatte sich als durch und durch verrottet erwiesen und war beim ersten Ansturm gefallen. Jetzt konnte er nur noch mit der weißen Flagge wedeln und auf Pardon hoffen. Langsam steckte Hiller das Handy in die Tasche.

»Lassen Sie hören!«, forderte er scharf.

»Mehrmals. Die erste Forderung kam vor etwa einem Monat; es ging um fünfzig Millionen.«

»Haben Sie bezahlt?«

»Nein.«

»Trafen Sie die Entscheidung selbst?«

»Sicher, ich ... Nein, der Haupteigentümer des Unternehmens hat darüber entschieden.«

»Wie heißt der Haupteigentümer?«

»GG Clinic in Lissabon. Da steckt auch britisches Kapital drin.«

»Was sollte passieren, falls Sie nicht bezahlen?«

»Der Erpresser erinnerte daran, daß Nestlé unglaublich viel an Geld und Prestige verloren habe, weil eine bestimmte Lieferung Senf ein tödliches Gift enthielt. Für uns sollte es zehnmal schlimmer kommen.«

»Wurde präzisiert, was man unter ›zehnmal schlimmer‹ verstand?«

»Nein. Wir sollten eine Annonce in Dagens Nyheter veröffentlichen, daß wir die Bedingungen akzeptieren würden, doch wir taten es nicht. Für mich – uns – war es der lächerliche Versuch eines Dorftrottels, uns auszunehmen. Selbstverständlich ein Fall für den Papierkorb.«

»Wann kam der nächste Drohbrief?«

»Vorige Woche. Diesmal ging es um hundert Millionen. Eine üppige Summe, auch wenn ...«

»Auch wenn was?«

Wantzell biß sich auf die Lippe, als bereute er, zuviel gesagt zu haben, aber die Reue kam zu spät.

»Im Kuvert steckten auch Artikel aus deutschen Zeitungen,

die beschrieben, was deutschen Unternehmen in unserer Branche passiert ist. Uns würde es genauso ergehen, hieß es.«

»Was sagte der dazu, der in der Firma das Sagen hat?«

Dem Herrn Direktor mißfiel es, nur noch als Botenjunge und Befehlsempfänger dazustehen, doch er mußte es schlucken. Das war sicher eine nützliche Lektion für ihn.

»Ich sollte Kontakt aufnehmen und feststellen, wie ernst die Drohungen gemeint sind.«

»Also ist die Annonce aufgegeben?«

»Sie erscheint übermorgen.«

»Können Sie hundert Millionen Kronen ohne weiteres bezahlen?«

Er schüttelte energisch den Kopf, korrigierte jedoch sofort seine Frisur, die in Unordnung geraten war.

»Natürlich nicht! Allein der Gedanke ist absurd. Aber man kann immer verhandeln, wenn man in eine Lage kommt, wo man geben und nehmen muß.«

»Ich nehme an, daß sie den Brief und die Zeitungsausschnitte aufbewahrt haben?«

»Nein, nein, sobald ich alles nach Lissabon gefaxt hatte, schaffte ich mir den ganzen Kram vom Hals.«

»Warum? Begriffen Sie nicht, daß es Beweismittel gegen die Verbrecher sein konnten?«

»Unser Unternehmen hat nie Wert darauf gelegt, mit der Polizei zu tun zu haben. Entschuldigung ... so war es nicht gemeint. Aber wir suchen lieber nach eigenen Lösungen, um das Unternehmen vor negativer Publicity zu bewahren. Efros steht für Qualität, erstklassige Forschung und sozial ...«

Hiller unterbrach die Werbetirade.

»Was stellen Sie her?«

»Wir produzieren vor allem für die Landwirtschaft, Bekämpfungsmittel und so weiter.«

»Welches Ziel verfolgt die Genforschung?«

»Wir müssen in die Zukunft schauen, und bei der Konkurrenzsituation, die international herrscht, ist man gezwungen ...«

Er stutzte, zwinkerte ein paarmal und stotterte dann:

»Habe ich gesagt, daß wir Genforschung betreiben?«

»Ja, gerade. Sind Sie auch der Chef des Forschungsbereichs?«

»Äh – nein. Das ist eine eigene Abteilung unter der Leitung von Dottore Luigi Sampano. Sie kennen ihn vielleicht? Kandidat für den Nobelpreis.«

»Ich hatte noch nicht das Vergnügen. Der Dottore berichtet also direkt an die, die das Sagen haben?«

Wantzells Rolle in der Firma verringerte sich kontinuierlich, und er merkte es – bald war er nur noch der Mann, der Bleistifte spitzte und Briefe frankierte.

»Ja, so ist es. Diese Kompetenz habe ich nicht.«

»Sind Produktion und Forschung im selben Gebäude untergebracht?«

»Nein, doch beide befinden sich auf demselben umzäunten Betriebsgelände in Ljunga, unweit von Askersund.«

»Askersund ist ein Idyll. Hoffen wir, daß es so bleibt. Was liegt in Stockholm?«

»Die Administration und der Vertrieb. Diese Funktionen gehören in die Hauptstadt.«

»Außerdem gibt es in Askersund keinen Opernkeller«, hörte ich mein Lästermaul sagen.

Hiller reichte ihm seine Karte.

»Rufen Sie mich sofort an, wenn sich der Erpresser wieder meldet. Oder wenn Ihnen noch etwas einfällt, was wir wissen müßten. Sind wir uns einig?«

»Jawohl, Herr Kommissar. Selbstverständlich, Herr Kommissar. Ich rufe sofort an.«

Er hatte eine interessante Entwicklung durchgemacht – vom arroganten Schnösel zum höflich-devoten Speichellecker. Wir verabschiedeten uns und bestellten ein Taxi. Hiller schwieg; der kleine Krieg mit Wantzell hatte ihn erfrischt, aber nun schien er wieder depressiv zu werden. Er nannte die Sysslomansgatan, doch ich änderte das Fahrziel und gab die Adresse meiner Wohnung an.

»Ich muß erst die Post holen. Ich erwarte nämlich einen Brief von einer schönen Frau – ein Bild von Elin. Sie hat versprochen, mir jeden Tag eines zu malen.«

Er zuckte gleichgültig die Schultern.

»Was sagst du zum Möchtegernchef von Efros?« fragte ich.

»Für diese Art Unternehmen ist er genau der richtige Mann – ein Leichtmatrose, der macht, was man ihm sagt, und sich dabei einbildet, der Kapitän zu sein; ein Rädchen im Getriebe, das sich für den Motor hält. Groß in Worten und klein, wenn es ums Praktische geht. Damit will ich nicht auf seine Körpergröße anspielen. Die Autorität eines Mannes hat nicht unbedingt etwas mit seiner physischen Statur zu tun. Summa summarum – Wantzell ist ein Dutzendtyp, der denen nützlich ist, die nicht zum Dutzend gehören.«

Ich änderte die Adresse noch einmal. Es gab eine Möglichkeit, das Haus über den Hof des angrenzenden Gebäudes von der anderen Seite zu betreten; man mußte nur einen relativ niedrigen Zaun überwinden. Hiller stöhnte und ächzte, als er hinüberstieg, und auch ich merkte, daß ich nicht mehr der Tarzan meiner Kindertage war. Dafür wurden wir auch nicht mehr von wütenden Hausmeistern verfolgt.

Der Postbote hatte zwei Briefe von Elin gebracht. Meiner Tochter, dieser begnadeten Künstlerin, waren Aquarelle gelungen, vor denen Anders Zorn vor Neid erblaßt wäre. Ansonsten fand ich die üblichen Reklamezettel vor; Wiener Würstchen waren diese Woche fünf Kronen billiger, und zum dritten Mal in diesem Monat wurde mir die Nationalenzyklopädie zum Kauf angeboten. Etwas überrascht war ich über eine dicke, zusammengerollte Broschüre, auf deren Banderole mein Name stand. Hatte ich einen Katalog von einer Gartenfirma bestellt? Seit wann interessierte ich mich für Samen, Pflanzen und Blumenkästen? Was ich über den Anbau von Obst und Gemüse wußte, paßte auf einen Fingernagel, und selbst dann wäre noch Platz für eine

Novelle von Strindberg gewesen. Ich riß die Banderole auf und erfreute mich am Anblick prachtvoller Blumen in sagenhaften Gärten.

»Wir fahren wieder ins Büro«, maulte Hiller. »Hier ist es viel zu stickig.«

Ich warf den Katalog auf den Tisch, um ihn später in den Müll zu befördern. Ich hatte ihm wohl zuviel Schwung gegeben; er rutschte über die Kante und fiel zu Boden. Ich hob ihn auf, dabei segelte ein Zettel heraus. Ein Zettel? Nein, ein Schein! Was zum Teufel … Ich schüttelte den Katalog über dem Tisch aus, und es regnete Geldscheine in allen möglichen Währungen. Hiller und ich schauten uns an. Die vielen Nullen auf dem Papier verrieten uns, daß hier ein Vermögen lag.

»Ein alter Trick«, meinte ich. »Wenn ich den ganzen Segen bei meinen Chefs abliefere, haben sie eine bestimmte Summe verloren, was soll's. Behalte ich aber nur einen einzigen Schein, sitze ich in ihrem Netz, und nach ein paar Wochen können sie mir das Blut aussaugen. Ich habe das schon einmal erlebt. Unsere Gegner haben keine allzu große Phantasie.«

»Nein, aber Geld gilt in ihrer Welt als eine unwiderstehliche Ware.«

Auch eine verschlossene Tüte aus durchsichtiger Plastikfolie im A5-Format war aus dem Katalog gefallen. Unter dem Firmenlogo stand in goldenen Buchstaben: »Ein neuer Duft aus dem Paradies. Einfach an der markierten Linie aufreißen – und schon werden Sie von den lieblichen Düften des Garten Eden verzaubert!« Was man heutzutage unternahm, um ein Päckchen Samen zu verkaufen! Natürlich bekam man Lust, das paradiesische Aroma kennenzulernen. Ich nahm die Tüte in die Hand und griff mit Daumen und Zeigefinger nach der bezeichneten Ecke. Plötzlich warf sich Hiller auf mich und schrie:

»Loslassen, du verdammter Idiot!«

22.

Er hieb mir die geballte Faust in den Magen und riß die Tüte an sich. Ich schnappte nach Luft und mußte mich am Tisch festhalten, um nicht das Gleichgewicht zu verlieren. Hiller öffnete die Hand und wedelte durch die Luft.

»Was hast du im Bauch?« fragte er verblüfft. »Pflastersteine?«

»Bist du verrückt?« japste ich.

»Ich nicht, aber du. Wolltest du die Tüte wirklich aufreißen? ›Ein neuer Duft aus dem Paradies … die lieblichen Düfte des Garten Eden …‹ Merkst du nicht, daß das nach einem Fahrschein in die Ewigkeit klingt? Was glaubst du, was du einatmen würdest?«

Ich trank ein Glas Wasser, und er hielt seine schmerzende Hand unter den kalten Strahl. Wie so oft hatte ich ohne Überlegung gehandelt. Vielleicht roch es ja wirklich nach Adam und Eva, wenn man die Tüte öffnete, aber es konnte genausogut der Schwefelgestank der Hölle ausströmen. Wenn Hiller recht hatte … wären wir als Leichen nebeneinander zu Boden gesunken.

»Die gehen absolut nicht logisch vor«, beschwerte ich mich. »Erst das Geld und dann …«

»Es ist nicht sicher, daß nur eine Gruppe über dein Schicksal bestimmt. Vielleicht ist es so, daß eine Partei mit dir über die Diskette verhandeln möchte, weil du eventuell Kopien gezogen haben könntest, während dich die andere sofort beseitigen will. Aber möglicherweise …«

Er konzentrierte sich auf die gymnastischen Übungen seiner Finger.

»Was – möglicherweise?«

»Möglicherweise wärst du nur furchtbar krank geworden, wenn du an der Tüte geschnuppert hättest. Vielleicht sollte es eine Warnung sein – Zuckerbrot und Peitsche.«

»Zum Teufel mit Zuckerbrot und Peitsche! Heute abend will ich meine Familie sehen.«

»Und ich fliege für ein paar Konsultationen nach Berlin. Aber vorher kümmern wir uns noch um die Rax Holding, ja? Stiefeln einfach hin und nehmen uns den Direktor zur Brust. Er heißt Stanley Hägg.«

Wieder überquerten wir den Hof, stiegen über den Zaun, liefen über das Nachbargrundstück und traten aus dem Hauseingang, wo bereits das bestellte Taxi wartete. Da der Fahrer lange Ohren zu haben schien, hing jeder schweigend seinen Gedanken nach. Wenn man mich wirklich mit der beträchtlichen Geldsumme in die Falle locken wollte, mußte es jemanden bei der Polizei geben, der signalisierte, ob der Plan gelungen war. Für mich gab es nur einen möglichen Singvogel: Sune Bengtsson. Hiller hatte ja vermutet, daß es verschiedene Gruppierungen gab, die sich um meine arme Seele prügelten. Es konnte sich sogar um verschiedene Organisationen handeln, die sich um eine Beute stritten, die sie in meinem Besitz vermuteten. Vielleicht existierten auch, wie bei Großunternehmen in der Wirtschaft, gegenseitige Verflechtungen, wo außer dem innersten Führungskreis keiner mehr wußte, wer Freund und wer Feind war.

Die schwedische Rax Holding residierte am Sveavägen nahe der Odengatan in einem unscheinbaren Neubau aus Glas und Beton. Man kann niemandem zumuten, in solchen Gebäuden zu wohnen, aber für Firmen, die ihre Mitarbeiter zum Feierabend pünktlich nach Hause schicken, sind sie geeignet. Hinter dem Empfangstisch am Eingang zum Büro saß eine Dame, die sich trotz etwas fortgeschrittenen Alters Mühe gab, jugendlich auszusehen. Vielleicht war sie gerade wieder einmal verliebt, doch mich erinnerte sie mit ihrem engen Kleid und der dicken Schicht Schminke an die Männer meines Alters, die mit einem Stirnband verziert durch den Wald joggten, harte Rockmusik hörten und vor jeder Achtzehnjährigen den Bauch einzogen. Die Liebe bringt alle Geschlechter dazu, verrückte Sachen anzustellen, doch die Zeit läßt sich nicht zurückdrehen. Sie war nebenbei damit beschäftigt, Rechnungen oder etwas Ähnliches auf Endlospapier auszudrucken. Das Büro war in einem unpersönlichen Stil frisch renoviert und bestand aus Leder, Glas, Chrom und einigen abstrakten Skulpturen. Wir wiesen uns aus, doch unser Beruf schien die Dame nicht zu beeindrucken.

»Sind Sie vom Verlag?«

»Wieso?«

»Hier rufen doch jede Viertelstunde Polizisten an, die die Nordische Kriminalchronik verkaufen wollen. Wir haben aber kein Interesse.«

»Die da anrufen, sind keine Polizisten, und wir wollen nichts verkaufen. Wir wollen mit Hägg sprechen.«

»Gut, er ist bald soweit. In exakt fünf Minuten.«

»Womit ist er soweit?«

»Mit seiner Yogaübung. Er meditiert jeden Nachmittag.«

Natürlich konnten wir bei einem mantraflüsternden Nabelbeschauer, der im Schneidersitz dasaß und gerade eins wurde mit dem Kosmos, nicht einfach so hereinplatzen. Also nahmen wir auf den Ledersesseln Platz und warteten. Sie beobachtete den Sekundenzeiger der Wanduhr. Nach dreihundert Sekunden meldete sie uns über die interne Sprechanlage an. Dann teilte sie uns anmutig mit, daß wir nun ins Allerheiligste eintreten durften.

Der Raum war genauso unpersönlich wie der, aus dem wir kamen, und sah aus wie das Gesellenstück eines frischgebackenen Innenarchitekten. Auch hier gab es keine Gegenstände, die das Zimmer belebt hätten – Fotos von der Familie, Sporttrophäen, Hinweise auf Freizeitinteressen. Die Tür war gepolstert, wie man es bei Anwälten und Steuerberatern sieht, die ihren Klienten demonstrieren wollen, daß sie frei und ohne lästige Zuhörer mit ihren Problemen herausrücken können.

Hägg erhob sich von dem roten Teppich, klopfte sich die Hosenbeine ab und setzte sich in einen schwarzen Ledersessel mit hoher, federnder Lehne. Dann legte er die Fingerspitzen aneinander und schaute uns ausdruckslos an. Hägg glich dem Idealbild eines amerikanischen Präsidenten; er war groß, breitschultrig, schmalhüftig und selbstsicher, trug eine konservative Weste zum dunklen Anzug, hatte welliges, kurzgeschnittenes dunkles Haar, geschwungene Augenbrauen, eine schmale Nase, einen scharfen Blick und trat so autoritär auf wie ein Ehrenhauptmann der Feuerwehr. Wahrscheinlich hatte er noch ein oder zwei Jahre bis zur Pensionierung.

»Hiller? Hassel? Nehmen Sie Platz. An Besuche von Polizisten bin ich nicht gewöhnt. Darf ich Ihnen einen Drink anbieten?«

»Nein, danke«, antwortete Hiller für uns beide.

»Aha, Sie führen das Wort. Gut zu wissen.«

»Wir möchten Ihnen einige Fragen über die Rax Holding stellen, die im Zusammenhang mit einer anderen Ermittlung stehen.«

Hägg lächelte, und das Lächeln verwandelte sein gleichgültig-wachsames Gesicht in die Herzlichkeit selbst. Seine Augen wurden zu schmunzelnden Schlitzen, und er zeigte weiße und gleichmäßige Zahnreihen unter den vollen Lippen.

»Fragen Sie nur, vor unserer tüchtigen Ordnungsmacht habe ich keine Geheimnisse. Ich heiße übrigens Stanley; so plaudert es sich besser. Kaffee oder Tee?«

»Weder noch. Kannst du uns einen Überblick über die Aufgaben der schwedischen Rax geben? Was sind die wichtigsten Aktivitäten?«

»Die schwedische Rax Holding gehört zu einem globalen Konzern. Jedes Land darf sein Aktienportefeuille selbst aufbauen. Man betreibt das Unternehmen wie sein eigenes, und im Prinzip teilt man sich den Gewinn. Eine Art Franchising wie bei den Seven-Eleven-Läden, könnte man sagen.«

»Auf welche Branchen setzt ihr?«

»Wir haben uns auf Arzneimittel, Biologie und Chemie spezialisiert, alles garantierte Zukunftsbranchen. Wir investieren im Einzelfall auch anderswo, doch zu neunzig Prozent halten wir uns an unsere Geschäftsidee.«

»Wieviel Prozent der Efros-Aktien sind in eurem Besitz?«

»Zwölf Prozent.«

»Rechtfertigt Efros dein Vertrauen?«

»Jaa ... ich verstehe die Frage nicht richtig, aber wir haben keinen Grund zu klagen. Sie haben gute Forscher, und ein einziges patentreifes Produkt kann in der Perspektive unglaubliche Gewinne abwerfen.«

Hägg unterstrich seine Worte mit wohl abgewogenen Gesten und lächelte die ganze Zeit, als hätte er unverhofft seine alten Jugendfreunde wiedergetroffen und könnte endlich mal wieder so richtig über die gemeinsamen alten Tage plaudern. Er strahlte Kameradschaft aus, und ich machte mich bereit, seine Insidertips mitzuschreiben.

»Weißt du, daß das Unternehmen erpreßt wird? Die letzte Forderung belief sich auf hundert Millionen.«

Eine Weile schaute er uns fragend an und kratzte sich das wohlrasierte Kinn.

»Ist das wahr? Das klingt ... unglaublich. Was hat das für einen Sinn? Das muß ein Verrückter sein. Die Welt wird immer verrückter.«

»In Deutschland hat Rax auf Unternehmen gesetzt, die gar nicht gut dastehen. Jedenfalls in der Öffentlichkeit.«

»Ja, ich habe davon gehört, aber das ist nur vorübergehend. In ein paar Monaten ist alles vergessen.«

»Viele Menschen sind tot. Ermordet.«

»Wie gesagt, die Welt wird immer verrückter. Aber soweit ich informiert bin, trifft die Unternehmen, an denen Rax Aktien besitzt, keine Schuld. Unsere Investitionen lohnen sich. Wollt ihr wirklich nichts trinken? Ich habe einen ausgezeichneten Holundersaft, von meiner Schwester selbst gemacht.«

Nicht einmal der war uns gut genug. Hägg hatte alle Fragen mehr als bereitwillig beantwortet, und wir hatten hier nichts mehr verloren. Ich sehnte mich nach dem Süßwasser des Mälarsees und meinen beiden Seejungfrauen; Hiller freute sich sicher auf seine ruhige Villa in Hönow, wo diverse Flaschen Wein und ein Kühlschrank voller Delikatessen auf ihn warteten – falls er seinen Appetit wiederfand.

Im Polizeigebäude verabschiedeten wir uns, und für mich folgte die schon bekannte Prozedur: Rein ins Auto, langgelegt, eine staubige Decke über den Kopf, und in Enköping wartete ein Mietwagen. Eine Stunde später fuhr ich auf das Grundstück, und als ich das Sommerhaus sah, stellte sich sofort ein Gefühl der Harmonie ein. Ein Stück vom Himmelreich war auf die Erde gefallen, und dort sollte ich ein paar Tage leben, die Welt außerhalb vergessen, nur im Heute existieren und nicht ans Morgen denken. Freude und Lachen, Liebe und mehr Liebe, innige Gemeinschaft und noch mehr Liebe; ich würde zu einem glücklichen Tier werden, dem jede Fähigkeit zur Analyse fehlte und das sich nur um das Hier und Jetzt kümmerte.

Dennoch – alles hat ein Ende, auch wenn man es nicht wahrhaben will. Am Montagmorgen fuhr ich den Leihwagen nach Södertälje zurück. In Gedanken war ich noch im Himmelreich, doch die Erde hatte mich wieder. Das Glück der vergangenen Tage wirkte nach, auch wenn ich mit der Tatsache haderte, daß sie vorüber waren. Jetzt mußte ich mich erneut auf die schmierige, schmutzige, gierige Welt einstellen, in der man mir nach dem Leben trachtete.

Hiller war noch nicht aus Berlin zurück, aber Åke Sundgren rief mich an und bat mich, sofort zu ihm herüberzukommen. Unterwegs stieß ich auf Sune Bengtsson. Instinktiv blieben wir stehen und maßen einander mit funkelnden Blicken, wie kampfbereite Gorillas. Seine Kiefern mahlten, und das Mundstück mit der ewigen Zigarette beschrieb kreisförmige Bewegungen. In Ermangelung von Rauchwerk zeigte ich ihm die Zähne. Es fiel mir schwer, mich zu beherrschen und ihm nicht ins Gesicht zu schreien, daß wir endlich Beweise gegen ihn hatten. Sicher unterdrückte auch er die eine oder andere Beschimpfung gegen mich. Wir trennten uns im Krebsgang, um einen Dolchstoß in den Rücken zu vermeiden.

»Carl hat die Plastiktüte mit nach Berlin genommen«, informierte mich Åke. »Dort gibt es ein Labor mit besseren Möglichkeiten, als wir sie haben. Das Ergebnis der Analyse ist eindeutig.«

»Was sollte ich einatmen? Den Duft des Paradieses?«

»Unter dem Paradies habe ich mir immer etwas anderes vorgestellt. Es handelte sich hauptsächlich um Kolibakterien, die dich qualvoll ausgetrocknet und dir schwere Nierenschäden beigebracht hätten.«

»Tödliche?«

»Du hättest noch lange leben können, aber nicht besonders gut.«

Er sah bedrückt aus, und das Himmelreich am Mälarsee verblaßte, dafür wurde ich immer fester von einer widerwärtigen Wirklichkeit umarmt, in der Menschen ihre Intelligenz in den Dienst von Henkern stellten und die effizientesten Methoden testeten, andere Menschen umzubringen.

»Solltest du nicht dienstfrei nehmen und dahin fahren, wo dich keiner kennt?« fragte Åke leise.

»Das sollte ich sicher, doch nicht jeder vernünftige Vorsatz ist auch durchführbar.«

»Wir haben in der Führung lange darüber diskutiert.«

»Danke, daß ihr euch Sorgen gemacht habt; ich weiß es zu schätzen. Aber hör jetzt auf damit. Ich kämpfe weiter, so gut es geht.«

Was konnte ich sonst tun? Unbekannte Kräfte mit überlegenen Mitteln jagten mich, wie könnte ich mich da verstecken? Irgend jemand würde sich finden und die Stelle für Geld, viel Geld, verraten. Und wenn ich mich verborgen halten könnte – für wie lange? Für den Rest meines Lebens? Einsam und isoliert mit dem Fernseher als einzigem Vertrauten? Die Familie konnte ich nicht mit hineinziehen; Elin durfte nicht in einer Lebenslüge und ohne Freunde aufwachsen. Ein einziges, unbedachtes Wort konnte eine Katastrophe auslösen. Und ein Leben ohne Virena ... nein, das wäre kein Leben, nur noch ein Dahinvegetieren.

Ich sah meine einzige Chance darin, eine offene Konfrontation herbeizuführen, in der ich meine Feinde überzeugen konnte, daß ich ein gewöhnlicher, ungefährlicher Plattfuß war, daß die Diskette nicht mehr existierte und daß sie die Jagd abblasen konnten. Villeicht ließen sie mich bei dieser Gelegenheit auch verschwinden; dann war der Fall auf andere Art ausgestanden. Ein unsichtbarer und rücksichtsloser Gegner hat alle Vorteile in der Hand, während das auserwählte Opfer oft nicht einmal die Hand frei hat.

»Punkt zehn Uhr schlagen wir zu und verhaften Sune«, sagte Åke und sah noch bedrückter aus. »Du solltest vielleicht dabeisein.«

Es fiel ihm nicht leicht, gegen einen Kollegen vorzugehen, doch da ich Sune schon lange nur noch formal zum Korps zählte, zog es mir die Mundwinkel nach oben. Ich merkte, daß mein Grinsen Åke mißfiel, doch Heuchelei war nie mein Lieblingsfach gewesen. Dagegen war ich, besonders in jüngeren und hitzigeren Jahren, gut darin gewesen, einflußreiche Leute an den Ort zu wünschen, wo der Gehörnte in heißen Kesseln rührte.

»Ist der Code geknackt?«

»Nicht ganz, doch wir haben ein paar Namen von Leuten mit kriminellem Hintergrund gefunden, mit denen Sune offiziell nichts zu tun hatte. Der Rest ist nur eine Frage der Zeit. Staatsanwalt Arvidsson war der Meinung, wir könnten sofort eingreifen. Wenn er ein Verräter ist, besteht das Risiko, daß er Informationen an eine Bande weitergibt, die wir in Kürze dingfest machen wollen. Ich habe auch Simon und ein paar andere gebeten zu kommen. Die ganze Aktion muß schnell und effektiv ablaufen. Simon kannte übrigens einen der Namen, Pierre Cortar. Klingelt es bei dir?«

»Ja, das ist ein Großhehler; Sohn von Sverre Carlsson, einem der widerwärtigsten Typen der Stadt. Sitzt Pierre nicht im Bau? Sverre versuchte doch vor einiger Zeit, dreißig Silberlinge an ihm zu verdienen.«

»Simon meint, Cortar sei vom Winde verweht.«

»Hiller glaubt, daß Cortar mit den Entführungen und Plünderungen von Fernlastern zu tun haben könnte.«

»Wenn das so ist, haben wir ja eine ganze Menge Fragen, die wir Sune im Verhör stellen können.«

Simon kam mit ein paar Kollegen aus Huddinge, die ich nicht kannte. Sie hießen Asp und Åhlund und grämten sich wie Åke und Simon darüber, daß ein erfahrener Polizist unter einem solchen Verdacht stand. Ich erbot mich, Kettenraucher zu werden, damit der arme Sune nicht so vermißt wurde, aber sie schienen meine Scherze nicht besonders witzig zu finden. Also lachte ich allein darüber, ein herrlicher Typ, dieser Hassel, eine richtige Stimmungskanone! Simon bat mich, die Fresse zu halten, und das tat ich buchstäblich, indem ich beide Hände auf die Lippen preßte. Sune endlich loszuwerden versetzte mich in Euphorie; er war die Lepra am Polizeikörper.

Zwei Minuten vor zehn verließen wir Åkes Zimmer und gingen in Simons Büro. Ich erhielt die Anweisung, mich im Hintergrund zu halten. Jetzt wurde es ernst, und ich schluckte die Ausgelassenheit hinunter; der Abscheu gewann wieder die Oberhand. Die Truppen sammelten sich vor der Tür. Simon war zum Leiter der Aktion ernannt worden. Er holte tief Atem; dann öffnete er die Tür, und wir drängten uns hinein. Sune saß am Telefon, legte aber sofort den Hörer auf.

»Was wollt ihr?« fragte er mit seiner spitzesten Stimme.

»Sune, du wirst verschiedener Verbrechen verdächtigt«, sagte Simon neutral.

»Zum Beispiel?«

»Wichtige interne Informationen verraten zu haben. Wir werden jetzt dein Zimmer durchsuchen.«

Asp zog die oberste Schublade des Schreibtisches auf und holte den Inhalt heraus. Simon und Åke sichteten das Material und legten es dann ohne Kommentar in den schwarzen Plastiksack, den Åhlund aufhielt. Sune steckte eine Zigarette ins Mundstück und begann zu rauchen. Es herrschte eine seltsame Stimmung im Raum, und ich entdeckte Schweißperlen auf

Simons blankpolierter Glatze. Dann folgte der zweite Akt des Dramas.

»Das waren die Schubfächer. Gehörte der Inhalt dir, Sune?«

»Warum?«

»Du weißt, was ich meine: Waren alle Dokumente und Gegenstände, die wir gefunden haben, dein Eigentum, oder hast du etwas für jemand anders aufbewahrt?«

Er inhalierte ein paarmal, bevor er antwortete; Sune hatte es nie eilig.

»Alles mein Eigentum«, bestätigte er. »Das heißt, es geht euch gar nichts an.«

Asp öffnete das Seitenteil, und bald hielt er die Zigarettendose aus Blech in der Hand. Simon nahm sie an sich und öffnete sie.

»Sind das deine Zigaretten, Sune?«

»Ja, und sie sind abgezählt.«

»Wir stehlen nichts.«

Simon fummelte an der Dose herum, und plötzlich fiel sie zu Boden. Die eng beschriebenen Zettel fielen heraus, und Simon sammelte sie ein. Sune schaute ausdruckslos zu.

»Was ist denn das, Sune? Sammelst du Spickzettel?«

Das war der entscheidende Augenblick. Sune konnte behaupten, jemand habe ihm die Zettel als falschen Beweis untergeschoben, aber das würde nicht sehr glaubwürdig klingen. Falls er versuchte, sie zu bagatellisieren und angab, sie enthielten lediglich harmlose Notizen, würden wir vielleicht darauf verzichten, sie näher zu untersuchen, und außerdem war der Text ja chiffriert. Nachdenklich starrte er zur nikotingelben Decke.

»Ja genau, man kann sich ja nicht alles merken.«

Wir atmeten möglichst unauffällig aus. Simon knetete seine fleischige Nase.

»Das sieht fast aus wie ein chiffrierter Text, Sune. Oder ist es ein besonderes Stichwortsystem?«

»Sag ich doch, Stichwörter, damit ich mich an bestimmte Sachen erinnern kann. Manchmal reichen mir einfache Buchstabenkombinationen.«

»Aha. Okay, nächstes Fach im Seitenteil.«

Er legte die Zigarettendose in den Sack, als käme ihr keine besondere Bedeutung zu, und nach einer Weile waren Sunes sämtliche Unterlagen verstaut. Simon versiegelte den Sack, und Asp und Åhlund trugen ihn hinaus.

»Heute um neun Uhr dreißig hat der Staatsanwalt Haftbefehl gegen dich erlassen«, teilte Simon mit.

»Welcher Staatsanwalt?«

»Arvidsson.«

»Mit welcher Begründung?«

»Du kennst die Regeln. Der Leiter des Verhörs, der ich nicht sein werde, stellt dir Fragen, die mit den Verdachtsmomenten zu tun haben.«

Simon seufzte tief und fügte hinzu:

»Ich hoffe inständig, daß du unschuldig bist! So viele Jahre, wie wir zusammengearbeitet haben!«

Daß Sune sentimental oder nostalgisch veranlagt gewesen wäre, hatte noch keiner zu behaupten gewagt, und so weckten Simons Worte kein Echo.

»Ich will bei jedem Verhör einen Anwalt dabeihaben.«

»Das ist dein Recht. Hast du einen Vorschlag?«

»Göran Gestwall.«

»Geht nicht, er ist beschäftigt. Hast du einen anderen Vorschlag, oder sollen wir einen für dich auswählen?«

»Gestwall ist garantiert nicht beschäftigt!«

»Er ist gewaltig beschäftigt. Du kannst auf dem Weg ins Gefängnis über eine Alternative nachdenken.«

Anwalt Gestwall war bei der Polizei nicht sehr beliebt. Er war verdächtigt worden, für Inhaftierte Kassiber nach draußen geschmuggelt zu haben. Außerdem kümmerte er sich darum, daß in Freiheit befindliche Kumpane seiner Mandanten Alibis bestätigten und Beweismittel vernichteten. Gestwall stritt alles energisch ab, aber er tanzte auf einem dünnen Seil, und an einem noch dünneren seidenen Faden hing seine Mitgliedschaft in der Anwaltskammer. Soweit ich wußte, war er der einzige

Anwalt, der mit den Verbrechern gegen das Rechtssystem spielte. Alles für seine Klienten zu tun, heißt noch lange nicht, eigene Regeln aufzustellen und sich über das Gesetz hinwegzusetzen. Er gehörte zu den Gierigen, er war am Goldfieber erkrankt, und wenn er daran kaputtging, würde ihn keiner seiner Kollegen bemitleiden.

Sune erhob sich ohne Eile und nahm seine Jacke von einem Bügel, der an der Wand hing. Sein scharfer Blick wanderte durch den Raum und blieb an mir hängen. Er schien zu ahnen, daß ich in irgendeiner Weise hinter der Aktion gegen ihn stand, und mit den Augen verurteilte er mich zu einem baldigen Tod und ewiger Verdammnis. Ich hob die Hand, wie um mir die Nase zu kratzen, und streckte ihm dabei die Zunge heraus. Sune zuckte zusammen und teilte mir per Blickkontakt mit, daß ich vorher gekreuzigt werden würde. Ein paar Uniformierte warteten vor der Tür, und Simon begleitete sie, um die notwendigen Formalitäten zu erledigen.

»Wer wird das Verhör leiten?« fragte ich Åke.

»Meine Wenigkeit. Ich habe einen ziemlich guten Überblick über den Fall Sune Bengtsson.«

Dann war Sune in guten Händen. Åke war die Ruhe in Person, doch ganz und gar nicht gemütlich. Mit seiner Beharrlichkeit würde er sogar Sune kleinkriegen – vielleicht.

»Bis Hiller zurückkommt, leihe ich dich an Simon aus. Wir müssen versuchen, Cortar zu schnappen. Er ist wichtig, sowohl im Fall Sune Bengtsson als auch für die Ermittlungen in Sachen Lkw-Raub.«

Er gab mir einen Ring mit zwei Schlüsseln.

»Die gehören zu Hillers Büro – falls du seine Akten einsehen willst oder an den Computer mußt. Den Türcode kennst du ja. Was das Verhör angeht, halte ich dich auf dem laufenden. Simon erwartet dich in seinem Zimmer.«

Simon war immer noch deprimiert wegen der Tatsache, daß ein Polizist zum Verräter geworden war, doch er erholte sich schnell bei dem Gedanken, daß ich wieder zu seiner Truppe gehörte. Er versprach, mir ein strenger, aber gerechter Chef zu sein, und wir alberten noch ein bißchen herum, wie es unter alten Freunden üblich ist.

»Wir kennen nur einen, der uns Pierre Cortars Adresse geben kann, und das ist sein schrecklicher Papa Sverre Carlsson. Wo der steckt, wissen wir zwar auch nicht, aber er ist sicher leichter zu finden als sein smarter Sohn. Du und Myrna, ihr arbeitet zusammen, wie in guten alten Zeiten. Paß auf, Junge, bald erwachen deine Jagdinstinkte wieder, und du läßt dich zur Fahndung zurückversetzen. Gib doch zu, daß du Entzugserscheinungen hast; ich sehe es an den Pickeln in deinem Gesicht.«

Ich brachte es nicht übers Herz, ihm zu sagen, daß die Fahnderzeiten endgültig vorbei waren. Natürlich wußte er, daß mich Åke nur zeitweilig abkommandiert hatte. Immerhin freute ich mich, wieder einmal mit Myrna unterwegs zu sein. Simon rief sie, und auch ihr schien es zu gefallen, mit dem alten Rolle das Pflaster zu treten. Offenbar genoß ich immer noch einen guten Ruf in gewissen Kreisen.

Gemeinsam gingen wir das Fahndungsregister durch und notierten uns ein paar Personen, die möglicherweise Auskunft geben konnten, wo sich Sverre aufhielt. Dann suchten wir uns auf der Karte die günstigste Reihenfolge aus.

»Ich würde gern mit euch zu Mittag essen, aber ich schaffe es nicht. Vielleicht heute abend ... Nadja hat ihre Freundinnen eingeladen, da schnattern sie immer russisch, daß sich die Trommelfelle verbiegen. Ein großes, kaltes Bier zusammen mit Menschen, die mich bewundern ... geradezu anbeten ... als Chef, als Freund ... Das ist ein Angebot, das bis fünf Uhr offenbleibt.«

Myrna hatte ihren Wagen auf dem Hof und fuhr ihn vor unseren Ausgang. Ich kroch nach hinten, und bekam eine Decke über den Kopf, die nach Pferd roch. Myrna erzählte mir, daß ihre Tochter angefangen hatte, Reitstunden zu nehmen und ihre ganze Freizeit im Stall verbrachte. Da Simon nicht dabei war, begnügten wir uns nach Fahndermanier mit einem kleinen Imbiß.

»Die erste Adresse ist Scheelegatan 26, zweiter Hof. Da wohnt ein Cousin von Sverre, und die Verwandtschaft ist ja immer am schlimmsten.«

Sie wollte gleich in das Haus gehen, doch ich nutzte die Gelegenheit, ihr eine kleine Lektion über die Geschichte von Kungsholmen zu halten.

»Hier lag früher eine Hutfabrik«, erklärte ich. »Rügheimer und Becker hieß sie, wenn ich mich recht erinnere. Sie hatten immer so tolle Annoncen, wo zwei Gentlemen voreinander den Zylinder zogen, natürlich bei R&B hergestellt. Sieht das Gebäude nicht attraktiv aus?«

»Ja, mag sein. Ich hatte schon ganz vergessen, wie sehr du dich für die alten Schuppen in der Stadt interessierst. Machen die da immer noch Hüte?«

»Wer läuft denn heute noch mit Hut herum? Nein, die sind sicher schon lange pleite.«

Das Haus hatte fünf Etagen. Der untere Teil war aus grauem Schieferstein, der obere Teil aus hellgelben Ziegeln gemauert. Im Erdgeschoß waren die Fenster viereckig, darüber hatten sie alle Spitzbögen und dekorative Rahmen. Leider waren die Wandmalereien völlig verblaßt, so daß man nicht einmal mehr feststellen konnte, was sie einmal dargestellt hatten. Der Mittelteil des Hauses bestand aus einem Erker, der aus der Fassade herauswuchs; er hatte mit Mosaik ausgelegte Spitzbögen, und eine Inschrift verkündete, daß das Haus 1892 von dem Architekten Hellerström und dem Baumeister Voss errichtet worden war. Ganz oben befand sich ein Balkon mit einem schmiedeeisernen Gitter.

»Dort oben müßte man stehen und zum Volk sprechen«, meinte ich.

»Ja, aber man hat ja nie etwas zu sagen«, erwiderte Myrna. »Bist du fertig?«

»Die Hutmacher müssen sich hier wohlgefühlt haben. Um

die Jahrhundertwende war das Gebäude sicher eines der stattlichsten in der Gegend. Vielleicht waren sogar die Angestellten stolz, in einem so schmucken Haus für wenig Geld sechs Tage in der Woche zehn Stunden zu arbeiten.«

Myrna hatte sich die Türcodes zu allen Häusern besorgt, die wir heimsuchen würden. Wir betraten einen Flur mit zwei Kreuzgewölben, reich mit stilisierten Blumenranken verziert. Ehe ich den Anblick richtig genießen konnte, zerrte sie mich zum Fahrstuhl. Nachdem sie ihre Liste studiert hatte, informierte sie mich:

»Der Knilch ist neunundsechzig, also schon im schönsten Rentenalter. Wahrscheinlich hängt er den ganzen Tag in Filzpantoffeln vor der Glotze und pfeift sich ein Bier nach dem anderen rein.«

Myrna hatte Vorurteile. Der Erik Ahlbom, der uns öffnete, war gekleidet, als wollte er zu einem Arbeitsessen ins Außenministerium. Mit knarrender Stimme bat er uns herein; seine Bewegungen wirkten geradezu würdevoll. Die Wohnung war auf eine altmodische Art in mustergültiger Ordnung; jedes Staubkorn, was sich zu zeigen wagte, lebte gefährlich. Die Ölschinken an den Wänden schienen echt zu sein; der große, offene Kachelofen ersetzte den Kamin. Wir durften auf einem hart gepolsterten englischen Sofa Platz nehmen, das sehr vornehm aussah; allerdings spürte man nach fünf Minuten jeden Sitzmuskel.

»Mein Cousin Sverre? Eine widerwärtige Person. Er hat Besuchsverbot, aber ich erwische ihn ab und zu im Hausflur, wenn er um Geld bettelt.«

»Bekommt er welches?« fragte Myrna.

»Gott bewahre! Soll ich diesem Parasiten etwa unter die Arme greifen? Meine liebe junge Dame, er hat sein Schicksal selbst gewählt. Ich habe mein juristisches Examen gemacht und viele Jahre ein eigenes Büro geleitet. Einige alte Klienten empfange ich immer noch. Mit meinem verlotterten Cousin möchte ich nicht in Verbindung gebracht werden.«

»Wissen Sie, wo er wohnt? Oder besser gesagt – wo er sich zur Zeit aufhalten könnte?«

Er wand sich vor Ekel und rief:

»Gott bewahre, nein! Die Stadt ist doch voller Müllräume!«

Drei Punkte für den, der sagen konnte, wie viele es waren. Auch solche Orte gehören zum Alltag des Fahnders, aber sie abzusuchen ist immer noch interessanter, als stundenlang in Kälte und Regen einen Hauseingang zu beobachten oder die ganze Nacht in einem Auto zu verbringen.

»Was nun?« wollte ich wissen.

»Ruddamsvägen liegt am nächsten.«

Während sie nach Roslagstull fuhr, plauderten wir über die schulischen Ergebnisse ihrer Tochter und ihren Ärger mit Hasse, der wieder einmal arbeitslos war, aber halbtags schwarzarbeiten ging, was die Situation erträglich machte.

»Du weißt ja, Hasse geht die Wände hoch, wenn er nicht arbeiten kann, daß die Schwarte kracht. Aber ich habe schon Schlimmeres erlebt.«

»Ist es nicht ungesetzlich, schwarz zu arbeiten? Ich glaube, ich habe so etwas gelesen.«

»Sehr witzig, ha ha. Hat Virena noch ihren Job?«

»Noch.«

»Die sparen ja überall. Komischerweise trifft es immer die Armen am meisten. Und schuld an der Wirtschaftskrise sind natürlich vor allem die faulen und völlig überbezahlten Putzfrauen.«

Ruddammen ist ein relativ neu gebauter Stadtteil zwischen dem inzwischen geschlossenen Krankenhaus von Roslagstull und den vielen technischen Instituten der Hochschule. Wir fuhren den Valhallavägen zwischen den Studentenwohnungen hinauf zu dem Plateau mit den vielen neuen Häusern, die so weiß waren, daß der Volksmund die Gegend »Casablanca« getauft hatte. Die Bauunternehmen hatten aus den Sünden der Vergangenheit gelernt und gemeinsam ein harmonisches und durchdachtes Ensemble geschaffen. Ich hatte gehört, daß die meisten Wohnungen eine herrliche Aussicht boten, entweder über Stockholm oder auf Brunnsviken.

»Was für einen Knilch treffen wir jetzt?« erkundigte ich mich.

»Eine Knilchin. Karin Holmén heißt sie, war mal vor Jahren mit Sverre verheiratet. Aber er ist ja offenbar wie eine Klette. Wenn er in der Nähe einer Milchkuh Geld wittert, holt er sofort den Melkschemel. Sie müßte zu Hause sein, denn sie ist krankgeschrieben.«

»Erstaunlich, was du alles weißt.«

»Keine Kunst, wozu gibt es die computergestützte Recherche.«

Karin Holmén wohnte in einem Haus am Ruddamsvägen ganz oben. Um meinen Daumen zu schonen, ließ ich Myrna klingeln. Ein etwa vierzehnjähriges Mädchen öffnete und schaute uns mit großen Augen an. Myrna lächelte sie an und sagte weich:

»Ist deine Mama zu Hause?«

»Ja, Mama ist in der Küche.«

»Wir würden uns gern mit ihr unterhalten. Dürfen wir hereinkommen?«

Das Mädchen machte die Tür weiter auf, und wir traten ein. Das Wohnzimmer war hell und geschmackvoll möbliert, aber ziemlich klein; so baut man heute, um die Kosten niedrig zu halten. Das Mädchen ging in die Küche, um uns anzumelden. Eine Frau in mittleren Jahren schaute um die Ecke und musterte uns.

»Setzt euch«, sagte sie. »Ich komme gleich.«

Sie ging in ein anderes Zimmer, und als sie zurückkam, hatte sie ein Jagdgewehr in der Hand. Sie entsicherte es und zielte auf mich. Ihre Stimme war fest, doch ihre Ruhe war nicht echt, sondern erkämpft, als sie befahl:

»Maria, bitte geh in dein Zimmer. Setz dir die Kopfhörer auf und hör deine Musik, so laut du willst.«

»Ja, Mama.«

»Ich muß jetzt nämlich ein paar Ratten vernichten, verstehst du!«

23.

Myrna und ich saßen ganz still. Die Regel Nummer eins für das tägliche Überleben lautet: Reize oder erschrecke niemals jemanden, der eine Waffe trägt. Eine Person, die auf einen Menschen zielt, ist oftmals nervöser als ihr potentielles Opfer. Die Muskeln verkrampfen sich, die Hände zittern, und bei dem Finger am Abzug reichen wenige Millimeter, um einen Knall mit Blut und Tod auszulösen. Wer eine Schußwaffe in der Hand hält, ist niemals ungefährlich, sei es ein Fünfjähriger oder ein halbblinder Pensionär. Trotzdem hatten wir keine allzu große Angst. Sie meinte eigentlich nicht uns; sie wehrte sich gegen eine andere Bedrohung.

»Karin, wir sind Polizisten und wollen dich nur fragen, ob du weißt, wo sich dein Ex-Mann Sverre aufhält«, sagte Myrna mit butterweicher Stimme.

»Polizisten?«

Ihre Stimme klirrte vor Spannung.

»Ja, wirklich. Ich heiße Myrna Clavebo, und das ist Roland Hassel. Wir sind beide Kriminalinspektoren. Zwei ruhige und friedliche Polizisten, die nur Informationen sammeln.«

Sie biß sich in die Unterlippe und rief dann laut:

»Maria!«

Das Mädchen kam sofort aus seinem Zimmer.

»Ja, Mama?«

»Sei so lieb und stell dich neben den Herrn da«, sagte sie und wies auf mich. »Gut, Maria.«

Dann befahl sie:

»Hassel oder wie du heißt, zeig deine Polizeimarke. Aber keine schnellen Bewegungen, sonst knallt's.«

Ich gehorchte ihr aufs Wort. Auch Myrna mußte sich auf diese Weise legitimieren; dann wies die Mama ihre Maria an, sich schnell von uns zu entfernen, damit wir sie nicht zu uns zerren und als lebenden Schutzschild benutzen konnten. Karin Holmén benahm sich wie ein Profi; vielleicht hatte sie die fundamentalen Umgangsregeln gewisser Kreise aus bitterer Erfahrung gelernt. Das Mädchen reichte der Mutter unsere Legitimationen und hielt sich bereit, weitere Aufträge auszuführen. Die Frau studierte die Ausweiskarten gewissenhaft.

»Maria, geh wieder in dein Zimmer und mach die Tür zu.«

»Ja, Mama.«

Sie ging und verschloß die Tür. Ihr Benehmen hatte etwas Roboterhaftes; vielleicht hatte auch ihr das Leben schon eine schlimme Lektion erteilt. Es ist leider nicht nur die Schule, die Kenntnisse vermittelt. Die Mama stellte das Gewehr an die Wand, setzte sich uns gegenüber und kreuzte die Beine. Das sollte entspannt wirken, konnte uns aber nicht täuschen.

»Ihr braucht gar nicht zu fragen; mein Mann hat eine Jagdlizenz und einen Waffenschein. Was wollt ihr?«

Sie war etwa fünfzig, trug Jeans und eine rosa Bluse und hatte sich verhältnismäßig gut gehalten; ihre schönen, großen Augen und der energische Mund ließen sie stark und entschlossen erscheinen. Sie strahlte eine gewisse Härte aus, die wohl nicht ihrem Charakter entsprach, sondern als ein notwendiger Panzer anerzogen war. Dahinter spürte man ihre Güte und Empfindsamkeit – zweifellos war sie eine interessante Frau.

»Dein Ex – weißt du, wo er jetzt wohnt?«

»Ich hoffe, in der Hölle.«

»Nein, dort haben wir uns schon erkundigt; er ist noch nicht angekommen. Hast du einen anderen Vorschlag?«

»Was wollt ihr von ihm?«

»Eigentlich wollen wir ihn nur fragen, wo sein Sohn Pierre steckt, der seinen Familiennamen in Cortar geändert hat.«

Die Frau nickte und zupfte am Ohrläppchen, in dem eine

kleine Perle saß. Ihr aschblondes Haar war kurz geschnitten wie bei einem Jungen.

»Nicht mein Junge. Er ist schlimmer als sein Vater. Na, das ist schwer zu vergleichen, weil Sverre sich häufiger wie ein Teufel benimmt.«

»Erzähl uns mehr darüber«, bat ich. »In welcher Weise benehmen sie sich schlecht dir gegenüber?«

Wenn sich ein Mensch öffnet, der unter Druck steht, kann man Informationen bekommen, die sonst verdrängt werden. Sie verzog vor Ekel das Gesicht, nicht unseretwegen, sondern über ihre Mannsbilder.

»Wir Weiber sind ja manchmal so dumm. Ich meinte wirklich, aus Sverre einen besseren Menschen machen zu können, hielt mich für eine Art Florence Nightingale. Er hat beziehungsweise hatte durchaus Augenblicke, in denen man ihm alles glauben konnte. Bald nach der Hochzeit hatte er jede Hoffnung aus mir herausgeprügelt. Wir trennten uns, aber er tauchte immer wieder auf und forderte Geld, das ich von Verwandten leihen mußte. Wenn ich nichts hatte, prügelte er mich so lange, bis ich welches beschaffte. Manchmal schickte er auch Pierre. Der war ... noch grausamer. Es waren keine guten Zeiten für Karin Jönsson – ich hatte meinen Mädchennamen wieder angenommen.«

Sie sprach emotionslos, als schilderte sie ein Ereignis im Afrika der Jahrhundertwende. Myrna und ich hatten schon viele solcher Berichte gehört, doch es empört einen immer wieder, was Menschen einander antun.

»Dann traf ich Gunnar Holmén. Ich hatte nicht geglaubt, daß es solche Männer gibt. Nett und zärtlich, stets nüchtern und verantwortungsbewußt. Ich weiß nicht, was er in mir sah, aber er wollte mich, und so heirateten wir. Bald kam Maria zur Welt. Aber Sverre kümmerte das nicht. Er kam herauf und benahm sich wie ein Räuber. Gunnar hat viele Male bezahlt, doch es gab nie ein böses Wort mir gegenüber. Dann wanderte Sverre ein paarmal hintereinander in den Knast, und wir hatten Ruhe.

Doch vor etwa einem halben Jahr war er wieder da, schlimmer als je zuvor. Gunnar protestierte, da schlug ihn Sverre nieder, und dann war ich dran, und das werde ich bis an mein Lebensende nicht vergessen. Gunnar lag im Krankenhaus und versicherte, es sei nicht meine Schuld; wir würden das wieder hinkriegen. Vor zwei Monaten tauchte plötzlich Pierre mit ein paar Typen auf; sie sprachen deutsch miteinander. Er ...«

»Deutsch?« unterbrach ich. »Bist du sicher?«

»Ja, Deutsch hatte ich in der Schule. Sverre soll irgendwo ein Bankfach haben, und sie wollten den Schlüssel dazu. Pierre glaubte mir nicht, als ich ihm erklärte, ich wüßte nichts darüber. Dann fielen diese Grizzlybären mit ihren Fäusten über uns her. Gunnar haben sie drei Rippen gebrochen und innere Organe verletzt. Er liegt immer noch im Krankenhaus und beteuert, daß er mich liebt. Ein richtiger Idiot, wie kann er sich mit einer wie mir einlassen; ich bringe ja doch nur Unglück. Ich habe mir geschworen, daß so etwas nicht noch einmal passieren wird. Sein Jagdgewehr steht immer geladen bereit. Beim nächsten Mal schieße ich ohne Erbarmen und nenne es Notwehr. Wenn ich trotzdem lebenslänglich bekomme, macht es auch nichts. Gunnar kümmert sich um Maria und muß nicht mehr befürchten, zum Krüppel geschlagen zu werden. Alles hat eine Grenze, und an der stehe ich jetzt.«

»Hast du verstanden, was sie auf deutsch zueinander gesagt haben?«

»Nein, ich war schon in der Schule nicht gut in Fremdsprachen.«

»Fiel irgendein Name?«

Sie zögerte ein wenig.

»Ich glaube, einer von denen wurde Mehlesch oder so genannt. Ein schrecklicher Typ.«

Das war eine Information, die auf eine Verbindung zwischen Pierre Cortar und der wilden Bande in Berlin hinwies. Damit war der Besuch bei Karin Holmén nicht ganz umsonst gewesen. Wir verließen sie, Maria und das Gewehr, und hofften, daß sie es nie anwenden müßte. Sverre und sein Anhang wußten nicht, was für eine Tigerin sie gereizt hatten, doch da kein Verbrechen vorlag, konnten wir nicht eingreifen. Gewiß, sie hatte uns bedroht und bewahrte die Waffe nicht vorschriftsmäßig auf, aber wir waren nicht bürokratisch gestimmt. Jedenfalls nicht an diesem Tag.

Die beiden folgenden Tage hatten nichts zu bieten, keine Spur, keine verwertbare Information, viele Blindgänger. Einige von denen, die wir antrafen, waren sauer, reagierten abweisend und weigerten sich sogar, Fragen nach dem Wetter zu beantworten. Alles war wie immer bei der Fahndung, und wenn ich nicht mit Myrna zusammengearbeitet hätte, wäre ich längst abgesprungen. Ich hatte es satt, immer wieder unter Decken zu kriechen und aus dem Haus geschmuggelt zu werden. Ein paar Tage konnte ich frei nehmen und mit der Familie verbringen, im gelobten Land, im Garten Eden, im Paradies. Am Freitagmorgen klingelte bei der Kripo das Telefon, und endlich hatte ich Kontakt zu meinen Gegnern. Ich rechnete damit, daß mein Apparat kontinuierlich abgehört wurde und die Kollegen ermitteln würden, woher der Anruf kam.

Die Stimme kannte ich nicht, oder man hatte sie so verzerrt, daß sie nicht zu identifizieren war. Entsprechende Apparate zur Manipulation der Stimme kann man in London und New York neben vielen anderen elektronischen Spielereien kaufen; es gibt keine Geheimnisse mehr, jede Information ist zu beschaffen. Man kann perfekte Nahbilder von Leuten machen, die mitten auf einem Platz stehen und sich unterhalten; Richtmikrofone fangen ihre Stimmen ein. Integrität und Privatleben sind Begriffe aus einer anderen historischen Epoche, die mindestens zehn Jahre zurückliegt.

»Hast du genug bekommen?«

»Ja.«

Es war meine Chance, mit der anderen Seite ins Gespräch zu kommen, und ich wollte sie nutzen.

»Klug von dir. Können wir uns einigen?«

»Sicher.«

»Laß hören.«

»So einfach ist das nicht.«

»Warum?«

Er war genauso kurz angebunden wie ich, vielleicht wollte er verschleiern, daß er einen Dialekt sprach oder in einem anderen Land geboren war. Ich mußte ihn weiter hinhalten, damit sein Standort ermittelt werden konnte.

»Können wir uns treffen und die Sache diskutieren?«

»Nenne die Bedingungen jetzt.«

»Das ist kompliziert. Wir müssen uns sehen.«

Ein langes Schweigen, doch man hörte nach wie vor die Atemzüge des Repräsentanten der Massenmörder. Ich wartete und hoffte, daß mich die Kollegen von der Telefonüberwachung dafür loben würden. Ich mußte meine Trümpfe geschickt ausspielen, ich wußte ja nicht, was meine Gegner auf der Hand hatten. Von fast vergessenen Pokerpartien wußte ich, daß ich nur mittelmäßig bluffen konnte.

»Nenne mir einen Grund.«

»Es gibt viele Gründe, deshalb müssen wir uns ja treffen.«

Ein erneutes Schweigen. Verständigte er sich mit jemandem? Bat er um Instruktionen?

»Ich habe das Gefühl, daß du mich betrügen willst. Laß dir das ja nicht einfallen. Andere könnten es bitter bereuen, wenn du versuchst, mich an der Nase herumzuführen.«

»Aber ich versichere, daß ich ...«

»Wie gesagt, laß dir das ja nicht einfallen. Das wäre das letzte, was du tun würdest.«

»Warte mal, ich kann ...«

Aber nun sprach ich ins Leere. In Gedanken ging ich den Dialog durch. Ich hatte nicht besonders überzeugend geklungen; war nicht gerade überzeugend aufgetreten. Eigentlich ziemlich ungeschickt. Geradezu idiotisch. Das Gespräch war überraschend gekommen und hatte sich nicht wie von mir geplant entwickelt. Ich hatte die Möglichkeit, meine Gegner kennenzulernen, vertan. Wahrscheinlich sind die einzigen, die am Telefon wirklich etwas erreichen, jene ausgebildeten Verkäufer, die das Schmalz, das ihnen über die Lippen rinnt, von ihrem Arbeitgeber bezahlt bekommen. Ich dagegen brauchte den Raum, den Blickkontakt und die Körpersprache, um zu überzeugen.

Was würde nun geschehen? Erhielt ich einen weiteren Anruf? Oder ... war die letzte Bemerkung wörtlich zu nehmen? Wäre es das letzte, was ich tat? Egal – dadurch, daß sie Verhandlungsbereitschaft zeigten, signalisierten sie, daß sie mich immer noch im Besitz der Diskette mit den wichtigen Informationen glaubten. Da polizeilich nichts passiert war, mußten sie vermuten, daß ich sie hinhielt, um den Preis hochzutreiben. Sie hatten mich ein paarmal nachdrücklich gewarnt und versucht, mir einen Denkzettel zu verpassen, ohne mich dabei umzubringen. Der nächste Schritt lag wiederum bei ihnen, weil ich nicht wußte, wo ich den Fuß hinsetzen sollte. Ich hoffte, daß ich dann besser vorbereitet war.

Von der Telefonüberwachung kam die Nachricht, daß das Gespräch von einem Laden in einem Ort namens Alsvik in Östergötland geführt worden war. Der Betreffende war offenbar in das Geschäft eingebrochen, doch bis zum Eintreffen des nächsten Streifenwagens würde er längst über alle Berge sein. Straßensperren? Vielleicht, wahrscheinlich. In diesem Fall geschah so viel, wovon ich nichts wußte und nie etwas erfahren würde. Polizeiliche Bienenschwärme surrten in Stockholm, Berlin und vielen anderen Städten; Besprechungen, Computerlisten, gelockerte Schlipse, verschwitzte Gesichter, zusammengeknüllte Kaffeebecher, müde Augen, ruppige Antworten, deftige Flüche, Hände, die kaum noch den Telefonhörer halten konnten, Anrufe zu Hause, daß es wieder spät werden würde, sehr spät, tut mir leid, aber so ist es, ab in die Toilette, kaltes Wasser übers Gesicht und dann der Blick in den Spiegel; mein Gott, wie sehe ich denn aus! Und unter Tausenden von Informationen nur ganz wenige, die einen Schritt weiter führten. Das Problem war, eine hochexplosive Nachricht von einem Blindgänger zu unterscheiden.

Ich fühlte mich unbehaglich. Andere könnten es bitter bereuen … Virena und Elin! Aber die wußten nicht, wo sich meine beiden Damen befanden. Wir hatten definitiv keine Spuren hinterlassen. Oder … Das unbehagliche Gefühl nahm zu, ich begann zu frieren. Um mich aufzumuntern, ging ich zu Simon hinüber, aber er saß mit Åke und Jenneqvist in einer offenbar wichtigen Besprechung. Alle drei schauten mich so ernst an, daß ich von ihnen keine Aufmunterung zu erwarten hatte.

»Sunes Notizen aus der Zigarettendose sind dechiffriert«, teilte Simon mit.

»Was steht auf den Zetteln?«

»Wir lassen einen Ausdruck machen. Nur soviel – er kann in Verbrechen verstrickt sein, die mir die Haare zu Berge stehen lassen würden, wenn ich noch welche hätte. Das Schlimme ist, wir können die Massenmedien nicht heraushalten. Wie wird das Rauschen im Blätterwald! Was für Hundeköpfe werden wir uns wegen dieser Mißgeburt aufsetzen müssen!«

»Ich gehe nach Hause; ich glaube, ich habe Fieber. Vielleicht eine Lungenentzündung. Ruft mich übers Handy an, wenn ich irgendwie helfen kann.«

Sie nickten nur zerstreut und widmeten sich wieder den Papieren. Ich bestellte einen Wagen, kroch unter die Decke, ließ mich nach Hause fahren, schlich über den Nachbarhof ins Haus, begrüßte die wachhabenden Kollegen und betrat meine Wohnung. Nachdem ich zwei weiße Magnecyl eingenommen und heiß geduscht hatte, fühlte ich mich nur noch schlechter, als ob die ganze verdrängte Angst über mich hereingebrochen wäre. Zwei Käsebrötchen und ein Bier später legte ich mich ins Bett. Es war erst halb sieben, doch ich fühlte mich müder als todmüde. Mein heimliches Mobiltelefon mit der streng geheimen Nummer läutete; wahrscheinlich war es ein geheimer Anrufer, der nur in Geheimsprache redete. Ich wollte mich erst nicht melden, aber Geheimnisse machen einen neugierig. Doch es war nur der heimliche Obergeheime Carl Hiller.

»Morgen vormittag bin ich in meinem Büro, Rolle. Ich habe einen Stapel Papiere dahinbestellt, die du dir ansehen sollst.«

»Du klingst aufgeregt.«

»Ich hatte eine Idee.«

»Ist das ein Grund, so aufgeregt zu sein?«

»Ich habe einfach in eine andere Richtung gedacht. Wenn die von mir bestellten Papiere das bestätigen, was ich glaube, haben wir den Fall so gut wie gelöst. Zum größten Teil jedenfalls. Heute abend esse ich allein in Hönow.«

»Bon appétit, wie der Deutsche sagt, wenn er englisch sprechen will.«

»Kannst du halb zwölf bei mir sein?«

»Gut, da dürfte ich wieder wach sein.«

Ich ließ mich erneut auf die Matratze sinken. Um was für Papiere handelte es sich? In welche Richtung hatte er gedacht? Warum war ich nicht darauf gekommen? Aber in meinem Kopf drehte sich sowieso alles. Wahrscheinlich hatte ich Fieber. Taugte nur noch zum Schlafen, und das tat ich schließlich auch.

Punkt zehn Uhr saß ich wieder in meinem Büro bei der Kripo und blätterte in Akten, doch meine Gedanken waren woanders. In den Morgennachrichten hatte ich gehört, daß ein Polizist verhaftet worden war; man beschuldigte ihn der Anstiftung zum Mord, der Urkundenfälschung, des Verrats von Dienstgeheimnissen und der Zusammenarbeit mit kriminellen Organisationen. Die etwas aufgeregte Radiostimme hatte weiterhin verkündet, die Ermittlungen befänden sich noch im Anfangsstadium; es sei erst die Spitze des Eisbergs zu sehen. Claes Cassel, unser Pressesprecher, klang wie immer ruhig, als er interviewt wurde, aber man konnte ahnen, daß er lieber über angenehmere Dinge gesprochen hätte. Ja, ein Polizist sei verhaftet worden. Nein, mehr ließe sich zu Beginn der Ermittlungen noch nicht sagen. Ja, es könnte sich um eine mafiaähnliche Struktur handeln.

Gewiß, die Medien würden alle Informationen erhalten, die nicht aus Sicherheitsgründen geheim bleiben müßten.

Was würde ich sagen, wenn mich ein Reporter am Telefon über Kriminalinspektor Sune Bengtsson befragte? »Hassel, du hast doch jahrelang mit Bengtsson zusammengearbeitet. Was ist das eigentlich für ein Mensch? Ist es wahr, daß er die Berufsehre verraten hat?« – »Okay, lehn dich zurück, jetzt kriegst du eine Story für die Titelseite. Sune ist der widerwärtigste Typ, der jemals versehentlich von der Polizei angestellt wurde. Einmal ...« – »Fein, entschuldige, daß ich dich unterbreche, aber warst du es nicht, der ihn zu dem gemacht hat ...?« – »Ich? Schieb es nicht auf mich. Jeder ist selbst für seine Handlungen verantwortlich.« – »Aber war er nicht ein tüchtiger und ehrlicher Polizist, bis er durch deine Schuld seine Verankerung in der Berufsidentität verlor?« – »Unsinn!« – »Aber war es nicht so? Du bist schuld, daß er sich aus der Gemeinschaft ausgestoßen fühlen mußte, und da hat er sich eben eine neue gesucht.« – »Hör auf mit deinen psychologischen Spitzfindigkeiten! Von welcher Zeitung bist du eigentlich? Expressen?« – »Nein, ich schreibe für die Zeitschrift ›Das Gewissen‹.« – »Und ich denke nicht daran, so einem Sensationsblättchen Informationen zu liefern!«

Anstatt in weiteren Akten zu stöbern, dachte ich darüber nach, einfach erhobenen Hauptes aus dem Haus zu gehen, wie ein freier Mann in einem freien Land. Doch die Situation war nicht danach und ich fühlte mich nicht als freier Mann, also kroch ich unter die Decke, und das Polizeiauto brachte mich in die Parkgatan, wo ich ausstieg. Wieder kam ich mir lächerlich vor, doch diese simple Methode funktionierte, denn selbst ein übermächtiger Feind konnte nicht jeden Wagen verfolgen, der das Objekt verließ. War ich außer Sichtweite, glaubte ich wieder, wie ein freier Mann agieren zu können.

Ich schlenderte durch den guten alten Kronobergspark und genoß den Schatten der dicht belaubten, stattlichen Bäume. Für ein paar Minuten ließ ich mich sogar auf einer Bank nieder und lauschte dem Rauschen der Blätter. Im Kies der Wege, auf dem Rasen und hinter den Felsen lag ein Teil meiner Kindheit. Es war nicht gerade die richtige Zeit, um nostalgisch zu werden; andererseits ist es niemals verkehrt, sich an das Gewesene zu erinnern, denn es wird nie wiederkommen. Die Zukunft kann man beeinflussen, aber die Vergangenheit hält einen gefangen – im Damals hat die Geschichte begonnen, und keiner weiß, wann und wie sie endet.

Nach einer Weile spazierte ich weiter. Als ich an dem kleinen Spielplatz mit Schaukel und Plantschbecken vorbeikam, schenkte ich den herumtollenden Kindern ein versonnenes Lächeln; ja ja, auch ich war einmal jung gewesen und hatte an derselben Stelle Sandkuchen gebacken. Dann erreichte ich die Handverkargatan, und nun trugen mich die Beine von ganz alleine.

Niemand öffnete, als ich an dem Büro in der Sysslomansgatan klingelte. Viertel nach elf. Da war er wohl unterwegs, um ein paar Flaschen Burgunder einzukaufen. Nun, ich hatte ja die Schlüssel, also konnte ich mich genausogut in einen seiner weichen Sessel setzen und Däumchen drehen. Ich schloß auf und trat ein. Die Luft war dick und abgestanden, also würde er direkt vom Flugplatz ins Büro kommen.

Die schweren, staubigen Gardinen waren geschlossen; ich zog sie auf und öffnete das Fenster. Dann setzte ich mich und griff nach der Zeitung, die auf dem Tisch lag. Auch Dagens Nyheter berichtete von der Verhaftung des Polizisten, der …

Moment mal – dann war die Zeitung ja von heute. Also mußte Hiller schon dagewesen sein. Merkwürdig, daß er nicht gelüftet hatte, er war doch sonst so penibel. Jetzt fiel mir auf, daß die dicke, abgestandene Luft im Raum blieb, obwohl die Fenster offen standen. Es roch auch nach etwas anderem, etwas Eklig-Süßlichem. Unsicher erhob ich mich und schaute mich um. Irgend etwas stimmte hier nicht. Ich war noch nie allein in diesen Räumen gewesen – war ich es jetzt? Ich stand ganz still und lauschte angestrengt. Meine Muskeln spannten sich, als wollten sie sich auf einen Kampf gegen unbekannte Geister vorbereiten.

Zögernd näherte ich mich dem nächsten Raum, der von Hiller als Archiv und Computerzentrale genutzt wurde. Auf dem weißen, runden Tisch lagen mehrere Vergrößerungen des wohlbekannten, von Hand geschriebenen Satzes: »Samstag ist kein geeigneter Tag«. Daneben stapelten sich Fotokopien von verschiedenen Paßanträgen, die mit Namen unterzeichnet waren, Kopien von Geschäftsbriefen an das Patent- und Registrierungsamt, Kopien unterschriebener Überweisungen an verschiedene Banken sowie andere Dokumente. Ich blätterte in den Stapeln. Namen flatterten an mir vorbei, doch ich war nicht mit den Gedanken dabei. Was zum Teufel ... Ich leckte die Lippen und begriff nicht, warum sie so trocken waren.

War er in die Küche gegangen und ohnmächtig geworden? Ich ging hinüber, doch auch dort war kein Carl Hiller. Im Spülbecken stand eine Tasse mit einem Rest Kaffee, der noch warm war. Der letzte Raum war halb privat, dort konnte er sitzen und lesen oder fernsehen. Es gab auch ein Bett, falls er in Stockholm übernachten mußte. Die Tür war zu, und ich leckte mir die Lippen, bevor ich sie öffnete.

Auch hier waren die schweren Gardinen vorgezogen, doch die Deckenlampe brannte. Das Licht warf seltsame, scharfe Schatten an die Wände. Sein hochlehniger Sessel wies mit dem Rücken zur Tür, und ich konnte seine Ellenbogen auf den Armstützen erkennen. Schlief er nach der anstrengenden Reise?

»Hallo! Carl ...«

Die Ellenbogen rührten sich nicht, und ich vernahm auch nicht die tiefen Atemzüge eines Schlafenden. Ich hörte nichts. Das Herz schlug mir bis zum Hals, als ich um den Sessel herumging. Carl saß aufrecht da und starrte mich aus weit aufgerissenen Augen an. Sein Blick war leer, tot, seine Züge spiegelten Angst und Schmerz. Das Gesicht war so übel zugerichtet, daß es eine Weile dauerte, bis ich sicher war, daß ich wirklich vor Carl Hiller stand. Er war so aufrecht sitzen geblieben, weil jemand eine Axt durch seinen Brustkorb in die Rückenlehne des Sessel getrieben hatte. Seine Hände ruhten auf den blutüberströmten Oberschenkeln. Seine Hände ... um Himmels willen, die Hände ... es waren nur noch blutige Stümpfe! Auf den Knien und dem rotgefleckten Teppich lagen zehn abgehackte Finger!

24.

Es war sinnlos, aber ich hatte trotzdem die Pflicht, mich von seinem Tod zu überzeugen. Ich beugte mich über ihn und tastete nach der Halsschlagader. Die Finger ... seine zehn Finger ... mußten ihm abgehackt worden sein, als er noch am Leben war. Mir wurde schlecht; ich schaffte es gerade noch, mich zur Seite zu drehen.

Ein Geräusch ließ mich herumfahren, aber es war zu spät. Jemand, der sich hinter der Gardine versteckt gehalten hatte, umklammerte mich und drückte mir mit dem Unterarm die Kehle zu. Ich fuchtelte wild mit den Armen und trat um mich, doch es half nichts. Ich konnte nicht atmen und geriet in Panik. Blutrote Blitze schossen mir durchs Hirn, und ich biß in die Luft, die meinen Lungen versagt blieb. Um mich herum wurde es dunkel ... immer dunkler ... und dunkler ...

Schmierig, alles war schmierig, und dazu kam ein widerwärtiger Gestank. Mein Kehlkopf tat weh. Mühsam richtete ich mich auf. Ich lag neben einem toten Mann, doch es war nicht Hiller. Die Leiche schien im ersten Stadium der Verwesung zu sein. Dem Toten war das Blut aus Nase, Mund und anderen Körperöffnungen gelaufen und dann geronnen; diese klebrige Masse hatte ich an den Händen. Wir waren offenbar so hingelegt worden, daß er mich mit seinen leblosen Armen umfangen hatte.

Wo war ich? Es sah aus wie ein leeres Lagerhaus. Bleiches Licht drang durch verschmutzte Fenster. Als ich mich weiter aufrichtete, konnte ich das Gesicht des Leichnams betrachten. Obwohl stark abgemagert, erkannte ich ihn. Krister Amunsell war nicht in Schönheit und Würde gestorben. Wahrscheinlich stand ich unter Schock, denn ich registrierte alles, fühlte aber nichts dabei. Nicht weit von mir entdeckte ich einen Hocker, auf dem ein Mobiltelefon und ein weißes Blatt Papier im A4-Format lagen. Mühsam kroch ich hin und las den Text: »Unser gemeinsamer Freund ist am Blutfieber Ebola gestorben. Wir haben ihn mit der Krankheit infiziert. Du hast offene Wunden an den Armen; dein Blut ist mit seinem vermischt. Außerdem hast du eine Injektion mit seinem Ebolavirus bekommen. Du wirst schrecklich leiden, bevor du stirbst – wenn du nicht diese Nummer anrufst. Wir können jeden Virus herstellen, und wir sind die einzigen, die ein Gegengift haben. Wir können dich innerhalb von sechs Stunden heilen. Ruf niemand anderen an. Das ist deine einzige Chance!«

Ich setzte mich mit hochgezogenen Knien auf den Hocker und begann, hin und her zu schaukeln. Der Schock ließ nach, und eine Angst stieg in mir auf, die schlimmer war als alles, was ich bis dahin durchgemacht hatte. Ebola! Ebola! Bilder von Opfern zogen mir durch das immer heißere Hirn. An Aids stirbt man nach zehn Jahren, an Ebola in wenigen Wochen, manchmal Tagen. Wie war es beschrieben worden: Man verfault von innen! Ich schluchzte, als ich die Nummer wählte. Eine Frau meldete sich mit unpersönlicher, professioneller Stimme:

»Värnbergs.«

»Ich sollte diese Nummer anrufen. Mein Name ist Hassel.«

»Augenblick, ich verbinde.«

Jetzt war eine Männerstimme zu hören. Ich kannte sie nicht, aber er wußte, wer ich war.

»Na Hassel, wie fühlst du dich?«

»Wo ist das Gegengift?«

»Langsam, langsam. Wir wollen ein Geschäft machen. Gib uns

jetzt endlich die Diskette, dann schenken wir dir das Leben. Das ist doch ein christlicher Tausch.«

Mein Weinen muß Steine gerührt haben, und ich flehte:

»Glaub mir ... ich habe gar keine Diskette ... sie ist in Amunsells Haus in Deutschland verbrannt ...«

»Das eben tun wir nicht – dir glauben. Wenn du lieber wie Anunsell sterben willst ...«

»Ich will nicht sterben! Warum sollte ich in dieser Situation lügen? Ich wäre ja verrückt!«

»Du scheinst zu glauben, daß wir bluffen. Eine Stunde geben wir dir noch. Dann bist du dem Tode geweiht.«

»Aber ich ...«

»Deine letzte Stunde!«

Jetzt entdeckte ich eine Art Kiste aus Plastik oder einem anderen Kunststoff, deren Deckel offenstand. Sie war so groß, daß man vermutlich Amunsell darin transportiert hatte. Plötzlich stand die Wahrheit klar vor mir: Es gab kein Mittel gegen Ebola! Das war ihr Bluff. Sie hatten mich in eine verzweifelte Situation gebracht, und ich hätte ihnen die Diskette hingeworfen wie ein heißes Eisen – wenn sie nur in meinem Besitz gewesen wäre! Statt dessen wählte ich Åke Sundgrens Nummer. Er rief aufgeregt:

»Rolle! Wo bist du?«

»Ich weiß nicht. Ich versuche, zu einem Fenster zu kriechen.«

Mit dem Handy in der Hand schleppte ich mich zu einem Fenster, stützte mich an der Wand ab und kam auf die Füße.

»Es scheint ein Lagerhaus in Hafennähe zu sein. Schräg gegenüber liegt ein anderes Lager, darauf steht Frukt-Alfred.«

»Ich laß die Adresse heraussuchen. Du hast zwei Tage nichts von dir hören lassen. Wir haben Carl Hiller gefunden, und ich muß dir leider mitteilen, daß ...«

»Ich weiß. Hör mir jetzt genau zu. Hier neben mir liegt Krister Amunsell, den ich zuletzt in Deutschland getroffen habe. Er ist am Blutfieber Ebola gestorben. Bald sind nur noch aufgelöste Zellen von ihm übrig. Ich bin mit demselben Virus infiziert und brauche dringend medizinische Hilfe, falls das überhaupt möglich ist. Die kommen vielleicht her und machen Sachen mit mir, an die ich lieber nicht denken will. Kommt mit allem, was ihr habt, meinetwegen mit Kanonen. Ich … kann nicht mehr stehen. Tu, was du kannst. Ich weiß nicht was, aber tu es.«

Wieder setzte ich mich mit hochgezogenen Beinen hin und umarmte meine Knie, als wären es meine geliebten Damen. Die Angst peinigte mich so, als streute mir jemand Salz in offene Wunden. Offene Wunden … Meine Handgelenke waren aufgeschnitten, und ich sah, daß man Amunsells geronnenes Blut auf meine frischen Striemen gelegt hatte. In meinem Körper raste der Virus und ging zum Angriff über. Ich durfte das Lagerhaus nicht verlassen, denn ich war eine bakteriologische Bombe, die eine Epidemie auslösen konnte. Damit war ich gefangen, als wären Türen und Fenster vergittert. Es gab nur Amunsell und mich und die Ewigkeit. Ebola, Ebola, Ebola! Dann hörte ich ein energisches Klopfen an der Tür, und jemand rief laut:

»Rolle!«

»Ich bin hier!« schrie ich, doch es war wohl nur ein Piepsen.

»Wir bleiben draußen. Du wirst in eine Spezialabteilung des Krankenhauses in Linköping gebracht. Bald kommt ein Krankenwagen. Hältst du durch?«

»Wozu? Es gibt doch sowieso keine Rettung.«

»Gleich ist Hilfe da. Halt aus, Rolle, halt aus!«

Daß man in eine so panische Angst verfallen kann! Viren kann man nicht sehen, aber sie sind schlimmer als eine Bande schwerbewaffneter Verbrecher. Erinnerungen an ein von Gewalt geprägtes Leben lösten einander ab. Viele Male war ich dem Tod nahe gewesen und hatte gebangt und gezittert, aber so schlimm war es noch nie gewesen. Von innen aufgefressen zu werden … Gegen Ebola gab es keine bekannte Medizin. Im Prinzip war ich bereits tot.

Sollte ich Virena anrufen? Wahrscheinlich hörten sie das

Mobiltelefon ab, aber was spielte das in dieser Lage noch für eine Rolle. Jemand mußte Virena ja mitteilen, wie die Dinge standen, und dieser Jemand war ich. Ich mußte sie sanft und ruhig darauf vorbereiten und den zu erwartenden Schock lindern. Es war meine Pflicht als Ehemann, sie nicht im Stich zu lassen. Ganz langsam wählte ich die Nummer. Elin nahm ab. Ihr konnte ich nichts erzählen, also plauderte ich mit ihr so gut wie ich es vermochte, über ihren neuen Freund, über das Baden und die Pizza, die es am Abend geben sollte. Ich lachte mit ihr, doch mein Herz blutete, und das kam nicht von dem Mördervirus. Dann kam Virena und war ebenso gut gelaunt. Ich antwortete leichthin, doch meine Stimme verriet mich.

»Was ist geschehen, Roland?«

»Nichts.«

»Du klingst so ... gezwungen. Und – wann kommst du zu uns? Wir hätten da übrigens ein paar Sachen, die du mitbringen könntest.«

»Ich ... ich weiß nicht richtig. Das kann ein bißchen dauern.«

»Roland ...«

»Ja, ich habe ein kleines physisches Problem, das ich auskurieren muß.«

Sie atmete ein wenig schwerer in den Hörer; vermutlich hatte sie instinktiv begriffen, daß ich die Tatsachen herunterspielte. Daran war sie zwar gewöhnt, aber sie hatte sicher gehofft, daß es mit den ernsten Problemen im Zusammenleben mit mir irgendwann vorbei sein würde.

»Roland, ich will wissen, was los ist.«

»Es ist eine Sache ... ja, ich muß ins Krankenhaus nach Linköping.«

»Linköping? Was können sie dort, was das Karolinska nicht kann?«

»Eine Infektion sozusagen. Ich ...«

Tränen spritzten mir aus den Augen, und mein bereits enger Hals wurde völlig zugeschnürt. Ich schluchzte und heulte vor

Gram, nicht an den Mälarsee fahren und bei den beiden Menschen sein zu können, die ich liebte.

»Roland, sag mir die Wahrheit«, bat sie leise.

»Ich ha-habe den … E-Ebo-Ebolavirus! Der Kra-Krankenwagen ko-kommt gleich …«

Als ausgebildete Krankenschwester wußte sie sofort, was Ebola bedeutete, und ich merkte, wie sie schluckte. Mehr konnte ich ihr nicht sagen, denn meine Stimme drohte zu versagen:

»A-Adieu … ich liebe dich … und Elin …«

Völlig verzweifelt steckte ich den Kopf zwischen die Knie und glaubte zu spüren, wie das Leben meinen Körper verließ. Wie lange ich so hockte? Ich wußte es nicht; die Zeit hatte keine Bedeutung mehr. Ein Klopfen an der Tür unterbrach das von der Angst angetriebene Gedankenkarussel.

»Hassel? Der Krankenwagen ist hier. Wir geht es?«

»Schlecht! Aber ich kann mich bewegen.«

»Gut. Wir sind so nahe wie möglich herangefahren. Kannst du die Tür öffnen?«

»Nehme es an. Werde sehen.«

Ich stellte fest, daß die Tür nicht verschlossen war – wozu auch? Mein Gefängnis war auch ohne Gitter ein Gefängnis.

»Steig direkt in den Wagen ein.«

Die beiden Türen des Krankenwagens standen offen, und ich schleppte mich hinein. Weit entfernt sah ich Åke Sundgren stehen. Er winkte mir zu, doch ich reagierte nicht. Es gab nichts zu sagen, und Gesten konnten mißverstanden werden. In dem geräumigen Fahrzeug empfingen mich zwei Schwestern, die in Raumanzügen steckten. Sie schauten mich durch Plexiglas an und bedeuteten mir, mich hinzulegen. Ihre Stimmen klangen dumpf durch die Maske. Hinten saßen Luftfilter, und ich vermutete, daß diese Uniform nicht gerade bequem zu tragen war. Da ich Angst hatte, nicht wieder aufzustehen, blieb ich lieber sitzen, und sie akzeptierten es. Ich konnte sehen, daß der Fahrer ganz normal gekleidet war; also war der Patientenraum gegen das Fahrerhaus abgedichtet.

Die Schwestern nahmen Platz, und der Krankenwagen fuhr mit hoher Geschwindigkeit in Richtung Linköping. Ich schaukelte im Rhythmus der Straße, und meine Gedanken kreisten um ein einziges Thema: Wie lange hatte ich noch zu leben, und wie qualvoll würde dieser Rest werden? Welche Schmerzen erwarteten mich, wenn ich nach und nach von innen verzehrt wurde? Wie von einem Schwarm gieriger Piranhas …

Er wollte innerhalb einer Stunde anrufen, hatte es aber nicht getan. Vielleicht glaubten sie, daß es sich nicht lohnte. Ich hatte mich geweigert mitzuspielen, also sollte ich auf die schlimmste Weise sterben, die ein krankes Hirn ersinnen konnte. Carl Hiller hatte es besser getroffen. Gewiß, sein Ende war schrecklich gewesen, aber sein Todeskampf hatte nur eine Stunde gedauert, während ich mit Tagen oder Wochen rechnen mußte. Carl Hiller … mein Freund, von dem ich noch nicht richtig wußte, was ich an ihm gehabt hatte, der Genießer, der Alleswisser, der Bildungsbürger, der Mann mit dem scharfen Intellekt, der vor Ideen sprühte. Er hätte einen würdigeren Tod verdient gehabt, als von einem Menschenschlächter massakriert zu werden.

Krister Amunsell hatte sich etwas zuschulden kommen lassen, was in ihren Augen unverzeihlich war: Er hatte ein Kuvert mit einer Diskette verloren, die wichtige Informationen enthielt. Vielleicht eine Übersicht über die Organisation, vielleicht Pläne zukünftiger Aktionen. Damit hatte er sein Schicksal selbst besiegelt. Fehler wurden in ihrer eisigen Welt nicht toleriert. Er konnte nicht fliehen, obwohl er sicher ahnte, daß seine Tage gezählt waren. Überall regierte das Böse, und jetzt hatte es mich eingekreist, umgab mich mit Tod und Vernichtung.

Der Krankenwagen hielt, und ich wurde von den Schwestern durch doppelte Luftschleusen in einen speziell eingerichteten Raum der Infektionsabteilung geführt. Ich erinnerte mich, daß man vor ein paar Jahren einen Mann mit einer ähnlichen Blutkrankheit, sie hieß wohl Marburg nach dem Ort, an dem sie aufgetreten war, behandelt hatte, aber ich wußte nicht, ob er überlebt hatte. Ich konnte nur hoffen, daß sie etwas gelernt hatten.

Ein kleiner Tisch war für mich gedeckt, mit Tellern und Besteck aus Plastik, einer Flasche Mineralwasser und einem Pappbecher. Daneben lag eine schwarze Plastiktüte. Lustlos stopfte ich die Speisen in mich hinein und warf die Reste samt Geschirr in die Tüte. In dem Zimmer gab es ein breites Bett, eine Tafel mit Signalknöpfen, eine Toilette, einen kleinen Kocher, Teebeutel und Kaffeepulver, ein Fenster zum Hof, das sich nicht öffnen ließ, Zeitungen, Zeitschriften und einige Bücher, Radio und einen Fernseher. Mein Heim, meine Welt, bis an mein Lebensende.

Mein Kopf war wie ein leerer Konzertsaal, nur in der hintersten Ecke saß die Verzweiflung und ließ ihr Echo durch den Raum hallen. In meinem Job mußte man immer bereit sein, dem Tod zu begegnen, er gehörte einfach zum Beruf. Doch bereit sein heißt noch lange nicht, vorbereitet zu sein. Ein Schuß, ein Messer zwischen die Rippen, das kann passieren, so wie andere Leute einen Autounfall haben, von einem Eiszapfen erschlagen werden, eine Steintreppe hinunterfallen oder einem Herzinfarkt erliegen. Eine Überlebensgarantie gibt es für keinen. Breitschaft und Risiko sind die eine Sache, eine andere ist es zu wissen, daß die verbleibende Zeit bemessen und der Sensenmann schon auf dem Weg ist. Man zählt die Herzschläge und fragt sich, wie viele noch hinzukommen werden. Virena und ich hatten gerade angefangen, unsere Liebe neu zu entdecken, da sollte ich gehen. War das gerecht? Diese Gewißheit würde ich wohl mit ins Grab nehmen – daß es keine Gerechtigkeit gab.

Meine Gedanken beschäftigten sich mit all den Polizisten, die im Dienst gestorben waren. Entsprechende Erinnerungstafeln gibt es in allen Polizeipräsidien, und meistens hat man extra noch Platz darauf gelassen. In Stockholm steht in dem alten Polizeigebäude ein altarähnliches Monument auf dem Absatz der Treppe zum ersten Stock. Es besteht aus achtzehn Platten aus rötlichem Vätö-Granit; die Namen der getöteten Polizisten sind mit goldenen Buchstaben vermerkt. Auf der obersten Platte steht der Name Leif Widegren mit dem Sterbedatum 1992 ganz oben unterm Rand. Ein wunderbarer Gedanke – es gab keinen Platz für weitere Namen, weil wir keine weiteren Morde akzeptierten. Oder würde man meinetwegen eine neunzehnte Platte anbringen?

Und dann die ewige, existentielle Frage, die man vor sich her schiebt, bis man am Ende des Weges angekommen ist: Was kommt danach? Was ist auf der anderen Seite der Grenze? Nur ein großes Schweigen? Oder vielleicht ... Eine männliche Stimme aus dem Lautsprecher unterbrach meine Gedanken:

»Roland Hassel, hörst du mich?«

»Ja.«

»Hier spricht Doktor Bengt Aronsson. Wir prüfen ein neues Kommunikationssystem. Doktor Arild Fridén, der führende Experte des Landes für Blutfieberkrankheiten dieser Art, ist auf Dienstreise in Amerika, so daß du mit mir vorlieb nehmen mußt, doch er und ich stehen in ständigem Telefonkontakt.«

»Gut«, antwortete ich ohne Engagement.

»Wie fühlst du dich? Ich frage, weil es unerhört wichtig für die Bestimmung des Krankheitsverlaufs ist, zu wissen, was du fühlst und wie du dich fühlst.«

»Habe Halsschmerzen.«

»Welcher Art?«

»Als ob einer versucht, mich zu würgen. Das ist ja auch tatsächlich geschehen, bis ich ohnmächtig wurde.«

»Aha, ein äußerer Schaden also. Sonst nichts?«

»Nein. Erzähl mir, was mich erwartet.«

»Diese Krankheit ist sehr eigenartig. Es sind nicht alle Faktoren bekannt, und die bekannt sind, sind nicht eindeutig. Sie kann unterschiedlich verlaufen. Es ist gar nicht sicher, daß einer, der glaubt, infiziert zu sein, es auch wirklich ist. Wir werden natürlich Proben nehmen, um festzustellen ...«

»Erzähl mir, was mich erwartet, falls ich angesteckt sein sollte.«

»Wir dürfen hoffen, daß ...«

»Du sollst nicht hoffen, du sollst mir endlich reinen Wein einschenken!«

Es schnarrte im Lautsprecher, als er sich räusperte.

»Die Inkubationszeit liegt zwischen zwei und einundzwanzig Tagen. Hast du danach keine Symptome, bist du übern Berg.«

»Und wenn nicht? Wie merke ich, daß ich krank werde?«

»Du fühlst dich wie am Beginn einer Grippe: Hals-, Glieder- und Muskelschmerzen, dazu Fieber und eine starke Müdigkeit. Dann gibt es alle Variationen.«

»Nenne die häufigsten.«

»Tja, das ... ist nicht gerade angenehm. Es beginnt zu bluten. Hoffen wir, daß du hier nur eine Zeit in strenger Isolation zubringen mußt und nicht mehr.«

»Verläuft die Krankheit zu hundert Prozent tödlich?«

»Na ja, nein, das will ich nicht behaupten. Zu achtzig Prozent etwa. Die erste Woche ist entscheidend. Wenn man die überlebt, gibt es Hoffnung. Aber ruhe dich jetzt aus. Wenn du etwas willst, drücke auf die Klingel.«

»Ich möchte, daß Kommissar Åke Sundgren oder Kommissar Simon Palm herkommen. Wir haben miteinander zu reden.«

»Zieh alle deine Kleider aus und stopfe sie in einen von den Plastiksäcken. Im Schrank findest du einen Morgenrock und Holzschuhe. Lege den Inhalt deiner Taschen in einen anderen Sack.«

»Vergiß die Kommissare nicht.«

»Ruh dich jetzt aus. Du könntest deine Kräfte noch brauchen.«

Vielleicht, doch mein Körper wollte nicht ruhen. Seit ich mich umgezogen hatte, lief ich im Zimmer umher wie ein gefangener Tiger, die Hände auf dem Rücken, die Schultern vorgeschoben, das Kinn hochgereckt. Inkubationszeit zwei bis einundzwanzig Tage. Schlimmstenfalls würde ich bereits morgen früh Grippesymptome spüren. Zu achtzig Prozent tödlich, das waren so gut wie hundert. Er wollte mir ja nur Mut zusprechen; jeder Patient braucht so einen Nagel, an dem er seine Hoffnungen festmachen kann. Er meinte hundert Prozent. Oder möglicherweise neunundneunzig; vielleicht hatte einer von hundert das Wohlwollen höherer Mächte errungen oder war dem Tod rein zufällig von der Schippe gesprungen. Wie auch immer – im Prinzip war ich tot, ich durfte nur noch ein wenig zappeln.

Ich lief hin und her wie ein Gefangener in einer Zelle, immer von einer Ecke in die andere, und nach einer Stunde kannte ich die Strecke bis zum kleinsten Millimeter. Warum kam keiner von den Kollegen, um sich meinen Rapport anzuhören; ich hatte doch Wichtiges mitzuteilen! Carl Hiller mit zehn abgehackten Fingern … Was hatte man aus ihm herausquetschen wollen? Schwieg er, weil er so ein starker Charakter war oder weil er einfach nichts wußte? Und dann das mehr als brutale Ende, als ihm jemand die Axt in die Brust schlug. Plötzlich durchströmte mich ein seltsames Gefühl, ich wurde kraftlos, schleppte mich zum Bett und ließ mich auf die Matraze fallen. Aus irgendeinem Grund wagte ich nicht, die Augen zu schließen, doch dann fielen mir die Lider von selbst zu, und ich bekam sie nicht wieder auf.

Im Schlaf überfielen mich die wildesten Träume. Seltsame Figuren verfolgten mich, schleimige Wesen umarmten mich, eine Schlange kroch mir in den Mund und durch die Kehle in den Magen, wo sie anfing, die Eingeweide mit rasiermesserscharfen Zähnen zu zerbeißen. Ich schwamm in einer ekelhaften Flüssigkeit, die mich nicht trug; je mehr ich mich abmühte, um so schneller wurde ich nach unten gezogen, wo entsetzliche Greuel auf mich warteten.

Ich fuhr auf und starrte wild um mich. Wo war ich? Die Angst hüllte mich in ein feuchtes Tuch. Das Krankenzimmer … Ebola … Ich legte mich wieder hin und starrte zur Decke. Wieder Schlaf und weitere Alpträume mit neuen Monster, denen das Blut aus dem Maul rann, als sie mich in Stücke rissen.

Wieder saß ich im Bett, und mein Herz raste. Es war jetzt heller, früher Morgen. Mußte ganz vorsichtig aufstehen und Wasser trinken. Die letzten Traumschwaden trieben davon. Ich schüttelte den Kopf und mußte für die kleine Bewegung alle

Muskeln anstrengen. Mühsam schlurfte ich zum Wasserhahn. Ich war immer noch so müde, daß ich eine Woche hätte durchschlafen wollen.

»Hassel!«

»Was ist los?« knurrte ich mürrisch.

»Wie fühlst du dich heute?«

Ich trank das kalte Wasser. Es war schwer zu schlucken, aber schließlich hatte mir jemand beinahe die Gurgel zugedrückt. Obwohl der Schmerz mehr von innen zu kommen schien.

»Unverändert.«

»Wie meinst du das?«

»Der Hals tut noch weh. Und ich habe so ein Gefühl in den Muskeln ...«

Ich verlor die Stimme. Aronsson sagte nichts; es war auch nicht nötig. Heiße und kalte Schauer jagten durch meinen Körper. Wie bei einer Grippe.

Die Blutfieberkrankheit war ausgebrochen!

25.

Jetzt war es um mich geschehen! Ich hörte mich stöhnen: »Kümmere dich um mich!«

Dann fiel der Becher mit dem Wasser zu Boden. Das Fieber stieg so schnell, daß sicher jedes Thermometer geplatzt wäre. Ins Bett, ich mußte ins Bett zurück! Die Muskeln schmerzten während der wenigen Schritte, und die Schultern bebten. Nicht einmal die wenigen Wochen Inkubationszeit wurden mir gegönnt. Der Tod hatte mich schnell auserwählt, dafür sollte das Sterben wohl um so länger dauern und um so schmerzhafter und schrecklicher sein. Meine Widerstandskraft war gleich Null. Wie ein Greis schleppte ich mich dahin. Meine Finger waren gefühllos. Waren das wirklich meine Hände?

Die Viren drangen in jeden Winkel meines Körpers ein, fraßen sich in meine Zellen, waren maßlos gierig, verseuchten das Blut, bis es einer Säure gleich die Adern zerfraß. Ich spürte, wie sie sich vollsaugten, bis sie platzten, doch sie gingen dabei nicht zugrunde, sondern vermehrten sich, bis sie zu einer alles beherrschenden Armee geworden waren. Ich war nur noch eine Hülle, eine undurchsichtige Flasche, in der ein giftiger Inhalt kochte und brodelte.

Die Astronauten kamen herein, die beiden Krankenschwestern und eine weitere Person. Sie stellten sich an das Fußende meines Bettes. Die forschenden Augen des Arztes blickten durch die Scheibe, unsentimental, aber bekümmert. Egal, wie alt er war – jetzt war er mein Vater, der einzige Mensch, an den ich mich halten konnte. Seine Stimme klang dumpf, denn sie drang durch die Filter an der Rückseite der Kopfhaube.

»Wir werden jetzt Proben nehmen.«

»Habt ihr das nicht schon getan?«

»Hassel, wir müssen in diesem Stadium viele Proben nehmen, mehrere am Tag.«

Meine Kopfschmerzen nahmen zu, blieben aber noch erträglich.

»Was geschieht nun?«

Der Blick hinter dem Glas veränderte sich. Er war immer noch unsentimental, denn Ärzte dürfen für einen Patienten keine persönlichen Gefühle entwickeln, sonst würden sie nach einer Woche zusammenbrechen, aber er drückte aus, daß ihm mein Schicksal keineswegs gleichgültig war.

»Ich will ehrlich sein, Hassel – es wird die Hölle! Aber wir werden alles tun, um dich da herauszuholen.«

»Könnt ihr das?«

»Du bist mein erster Patient mit einer Blutfieberkrankheit. Wir werden sehen.«

Natürlich betrachtete er mich mehr als ein Versuchskaninchen als eine Person. Er war Arzt, sein Interesse beruflich. Er bedauerte mich, doch gleichzeitig brannte er vor Eifer, den Verlauf der Krankheit zu dokumentieren, zu notieren, wie die

Zellen zerstört wurden und die inneren Organe verrotteten. Wahrscheinlich würde er in einer Fachzeitschrift einen Artikel über mich veröffentlichen. Vielleicht wurde er durch meinen posthumen Einsatz noch zum Professor.

Die Schwestern nahmen ihre Proben, und sie wirkten etwas ängstlich. Kein Wunder, denn wenn sie mit ihren scharfen Kanülen abrutschten und ihre Gummihandschuhe durchstachen ... Ich schloß die Augen und ließ sie gewähren. Eine infernalische Reise erwartete mich; ich würde jeden Höllenkreis durchschreiten, bis ich im Fegefeuer landete.

Ein paar Stunden später war mein Kopf eine explodierende Kugel. Vielleicht war es auch Tage später. Die Zeit stand still für mich; keine Vergangenheit, keine Zukuft, für mich gab es nur noch diese schreckliche Gegenwart. Blutfieber ... fieber ... fieber ... Das Fieber stieg und stieg ... und stieg ... preßte alle Kraft aus mir heraus ... woher kam nur die Flüssigkeit, die ich in Strömen ausschwitzte ... ich badete in Schweiß ... die Schwestern gaben mir zu trinken, doch das Schlucken fiel mir immer schwerer. Jedesmal bekam ich schwere Hustenanfälle, die den Körper erschütterten und überall Schmerzen verursachten.

Sie stachen Nadeln in mich, um zu nehmen und zu geben. Ich konnte nichts mehr essen, also gaben sie mir Nährlösungen. Noch nahm ich wahr, was mit mir geschah. Blasen schlugen aus meiner Haut, kleine rote Bläschen, die aussahen, als enthielten sie geronnenes Blut. Dann folgten große weiße Blasen, die weiter anschwollen und schließlich platzten. Eine stinkende Flüssigkeit, völlig verdorbenes Blut, rann heraus.

Die Schmerzen ... sie waren überall und unerträglich. Ich weinte und bettelte, um schmerzstillende Mittel zu erhalten, und sie gaben mir sicher welche, doch diese Qualen ließen sich nicht lindern. Jede Bewegung des Körpers verwandelte die Matratze unter mir in eine Streckbank. Sogar der Druck des Lakens auf der Haut tat mir weh. Ich versuchte, still zu liegen, doch andere Schmerzen bewirkten, daß ich mich krümmen und winden mußte. Das Fieber lastete auf einer Brust, die kaum ein Blatt Papier tragen konnte.

Sie gaben mir starke Schlafmittel, damit ich ein wenig Ruhe fand, doch die Dosis durfte nicht zu hoch sein, damit ich nicht für immer erlosch. Vielleicht glaubten sie, daß sie mir damit halfen, doch der kurze chemische Schlaf bewirkte nichts; die Schmerzen waren so ins Bewußtsein eingedrungen, daß sie weiter bohrten, brannten, stachen und an den Eingeweiden fraßen. Nur der eine, große, ewige Schlaf konnte mir Frieden geben, aber noch war es nicht soweit.

Dann begann das Blut, mir aus der Nase, aus den Ohren, aus allen Körperöffnungen zu rinnen, sogar aus den Poren der Haut. Die bis dahin wie zugeschnürte Kehle barst, und Blut wurde aus meinem Mund gepreßt. Ich erbrach mich, und die Schwestern saugten die ekelhafte Flüssigkeit ab. Ich spürte, daß mir die Augen aus den Höhlen traten; Blut drang dahinter vor und lief über die Wangen. Jedesmal, wenn ich blinzelte, schien mich jemand mit dem Skalpell zu bearbeiten. Irgendwann sah ich eine Spiegelung meines Gesichts – das war ich nicht mehr, das war ein gräßliches, blut- und schweißüberströmtes Ungeheuer.

Manchmal sprachen die Schwestern oder der Arzt mit mir, doch mein Gehirn nahm nur ein undeutliches Gemurmel auf. Dann tauchte plötzlich ein Riese neben mir auf und beugte sich über mich. Hinter der Scheibe des Raumanzuges entdeckte ich ein Gesicht, das mir wie eine schwache Erinnerung aus einer anderen Welt erschien. Simon berührte meine Schulter, und ich gurgelte vor Schmerz. Wollte er mir den Arm abreißen? Eigentlich spielte es ja keine Rolle mehr.

»Rolle, ich ... wie ... wenn ...«

Mühsam flüsterte ich:

»Näher!«

Die groteske Gestalt im Skaphander beugte sich so weit herunter, wie es die Angst vor Ansteckung zuließ. Ich flüsterte so laut, wie es meine kaputten Stimmbänder vermochten:

»Töte mich, Simon! Wenn du mein Freund bist, dann töte mich. Niemand sieht dich! Erwürge mich! Es geht ganz leicht ... nur zudrücken.«

Simon richtete sich auf. Die Schwestern kamen herein. Ich schloß die Augen. Als ich sie wieder aufmachte und die grauen Schleier, die mir den Blick trübten, zu durchdringen versuchte, war mein bester Freund verschwunden. Statt dessen schaute ich auf ein Gestell mit einem Infusionsgerät, durch dessen Leitungen ich am Leben gehalten wurde. Wäre ich in der Lage gewesen, den Arm zu heben, hätte ich meine Nabelstränge abreißen können. Aber diese Kraft brachte ich nicht mehr auf.

Mein einziger Wunsch war, sterben zu dürfen. Der Tod als ein Befreier ... Wieviel Wahrheit steckte doch in diesem alten Wort! Sterben dürfen ... egal, was danach kam, Hauptsache, keine Schmerzen. Der Tod war die Erlösung. Wie nahe war ich dem Inferno bereits gekommen? Ich mußte mitten in der Hölle sein, denn meine Qualen waren nicht mehr zu überbieten. Ich wollte nicht mehr leben!

Diese Tortur war mit keiner anderen zu vergleichen. Kein menschliches Hirn konnte sich so etwas ausdenken. Wenn der Virus hätte denken können, er hätte sich vor Scham in die Erde verkrochen, aber er war seelenlos und wußte nichts besseres, als mich aufzufressen. Kleine Hautfetzen lösten sich und ließen weiteres Blut aussickern. Es wurde Nacht und Tag und wieder Tag, doch ich merkte es nicht mehr, ein ständiges Flimmern umgab mich, alles verschwamm, diese Schmerzen, diese Qualen ...

Was war das? Der Traum, den ich als Kind so oft geträumt hatte, kam wieder: Ich konnte springen und selbst bestimmen, wo ich landete. Langsam flog ich mit angezogenen Beinen über die Straße, langsam und genußvoll, wie in Zeitlupe, noch ein Stück und noch ein Stück, schwerelos ... Jetzt begriff ich – keine Schmerzen! Also war ich tot, und der Traum bedeutete, daß ich irgendwohin unterwegs war. Wie sah es aus auf der anderen Seite? Ich machte die Augen auf, aber alles war wie zuvor; der Tropf, die Behälter, die Lampen, die Menschen in den Raumanzügen. Neben mir stend Doktor Aronsson.

»Hassel, hast du noch Schmerzen?«

Irgendwie brachte ich ein Nein heraus, und er verzog die Lippen zu einem breiten Lächeln.

»Du bist aus der Hölle zurück. Sieben Tage warst du drin. Nun wirst du dich erholen. Wir, oder besser gesagt du, haben den Virus besiegt. Jetzt können wir ganz andere Mittel einsetzen.«

Der Virus fraß nicht länger an meinen Zellen. Sieben Tage hatte der Schmerz den Körper wachgehalten, fast sieben Tage währte der Schlaf der Seele. Ich wurde in ein anderes Krankenzimmer gebracht und registrierte es kaum. Die Schwestern trugen wieder ihre Schwesterntracht, und der Arzt kam im weißen Kittel. Er war ein schlanker, sportlicher Mann von Mitte Vierzig und hatte einen kahlen Fleck im schwarzen Haar, der ihm vielleicht Kummer bereitete. Scheinbar immer guter Laune, verfügte er über einen derben, kumpelhaften Humor, der nicht jedermanns Sache war. Ich mochte ihn. Nach wie vor wurde ich über den Tropf versorgt und fühlte mich entsprechend kraftlos, doch keine Schmerzen zu haben war ein geradezu paradiesischer Zustand.

»Weißt du, wie viele Blutransfusionen du im Laufe der Zeit bekommen hast? Fünfundachtzig! Muß Weltrekord sein, reif für das Guinessbuch. Draculas Liebling!«

Schwach verzog ich meine wunden Lippen.

»Du hast einundzwanzig Kilo verloren. Ich habe Aftonbladet einen Tip gegeben; vermutlich werden die dich für die Wochenendbeilage interviewen. Dann kannst du Vorträge halten: ›Wie ich in einer Woche über zwanzig Kilo abnahm. Macht es wie ich. Schnellkur mit Ebola!«

Er hätte nicht so üble Scherze gemacht, wenn er nicht überzeugt gewesen wäre, daß ich sie vertrug. Vielleicht beschleunigten sie sogar die Heilung. Selbst in den deutschen Konzentrationslagern hatte man Witze gerissen. Sein burschikoses Auftreten mir gegenüber bedeutete, daß er fest an die Möglichkeit glaubte, mich wiederherzustellen, auch wenn es eine Weile dauern und viel medizinisches Können erfordern würde.

»Wir behandeln dich hier noch mindestens einen Monat, vielleicht auch zwei. Wir werden sehen, wie schnell du dich erholst. Niemand in Schweden war je so krank wie du. Dann kommst du in ein Sanatorium und nach einem halben Jahr nach Hause. Es kann aber auch ein ganzes Jahr dauern.«

Ich flüsterte:

»Wieviel in mir ist zerstört?«

»Der Körper hat phantastische Fähigkeiten, sich zu erholen. Wenn der lebensbedrohende Virus verschwindet, bilden sich sofort neue Zellen. Allerdings haben alle deine Organe Schaden genommen, Leber, Nieren, Milz, die Schleimhäute, alles. Wie schwer die Schädigungen sind, wissen wir noch nicht. Das werden die Tests ergeben, und deshalb, mein Lieber, werden wir jede Menge Proben nehmen; du kennst ja das Spiel, ha ha ha! Willst du deine Frau sehen?«

»Noch nicht. Muß erst mehr wissen.«

»Sie ist doch schon hier gewesen und weiß, wie schrecklich du aussiehst.«

»Deshalb muß ich besser aussehen.«

Eine Schwester befeuchtete Lippen und Gaumen mit kaltem Wasser und sprühte mir eine heilende Flüssigkeit in den Hals, so daß ich weiter flüstern konnte.

»Auch dein Bruder war hier, gerade in der entscheidenden Phase. Er war sehr glücklich, als er hörte, daß du durchkommen würdest.«

»Torsten?«

»Ja, Torsten Hassel. Natürlich mußte er sich ausweisen. Du hast ihn nicht erkannt, deshalb bat er mich, dir Grüße auszurichten.«

»Er arbeitet seit vielen Jahren für Unilever in Südamerika.«

Das war ja nett, daß mein begabter großer Bruder mich besuchen kam. Wahrscheinlich machte er im guten alten Schweden Urlaub. Virena hatte ihm sicher erzählt, was passiert war, als er seinen Pflichtanruf machte, wie immer, wenn er im Lande war. Er pflegte sich stets nach dem Wohlergehen der Familie zu erkundigen, doch allzu stark war sein Interesse auch wieder nicht. Ich hatte mich fünf Minuten mit Aronsson unterhalten; das war eine gewaltige Leistung gewesen, vergleichbar mit der, einen Olympiasieg nach Schweden zu holen. Bald war ich in einem traumlosen Dunkel versunken.

Drei Wochen später konnte ich kurze Strecken im Gehstuhl zurücklegen, zittrig und nervös, aber ich konnte meinen ausgemergelten Körper bewegen. Bald nahm ich wieder flüssige Nahrung zu mir. Die Proben zeigten, daß sich meine Organe langsam aber stetig erholten, aber wie gesund ich werden würde, war noch nicht abzusehen. Ich wurde für meine Fortschritte gelobt, und das war wie eine Eins plus in der Schule.

Als ich endlich bereit war, Virena zu treffen, setzte ich mich in einen bequemen Sessel. Der grüne Schlafanzug umschlackerte mein Skelett. Sie kam, küßte mich und nahm mir gegenüber Platz. Lange schaute sie mich an, dann sagte sie:

»Versprichst du mir, daß du gesund wirst?«

»Du bist schöner als je zuvor.«

Ich meinte es genau so, wie ich es sagte; mein Herz hatte gesprochen. Ich spürte, wie meine Augen feucht wurden, doch es waren Tränen, kein Blut. Sie lächelte schwach und strich mir über die narbige Wange. Die Berührung war so leicht wie von einer Feder.

»Komm nach Hause. Wir brauchen dich!«

»Wie schön du bist.«

Viel mehr sagten wir nicht zueinander, doch wir sahen uns an, und unsere Blicke sprachen ihre Sprache, und wir lächelten, weil wir lächeln wollten. Dann einigten wir uns, daß sie jede Woche einmal kommen würde, damit ihr meine Fortschritte auffielen. Weitere drei Wochen später teilte mir Aronsson mit, daß es an der Zeit sei, Linköping gegen Egersta in Södermanland einzutauschen.

»Übermorgen. Ich komme selbst mit, um aufzupassen, daß du nicht aus dem Krankenwagen springst, wenn wir durch Mariefred kommen. Das Hotel dort hat ein gemütliches Restaurant. Oder wollen wir aussteigen und ein Bier zusammen trinken?«

»Warum nicht? Ich lade dich ein. Irgendwie muß ich mich ja bei dir bedanken.«

Am folgenden Tag kamen Simon und Åke. Stolz, aber ganz vorsichtig reichte ich ihnen die Hand. Es war ein Fortschritt ohnegleichen, daß ich auf dem Gang zehn Meter ohne Hilfe laufen und mit dem Löffel schon einen ungewürzten Brei, der an zerdrückte Bananen erinnerte, essen konnte.

»Teufel, bist du mager«, bemerkte Simon.

»Obwohl ich neun Kilo zugenommen habe. Leider kann man auf den Rippen immer noch Xylophon spielen.«

Der spöttische Ton, den wir bei der Polizei pflegten, vermittelte Zusammenhalt und Identität. Er schuf Distanz zu der oft deprimierenden Wirklichkeit, trug zur mentalen Gesundheit des Korps bei und war ein Indikator – wer ihn nicht vertrug, mußte einen Psychologen aufsuchen. Wir wußten alle, daß wir durch die lockere Sprache die Probleme nicht unter den Teppich kehrten, sondern bestimmte Gefühle ohne Scheu ausdrücken konnten. Zum Bemitleiden und Händchenhalten taugten die wenigsten von uns, keiner der Männer und ganz wenige Frauen. Es gab Leute im Korps, die man zu einer Zeit, als es wenige Bewerber für den Polizeidienst gab, leider eingestellt hatte und die kein Gefühl für die subtilen Grenzen mitbrachten. Entweder gewöhnten sie sich ihre dummen Sprüche ab, oder sie wurden links liegen gelassen. Einige von ihnen waren schwer von Begriff und fuhren fort, andere anzumachen, doch sie starben langsam aus. Ich gab mir Mühe zu zeigen, daß ich dazugehörte, auch wenn ich derzeit nur passives Mitglied war.

»Kannst du uns noch etwas mitteilen, was nicht im Bericht steht?« fragte Åke. »Hillers Büro war durchsucht worden, alle Disketten und Festplatten wurden gestohlen. Natürlich war alles codiert, aber trotzdem. Auch viele Dokumente fehlen, doch die wichtigsten lassen sich ersetzen.«

Langsam dämmerte es bei mir. Dokumente! Was hatte ich gesehen?

»Ja, ich erinnere mich. Carl war auf eine wichtige Spur gestoßen. Er hatte sich Kopien verschiedener Schriftstücke kommen lassen, die persönlich unterzeichnet werden müssen; Pässe, Quittungen, Anträge an das Patentamt und so weiter. Es muß doch herauszufinden sein, welche Papiere er angefordert hat. Soweit ich gesehen habe, waren es alles schwedische Formulare et cetera. Geht der Sache nach und vergleicht die Handschriften; das könnte der Schlüssel zu dem Fall sein.«

»Hast du die Dokumente mit den Unterschriften gesehen?«

»Ja, aber ich habe vergessen, was ich eigentlich gesehen habe.«

Nach einer Viertelstunde, die mit Plaudereien über Berufliches verging, wollten sie gehen, aber ich hatte noch ein Anliegen:

»Ich möchte meine Pistole mit nach Egersta nehmen.«

Sie schauten sich unsicher an. Jetzt galt es, entschlossen aufzutreten. Wer in einer Entscheidungssituation seiner Sache sicher ist, wird immer das längere Streichholz ziehen.

»Die Pistole?« wiederholte Åke langgezogen.

»Ja, ich will mich sicher fühlen, sonst kann ich mich nicht erholen. Bin ich Polizist oder nicht? Ich habe ein Recht auf meine Dienstwaffe.«

»Das ist klar, aber …«

»Dann will ich meine Sig Sauer haben. Schraubt einen Schalldämpfer auf, ich will meine Mitpatienten nicht stören. Man weiß ja nie …«

Wieder schauten sie sich an. Ich wirkte verhältnismäßig gesund, war auf dem Weg der Besserung, und nach allem, was ich durchgemacht hatte, war meine Besorgnis sicher kein

Phantasieprodukt. Åke zog die Augenbrauen hoch; Simon kratzte sich am Kinn.

»Natürlich kannst du deine Pistole bekommen«, sagte Åke zögernd. »Sie ist ja nicht eingezogen oder so.«

»Wir kümmern uns darum«, versprach Simon. »Wenn du dich sicherer fühlst, sollst du selbstverständlich eine Dienstwaffe tragen. Für die Sig Sauer haben wir keine Schalldämpfer. Ich kenne aber einen von uns, der einen Revolver mit Dämpfer besitzt. Er wird ihn dir sicher borgen, ich kläre das.«

Ich bedankte mich nicht, denn mein Wunsch nach persönlichem Schutz sollte völlig normal erscheinen. Vielleicht war er es auch. Aber es gab noch einen anderen Hintergrund. Da Ebola eine so nahezu unerforschte Krankheit war, konnte es unerwartete Wendungen geben. Vielleicht kehrte der Virus zurück? Ich würde es als erster merken, denn nun kannte ich all die schrecklichen Symptome.

Und dann würde ich mir sofort eine Kugel in den Kopf jagen!

26.

Diesmal war es ein ganz gewöhnlicher Krankenwagen, der mich in das Sanatorium Egersta brachte. Es liegt zwischen Mariefred und Strängnäs. Ich ruhte auf der Pritsche, Aronsson saß neben mir, und auf dem Boden stand eine ganze Tasche mit Medikamenten und Präparaten, die ich schlucken, und Salben, die ich äußerlich anwenden sollte. Wir fuhren langsam, so daß ich die Unebenheiten der Straße kaum spürte. Es ging mir gut, und das sagte ich ihm.

»An bestimmten Tagen wirst du dich stark wie Herkules und zu allem bereit fühlen. Du weißt vielleicht, daß auch ein relativ schwächlicher Mann ein Auto anheben kann, wenn sein Kind unter die Räder gekommen ist. Das Adrenalin macht dich für kurze Zeit unbezwingbar. Doch am nächsten Tag kann alles anders aussehen, kann es einen Rückschlag geben. Denke aber immer daran, daß du den teuflischen Virus besiegt hast. Für die endgültige Heilung brauchst du Zeit, viel Zeit.«

»Zeit ist Mangelware«, brummte ich. »Aber ich werde es schon schaffen.«

»So ist das mit Ebola«, erklärte Aronsson. »Mit jeder angesteckten Person verliert der Virus die Hälfte seiner Kraft.«

»Das habe ich von einem Experten in Deutschland auch gehört.«

»Offenbar wurdest du von einem bereits toten Mann angesteckt, und auch die Viren, die man dir gespritzt hat, stammen wohl von ihm. Eine sekundäre Infektion also. Diese Theorie ist ein wenig umstritten, aber ich glaube, daß sie richtig ist. Eine Primärinfektion hättest du nicht überlebt.«

»Hast du dich schon auf den nächsten Blutfieberpatienten vorbereitet?«

»Mal den Teufel nicht an die Wand! Einer reicht für meine Karriere. Die Schwestern haben Tag und Nacht hart geschuftet, um dich am Leben zu halten. Hast du mal darüber nachgedacht, wie unangenehm es ist, in so einem Schutzanzug herumzulaufen. Manchmal reicht weniger, um in Panik zu verfallen.«

»Gab es ... Reaktionen der Massenmedien auf meinen Fall?«

Der Arzt schnaubte, daß die Nasenflügel flatterten.

»Massenmedien? Man hätte das Empire State Building mit den Artikeln über dich tapezieren können. Du warst wochenlang in Radio, Fernsehen und Presse präsent. Das Krankenhaus wurde Tag und Nacht belagert, so daß wir besondere Sicherheitsmaßnahmen ergreifen mußten. Du hast es wahrscheinlich nicht gemerkt, aber wir sind vorhin vom Hintereingang abgefahren. Außer deinen Nächsten weiß keiner, wohin die Reise geht. In Egersta findest du die Ruhe, die du brauchst. Die Ärzte und Schwestern werden sich um deinen Körper kümmern, aber du solltest auch an deinen Geist denken. Du wirst noch viele Alpträume erleiden müssen.«

Das Sanatorium lag in einer rein ländlichen Umgebung; zu dem Grundstück gehörte ein wunderschöner Park. Das zweistöckige Haus bestand aus zwei zusammengebauten Flügeln aus dunkelroten Ziegeln und glich mehr einem Gutshaus als einer Klinik. Aronsson trug die Medizintasche und einen Koffer mit meinen persönlichen Sachen. Er stellte mich der Oberschwester Laila Zettervall und dem Oberarzt Torbjörn Östblom vor. Mein erster Eindruck war, kompetente und ruhige Menschen vor mir zu haben. Ruhe ist, das hatte ich schon mitbekommen, für die Heilung eines Patienten sehr wichtig; Streß dagegen schafft nur Streß.

Während Aronsson mit ihnen meinen Behandlungsplan durchging, zeigte mir eine andere Schwester, wo ich wohnen würde. Der Raum war ausgestattet wie ein Einzelzimmer in einem besseren Hotel. ›Du wirst noch viele Alpträume erleiden müssen‹ ... Sicher. Aber Alpträume haben mich mein ganzes Leben lang verfolgt, und man kann sich an Ausgeburten der Phantasie gewöhnen, auch wenn sie einen in Schweiß baden und im Schlaf schreien ließen. Das Leben hat seinen Preis oder seine Preise, und ich war bereit, alles zu bezahlen, um wieder als Mensch funktionieren zu können. Bis dahin war es noch ein weiter Weg, doch die Mittel zu bekommen, um die Schmerzen zu bezwingen, die immer noch in meinem Inneren rasten, half mir schon ein gutes Stück weiter.

Ich mußte ruhen, also legte ich mich auf das Bett und döste ein bißchen. Ich hatte gelernt, daß es mit den menschlichen Muskeln eine besondere Bewandtnis hat: Wenn man sich nicht bewegt, verschwinden sie sehr schnell, und es dauert verdammt lange, bis man sie wieder antrainiert hat. Dennoch merkte ich, daß ich jeden Tag kleine, aber bedeutende Fortschritte machte. Ich konnte mehr Meter zurücklegen, ohne zu fallen, konnte mehr feste Nahrung zu mir nehmen, die Haut verheilte und sah frischer aus. Auf den kahlen Stellen, wo mir die Haare ausgefallen waren, bildete sich neuer Flaum wie bei einem Baby. Das hatten mir andere gesagt. Selbst hatte ich nicht mehr in den Spiegel geschaut, seit ich nach Linköping gebracht worden war. Aronsson kam mit meinem Koffer.

»Dein Behandlungsschema steht fest. Du wirst hart rangenommen; es ist vergleichbar mit einem Marathonlauf pro Woche. Hier wird man viel von dir fordern, aber du hast das Recht, ebensoviel von ihnen zu verlangen.«

Er reichte mir zum Abschied die Hand, und ich drückte sie, so fest ich konnte.

»Verdammt, Junge, paß auf dich auf!« sagte er und schien plötzlich ein wenig heiser geworden zu sein. »Du kannst meinetwegen in ein Auto rennen, aber das ist dann nicht unsere Sache. Dein Sarg war schon bestellt und gezimmert. Jetzt hast du eine neue Chance; nutze sie. Du hast noch ein ganzes Leben zu leben!«

Ich dankte ihm, und auch meine Stimme wurde rauh. An große Worte waren wir beide nicht gewöhnt. Wir waren in der schwedischen Tradition erzogen worden, unsere Gefühle zu verbergen – sonst könnte man ja das Gesicht verlieren. In dieser Beziehung übertreffen wir Schweden sogar die Japaner. Doch was wir gesagt hatten, reichte. Wir verstanden uns.

Der Speisesaal war gemütlich. Man saß auf bequemen Stühlen an gedeckten Tischen und wurde bedient. Wir waren etwa zwanzig Patienten; einige erhielten ein Tablett mit normalen Speisen, die meisten bekamen spezielle Gerichte in vorgeschriebenen Mengen. Manche tranken Wein zum Essen, die Mehrzahl hielt sich wie ich an klares Wasser. Ich aß wie ein Vogel, wie ein Kolibri, aber ich würde später noch andere Nährmittel verabreicht bekommen. Noch hatte ich keine Lust, mich mit meinen Leidensgefährten und -gefährtinnen bekannt zu machen und an der Lieblingsbeschäftigung aller Patienten, dem Austausch von Krankengeschichten, teilzunehmen.

Eine Stunde später begann meine Behandlung, und jetzt ging es wirklich hart zur Sache, wie es Aronsson angekündigt hatte. Sie zwangen mich zu nichts, aber ich spürte, daß sie mir zutrauten, die Teilziele zu erreichen; also gab ich mir Mühe, auch wenn es vielleicht nur ein Trick war. Als ich mich wieder hinlegen durfte, fühlte ich mich wie durch die Mangel gedreht, aber ich war dennoch zufrieden. Über ein paar Kräfte verfügte der alte Bär Hassel jedenfalls noch! Essen, Medikamente, Hautpflege, leichtere Übungen für den Abend, allgemeine Fernsehstunde für alle, die Lust hatten – ich hatte keine – und dann Nachtruhe. Die letzte Handlung des Tages war, den Revolver unters Kopfkissen zu legen. Wenn ich einen Rückfall bekam und mich erschießen mußte, wollte ich die anderen Patienten nicht durch einen Schuß erschrecken. Gebrechliche Menschen können eine Herzattacke bekommen, wenn sie plötzlich einen lauten Knall hören.

Ein Tag verging, zwei Tage, drei, fünf ... Ich lebte mich ein, leistete, was von mir verlangt wurde und ein bißchen mehr, und bewunderte mich dafür. Virena kam mich besuchen, und wir fühlten uns wohl zusammen, sagten uns liebe, vertrauliche Worte, und ich träumte laut davon, wie es wäre, wenn ich wieder ... Was für eine Sehnsucht! Jedenfalls von meiner Seite.

Der siebente Tag; ich absolvierte mein Programm, aß zu Mittag, zu Abend, nahm die Medikamente, sah fern. Beim Essen hatte sich eine Dame an mich gehängt und mir lang und breit von ihren Leiden erzählt, doch ich hatte so uninteressiert vor mich hingebrummt, daß sie ihre Frauengeschichten für sich behielt. Abends gegen neun Uhr kam Simon zu einem Kurzbesuch; er war auf einer Konferenz in Eskilstuna gewesen. Er hatte mir die Abendzeitungen mitgebracht, doch ich bat ihn, sie in der Tasche zu lassen; ich wollte zwar allmählich wieder in den Alltag zurückkehren, aber in verträglichen Dosen. Mein Bedarf an Sensationen, Gewalt und Mord hielt sich noch sehr in Grenzen.

»Sune sitzt im Gefängnis«, berichtete er. »Die Beweise gegen ihn häufen sich, aber er ist immer noch störrisch.«

Da Sune nicht wußte, was Demut heißt, wahrscheinlich nicht einmal das Wort kannte, war das nicht allzu verwunderlich. Er hatte nur eine Überzeugung, daß er der Beste war, alles am besten wußte und alle anderen Idioten waren. Solche Menschen werden in breiten Kreisen bewundert: »Er hat harte Fäuste, deshalb kann er das Unternehmen, die Organisation, die Partei retten.«

»Es geht dir gut hier, oder?«

»Ja, ich habe ein Zimmer ganz am Ende des Ganges, ein Stück von den anderen entfernt. Absolut ruhig gelegen.«

»Wie ist das Essen?« fragte der Materialist Simon. »Wir hatten heute mittag Kohlrouladen. Nicht schlecht, aber nicht mit denen zu vergleichen, die Nadja macht.«

»Es gab Dorschbrei mit Kartoffelmus. Sehr gut.«

»In einer Stunde gibt es zu Hause eine große Portion Gulasch. Vielleicht spendiert mir Nadja noch einen Wodka dazu.«

Er fuhr los, ein flüchtiger Gast aus einer anderen Dimension. Mit einem halben Auge schaute ich mir eine amerikanische Sitcom an. Die Dialoge sollten wahrscheinlich lustig sein, denn regelmäßig wurde der Beifall imaginärer Zuschauer eingespielt. Ich nahm mir vor, zu dieser Sendezeit immer ein paar Gedichte zu lesen, wenn ich wieder gesund war.

Ich knipste die Lampe aus und suchte mir eine bequeme Einschlafposition. Ein Kilo hatte ich zugenommen. Jetzt war ich nicht mehr ganz so dünn. Dieses schöne, ruhige Zimmer ... eine himmlische Ruhe. Ich würde schlafen, bis sie mich am nächsten Morgen weckten, rücksichtsvoll und nicht auf die militärische Art und Weise, wie sie in manchen Krankenhäusern üblich ist.

Überraschend schnell stellte sich der erste Traum ein. Er begann mit seltsam tastenden Lauten, die von mehreren Gestalten zu stammen schienen. Würden die Alptraummonster mich wieder besuchen kommen? Sie hatten mich lange verschont. Eine Tür wurde geöffnet, und ich ahnte, daß hinter ihr schreckliche Fratzen lauerten. Bevor sie näher kommen konnten, wachte ich auf und leckte meine trockenen Lippen mit einer ziemlich trockenen Zunge.

Nichts war geschehen. Ich lag im Bett, wie ich eingeschlafen war. Um mich herum war alles dunkel und still, wie es sein sollte. Oder … War es wirklich ganz still? Ich schluckte und lauschte gespannt. Die normale, Ruhe spendende Stille? Oder eine, die Gänsehaut erzeugt, weil man eine Bedrohung nicht sehen und hören kann? Vielleicht befand ich mich mental immer noch in dem kurzen Alptraum, aber … war da nicht … jemand, der atmete? Raschelte da ein Ärmel? Meine Hand tastete nach dem Signalknopf für das Personal. Plötzlich wurde das Deckenlicht eingeschaltet, und ich sah zwei Männer im Zimmer stehen. Herr Lange zielte mit einer Pistole auf mich und sagte mit seiner scharfen deutschen Stimme:

»Hände weg von der Klingel!«

Meine Hand fiel kraftlos herab. Geschah das wirklich, oder hatte der Alptraum eine neue Tiefe erreicht? In dem anderen Mann erkannte ich die Präsidentenkopie Stanley Hägg; er hatte eine kleine Ledertasche bei sich. Sardonisch lächelte er mich an:

»Wir sehnten uns nach deiner zauberhaften Gesellschaft, mein lieber Hassel.«

Matt antwortete ich:

»Was zum Teufel soll die Pistole? Ein dreijähriges Kind ist stärker als ich.«

Lange ging zu dem Tisch mit der Klingel und rollte ihn zur Seite, so daß ich ihn nicht mehr erreichen konnte. Dann steckte er die Waffe in das Schulterholster. Jetzt spielte Lange nicht mehr die Rolle des nervösen Angestellten; jetzt trat er als Herrenmensch auf, mit eiskaltem Blick, der Gehorsam und totale Unterwerfung forderte.

»Das freut uns aber, daß es dir schlecht geht«, sagte Hägg herzlich.

»Wie habt ihr mich hier gefunden?«

»Oh, wir wissen buchstäblich alles über dich. Einer unserer Leute besuchte dich als dein Bruder Torsten und erfuhr natürlich, wo du gesundgepflegt werden solltest, nachdem du rätselhafterweise überlebt hattest.«

»Was wollt ihr von mir?«

Auch er sprach deutsch. Sie schauten sich an und lächelten, wie sich zwei Klapperschlangen anlächeln, wenn sie übereingekommen sind, gemeinsam über das Opfer herzufallen. Ich wußte, was sie wollten, aber sie wußten nicht, was ich wollte und daß ich über andere Hilfsmittel verfügte als ein Dreijähriger. Beide kamen näher, zwei drohende Riesen, denen die Deckenlampe scharfe Schatten ins Gesicht warf.

»Alle haben dich schon lange töten wollen, aber ich habe darauf bestanden, dich am Leben zu halten. Ich weigere mich zu glauben, daß die Diskette für immer verloren sein soll; ich befürchte, daß sie, falls du sterben solltest, an einer für uns sehr unangenehmen Stelle auftauchen könnte. Es war ein riskantes Spiel, das du gespielt hast, Hassel, aber nun liegt die letzte Karte auf dem Tisch. Du hast unseren netten kleinen Virus überlebt, und – du wirst es nicht glauben – ich habe sogar damit gerechnet. Die Diskette ist so wertvoll, daß alles möglich ist. Aber nun ist die Zeit der Verhandlungen endgültig vorbei. Wo ist die Diskette?«

»Was soll das? Wenn ihr sie nicht bekommt, erschießt ihr mich. Glaubst du, daß mich das kümmert? Ich habe sowieso keine Zukunft mehr.«

Hägg nickte, als hätte ich eine große Wahrheit gelassen ausgesprochen.

»Diese Reaktion war vorauszusehen. Wir rechnen mit allem. Eine Kugel würde dir nichts ausmachen, aber ...«

Wieder dieses Klapperschlangenlächeln, dann öffnete er seine Ledertasche und entnahm ihr eine Injektionsspritze, die bereits mit einer durchsichtigen Flüssigkeit gefüllt war. Lange stieß ein kurzes Lachen aus und funkelte mich boshaft an.

»Hassel, was ist in der Spritze? Rate mal!«

»Eines eurer Gifte, nehme ich an.«

»Ja und nein. Es ist ein neuer Ebolavirus, direkt von der Quelle sozusagen. Was sagst du dazu? Du hast die Wahl. Gib mir die

Diskette oder verrate mir, wo sie sich befindet, oder du wirst ein zweites Mal infiziert.«

Eine Woge von Angst und Ekel traf mich frontal, und ich starrte die Spritze mit aufgerissenen Augen an. An der Spitze der Kanüle glänzte ein kleiner Tropfen. Eine weitere Blutfieberkrankheit! Noch eine Hölle würde ich nicht aushalten. Hägg grinste, als er meine angstverzerrte Miene sah.

»Wie ist es, Hassel?«

Mühsam hob ich die Hand und wischte mir über die Stirn.

»Ja, ich gebe auf.«

»Endlich ein kluges Wort. Wo?«

»Wirst du mich anschließend erschießen?«

»Vielleicht. Aber du ersparst dir jedenfalls den Virus.«

»Wenn ich sowieso sterben soll, möchte ich vorher wissen, worum es überhaupt geht.«

»Dafür haben wir keine Zeit.«

»Aber ich habe Zeit bis in alle Ewigkeit. Keiner wird kommen, und ich kann euch nicht entwischen.«

Meine sklavische Unterwürfigkeit befriedigte ihre Machtgefühle. Man muß nur laut genug winseln und sich tief genug ducken, dann bekommt man, was man will. Kein Herrenmensch kann der Versuchung widerstehen, einem armen Hund einen Knochen zuzuwerfen, und sei er noch so abgenagt. Hägg, der Mörder Hägg, der Psychopath Hägg, gab sich beinahe jovial:

»Wir haben fünf Jahre daran gearbeitet, unsere gewaltigen Pläne umzusetzen. Jetzt kommt unsere Erntezeit.«

»Wer ist denn ›wir‹?«

»Oh, wir sind viele, sehr viele. In jedem Land von Bedeutung gibt es eine Rax Holding, die sich Einblick in und Einfluß auf Unternehmen mit chemischer oder biologischer Forschung verschafft. Gemeinsam wollen wir Betriebe und Forscher übernehmen, um unsere Möglichkeiten zu verbessern, die Produkte herzustellen, die uns die Waffen der Zukunft in die Hand geben.«

»Ich verstehe nicht. Die Belicht GmbH, bei der Lange arbeitet, ist doch unschuldig an den Todesfällen in Deutschland.«

Hägg lachte höhnisch, und auch Lange gestattete sich ein maliziöses Lächeln.

»Ganz und gar unschuldig. Dort werden nur legale Produkte hergestellt. Aber wir haben die Forscher, jedenfalls einige von ihnen, überzeugt, daß es von Nutzen sein könnte, die Richtung zu ändern.«

»Ich verstehe immer noch nicht. Wenn es nicht so ist, daß ... daß ...«

»Ja? Was begreifst du nicht mit deinem kleinen Polizistenhirn?«

»Die Leute sterben an einer Krankheit, von der sie glauben, daß sie durch die Fabrik verursacht wird.«

Ich machte eine Pause und bat um Wasser. Lange reichte mir das Glas, und seine Hand roch nach Tod und Vernichtung.

»Weiter, Hassel.«

»Dadurch sinkt der Wert der Aktien ins Bodenlose, obwohl das Unternehmen freigesprochen wird. Ihr kauft es für einen Spottpreis und bekommt die Forscher und Spezialisten fast gratis dazu.«

Hägg tippte mir anerkennend auf den Kopf, als wäre mir ein Salto gelungen.

»Genau so ist es. Überall sitzen unsere Organisationen, die solche Coups durchführen. Gemeinsam schaffen wir es. Wir haben die totale Kontrolle; wir sind die Macht. Niemand kann sich uns in den Weg stellen. Hindernisse werden schnell und effektiv eliminiert.«

»Vielleicht sind die Forscher nicht bereit, sich mit euch einzulassen? Sie haben ihre Ehre und sicher auch moralische Skrupel.«

»Meinst du? Einige weigern sich, aber das macht nichts. Wir bieten Geld, Ausrüstungen sowie wissenschaftliche Ziele und Freiheiten, die man sonst nirgendwo findet. Außerdem sind Arbeitsplätze knapp, also kriegen wir sie nach und nach alle.«

Lange nahm die Pistole heraus und streichelte sie wie einen Fetisch, bevor er sie wieder ins Holster zurückgleiten ließ. Er war dazu ausgewählt worden, mit uns zu reden und in Erfahrung zu bringen, was wir wußten. Hägg zeigte wieder sein falsches Lächeln, als er stolz verkündete:

»Wir haben Mitarbeiter in allen Unternehmen, die uns interessieren. Leute, die uns blind ergeben sind.«

»Die Plünderung von Fernlastzügen ...«

»Ein Detail in unserer Planung. In einer Serie von Lkw-Entführungen sollte die, in die du hineingeraten bist, die entscheidende sein. Der Fahrer mußte sterben, weil er ein Risiko für uns geworden war, Janzén oder wie er hieß, ein kleiner Wurm, der zuviel gesehen hatte. Er war ein Mißgriff. Ich gebe zu, daß die ganze Aktion etwas aus dem Ruder lief, aber nur etwas. Er starb, und die Polizei fand eine Sendung mit Gasen und Giften. Doch damit war eine Verbindung zu Belicht hergestellt; die Verdächtigungen gegen die Fabrik nutzten wir für unsere Ziele. Heute gehört uns das Unternehmen. Wir haben es erstmal geschlossen, um den arbeitslosen Forschern Gelegenheit zu geben, über ihre Situation nachzudenken.«

»Viele Polizisten starben durch die Gase«, murmelte ich heiser.

»So etwas kann passieren. Aber es waren keine Freunde von uns.«

In meinem ausgemergelten Körper glühte ein Haß, von dem sie nichts ahnten. Falls doch, würde es eigentlich keine Rolle spielen, doch es fiel mir schwer, meine Stimme unter Kontrolle zu halten. Sie bestraften oder töteten wahllos, wie es in ihre bizarren Pläne paßte, oder warnten andere, indem sie ein ausgewähltes Opfer schlachteten. Fehler verziehen sie nie; jeder, der nur im entferntesten ein Risiko darstellte, wurde beseitigt. Ich spürte, daß Herkules Hassel erwachte, daß Adrenalin strömte; ich hätte ein Auto anheben können. Diese Kraft war Blendwerk, aber dennoch real.

»Was ist euer Endziel?«

Jetzt tanzten kleine Feuer in Häggs Augen, und sein Gesicht strahlte vor Begeisterung. Psychopathen aller Länder, vereinigt euch …

»Mit unseren Produkten können wir töten, wen wir wollen; keiner kann uns entkommen. Wir können uns dafür bezahlen lassen, Leute auf eine Art aus dem Weg zu räumen, die keine Spuren hinterläßt. In der afrikanischen Politik ist das Interesse groß. Es gibt Gruppen, die über unbegrenzte Geldmittel verfügen und andere ausrotten wollen, um die weiße Rasse rein zu halten. Gas oder Epidemien in einem Ghetto vernichten viele tausend auf einmal. Natürlich sind Schmutz und mangelnde Hygiene die Ursache; die Leute sind selber schuld. Niemand hat Mitleid; jeder hat nur Angst, selbst angesteckt zu werden, und bleibt ihnen fern. Bürgerkriege können ausbrechen, und die Nicht-Weißen werden besiegt.«

Lange zeigte Zeichen von Ungeduld, aber Hägg war noch nicht fertig damit, dem Todgeweihten auszumalen, wie sein Glücksreich aussah.

»Wir führen gerade einige gigantische Verhandlungen. In aller Heimlichkeit natürlich, aber du würdest dich wundern, was man alles kaufen und verkaufen will. Bald kommt eine der größten Automobilfirmen der Welt mit einem neuen Modell auf den Markt. Unsere Leute in der Fertigung werden die Lüftung mit einer neuen Sorte Bakterien präparieren, so daß die Käufer dieser Wagen in einigen Monaten schwer erkranken. Man wird den Produzenten mit einer Serie von Prozessen überziehen; niemand wird mehr Fahrzeuge dieser Marke kaufen. Die Konkurrenz zahlt uns dafür einen schwindelerregenden Preis.«

Er konnte es nicht lassen, seine Visionen mit einem triumphierenden Lachen zu begleiten.

»Wir werden überall gebraucht. Für den richtigen Preis ist alles zu verkaufen. Wir werden entscheiden, wie die Welt auszusehen hat. Es ist kein ratloser Gott mehr, der den Tag des

Gerichts bestimmt. Wir ordnen an, wann dieser Tag stattfindet. Und jetzt genug, Hassel! Wo ist die Diskette?«

»Warum mußtest du Carl Hiller töten?«

»Er stand uns im Weg. Du konntest ihm von der Diskette erzählt haben; vielleicht hat er sie auch für dich verwahrt. Außerdem entdeckten wir auf seinem Tisch eine Reihe von Papieren, die dort nicht hätten liegen dürfen.«

»Aber ihm die Finger abzuhacken ...«

Er zuckte gleichgültig die Schultern.

»Gefoltert wird in vielen Ländern. Wie sehen denn die Kurden aus, wenn sie eine Weile in türkischen Gefängnissen zugebracht haben? Wenn man Informationen haben will, wählt man die geeignete Methode, und wir haben einen deutschen Experten bei uns ...«

»Malesch!«

»Richtig, du kennst ihn ja, und auch er wollte dich sehr gern näher kennenlernen, aber wir halten nicht viel von Rache. Wir sind rationale Geschäftsleute.«

»Hiller war ein guter Freund«, sagte ich leise.

»Was geht mich das an. Her mit der Diskette, falls du nicht auch noch die Finger verlieren willst, einen nach dem anderen. Bevor ich dich mit Ebola-Viren vollpumpe!«

»Gleich. Ich habe nicht alles deuten können, was in den Dateien stand. Was ist denn so besonders wichtig für euch?«

»Eine Reihe konkreter Vereinbarungen samt Firmennamen und Kontaktpersonen.«

»Ja, aber wer ist CR?«

»CR?«

»Ja, das stand an verschiedenen Stellen.«

»Ist mir nicht aufgefallen, aber das ist auch uninteressant. Deine Frist ist endgültig abgelaufen, Hassel.«

»Okay, nur noch eine letzte Frage. Bist du der Big Boss des Ganzen?«

Er lachte leise, während Lange die Mundwinkel wie nach einem schlechten Scherz fallen ließ.

»Wir sind viele Big Bosse. Wir sind noch nicht fertig, aber wir bauen eine globale Organisation mit lokal selbständigen Abteilungen auf. Wie General Motors. Nun ist aber meine Geduld definitiv zu Ende!«

»Verstehe. Unter dem Kopfkissen liegt der Schlüssel zu einem Schließfach. Ich gebe ihn dir, aber halt mir die Spritze vom Leibe!«

Demonstrativ hob er die Hand. Jetzt mußte ich meine schlaffen Nerven koordinieren und meine durch Adrenalin erzeugten Pseudomuskeln anspannen. Ich tastete unter dem Kopfkissen. Im nächsten Augenblick hielt ich den Revolver in der Hand und machte ihn mit ein paar routinierten Griffen schußbereit. Lange fuhr mit der Hand in sein Jackett und riß die Waffe aus dem Holster. Ich drückte mehrmals ab, und der Schalldämpfer verwandelte das Knallen der Schüsse in ein harmlos klingendes Platschen. Lange wedelte mit den Armen und fiel nach hinten. Bevor er am Boden lag, war er bereits tot. Häggs Kinnlade fiel herab, und er blinzelte, als könnte er seinen Augen nicht trauen.

»Leg die Spritze auf den Boden«, knurrte ich. »Vorsichtig!«

Er gehorchte wie betäubt.

»Dreh dich um und nimm die Hände hoch!«

Langsam wendete er sich um und streckte die Arme hoch. Ich stieg aus dem Bett, tappte an seine Seite, nahm alle Kraft meiner streßaktivierten Muskeln zusammen und schlug den Kolben des Revolvers auf seinen Hinterkopf. Hägg ging in die Knie, und ich hieb noch ein paarmal nach. Die Schläge waren nicht sehr hart, reichten aber gerade aus, um ihn vorübergehend das Bewußtsein verlieren zu lassen.

Wie wahnsinnig trat ich auf den reglosen Körper ein, doch es tat nur meinem Fuß weh. Beide, Lange und Hägg, trugen Gürtel. Ich nahm sie an mich und schleppte Hägg zur Heizung hinüber, wobei ich vor Anstrengung keuchte und weinte, doch wenn man das Auto hochheben will, steht einem nur eine begrenzte Zeit zur Verfügung. Irgendwie schaffte ich es, die

Riemen um das Rohr zu schlingen und den verfluchten Teufel festzubinden. Dann goß ich ihm aus der Karaffe Wasser über den Kopf. Langsam kam er zu sich. Ich stellte mich neben ihn und richtete den Revolver auf sein Herz.

»Du verdammtes Mörderschwein!« zischte ich. »Du und deine Kumpane bildet euch ein, ihr könnt durch Terror die Welt beherrschen. Aber ihr seid nur miese kleine Gangster, die größenwahnsinnig geworden sind. Ihr werdet verhaftet und verurteilt werden, und dann sitzt ihr da und könnt mit euren Totenschädeln rasseln. Ihr Idioten redet euch ein, daß ihr unfehlbar seid, aber ihr macht nichts richtig. Höre jetzt mein Angebot. Du antwortest auf alle Fragen, die ich dir stelle, wenn das Tonbandgerät der Polizei läuft. Du wanderst ins Gefängnis, aber du bleibst am Leben. Wenn nicht …«

Ich holte die Spritze und hielt sie ins Licht.

»… spritze ich dir das verdammte Ebolafieber ein! Bis zum letzten Millimeter!«

Hägg schaute mich aus Augen an, die bereits krank aussahen. Ich beugte mich über ihn und erzählte ihm wollüstig keuchend, was ich mir angelesen hatte, als ich über den Berg war:

»Dein Blutfieber wird schlimmer als meines. Erst sterben bestimmte Teile des Körpers ab, weil die Blutzufuhr gestoppt wird. Das Bindegewebe verwandelt sich in eine schlammige Masse, überall reißt die Haut. Dann verlierst du die oberste Schicht deiner Zunge, und das ist ein teuflisches Gefühl. Paßt zu dir. Die Schleimhäute lösen sich auf; ein Teil landet in der Lunge. Dein Gehirn ist voller abgestorbener Zellen. Die Leber schwillt an und reißt auf; die Nieren funktionieren nicht mehr. Was du noch an Blut in dir hast, ist vergiftet. Die Milz wird größer und platzt. Jeder Blutstropfen enthält fast eine Million Viruspartikel. Willst du mehr erfahren? Du wirst in einem einzigen Schmerzensschrei krepieren!«

Er atmete kurz und heftig, schwieg aber. Ich nahm das Telefon und wählte die Bereitschaftsnummer der Stockholmer Kripo.

»Hier ist Roland Hassel von der Informationsabteilung. Kannst du das Bandgerät einschalten?«

»Ja, sicher.«

»Es wird eine lange Aufnahme. Ruf inzwischen die Kommissare Simon Palm und Åke Sundgren. Hast du verstanden?«

»Ja, geht klar.«

»In fünf Sekunden.«

Ich führte die Kanüle bis auf wenige Zentimeter an seinen Hals heran, und er wimmerte vor Angst.

»Vergiß nicht, daß ich die Diskette gesehen habe und merke, wenn du lügst. Antworte unmittelbar, sonst jage ich dir die Spritze in den Hals! Ist das klar?«

Er nickte, und ich befragte ihn ausführlich zu Personen, Firmen, Verbindungen, Plänen und bereits realisierten Unternehmungen. Da er keine Ahnung hatte, wieviel ich wirklich wußte, wagte er nicht zu lügen. Die Worte sprudelten nur so aus seinem Mund, wobei er immer wieder zur Seite auf die Kanüle schielte, die sich jeden Moment in sein Fleisch bohren konnte. Aus seinen Antworten ergaben sich weitere Fragen, und in zwei Stunden holte ich das Wichtigste aus ihm heraus. Ich konnte mich kaum noch aufrecht halten und mußte wegen physischer Erschöpfung aufhören, doch das meiste war wohl auf dem Band. Es war mir egal, daß die Reste von mir für das würden büßen müssen, was ich gegen jede Vernunft geleistet hatte.

»Alles klar?« vergewisserte ich mich bei dem Kollegen.

»Ja. Åke und Simon sind auf dem Weg zu dir.«

»Ich erwarte sie sehnlichst. Hier gibt es Überraschungen für sie.«

Ich legte auf, und Hägg seufzte vor Erleichterung. Dieser Idiot!

»Bist du bereit, lebenslänglich ins Gefängnis zu gehen?« fragte ich sanft.

»Besser als sterben.«

»Du hast es aber nicht verdient, so davonzukommen«, flüsterte ich. »Möchtest du nicht erfahren, wie man sich am Tag des Gerichts fühlt?«

Ein wenig von meiner Angst sollte auch er kosten, den Klumpen im Magen spüren und das große Zittern kriegen. Ich drückte die Kanüle ein kleines bißchen in seine Haut, so daß er die kalte, spitze Nadel spürte. Ich hatte allerdings nicht damit gerechnet, daß er in Panik geraten würde. Er handelte instinktiv, hob die Schultern und versuchte, den Oberkörper wegzudrehen. Ich war auf die plötzliche Bewegung nicht gefaßt und konnte nicht mehr reagieren. Die Kanüle drang in seinen Hals ein; ein Blutstropfen zeigte an, daß sie eine Ader getroffen hatte. Ich wußte, daß er infiziert war; bald würde ihn die Krankheit fressen. Bedauern konnte ich ihn nicht. In der Perspektive gesehen wurde es ein Selbstmord. Nein, ich bedauerte ihn nicht. Abgehackte Fingerkuppen …

»Mit Dank von Carl Hiller!« knurrte ich.

Seltsame Laute drangen aus seinem Mund, ein entsetztes Fiepen:

»Du … du hattest doch versprochen … ich habe die Wahrheit gesagt …«

Er wertete den Unfall als eine aktive Handlung meinerseits. Mir war es recht. Dieser Glaube machte meinen Haß auf ihn deutlicher. Er an meiner Stelle hätte erbarmungslos gespritzt. Da er anderes nicht verstand, machte ich mich zu seinesgleichen.

»Eines mußt du dir merken, du verdammter Mörder: Vertraue nie einem, der Ebola überlebt hat! Und grüße Doktor Aronsson!«

Jemand im Zimmer lachte plötzlich so wild, daß es sich um einen Wahnsinnigen handeln mußte.

Das war ich.